W0353965

# NÉCROVILLE

J'AI LU

IAN McDONALD

# NÉCROVILLE

TRADUIT DE L'ANGLAIS
PAR JEAN-PIERRE PUGI

ÉDITIONS J'AI LU

*Collection créée et dirigée*
*par Jacques Sadoul*

*Titre original :*

NECROVILLE
First published by Victor Gollancz Ltd, London

*Pour toi, Trisha*

*Postulat de Watson* : Oubliez qu'on pourra transformer les déchets en pétrole, extraire des Volkswagen des astéroïdes et suspendre des copies authentiques des toiles de Van Gogh dans sa salle de séjour ; la nanotechnologie nous apportera en premier lieu l'immortalité.

*Corollaire de Tesler* : La première chose offerte par la nanotechnologie est la résurrection des morts.

## Matin — Après-midi
## 1er novembre

Ce jour-là, Santiago trouva un mort fondu dans le mur d'enceinte de sa propriété, du côté de la rue.

Eveillé par les spasmes du signal céleste qui surplombait la ville de cinquante kilomètres, son fourreau sensoriel l'expulsa dans les premières lueurs de l'aube, ainsi que la débâcle et le dégoût qui les accompagnaient. Les rêves virtuels se déconnectèrent, neurone après neurone. Les cirres de tectoplastique intimes lovés autour de son limaçon, ses lobes cérébraux, ses trompes d'Eustache et ses nerfs optiques se déroulèrent. Le circuit pelliculaire se détacha de son crâne, sa colonne vertébrale et ses parties génitales. Il coula sur sa peau tel un fluide amniotique et se reconstitua en une sphère tremblante de nanopolymères semi-intelligents dans ses mains réunies en coupe. *Introibo ad altare.* Le feu chimique qui s'était consumé dans son système sanguin tout au long de la nuit se déposa en cendres narcotiques sur les parois de ses veines.

Le signal céleste était une arabesque torturée de feu pourpre en suspension dans la troposphère, une aurore boréale artificielle de tecteurs microscopiques embrasés par les caresses d'un soleil que dissimulaient encore les collines orientales. Sa clarté traversait le toit transparent du studio et révélait les individus qui gisaient à même le sol, membres écartés. Autant de crucifixions. Des Golgotha ludiques. Saints et martyrs.

Santiago était un grand amateur de saints et de martyrs.

Il rangea son fourreau sensoriel désactivé dans une bière cinéraire de bois sculpté dont il avait fait l'acquisition dans une des nécrovilles grouillantes du Viejo Méjico. Il s'entrevit dans les miroirs tarabiscotés alignés le long des parois et obtint la confirmation qu'il n'était plus un ange ceint d'un cocon de filigranes argentés, le Seigneur des Réseaux bardé de son armure de nanocircuits. Il était redevenu Santiago Columbar ; vingt-sept ans ; deux mètres et des poussières ; corpulent ; cheveux bruns réunis en une queue-de-cheval qui mettait en relief la vigueur morphologique de ses traits. Artiste neurochimique. *Virtualisto* bourré de talent. Autrefois. Plus à présent. Il n'était plus que lui-même. Abattu. Transi. Nu. Dégoûté. Seul. *Mortel.*

Le balcon faisait partie des nombreuses extravagances qu'il avait héritées du précédent propriétaire de sa *residencia*. Détail intéressant, les tecteurs constructeurs n'avaient pas modifié cette extension de la demeure. L'architecte l'avait orientée plein ouest, afin qu'elle serve de cadre aux soirées crépusculaires en compagnie d'amis intimes désireux d'admirer le coucher du soleil dans les collines luxuriantes de Copananga. Santiago venait quant à lui de s'y rendre pour assister à l'approche de l'armée des morts.

Batisto, son serviteur défunt, lui apporta de l'*agua mineral* légèrement pétillante. Il ne buvait jamais d'alcool qui, comme la caféine, ajoutait des variables incontrôlables aux effets méticuleusement calculés de ses drogues.

Les voiles du signal céleste de l'aube palpitaient au-dessus de sa tête. Des singes mutés baragouinaient et secouaient les branches des nombreux arbres de Copananga. A la fin du couvre-feu, les *seguridados* et leurs *mechadors* — les protecteurs de la nuit — avaient battu en retraite. Les portes des nécrovilles se déverrouillaient, les frontières s'ouvraient. Vivants et ressuscités étaient libres de se déplacer à leur guise. Du lever du jour au crépuscule, les défunts reconstitués pourraient côtoyer les hommes de chair... Sans être pour autant leurs égaux. En dépit des techniques de résurrection nanotechnologiques, la vie était la vie et la mort restait la mort. Ainsi le voulait la Loi Barantes. Quarante années s'étaient écoulées depuis que le premier Lazare s'était levé et avait marché, et nul n'avait réussi à ébranler ce pilier du nouvel ordre mondial. L'Histoire avait mis en châsse le précédent jurisprudentiel sans plus s'intéresser à ce Barantes. Quand et où avait eu lieu ce procès, qui avait-il concerné ? Seule Yo-Yo aurait pu répondre. Il décida de poser la question à la petite avocate. Dans la soirée, au Café Terminal. Une affaire d'argent, probablement. Un héritage. Tout testament suscite des conflits d'intérêts.

Audible avant d'être visible, l'armée des morts pénétrait dans Copananga Canyon. Elle avançait le long de ses avenues tortueuses et de ses culs-de-sac : hommes à tout faire, cuisiniers, femmes de chambres, valets, chauffeurs, nettoyeurs de piscines, majordomes, entraîneurs sportifs, masseurs, tuteurs, gouvernantes, gardes d'enfants, grand-mères intérimaires, secrétaires particulières, sculpteurs, peintres, artisans, maçons, menuisiers, architectes, concepteurs, gourous et jouets sexuels. Ce sont les morts qui constituent l'armature du monde des vivants, lui avait autrefois dit Miclantecutli, son guide spirituel, sa maîtresse, sa tortionnaire et sa muse. Mais Miclantecutli était partie cinq ans plus tôt pour la nécroville Saint-Jean. Les contrats de la Maison des Morts, ce deuxième pilier de la société, n'étaient pas faits pour elle. Des pactes de servage institutionnalisés. Les Miclantecutli de la Zone Urbaine des Tres Valles avaient les moyens de s'offrir une assurance d'*inmortalidad* qui garantissait le règlement des honoraires des nochers. Des sommes coquettes, avec les intérêts. Le flot migratoire matinal disparaissait dans les haciendas, les *residencias* et les duplex rétro de Copananga. Pour une nouvelle journée de travail au Paradis. Combien fallait-il effectuer de tels trajets pour régler le prix de sa résurrection à la Maison des Morts et son Baal cyclopéen monolithique, la Tesler-Thanos *corporada* ?

Santiago but une gorgée de *gaseosa*. Un sourcil de lumière s'incurva au-dessus des collines d'Old Hollywood.

— Une autre, seor ?

Bien que Batisto fût depuis trois ans à son service, Santiago ne s'était pas encore accoutumé à son don irritant qui lui permettait d'aller au-devant de ses désirs. Il décida d'accepter une deuxième bouteille de Tres Marias.

— Pourquoi pas ? Il convient de fêter dignement le Jour des Morts. *¡ Salud !* Batisto.

— *¡ Salud !* seor.

Le hurlement déchira le silence aseptisé qui emplissait les boulevards ombragés de Copananga. Le cri désespéré, épouvantable et interminable d'une femme confrontée à ce qu'elle redoutait le plus.

Ce son n'eût pas troublé Santiago outre mesure s'il ne s'était pas élevé sur Estramadura Avenue, juste au-delà du portail.

A quelques mètres du battant de fer forgé les restes d'un homme fusionnaient avec la partie inférieure du mur d'enceinte blanc qu'il suffisait de longer pour atteindre l'entrée de service. La seora Sifuentes, sa voisine, demeurait figée sur place, incapable de détacher les yeux d'une scène horrible. Dans le cadre de son régime dissocié de remise en forme des mardis, jeudis et samedis, elle avait fait du jogging jusqu'au lieu d'exécution.

Santiago s'accroupit afin d'examiner la chose répugnante.

Un mort mort. Qu'il eût été victime d'un tesler ne prêtait pas à controverse.

— ACAIM 27, supposa Santiago à voix haute.

Auto Cibleur A Impacts Multiples. Un dard de tectoplastique intelligent jaillissait de la gueule de l'arme avec une accélération constante de douze g tout en cherchant sa cible par résonance magnétique. Arrivé à trente centimètres du but, le projectile se divisait en une grêle d'aiguilles pas plus grosses que des grains de chènevis. Chacune d'elles semait une confusion totale dans les systèmes tectoriels des ressuscités. Un trépas assuré. Une Grande Mort, à laquelle même la Maison des Morts ne pouvait remédier. La seule terreur des défunts.

Les munitions du tesler avaient atteint le mort mort au centre de son corps. Le *Tan Tien*, le noyau de l'être. Devenu en l'occurrence le noyau du non-être. La moitié inférieure du cadavre était un ragoût fétide de bitume et de viande synthétique. Ses mains saillaient du mur cloqué en un geste de supplique futile. Son torse penché en avant donnait l'impression qu'il appartenait à une fresque aux reliefs trop accentués. On aurait pu croire qu'il s'agissait d'un passe-muraille qui exerçait ses dons quand sa magie lui avait brusquement fait faux bond. Sa tête s'inclinait tristement sur la gauche. Comme celle du Christ en croix. Le Christ qui avait dû avoir une expression identique. Horreur. Souffrance. Colère. Chagrin. Trahison. Avec *Eloi eloi lamach sabachthani* gravé au fond des yeux. Une ancienne, très ancienne croyance qui remontait à la nuit des temps voulait que les rétines d'un trépassé gardent l'empreinte de ce qu'il avait vu juste avant de rendre l'âme.

Même ainsi, il était magnifique. Comme tous les morts, d'ailleurs. Lorsqu'il est possible de dissoudre la chair et de la remodeler pour lui donner n'importe quelle apparence, la beauté est répandue, la jeunesse bon marché. La laideur et la vieillesse également, étranges monstruosités, difformités troublantes et élégantes, faciès et silhouettes des plus célèbres vedettes du filmodrome.

Des macaques génétiquement réduits aux pelages de diverses couleurs s'affairaient déjà sur les doigts de la victime et pelaient le tectoplasme sur ses os synthétiques. Un des primates gisait dans le caniveau, privé de vie, une masse de fourrure irisée aux formes imprécises. D'autres s'effondreraient sous peu, empoisonnés par la pseudo-chair artificielle douceâtre du défunt. Et des oiseaux viendraient picorer ses yeux, ses oreilles et ses lèvres.

Santiago examina les mains du mort mort.

— Rien ?

C'était la seora Sifuentes qui avait exprimé à voix haute ce qui les préoccupait tous deux.

Le stigmate du V barré dans la paume — la diagonale descendante de la vie charnelle liée à l'entropie, celle ascendante de la vie ressuscitée et éternelle, le trait horizontal symbolisant la mortalité — était l'imprimatur indélébile de la Maison des Morts. Très rarement, des variables de spin en cours de reconfiguration transféraient cette marque de la main droite à la gauche, mais les cuves de Jésus n'omettaient jamais de laisser leur sceau sur ceux qui y séjournaient. Renaître sans le signe était aussi impossible que revivre sans cœur ni tête.

Un mystère, là au pied de ce mur.

— Est-ce que quelqu'un, je ne sais pas qui, ne pourrait pas l'emporter ou le recouvrir ? suggéra la seora Sifuentes sitôt que son dégoût fut plus grand que sa curiosité. Je veux dire... Avant que ses congénères ne le voient.

— Je vais avertir les services de sécurité, proposa Santiago. Vous avez eu un choc et, si vous le souhaitez, je peux demander à mon serviteur de vous préparer du thé ou une autre boisson.

La seora Sifuentes refusa poliment. Santiago savait pourquoi. On voyait en lui une sorte de démon, dans l'éden soigneusement entretenu de Copananga. Il regarda la femme s'éloigner d'un pas rapide en balançant ses fesses emballées dans du Lycra. Elle était visiblement impatiente de trouver le réconfort que lui apporterait son domolog psy.

Un autre cri, à l'intérieur de l'enceinte.

— J'arrive dans une minute, Batisto !

Agenouillé sur le trottoir d'Estramadura Avenue chauffé par le soleil, tel un dévot attendant d'ingérer l'image du Christ filigranée sur une hostie, Santiago prit la tête du mort mort entre ses mains. Il se pencha et l'embrassa sur la bouche. Les lèvres n'avaient pas perdu leur élasticité et avaient d'étranges saveurs musquées.

Batisto le précéda dans des parties de sa propriété laissées à l'abandon, au sein d'une végétation luxuriante. Quand sa demeure devient un territoire inconnu, on peut dire qu'il est grand temps de donner une orientation différente à sa vie.

Ils trouvèrent le *mechador* dans un bosquet de jacarandas lestés d'épiphytes tropicaux. La machine à tuer s'était figée de guingois dans un sillon du sol. Ses impulseurs avaient dû brusquement tomber en panne. Sa tête d'où saillaient les protubérances de divers détecteurs s'était bloquée alors qu'il claquait du bec. La main armée du tesler était braquée sur les coordonnées de sa cible. Santiago s'intéressa au pistolet. Quatre munitions dans les alvéoles, deux douilles vides. Au-dessus des numéros d'identification et de série on avait gravé le yin et le yang trifurqués des services de sécurité de Copananga.

Un court-circuit avait grillé les systèmes autoréparateurs du robot sans leur laisser le temps d'émettre un signal de détresse. La partie gauche de son torse avait disparu et le bras était enchâssé dans une croûte de scories noires malignes qui recouvraient la blessure. Il y avait des yeux, dans cette gangue. Des yeux, des bouches aux lèvres vermeilles et des doigts aux ongles en deuil d'à peine un centimètre qui suivaient en se tordant les mouvements oculaires. Des hexagones irréguliers craquelaient le centre du cratère. Des insectes noirs huileux rampaient hors des fissures et s'envolaient aussitôt en un nuage bourdonnant qui effectuait du sur-place.

Un mort mort qui n'avait jamais existé, un ange destructeur détruit. Un profond mystère. Ils étaient plus que cela. Santiago voyait en eux des messagers de l'au-delà, des présages surnaturels. La nuit précédente, après avoir vu Mislav et Cheetah se dissoudre dans le virtualiseur, il avait prié tout en appliquant l'araignée hallucinogène sur son front : *Adressez-moi un signe, peu importe lequel.*

Est-ce une réponse, Santiago Columbar ?

Ses parents, qu'il n'avait pas revus depuis qu'ils avaient subi des adaptations pour se joindre à la Communauté des Nageurs de Milapa, dix ans plus tôt, s'étaient finalement convertis au Bouddhisme de la Nouvelle Révélation. Santiago n'éprouvait aucun intérêt pour les religions orthodoxes. Ce n'étaient que des croyances pouvant être comparées à la physique, aux mathématiques et à l'économie d'après Mandelbrot.

Santiago n'avait foi qu'en l'esthétique des drogues.

Pour lui, elles seules offraient des programmes d'évasion à l'ordinateur cérébral. Couplées à la virtualité, elles devenaient des outils qui permettaient d'explorer les limites de l'être. Machines intelligentes, guillotines subtiles qui tranchaient l'esprit de la chair pour l'expédier dans les ténèbres, le vide et — au-delà du néant — la lumière originelle.

Jusqu'au jour où il s'était réveillé (il aurait pu préciser la date, l'instant, le temps qu'il faisait, les nouvelles mondiales, le taux de change du dollar de la Côte par rapport aux autres devises) et avait découvert qu'elles n'avaient plus aucun effet sur lui.

Les portes qu'il empruntait pour se fuir s'étaient refermées derrière et devant lui. Elles avaient claqué, presque inaudibles, de plus en plus loin dans le couloir interminable de son être. Et un matin de l'hiver précédent les deux derniers battants s'étaient clos pour l'emprisonner dans sa « Santiaguinité ». Sans nulle part où aller. Puis, une nuit, l'ange des ténèbres était venu lui murmurer en songe : *Il existe un moyen, le meilleur. Il s'agit d'une voie qui conduit bien au-delà de ce que tu as déjà exploré, si tu as le cran de t'y engager. Le summum en la matière.*

Il avait réfléchi à cette possibilité pendant un an. Il avait tout calculé et préparé, mais il manquait toujours de courage pour s'aventurer sur ce chemin.

La maison polymorphe entrebâilla sa carapace transparente et le laissa entrer. Il avait consacré des années à la reconvertir avec amour en un mausolée dédié aux individus qui avaient préféré brûler plutôt que se consumer à petit feu. On trouvait dans les couloirs et sur les paliers de son hacienda aux formes mouvantes les effigies monochromes de ceux qui avaient eu une vie aussi brève qu'intense : James Dean. Buddy Holly. Jimi Hendrix. Mama Cass. Judy. Dans le limaçon en plastique de la salle Amadeus — une de ses premières incursions dans l'univers de ceux qui avaient connu une mort prématurée — on entendait des morceaux choisis de Mozart alors que des amplificateurs d'humeur de sa conception étaient diffusés dans l'atmosphère. Dans la salle Vincent, les visiteurs étaient immergés dans des flots de couleurs frémissantes aux harmoniques accordées sur la tonalité exacte de la schizophrénie. Ailleurs, Isadora Duncan dansait avec son écharpe qui voletait derrière elle et d'antiques automobiles mues par des moteurs à explosion les frôlaient au mépris des règles de prudence les plus élémentaires. Leur chaleur corporelle déclenchait une vieille Moviola qui projetait sur la paroi d'une alcôve discrète une crucifixion colorisée de D.W. Griffith. Jim Morrison et John Belushi étaient les deux larrons, Harry Chapin et Charlie Parker « the Bird » levaient une éponge imbibée de vinaigre vers les lèvres du Christ. Un Keith Moon ricanant plantait sa lance entre les côtes du crucifié d'où coulaient de l'eau et du sang. Agenouillée au pied de la croix, Billie Holliday tenait le rôle de Marie avec la juste dose de souffrance et de pathos pendant que Jean Harlow personnifiait Marie Madeleine en arborant un sourire affecté ambigu. Le fond de la vieille piscine servait de support à une mosaïque de la Marilyn Monroe d'Andy Warhol. Santiago n'y nageait plus, même si ses hôtes adoraient y plonger et flotter dans son eau portée à la température du corps. Mais certains soirs, quand la chaleur devenait insoutenable, il enfilait une combipeau pour descendre s'allonger sur sa Marilyn. Il écoutait les battements surnaturels de Robert « Crossroads » Johnson retransmis par des haut-parleurs aquatiques, pendant que les singes sautaient d'arbre en arbre et protestaient bruyamment contre l'invasion lente et inexorable de leur territoire par des tectosaures féroces qui miroitaient tels des joyaux.

En espérant que le dégoût qu'ils auraient dû s'inspirer les inciterait à partir de chez lui, Santiago lorgnait ses invités d'une nuit. Noir fuligineux des bougies et vomissure.

Une expression d'agonie introvertie déformait les traits de Mislav. Le feu neurologique consumait le délicat plumage argenté des circuits de son fourreau sensoriel. Cheetah restait pelotonnée en position fœtale sur le parquet, la seconde peau couvrant sa poitrine, son ventre, son aine, étant pelée. Ses yeux étaient clos. Ses lèvres s'agitaient en silence, mouchetées de vomi.

*Niños, niños,* un jour ces choses n'auront plus sur vous aucun effet. Une sagesse delphique exprimée des hauteurs vertigineuses de ses vingt-sept ans.

Santiago referma la porte sur leurs paradis et enfers privés et se dirigea vers son cabinet de travail. Il avait d'autres sujets de préoccupation que des Hansel et Gretel adolescents qui avaient osé s'aventurer dans l'antre de la fée Sucre-d'Orge.

Son bureau était un lieu intermédiaire. Sans être ni une maison ni un jardin, il possédait des caractéristiques des deux. Des volets d'acajou interdisaient son accès à la chaleur du jour. Elle était annonciatrice d'un orage, ainsi conjuguée à cette humidité de mousson. Des lamelles de lumière tombaient sur le tapis en fibre de coco et l'antique bureau saturé de tecteurs de traitement des informations. Bois et illusion. Il fit apparaître des icônes sur le plateau. Logs et démons familiers s'égaillèrent en hurlant dans le réseau pour appeler Miclantecutli. *Contact établi,* cillèrent les symboles. *Audio uniquement.*

— Santiago, fit une voix issue du néant.

La dernière fois qu'il avait vu son visage, le couvercle transparent d'une cuve de Jésus se refermait sur ses traits. Les overdoses n'emportaient que la vie, pas la beauté.

— Miclantecutli.

— Si tu tiens absolument à aller jusqu'au bout, appelle-moi Miclan. Tous les enfants de Dieu doivent avoir des noms de rues. Telles sont les lois de la meute. Que nous ayons cette conversation me laisse supposer que tu veux respecter les traditions de la Nuit des Morts ?

— Un mort mort et un assassin assassiné m'y incitent, Miclan.

— Tu as toujours été un *cabrón* trop rusé, Santiago. Je ne pourrai jamais rien t'apprendre.

— C'est à toi que je dois tout ce que je sais.

— C'est pour cela que tu me le fourgues en sachets d'un centavo. Nous serons au lieu dit à l'heure dite. N'aie crainte, je ne te ferai pas faux bond, Santiagito.

Elle retourna dans les profondeurs du bureau.

Santiago ne se rappelait pas quand il avait utilisé le traitement de texte pour la dernière fois. Aussi loin que remontaient ses souvenirs, il avait transmis ses invitations par le bouche à oreille, le *clin d'œil* des icônes virtuelles ou des colis contenant une araignée avec des hallucinogènes collés sous l'abdomen. Mais ce conclave était suffisamment important pour justifier la solennité de l'expression écrite. Il essaya des têtes de mort gothiques, des moissonneurs, des os entrecroisés, des sabliers et des danses macabres. Eculé, pour ne pas dire ridicule. Il ne s'agissait pas d'une orgie *carnavalesca*. Il avait consacré une année à préparer ce voyage vers les racines amères de l'âme, cette excursion au cœur des ténèbres et au-delà. La simplicité s'imposait. Times New Roman.

*Santiago Columbar invite* (champ où le log insérerait le nom) *au Café Terminal, dans la Nécroville Saint-Jean, pour la célébration annuelle de la Fête de Notre Dame de Tous les Morts.*

Retour à la ligne. Centré.

*Au crépuscule, le 1er novembre.*

Il cliqua sur des visages apparus sur le plateau du bureau. La machine prit la relève pour diffuser son message dans le réseau.

Santiago sourit. Ses sourires étaient plus rares que les orages d'été et, comme eux, ils annonçaient d'importants changements climatiques.

La chaleur. Il trouva une bouteille d'*agua mineral* dans le frigo de la cuisine. Il se versa de l'eau sur le front, la nuque et les poignets. Blême, les traits tirés, plus morte qu'une morte, Cheetah s'aventura dans la pièce.

— Manger ? murmura-t-elle d'une voix plaintive.

Il désigna la porte ouverte du réfrigérateur. Ebranlée par un spasme, Cheetah plongea vers l'évier afin de rendre. Des larmes de son fourreau sensoriel liquéfié gouttèrent sur les carreaux de terre cuite. Elle laissait derrière elle une traînée qui faisait penser à la bave d'une limace tropicale adipeuse.

L'Idcom de Santiago tinta. Le *fiel* Batisto, resté dans le jardin.

— Seor, la destruction du *mechador* inquiète les *seguridados*. Ils redoutent une épidémie de dysréplications.

Enfants-chevaliers chargeant les légions de morts-vivants bardés d'armes et de heaumes en tectoplastique.

— Que comptent-ils faire ?

— Ils parlent de « cautériser la plaie », seor.

— Eh bien, qu'ils accomplissent leur devoir !

Santiago attendit le crépitement brutal et choquant des rafales de teslers.

Les broussailles s'embrasaient dans la chaleur étouffante du Sud. La fumée traçait une ligne noire sur l'horizon. Les observateurs aériens signalaient les pachycéphalosaures à huit kilomètres au sud-est, toujours paisibles mais sur le qui-vive. Trinidad imaginait leur tête bleue dressée, leurs narines dilatées et agitées. Fumée. Feu. Feu de brousse. Deux pensées ridicules : premièrement, que ces créatures étaient si vieilles qu'elles se nourrissaient de flammes. Tous les incendies qu'elle avait vus avaient été allumés par des hommes et semblaient en être indissociables. Rien n'était pré-prométhéen à ce point, aussi ancien. Deuxièmement, que ces animaux remontaient à l'aube des temps.

Estampé sur chaque peau magnifique, juste au-dessous du sternum, on pouvait lire : © The Walt Disney Corporada.

La deuxième chose que nous obtiendrons grâce à la nanotechnologie, ce sont les *dinosaures*, avaient repris les spécialistes en relations publiques de Disney en adaptant le Postulat de Watson.

ADMIREZ les puissants diplodocus et brachiosaures !

RESTEZ BOUCHE BÉE quand de véritables ptérosaures planent au-dessus de votre tête !

ÉMERVEILLEZ-VOUS face à l'incroyable stégosaure, l'étonnant anatosaure, le sidérant ankylosaure !

TREMBLEZ DE TERREUR en entendant les pas du redoutable tyrannosaure, le prédateur le plus terrifiant qui ait foulé le sol de ce monde !

(Principales cartes de crédit acceptées.)

La réalité avait été différente.

VOYEZ un tricératops dévaster votre jardin depuis le confort de votre salle de séjour.

FUYEZ DE TERREUR devant un iguanodon qui charge votre maison à deux heures du matin.

SOYEZ BROYÉ ET CALCINÉ quand un anatosaure de douze tonnes décide d'aller se promener sur la bretelle de Sherman Oaks à l'heure de pointe et écrase une vingtaine de véhicules sur chaque voie.

Chargée de statuer sur les demandes de dommages et intérêts, la Cour de Justice Spéciale de la Zone Economique Péruvienne avait estimé que la Walt Disney Corporada se devait de fournir un produit sûr et sans danger. Elle aurait dû se prémunir contre toutes les dysréplications et mutations logicielles à même de permettre à ses œuvres de vivre hors d'un environnement contrôlé et de se dupliquer sans intervention extérieure. Les sommes allouées aux plaignants, qui se dénombraient par milliers, avaient porté un coup fatal à la Disney Co. La fée Clochette avait replié ses ailes et poussé son dernier soupir. C'était secondaire, car nul ne croyait plus aux fées. D'autres créatures survolaient désormais la dépouille de Disneyland et se perchaient sur les corniches et les arêtes de son Matterhorn factice.

Les grands sauriens n'avaient pas apprécié le climat de la Côte et l'hostilité de sa population. Ils avaient migré vers l'est le long de l'Interstate numéro dix puis obliqué vers le sud de l'Arizona et le nord de Chihuahua. Ceux qui étaient restés en Californie étaient pour la plupart de petite taille et de couleurs vives. Attirés par les espaces ensoleillés propices à la photosynthèse et ayant une prédilection innée pour les rebuts de polystyrène, ils s'étaient rapidement aménagé une niche dans l'écosystème et la culture de la région. Avec le temps, ils avaient été acceptés par les autochtones qui voyaient désormais en eux des dispensateurs de chance et de bénédictions, un peu comme les cigognes en Europe.

Parc d'attractions à thème destiné à satisfaire l'engouement du public pour le Dernier Safari.

Ils étaient arrivés la veille du littoral chaud et humide : Tomas, Benny, Pilar, Sevriano, Edge, Albuquerque, Vaya, Bellisario, Trinidad et tous leurs serviteurs défunts. L'*estancia* faisait souvent office de relais de chasse et les morts de son personnel s'étaient accoutumés aux excès d'une jeunesse dorée et vivante. Tous s'étaient levés avant l'aube pour s'aventurer dans une nuit qui s'était graduellement dissipée pour leur révéler l'immensité de ces terres désertiques. Piloté par des morts autochtones, l'aérogrimpeur était parti allumer les feux : l'ourlet de flammes jaunes qui attirait les chasseurs vers leurs proies.

— Un de ces jours, un connard du service de la préservation des espèces fera voter une loi de protection les concernant, marmonna Bellisario.

L'homme que Trinidad feignait d'aimer parce qu'il disait avoir de tendres sentiments pour elle.

— Si les législateurs ont autorisé ces safaris, c'est pour satisfaire les grands propriétaires locaux. Ils se sont plaints que les dinosaures dévastaient leurs terres jusqu'au moment où ils ont compris que ces bestioles représentaient une meilleure source de revenus que le bétail traditionnel.

Il scruta l'horizon, et le ruban de fumée se lova sur la courbe réfléchissante de ses lunettes.

Après trente-huit jours, leur liaison arrivait à son crépuscule. Ce n'était pas un record de brièveté. Elle était même surprise d'être restée si longtemps avec Bellisario. C'était d'ailleurs lui qui prenait l'initiative de leur rupture en accordant tant d'intérêt à la femme qui s'appuyait lascivement à la roue du char de brousse. La salope qui avait des jambes qui n'en finissaient pas, et qui le savait. Elle avait également de jolis yeux, même s'ils étaient vides d'expression.

Vaya Montez.

Tu veux m'affronter pour me le prendre, fille aux cuisses fuselées tout autant que musclées ? Oui, tu es bien du genre à te battre pour ça parce que c'est pour toi l'unique moyen d'obtenir la confirmation que l'amour n'est pas une illusion. J'étais comme toi, autrefois, et les ans ne m'ont pas apporté la sagesse. Seulement la résignation. Voilà pourquoi je te l'abandonne, belle Vaya. José-Maria Bellisario ne vaut pas la peine que je me décoiffe et surtout pas que je reçoive une nouvelle estafilade au bras. Je te le laisse. J'irai même jusqu'à allumer un cierge pour vous dans la chapelle de Nuestra Madre Reine des Anges, sous le chêne de la mission. S'il m'inspire encore quelque chose, ce n'est pas de l'amour.

Elle n'avait en fait aimé personne depuis que le couvercle de la cuve de Jésus s'était refermé sur Peres. Désireuse de trouver l'oubli, elle avait foncé tête baissée dans les structures géométriques sociales et sexuelles complexes de son milieu pour découvrir que ses liaisons s'effritaient tels des os pourris parce qu'elle ne pouvait les étayer. Elle s'était battue et avait récolté une vingtaine de cicatrices sur la peau brune de ses bras, pour des hommes et des femmes qui ne suscitaient pas en elle de quoi transformer ce *quelque chose* en amour. Un quelque chose qui n'était pas suffisamment important pour justifier la moindre blessure.

Les aérogrimpeurs qui grondaient à basse altitude et jouaient à saute-broussaille soulevaient la poussière de la terre desséchée et les cendres du feu autour duquel les serviteurs morts s'étaient assis pour calciner le repas de leurs maîtres.

— Vous en voulez ?

Vaya aux Cuisses Fermes lorgna la silhouette qui lui masquait la lumière et ne la reconnut pas immédiatement.

— Mescal ?

La flasque était en argent, vieille de quatre siècles, magnifiquement patinée et douce au toucher. On ne fabriquait plus d'objets ayant une telle perfection, disait-on toujours. Mais l'économie d'une ville de vingt-deux millions d'habitants dont la moitié étaient des morts dépossédés de tout avait entraîné la réapparition de l'artisanat d'art. C'était une renaissance, au même titre que bien d'autres choses tombées en désuétude avant l'Ere de la Résurrection.

— Il est bon, l'esprit du dieu Jaguar.

Vaya Montez dévissa le bouchon.

— A quelle distance sont-ils ?

Trinidad récolta sur ses lunettes les données transmises par l'aérogrimpeur qui dessinait des cercles dans le ciel.

— A environ six kays de nous. Ils s'éloignent des flammes à approximativement vingt kilomètres-heure. Ils sont seize.

— A quinze, vingt minutes d'ici.

La belle Vaya secoua sa toison et inclina la tête pour déglutir le breuvage hallucinogène. Elle s'essuya la bouche avec la main et fit une moue en y voyant une tache de rouge à lèvres. Elle la frotta contre la jambe de son short camouflé.

— Jésusjosémaria, je vais devoir me refaire une beauté !

Trinidad gagna la bordure du petit campement et laissa ses lunettes se balancer au bout du cordon passé autour de son cou. En dépit du feu qui traçait une frontière en travers de la plaine, les perspectives étaient démesurées. Elles fuyaient sur la courbe de la planète, dans toutes les directions. De basses falaises érodées par les torrents du Paléozoïque se dressaient derrière les chars de brousse et leur suite de morts ressuscités, les ancrant dans un paysage blanchi par le soleil où les buissons desséchés attendaient la mousson automnale. Cela excepté, la sensation d'isolement était écrasante. Comme ses compagnons, Trinidad avait grandi sous le dais des palmiers et de l'air humide de la Côte, un microcosme privé d'horizon. Il n'y avait là-bas que des arbres et des maisons, des vagues et des cadavres ambulants. Un cadre qui vous enveloppait tel un linceul. Alors que ces terres dénudées dépeçaient l'âme et lui faisaient subir l'épreuve de l'immensité. Que deviendrait un homme abandonné en ce lieu ?

Il mourrait. Sans espoir de ressusciter. Des os nettoyés, un large sourire, la Grande Mort.

Elle but trois doigts de mescal. *Brûle en moi, consume les cendres de mes sentiments.*

— Seora ?

La morte semblait avoir vingt-cinq ans. Si elle n'avait pas rendu l'âme, elle eût été presque centenaire. Enfant de la Génération Zéro, Trinidad n'était pas intimidée par les défunts. De nombreux individus nés pendant la période prérésurrectionnelle n'auraient pu en dire autant.

— Sula ?

— Un message reçu par les chars de brousse.

Elle s'y attendait. Elle n'avait jamais assisté à une des réunions que ses anciens amis organisaient au Café Terminal à l'occasion de la Nuit des Morts et n'avait à aucun moment eu l'intention d'y participer. Leur groupe avait été dissous. Contrairement aux cadavres, de telles relations ne pouvaient être ressuscitées. Elle n'était d'ailleurs pas certaine de souhaiter que ce fût possible. Sula lui remit le bout de papier.

*Santiago Columbar invite Trinidad Malcopuelo...*

Le vent des hautes plaines agita ses cheveux, sa veste ouverte. Il murmura au contact du cordon de ses lunettes.

Trinidad avait entendu parler de Santiago Columbar bien avant de le rencontrer. Qu'on fût *noncontratisto* de la vallée ou *cerristo* des collines, on savait non seulement qui était cet homme mais on devait à ses drogues quelques-unes des plus belles nuits de son existence. Quand Peres lui avait dit que le grand Santiago Columbar était un de ses *compadres* dans l'étrange cercle d'amis qu'il fréquentait, la perspective de connaître au propre comme au figuré le célèbre *virtualisto* l'avait électrisée. Elle l'avait vu pour la première fois une Nuit des Morts. Les ressuscités grouillaient dans les rues chaudes et poussiéreuses pour participer à leur carnaval macabre effréné.

Il est, dit-on, préférable de ne jamais rencontrer l'auteur des œuvres qu'on admire. Lorsque ses lèvres humides s'étaient posées sur le dos de sa main, elle avait imaginé son corps exerçant une pression identique sur le sien, expulsant la vie de ses poumons, ployant et rompant ses côtes, faisant craquer son bassin alors qu'il effectuait des va-et-vient frénétiques entre ses jambes brunes fuselées. La légende était trop matérielle pour ne pas l'effrayer.

Elle avait avoué ses peurs à Yo-Yo, un soir où elles s'étaient assises sous la clarté du feu allumé dans la cheminée pour écouter la mousson marteler les tuiles du toit. Et Yo-Yo lui avait répondu en murmurant que Santiago n'était pas hétéro, homo ou bi mais insensible à ces choses.

— Je ne sais pas ce qui l'excite, avait ajouté Yo-Yo. Lui-même excepté. Autosexuel.

— Une réponse, seora ?

Trinidad secoua la tête, privée de la parole par des émotions qui la surprenaient. Yo-Yo, Camaguey, Toussaint et, oui, Santiago... Aucun d'eux n'aurait pu comprendre. Trinidad n'irait pas à Nécroville car elle redoutait d'y rencontrer Peres. C'était une peur paradoxale, à double tranchant. Elle craignait de découvrir qu'il l'aimait encore par-delà le trépas ou que leur amour était mort en même temps que lui. Elle n'aurait pu supporter d'apprendre qu'elle n'avait été pour cet homme qu'une ombre à l'extérieur de la carapace de plastique translucide de la cuve de Jésus et qu'il s'était trouvé des maîtresses plus exotiques, en bas dans les *cabañas*.

L'onde de choc du passage des aérogrimpeurs l'ébranla et lui fit regagner le présent, ce lieu et son être. Une ligne de poussière, jaunâtre sur le ruban noir de la fumée, indiquait que les pachycéphalosaures avaient pris la fuite. Les chasseurs se préparaient. Les conducteurs s'étirèrent. Les moteurs des chars de brousse toussèrent puis se mirent à tourner au ralenti, paresseusement. Les dépeceurs engagés dans les villes voisines se dirigèrent vers leurs camions. Des *noncontratistos* d'une extrême pauvreté, le nouveau sous-prolétariat engendré par l'ordre économique qui découlait des résurrections. Mais s'ils disaient que leur sort était pire que la mort, aucun d'eux n'avait encore tenté de l'améliorer en se suicidant.

Les participants à ce safari encliquetèrent les chargeurs et testèrent la commande de rotation. Les harnais de sécurité furent bouclés, les casques emboîtés, les fiches des interfaces enfoncées dans les prises des ordinateurs de visée automatique. Dans les visières, les réticules acquirent de la luminosité.

— Oui, Trinidad !

— Eh, Trinidad !

— Ne les rate pas, Trinidad.

— Laisse-m'en un, Trinidad.

— Nous fêterons ça ce soir, Trinidad !

Tomas et Benny et Pilar et Sevriano et Edge et Albuquerque et Bellisario et Vaya étaient alignés. Les conducteurs attendaient que Sevriano leur donne l'ordre de démarrer.

Une simple torsion du poignet provoqua le morphing de sa combinaison qui passa des couleurs vives d'un boléro aux ocres et aux rouilles des hautes plaines. Miroitements des chaînes et du métal. Clip : chargeur. Snap : harnais de sécurité. Clac : casque mis, systèmes actifs. Le canon glissait avec une précision soyeuse sur sa monture magnétique. Sula s'installa dans le cockpit de pilotage et fit grommeler et ronchonner le moteur.

— En route.

Les chars de brousse s'ébranlèrent. Un individu privé de tout sens de l'humour avait poussé du pied un peu de terre sur les braises du feu de camp. Leur ligne s'élargit pour former un front meurtrier de huit kilomètres. Neuf pistes de deux sillons parallèles s'écartèrent en éventail des empreintes de pas et des cartons de margarita biodégradables qu'ils laissaient derrière eux. Trinidad était à l'extrémité sud-ouest, Vaya cinq cents mètres plus au nord. Neuf panaches de poussière chargeaient l'incendie. Entre les chars et le feu, les pachycéphalosaures. Distance : trois kilomètres, cibles stationnaires. Trinidad imaginait les grands mâles qui dressaient leur tête de bélier couronnée de bleu pour humer la signature chimique de leurs ennemis. Des cillements de lumière furent héliographés par l'arme de Vaya qui contrôlait la courbe de ses tirs.

Au nord, une explosion de terre pulvérulente. Sur la visière du casque de Trinidad les chiffres digitaux s'affolèrent pendant que les écouteurs lui retransmettaient les cris de surexcitation de ses compagnons. Le troupeau avait pris la fuite le long d'une ligne parallèle à celle des chasseurs, vers le sud et l'immensité du pays de Dieu. Les dinosaures venaient droit vers elle. Les roues motrices brassèrent la poussière et s'emballèrent pour rejoindre les pachycéphalosaures, et Trinidad fut projetée hors du véhicule et survola la sauge pourpre, uniquement retenue par son harnais. Elle s'agrippa aux crosses jumelées du canon Mackinaw comme à une promesse de salut. Le char de brousse faisait des bonds et des embardées. Derrière un rideau de fines particules elle discernait des mouvements, des teintes, des formes, des masses... Elle fit pivoter le Mackinaw et vida un chargeur avant de *mierda* prendre conscience *mierda* qu'il s'agissait *mierda* d'un groupe de deinonychus *mierda mierda mierda mierda !* Quand leurs accumulateurs solaires étaient à pleine charge, leurs moteurs musculaires leur permettaient de filer à quatre-vingts kilomètres à l'heure et leur autonomie était plus importante que celle des véhicules des hommes. Une partie de chasse dont on revenait systématiquement bredouille. Un gaspillage d'aiguilles. Ils étaient des commensaux des pachys, en dépit des quarante millions d'années et des divers glissements tectoniques qui séparaient l'apparition des deux espèces.

Telle était la magie de Disney.

Trinidad éjecta le chargeur vide et en encliqueta un autre. Mâchoires serrées, elle se concentrait pour prévoir les accidents du terrain, les coups d'accélérateur et de frein, les cahots. Fumée. *Fumée*. A cinquante mètres du rideau igné, Sula vira en dérapant et dressa un mur de poussière devant celui du feu. Trinidad se retrouva casque contre casque avec un pachycéphalosaure mâle déchaîné. Deux tonnes de tectoplastique photosynthétique autoduplicateur qui arrivaient sur leur lancée à une vitesse de rapprochement relative de cent cinquante kilomètres-heure, collision estimée dans 3,33 secondes. La tête d'un bleu électrique divinement incongrue d'un de ces ornithopodes la surplomba de cinq mètres. Elle hurla. Elle ferma les yeux. Elle tira.

Elle rouvrit les paupières, les doigts crispés sur les détentes jumelées. Le Mackinaw expectorait toujours des quintes de projectiles. Le char de brousse s'arrêta. La force d'inertie emporta Trinidad. Les neurotoxines atteignirent le cerveau du monstre. Il s'affaissa, mort. Il se redressa, mort. Il se tourna, mort. Quand il s'effondra pour de bon, Trinidad crut que la lune tombait du ciel. Vaudou paléontologique. N'était-ce pas elle qui, en détruisant cette créature, avait provoqué la disparition brutale et inexplicable de ces modèles du Crétacé supérieur ? Extinction à distance par magie noire. Dagides et aiguilles.

Un char de brousse vint effectuer une ronde autour d'eux. Son tireur perforait l'air et criait avec surexcitation :

— Super, Trini ! Super, Trini ! Super, Trini !

Sans s'interrompre.

Elle pensa à Tomas ou Benny, car la voix était masculine. Ils se ressemblaient tous, sous la visière de leur casque. Ils se ressemblaient tous, même sans cet accessoire. Ils allèrent se placer sur une orbite plus éloignée, au sud-est des flammes. Les pachycéphalosaures — deux mâles dominants, deux mâles dominés, huit femelles et quatre jeunes — étaient cernés et meuglaient, pris de panique. Les chefs du troupeau baissèrent la tête pour défier les humains, les charger, marquer un point contre les agresseurs qui hurlaient derrière leurs Mackinaw. La poussière s'élevait en un nuage spiralé. Les aérogrimpeurs semaient un retardateur chimique sur l'incendie, impatients de se repaître de charogne. Sula inséra sa maîtresse dans la ronde infernale.

Puis le massacre débuta.

Haïku :
Poésie japonaise
composée de dix-sept syllabes.

Toussaint se dresse sur la balustrade du balcon de l'appartement du quatre-vingt-dix-neuvième étage, un ruban de carbone reconfiguré large de quinze centimètres. Les tourbillons d'air qui gravissent les formes géométriques tourmentées de la tour San Gabriel le cinglent, mais il a un sens de l'équilibre développé.

Devant lui s'ouvre un gouffre titanesque que suit mille cinq cents mètres plus bas le fleuve d'asphalte de Hoover Boulevard. Derrière lui, dans le logement, s'élève la voix de son père qui s'adresse au néant. Un enregistrement. Six années se sont écoulées depuis qu'ils ont pour la dernière fois échangé une parole.

— ... selon les estimations, la flotte des Morts-Libres atteindra l'orbite terrestre dans une fourchette allant de six à quinze heures. Le point modal étant dans huit heures et vingt-six minutes, soit à dix-neuf heures dix-sept minutes, heure locale du Bassin Ouest Pacifique. L'évacuation des installations orbitales industrielles de la *corporada* sera terminée d'ici là...

Ils communiquent désormais par carte sonore interposée.

— ... des attaques préventives seront lancées contre la zone reconfigurée de Tsiolkovski, sur la Face cachée. Les défenses planétaires sont en alerte rouge et nous serons prêts au combat dans cinq heures dix-neuf minutes...

Pourquoi me dis-tu cela de cette voix si calme et raisonnable qui a toujours eu le don de me braquer contre toi ?

Même s'il a refusé son héritage, l'héritier présomptif et désigné doit être informé des décisions prises au plus haut niveau. Son père s'imagine-t-il qu'un mouton noir qui a regagné le troupeau, un fils prodigue repenti, peut faire rebrousser chemin aux vaisseaux-bang des Morts-Libres, réduire à néant ce qu'ils ont extrait des astéroïdes, raser leurs forêts qui s'étendent dans le vide, détruire leurs cités en expansion sous les étoiles et rendre à la lune son ancien statut d'astre mort ?

Un divan de caoutchouc noir hérissé de pointes molles est l'unique objet que Toussaint regrette d'avoir dû laisser derrière lui, le matin où il est finalement sorti de la vie de son père. Il ne serait pas revenu en ce lieu s'il n'avait attendu un des cartons d'invitation qui, une fois l'an, émergent de la fente de l'imprimante et tombent sur le plateau du bureau poussiéreux. Six rectangles qui se sont chevauchés là où la pellicule de poussière est plus fine de quelques microns.

Le vent tiraille son corps frêle. Les physmodes (ce néologisme l'horripile, mais tous l'emploient dans l'Aire de Lodoga) l'ont incité à faire développer sa taille au détriment de sa masse. Il a la transparence angélique des victimes de la famine. L'Ange de la Faim. Dans son cas, il ne fait aucun doute que c'est un rognage impitoyable qui lui a permis d'atteindre cet idéal esthétique. Sa peau blanche — une rareté dans la Zone Urbaine des Tres Valles — met simplement en valeur l'œuvre plus radicale qu'elle recouvre. Nul humain n'a jamais eu des os aussi saillants que les siens. Il ne regrette rien. Ses cheveux décolorés se dressent à la verticale et sont taillés comme une haie, à l'horizontale. Ses yeux sont noirs, en raison de l'ajout de lentilles polarisantes. Tel l'aigle, il peut fixer le soleil. Tel l'aigle, il baisse le regard sur le monde des hommes.

Au nord, les collines boisées frissonnent sous la brume de chaleur. Même les éoliennes des crêtes sont trop lasses pour tourner. Le vernis brun orangé de diverses substances photochimiques infuse dans les vallées et bouillonne en tourbillons jaunes et verts à l'intérieur de poches microclimatiques abritées. Huen prétend qu'il existe des lieux sacrés à l'emplacement gardé secret où la nappe de brouillard est si vieille, si dense, si complexe et à tel point saturée de composés mystérieux qu'elle se transmue en une bouillie hallucinogène qui altère la réalité.

Toussaint perçoit les signes d'un rafraîchissement de la température. Là-bas, au-dessus de l'océan, un nuage menaçant approche de la côte, chargé des premières pluies de la mousson d'hiver. Pluies sur la terre, présage de la guerre qui se prépare loin au-dessus de la fine enveloppe de l'atmosphère.

*J'ai devant les yeux,*
*Ce qui sera mon destin,*
*Mon héritage.*

A un kilomètre au sud de la tour où il se perche s'élève le filigrane tectogothique de San Miguel. A une distance égale à l'ouest, San Rafael est le troisième ange de la *Sagrada Familia*. Chacune de ces constructions plonge ses racines dans les *arcosantos* de la Tesler-Thanos qui occupent l'intersection de Hoover et de la Troisième Rue depuis si longtemps que même les morts de longue date ont oublié que l'agglomération avait autrefois un centre différent. Au même titre que le rêve freudien de Gaudi, ces trois tours ne sont pas achevées et, par nature, ne le seront jamais. Des tecteurs miniers draguent constamment la ligne de failles en quête de minéraux ; des tecteurs transporteurs les hissent molécule par molécule au-delà des niveaux d'habitation sur les flux constricteurs, les tétraèdres inégaux et diverses excroissances, jusqu'aux sommets où des tecteurs maçons les manipulent, les moulent, les façonnent. Enfant, Toussaint aimait s'avancer nu sur ce balcon et se coller au mur de la tour afin de sentir sur sa peau la reptation osmotique de son matériau. Il existe une superstition que partagent tant les *arcosantistos* que les morts qui vivent dans leur ombre, derrière les portes de Nécroville. Tous croient qu'ils disparaîtront le jour où ces constructions cesseront de croître, et que la Tesler-Thanos *corporada* en fera autant.

*Amen*, dit Toussaint.

*Ce monde n'est qu'un*
*Immense bac à sable,*
*Où joue mon père.*

Ce *haïku* est bancal mais, comme en tout, Toussaint n'est qu'un néophyte.

Au bord du vide, il lève lentement les bras.

Et il se laisse choir, dans le néant.

S'il n'y avait la résistance de l'air, tout corps ayant sa masse (ou n'importe quelle masse... Qui n'a vu le marteau et la plume tomber sur la lune ?) aurait percuté la voie extérieure de Hoover à la vitesse de cent quatre-vingt-treize kilomètres-heure, vingt-deux secondes après avoir sauté du logement du quatre-vingt-dix-neuvième étage.

Première seconde : Toussaint passe devant les balcons des appartements situés sous le sien. Sur l'un d'eux, une femme nue se fait dorer au soleil. Des scènes d'un soap opera semi-virtuel défilent sur les verres de ses lunettes noires. Elle ne voit pas son voisin qui ferme les yeux et écarte les bras, crucifié sur l'air. Il se rappelle le jour où il est venu dans la tour de son père pour lui montrer ce que les modeleurs de chair de Nécroville ont fait à son corps, conformément à ses désirs. Il en conserve le souvenir d'une salle immense, une vaste plaine de granite persillé de mica légèrement radioactif ; de la clarté de fin d'après-midi qui filtrait à travers les parois de verre treillissé ; de l'impression que son père était minuscule assis à son bureau avec sur sa droite le paon génétique qui déployait sa queue magnifique et vaine, sur sa gauche le tectosaure serti de saphirs et aux yeux d'aigue-marine suspendu la tête en bas à son perchoir.

Il s'attendait à tout, sauf à voir pleurer son père. A sentir ses bras l'étreindre, ses mains tâter les soudures épidermiques en cours de cicatrisation et les contours des progiciels sous-cutanés. Des doigts qui tremblaient d'une affection encore plus pénible à supporter qu'un anathème. Il ne pouvait même pas imiter Lucifer, lancer son *non serviam* et être damné, refuser son héritage et le rôle qui lui était dévolu au sein de la Tesler-Thanos *corporada*.

Un souvenir très bref, de moins d'une seconde.

Deuxième seconde : deux fois plus de balcons qu'au cours de la première. Un homme qui lui tourne le dos pour admirer la décoration de son appartement entrevoit son reflet dans un antique miroir tarabiscoté. Des cadres de référence. Pour Toussaint, c'est l'arcologie de la Tesler-Thanos qui grimpe de plus en plus vite dans le ciel. Il pense aux vaisseaux-bang qui manœuvrent là-haut, dans l'espace proche de la Terre. Des appareils à propulsion massique qui se déplacent telles des araignées dans des toiles de voiles solaires. Ils sont eux aussi victimes de la relativité. Depuis la guerre du Transit, quand l'humanité a dû abandonner les étoiles aux ressuscités, les Morts-Libres sont devenus les démons, les ogres, les zombies dévoreurs de chair humaine de la mythologie populaire. Cependant, ceux que les uns considèrent comme des terroristes sont pour les autres des libérateurs. Son père a parlé des défenses planétaires. Qu'y a-t-il à défendre ? Usines orbitales. Capitaux. Pouvoir en place. Privilèges. Inégalités. Un système — que souhaite lui léguer l'auteur de ses jours — qui fixe pour prix de la résurrection la privation de tous les droits individuels. Une non-reconnaissance légale éternelle. Pour la loi, les morts ressuscités n'existent pas. C'est cela que protègent les catapultes et les batteries de missiles et de teslers des complexes militaires et industriels.

Venez, démons, approchez !

Troisième seconde : sa vitesse est désormais neuf fois plus grande qu'au début de sa chute et il passe devant un nombre de balcons neuf fois plus important. Il pense à des symboles. Dieu et Satan. La tentation du Christ. L'Œil-qui-Voit-Tout de Sauron dans la Tour noire de Bäräbudur. Chronos qui dévore sa progéniture. Œdipe qui baise sa mère et tue son père. Ils ne conviennent pas à Toussaint, fruit blanc et ingrat des privilèges, les archétypes des mythologies à la peau noire, leurs petits dieux irascibles inconstants, leurs saints danseurs terre à terre. Non, son panthéon des regrets freudiens est peuplé d'êtres plus redoutables, plus impitoyables. Existe-t-il une seule religion où le père tire ses enfants du royaume des morts pour les bannir ensuite dans les ténèbres absolues de l'espace, un lieu d'exil d'où ils reviendront un jour pour le détruire ainsi que toutes ses œuvres ? se demande-t-il. Si ce n'est pas le cas, ce sera bientôt une réalité.

Quatrième seconde : le moment est venu de s'assurer qu'il ne se rapproche pas trop des flancs évasés de la tour San Gabriel. Il modifie le profil qu'il offre à l'ouragan et réduit la résistance que lui opposent ses extrémités afin de s'imprimer un mouvement vers l'extérieur.

Cinquième seconde. Sixième seconde. Septième seconde. Toussaint a laissé au-dessus de lui les étages résidentiels et atteint les secteurs administratifs et industriels. Il descend à approximativement cent cinquante kilomètres-heure et sa vélocité va se stabiliser en fonction d'un délicat équilibre entre sa masse et ses lignes aérodynamiques. Il a adopté la posture classique de la chute libre, membres écartés. Il calcule les tolérances, les maxima et les diverses configurations. Le log chargé dans son cerveau lui facilite la tâche. C'est un jeu d'enfant. On pourrait comparer cela aux estimations constantes de vitesse relative qu'effectue inconsciemment le conducteur d'une voiture. Douze secondes. Treize secondes. Des véhicules encombrent Hoover Boulevard. La nappe de brouillard se rue à sa rencontre.

Quinze secondes.

Ses épaules, le haut de sa colonne vertébrale et ses bras se déforment. La peau s'étire, se déchire. Ses côtes de tectoplastique perforent son épiderme et sa combinaison de vol rose et noire. Elles exercent des pressions sur la membrane perméable de son sac à dos. Les informations défilent sur ses rétines, communiquées par les systèmes qui entrent en action. Toussaint bande ses muscles face à l'air qui le soufflette. Les marges d'erreur sont infimes. Sur son dos, le sac qui s'ouvre évoque l'éclosion d'une fleur. Tiges et perches de plastique morphique se déploient en un treillis arachnéen. Le spectre d'une aile, une chauve-souris écorchée. Des cirres monomoléculaires cherchent en reniflant des points d'ancrage et s'y nouent pour renforcer l'armature. L'interface avec ses nerfs est établie. La structure fait désormais partie intégrante de son être.

Dix-sept secondes.

Sitôt verrouillé dans une position dont il a conservé le souvenir, l'ensemble peut encaisser des accélérations de douze g. Le squelette humain est toutefois moins résistant et recouvrir l'assemblage d'une surface portante arracherait sa colonne vertébrale.

Il ne lui reste que quatre secondes avant de percuter le boulevard et de mourir quand Toussaint bascule tête en bas. Il plonge. Un fluide est pompé dans le sac et envoyé dans le réseau des veines qui relient les étrésillons de l'aile. Au contact de l'air, le liquide se fige et se solidifie en une membrane d'une molécule d'épaisseur aussi dure que l'acier.

Dix-neuf secondes. Il incurve son corps. Par l'entremise de sa moelle épinière, des ordres mentaux se répandent dans les interfaces, atteignent sa prothèse. L'intelliplast se gauchit. Le bord d'attaque mord l'air. Les g essaient de le déchiqueter et le sang bout dans la cocotte-minute de son crâne. Il frôle la cime des palmiers de Hoover et remonte vers un ciel dégagé.

La vingtième seconde.

Tiens bon. Tiens bon. *Tiens bon !* La moindre perte de vitesse lui serait fatale. Les extrémités de la structure s'incurvent et un virage sur l'aile le ramène en douceur vers la ziggourat technogothique de la Tesler-Thanos. Il a besoin des courants d'air chaud qui grimpent le long de ses flancs monolithiques.

Ils l'emportent loin au-dessus de la tour où s'affairent les tecteurs maçons. Ils déplacent les molécules de jour comme de nuit, sans relâche. A mille mètres du sommet de l'*arcosanto,* il interrompt son ascension et entame un lent vol plané à l'aplomb du territoire des morts, en direction de l'Aire de Lodoga.

Toussaint accorde plus d'importance à la pureté du vol qu'à l'altitude, la vitesse, les figures acrobatiques ou la durée. Les *águilas*, ses frères et sœurs pour qui de telles choses sont l'essence de leur discipline, ne pourraient comprendre. C'est dans le juste équilibre entre les forces ascensionnelles, la pression atmosphérique et la gravité que Toussaint trouve de quoi provoquer l'expansion de son conscient.

*Adrénaline*
*Et Norepinephrine,*
*Sont le Nirvana.*

Il sait qu'il n'est qu'un point infinitésimal qui dérive dans l'immensité de l'atmosphère, et il se sent réconforté. Il absorbe en lui les processus chaotiques de la météorologie et de la climatologie. Une connexion. Sur le parapet de son appartement, il a su que la chaleur prendrait fin parce qu'il est la chaleur.

*Gobé par le ciel*
*Je suis Toi et Tu es Moi.*
*Zen climatique.*

Les quartiers prérésurrectionnels de Hollywood et de Sunset s'étendent sous son ventre. Pas un bruit ne s'en élève. Quand les collines s'éveillent, les morts des vallées dorment et emmagasinent par photosynthèse l'énergie qui leur sera nécessaire pour jouir des plaisirs de la nuit moite subtropicale. Ce soir, quand les habitants des beaux quartiers s'assoupiront, ceux de la plaine se lèveront et danseront. Ce soir, les morts célébreront leur carnaval.

Loin au-dessus de Nécroville, Toussaint songe à ses amis qui s'apprêtent à aller à leur rendez-vous annuel au Café Terminal : Yo-Yo dans son cabinet d'avocats bruyant où règne une activité frénétique. Camaguey dans sa fraîche maison qui surplombe l'océan. Trinidad... Il pense souvent à elle, isolée dans les hauteurs sociales de La Crescenta. Trouvera-t-elle finalement le courage d'exorciser le spectre de Peres et de se joindre à eux ? Santiago, entouré de tant de morts illustres. Toussaint lui doit beaucoup. An deux : Ecole privée élémentaire de Reseda. C'est Santiago Columbar qui a bravé les protecteurs imposés par son père pour montrer à Toussaint — un autre nom et une autre vie que bien peu de gens connaissent — comment s'infliger à l'aide d'une loupe ces merveilleux stigmates qui se cicatrisent très lentement sur les bras et les cuisses.

Leur amitié avait pour base l'équilibre précaire qui s'établissait entre la noirceur vulnérable de l'un et la luminosité idéaliste et impétueuse de l'autre. Ce sont les lois de l'entropie émotionnelle qui régissent de telles relations, et pour lutter contre leur déliquescence il convient d'y consacrer toujours plus d'énergie. A la fin, le prix à payer s'est avéré trop élevé. Ils se sont séparés, deux planètes jumelles qu'une explosion a désaccouplées. Et la disparition du centre de gravité a entraîné la désintégration du groupe.

Une fois l'an, et une fois seulement, suffit. S'ils étaient plus proches, ils se détruiraient.

Toussaint a de nouveaux amis. Il fréquente d'autres cercles, il s'est inséré dans un milieu social différent. Mais il regrette que tout ne puisse redevenir comme avant, quand ce qu'il vivait était si intense et — paradoxalement — innocent.

Les courants ascendants des collines le caressent. Il incline ses ailes dans l'air chaud qui l'emporte à des milliers de mètres au-dessus de la ville. Des points scintillants sur le pourtour de l'énorme cylindre gazeux lui signalent la présence d'autres *águilas* qui chevauchent l'éther avec lui, de plus en plus haut.

*Walkyries dorées,*
*Et surfeurs néo-nazis,*
*Chevaliers du ciel,*
*Sieg Heil !*

Il a manqué de concision. Il a trop de choses à exprimer. Par ailleurs, les allusions sont anachroniques. Il lui reste encore à se familiariser avec les règles de construction subtiles des *haïkus*.

Toussaint s'éloigne des autres hommes, en direction des *arcosantos* de la Tesler-Thanos. Tel Allah, il enjambe la terre et le ciel, absolu et unique. Il n'y a qu'un seul Dieu, une résurrection, et Tesler est son prophète.

*Un mausolée noir,*
*Où demeure mon père,*
*Adam Tesler.*

Trop court, cette fois. Le soleil de fin d'après-midi se reflète sur les ailes décorées des *águilas* de l'Aire de Lodoga qui prennent leur essor pour jouer avec lui. Les pressentiments de Toussaint s'envolent, tel un front d'orage qui passe. Le ciel est immense. L'astre du jour est brûlant. Le vent sustentateur est puissant. Il n'y a que cela qui importe. Pas la lune transformée en une sphère nanotechnologique de plus de trois mille kilomètres de diamètre. Pas la flotte des Morts-Libres qui approche de la terre. Pas les machinations du Conseil de la Côte, de la PanEuropa et de leurs maîtres, les *corporadas*.

Loin derrière lui, le monologue poussiéreux de son père s'achève sans que nul l'entende.

Cinquante-trois heures, vingt-cinq minutes.

*Trahison* dont l'outil était un bouton argenté encastré sur le côté d'une cuve de Jésus. Avec écrit au-dessus : *Vidange et recyclage.*

Trahison perpétrée d'une simple pression de la paume. C'était suffisant pour activer des circuits, ouvrir des vannes. Le contenu de la cuve de Jésus s'était écoulé dans les canalisations de la maison, les égouts de Palos Verdes et, pour terminer, le Pacifique.

L'équivalent de neuf cents litres d'eau distillée au pH neutre, salée avec cinquante kilos d'amas tectoriels déconfigurés en suspension. Et également le corps dissous, chair et esprit, d'Elena Eres, morte *morte*.

Serveur, il y a une femme dans ma soupe.

Vous avez commandé une soupe de femme, seor.

Il l'avait accompagnée dans les eaux peu profondes d'une tiédeur utérine. Après lui avoir donné un dernier baiser, il avait tenu sa main jusqu'au moment où la fermeture du couvercle les avait séparés. Il avait collé ses doigts et son visage au plastique transparent afin qu'elle emporte son image avec elle dans les flots de la renaissance. Il avait agi ainsi parce qu'il l'aimait. Mais même l'amour le plus fou n'aurait pu l'inciter à rester là trois jours et trois nuits, pendant qu'elle se désintégrait en tecteurs qui partaient nager dans le fluide. La lente desquamation des téguments externes en premier lieu : peau, cheveux, yeux, tissus les plus tendres. Venaient ensuite les muscles, les tendons, les veines, les fibres nerveuses. Pour terminer, les cartilages et les os qui se dissolvaient en crépitant tels des cachets effervescents.

Il faisait les cent pas dans la longue galerie couverte d'une verrière voûtée et s'arrêtait souvent pour fermer les yeux et laisser son front reposer contre la carapace de tectoplastique, comme s'il s'agissait d'un coquillage géant renfermant les bruits de l'océan. Il croyait alors pouvoir entendre les bouillonnements infrasoniques des tecteurs en cours de purification.

Dysréplications. Données inexactes. Bogues. Transcriptions défaillantes dans un univers de sources mutagènes potentielles. Sur un arrière-plan de radiations, d'ultraviolets, de champs électromagnétiques, de toxines et de produits chimiques. Les cancers ordinaires de la vie. Non corrigées, les erreurs se combinaient aux erreurs, les duplications défectueuses se multipliaient de façon exponentielle. Régénération aberrante. Oui. Mutagenèse en métastase. Oh, oui ! Difformités bizarres, localisées dans certaines parties du corps. Les dysréplications avaient révélé toutes leurs horreurs à Camaguey.

Solution : l'immolation. S'enfoncer sous les flots et renaître. Etre réduit en tecteurs, épuré, ressuscité. Reconfiguré. Il s'était dit que tous les morts devaient y passer, que la première résurrection était la pire.

*Tu ne m'as même pas laissé ce choix,* pensa Camaguey.

Pendant ces jours de folie, c'était parfois le bouillonnement moléculaire et les sifflements du contenu de ses propres veines qu'il entendait lorsqu'il collait son front à la cuve.

— Elena ?

Il avait écarté la main du bouton argenté.

Disparue.

En huit cents milliards de particules dissociées, dissipées par le reflux de la marée et les courants qui s'écoulaient autour de son récif. Expérience de biologie élémentaire : prenez une éponge naturelle, hachez-la menu et remettez-la dans l'eau. Avec le temps, cette éponge se reconstituera. Il imaginait les tecteurs qui franchissaient les gorges et les boyaux des bivalves et des poissons, des molécules artificielles brassées par les remous qui se recherchaient pour fusionner, se souder, devenir de plus en plus complexes, intelligentes et conscientes, jusqu'au stade où Elena Eres réapparaîtrait à la surface, nouvelle Vénus nanotechnologique sortant de l'onde et de l'écume. Il la voyait dans son esprit franchir la barre et entrer dans la maison déserte de la colline, pour le chercher à tâtons. Serait-elle animée par un esprit de vengeance ? Viendrait-elle réclamer des explications pour la souffrance et pour la confusion qui l'avaient assaillie à son réveil dans les flots obscurs ? Lui apporterait-elle son amour, parce qu'elle les considérait égaux dans la trahison ? C'était sans importance. Elle ne le trouverait pas. Il serait parti depuis longtemps.

— Combien ? demanda-t-il au domolog, dans sa chambre au bord de l'océan.

— Cinquante-trois heures et dix minutes, répondit la voix. Ensuite, la conversion sera très rapide. Ces prévisions sont fiables à quatre-vingt-treize pour cent.

Au-delà du panneau de verre incurvé, la mer était calme, mouchetée par les ombres sous-marines du récif qu'il avait bâti. Un petit voilier dansait au large, sous la clarté cristalline de ce début d'après-midi. Des mouettes effectuaient des piqués et plongeaient dans la mer en soulevant des gerbes d'eau. Il y avait les losanges noir et or d'un banc de plésiosaures flottant entre deux eaux. Plus loin, dans la passe, des baleines géantes louvoyaient au milieu des grues aux pattes de moustiques des stations énergétiques. Elles se dirigeaient avec le courant vers le sud et les lagons de reproduction de la Baja California. Le bateau des gardes-côtes poursuivait ses activités énigmatiques. Les sources officielles démentaient les rumeurs, leur apportant ainsi plus de crédibilité. La pluie de météorites du mois dernier ? Hon-hon. N'allez pas me dire que c'était naturel ! Ils veulent nous dissimuler qu'il y a eu un raid, que les Morts-Libres ont lâché des saloperies dans l'océan. Pour sûr que je vais joindre les services sanitaires de Palos Verdes. Je ne tiens pas à voir Dieu-sait-quoi surgir chez moi par la cuvette des toilettes.

Au moins peux-tu encore sourire, Camaguey. Ecoutez, commères... Dans une cinquantaine d'heures vous aurez suffisamment d'anecdotes à raconter pour vous occuper pendant des siècles, et elles seront authentiques.

Certaines catastrophes sont trop violentes, rapides et dévastatrices pour que les survivants puissent respecter la désescalade hiérarchisée de la colère, des démentis, des compromis et de l'acceptation finale. Les coups vraiment brutaux étourdissent leurs victimes qui refusent alors de croire en leur réalité... Comme l'homme trop surpris d'avoir été atteint en plein cœur pour pouvoir s'effondrer.

Il savait qu'il aurait dû crier. Mais ce qu'il pensait — ce qu'il ressentait —, c'était qu'il était grand temps de faire repeindre sa flotte de yachts de location.

*(Pendant que le mal te ronge intérieurement,* hurlait la voix muette.)

Ou enfiler une combipeau, prendre une yole et aller

jusqu'aux nouveaux semis pour voir les pseudo-coraux avancer sur les masses entassées de vieilles épaves d'automobiles aux glaces brisées.

Camaguey se rappelait l'instant précis, le lieu, les conditions météorologiques et la tenue qu'il portait quand il était tombé amoureux des récifs coralliens. 15 h 28, heure locale de la côte est de l'Australie ; trente kilomètres plein est de Cape Tribulation ; température de 32° centigrades ; forte hygrométrie ; ciel sans nuages ; vent de trois nœuds ; océan à peine agité. Il avait mis la combinaison vert et or qui était à l'époque son vêtement préféré. C'était la quatorzième année de l'Ere des morts ressuscités. Son père, en voyage d'affaires dans l'Etat libre du Queensland, avait bouleversé son emploi du temps afin d'offrir une distraction à son fils qui s'étiolait d'ennui. Ils étaient montés à bord d'un bateau bondé de touristes pour assister au prélèvement d'une section de trois cents mètres de la Grande Barrière. Un des plus riches représentants de la ploutocratie de Shanghai en avait fait l'acquisition pour orner son palais bâti par vingt mètres de fond dans la mer de Chine. Quand le bloc de cent mille tonnes avait émergé, ruisselant par tous ses pores, soulevé un millimètre après l'autre par les grues dont les câbles gémissaient et craquaient, Camaguey alors âgé de onze ans avait été émerveillé. Là, sortant de l'onde, il découvrait les cités englouties dont parlaient les légendes, les continents disparus qui avaient enflammé son imagination d'enfant. Pendant un instant il avait vu dans la multitude de dômes et de cylindres de corail les tours d'Ys, les cheminées de Port-Royal et les colonnes d'Atlantis.

Puis les aérotransporteurs avaient pris la relève et le bloc d'où pleuvaient l'eau de mer et le biome marin s'était balancé et avait fait une embardée dans le ciel. La foule avait sifflé, hurlé et applaudi, mais pour Camaguey le charme était brisé : ce n'était plus qu'un exploit technologique camouflé en tour de magie.

Cette ville de corail le hanterait tout au long de son adolescence bachique, et à jamais. C'était la matérialisation d'une chose qu'il ne réussirait à analyser que lors d'une soirée morose, dans la maison de Santiago, quand Yo-Yo avait dit sans grande originalité : *Je me demande ce que nous ferons dans cinq, dix, quinze ans ?* C'était un jeu irrésistible et ils avaient fait des spéculations jusqu'au lever du jour. Le destin de ses compagnons avait été plus ou moins conforme à ces prédictions. Trinidad traversait telle une comète des vies qu'elle jugeait plus intéressantes que la sienne ; Toussaint, jeune âme rebelle, se dissimulait de son père sous l'ombre de ses ailes ; Yo-Yo menait des combats acharnés d'une microseconde sur les réseaux de la virtualité ; Santiago, messie au cerveau consumé, prêchait la révélation hallucinogène à une humanité privée de certitudes. Lui seul avait échappé à toute prophétie. Président de *corporada* ? *non*, écrivain en renom ? *non, pas lui* ; gigolo ? *allons donc !* champion de rafting dans les rapides ? *certainement pas !* ingénieur en nanotechnologie ? *Camaguey ?* faiseur de pluie danseur éleveur de vers barman trafiquant d'esclaves partenaire sexuel hétéro homo bi pédo sans enfants maison foyer hobbies vivant mort... *Je ne peux l'imaginer exerçant la moindre activité.*

Il avait reçu la clé de la compréhension du soi. Il savait que ce qu'il assimilait à un handicap social — son anticonformisme — était en fait son essence. Si ses compagnons ne pouvaient prédire ce qu'il serait dans cinq ans, il s'en félicitait. Il les laisserait suivre le destin qu'ils s'étaient eux-mêmes tracé. Libre de contraintes, il décida de construire un récif de corail. De ses mains.

Il étudia la biologie marine et se spécialisa dans l'écologie des coraux. Il opta pour la nanoingénierie et la conception, primaire et intermédiaire, comme matières de complément. Il apprit à plonger, acheta une combi-peau ultra-perfectionnée puis coucha avec une douairière de Palos Verdes dont les propriétés incluaient une portion du littoral qui convenait parfaitement à ses projets. Et lorsqu'elle enduisait ses pectoraux et ses deltoïdes d'huile solaire, il ne pensait qu'à ses polypes et ses tecteurs. Il fit l'acquisition de cent tonnes de déchets de la société de consommation, largua le tout à cinq cents mètres au large de Long Point et ensemença ce dépotoir avec des tecteurs de sa fabrication. Tout au long de l'hiver humide et frais, pendant que les pluies de la mousson crépitaient sur les tuiles du toit et qu'il tentait de faire jouir la vieille dame dans la chambre ivoire, la situation évoluait sous les vagues qui se brisaient et se reconstituaient. Les tecteurs pillaient les réfrigérateurs, les micro-ondes, les lave-vaisselle, les aspirobots et autres babioles jetables pour en extraire des matières premières et poursuivre opiniâtrement leur œuvre de bâtisseurs. Quand sa maîtresse d'âge canonique se suicida, en février — « la morne saison de l'ennui », s'était-elle excusée dans son message (manuscrit, un anachronisme de circonstance) —, Camaguey en resta abattu et déconcerté. Qu'on pût trouver la vie si épouvantable qu'on finît par décider d'attenter à ses jours le dépassait. Il ne s'était jamais douté qu'elle avait compris sitôt qu'ils avaient partagé le même lit. Elle avait su que ce qui débutait en tant que simple échange de bons procédés deviendrait finalement pour elle de l'amour. Quand l'envoyée solennelle et peu prolixe de la Maison des Morts vint chercher le corps, il demanda à être autorisé à la revoir après sa résurrection.

*Autorisé ?* répéta la femme en blanc. *Tout est permis. Rien n'est interdit. Cependant, vous vous épargnerez bien des souffrances en vous comportant comme si la mort était définitive.*

*Pourquoi ?* voulut-il savoir.

*Mourir n'est pas s'endormir. La mort est la mort. Au réveil, nous sommes différents. Nos vies antérieures, nos souvenirs, nos expériences, nos amours et nos rapports avec nos proches s'apparentent à des songes. S'ils peuvent être troublants, ils manquent de substance et s'évaporent sous la chaleur du jour. De tels liens n'entravent que les vivants.*

Le fourgon blanc silencieux où était peint un V barré emporta le cadavre. Camaguey resta seul à se morfondre dans la maison du bord de mer, un bien immobilier dont — lui avait annoncé le log légal d'une voix feutrée et sifflante — il avait hérité... des tuiles du toit à la chambre à coucher ivoire, de la terrasse à la portion du littoral indispensable à ses projets. Camaguey descendit jusqu'à l'océan, pour s'y immerger en espérant que l'eau salée le laverait de son sentiment de culpabilité. S'il ne fut pas purifié, il se retrouva dans un jardin extraordinaire.

Des tours aux nombreuses excroissances se dressaient de toutes parts. Des voûtes de pseudo-corail spiralées s'incurvaient au-dessus de lui et le guidaient sur des sols de mosaïques cristallines dans des labyrinthes de verre filigrané et d'éventails aux ondulations peu prononcées. Des concrétions rappelant d'immenses radiolaires évoquaient des chausse-trapes médiévales aux pointes cinq fois plus hautes que lui. Enchâssé dans chaque sphère, il y avait un rebut de bric-à-brac domestique : une machine à laver, un robot jardinier. Ailleurs, de fines tubulures saillaient de bulbes profondément enracinés et dansaient sous les caresses des courants californiens tels des sauropodes occupés à brouter le fond marin ; une ressemblance accentuée par le fait qu'à l'extrémité de chaque cou filiforme un minibus des anciennes lignes aérospatiales desservant la région nord-ouest de la côte du Pacifique — des excroissances serties de gemmes nanotechnologiques et soutenues par des vessies gonflées d'air — faisait penser à une énorme tête. Evasements, tours et bâtiments, palaces et jetées. Camaguey consacra des heures à explorer sa cité de rêve sous-marine.

A sa sortie des flots, la lune surplombait la maison de la vieille femme dépressive. Les lumières des usines orbitales traversaient la nuit. Quelque part dans les circonvolutions de sa ville aquatique, la douairière qui avait gobé son sexe puis cent cinquante antidépresseurs avait cessé de le hanter pour acquérir un statut de simple souvenir.

La possessivité n'avait jamais été un trait dominant de Camaguey. Il n'était pas du genre à garder pour lui seul son pays des merveilles privé. Le matin suivant, il convainquit deux plongeurs de renoncer à folâtrer avec les plésiosaures au-dessus de la carcasse engloutie du *Queen Mary* pour aller voir son œuvre. Le lendemain, ils revinrent avec une quinzaine d'amis. Une semaine plus tard, Camaguey utilisait des cuves environnementales empruntées à la Communauté des Nageurs de Milapa pour faire découvrir son récif nanotechnologique. Il effectuait dix plongées par jour, en se limitant à trente individus par groupe ; premier départ à l'aube, dernière visite à la lueur de batteries de projecteurs installées sur un ponton loué à des spécialistes du renflouement d'épaves. Il ne se dépouillait plus de sa combipeau, prenait des radicaux libres pour purifier son sang et ingurgitait par poignées des amphétamines, des somnifères, des remontants, des calmants et des compléments vitaminés.

*Karoshi*. Si le succès de son entreprise grandissait encore, il faudrait contacter la Maison des Morts afin de lui retenir une cuve de Jésus. Camaguey suspendit dans le réseau l'équivalent d'une pancarte où il avait écrit : « Cherche assistant. »

Elena répondit à son annonce. Mais Elena était morte.

Ils étaient tombés amoureux et elle l'avait tué. A petit feu, baiser après baiser, sans en avoir conscience. Et Elena attendait désormais qu'il aille la rejoindre au fond de l'océan. Il lorgna son Idcom. Cinquante-deux heures et quarante-huit minutes. *Jusqu'au moment où des voix humaines nous réveillent et que nous nous noyons.*

— Des conseils ? demanda-t-il à l'air ambiant.

— Là où la loi et la religion l'autorisent, de nombreux malades préfèrent se suicider plutôt que de se morfondre jusqu'à la fin, lui déclara le log.

La carte était l'unique objet posé sur la table de corail brut. *Santiago Columbar invite...* Quel lieu eût été plus approprié que le Café Terminal pour y passer sa dernière nuit ? Avec ceux pour lesquels, sans qu'ils le sachent, il avait plus d'affection que pour quiconque.

Le leur dirait-il ? Il prêta à cette question une importance capitale. Quand les mots sont comptés et qu'on souhaite décrire tout un univers, chaque parole devient précieuse. Il tenta d'imaginer quelles seraient leurs expressions, leurs réactions, lorsqu'il leur révélerait le nom de ce qui le tuait.

Sous le choc, Yo-Yo libérerait ses larmes et ses émotions. Elle laisserait voir l'humanité, la sentimentalité et la vulnérabilité qui la poussaient à jouer si opiniâtrement le rôle d'une avocate sans états d'âme.

Toussaint se renfrognerait et se tairait, pour ne pas dire des choses déplacées ou offensantes. Il redouterait de paraître insensible alors que Camaguey accordait tant de prix au moindre de ses propos.

Santiago manifesterait de l'exubérance avant de rire et de commander du vin, dont il ne boirait pas une goutte. Puis il les entraînerait dans la rue afin qu'ils dansent et se perdent dans la jungle de serpentins et les méandres du carnaval. Mais il ne pourrait dissimuler qu'il enviait celui qui était sur le point de faire ce qui lui inspirait à la fois tant de fascination et de crainte : brûler plutôt que se consumer à petit feu.

Rien ne t'empêche de m'imiter, Santiago.

Trinidad ne serait pas présente. Si elle était venue, elle aurait écouté, pleuré, exprimé son chagrin. Et elle se serait empressée de clouer un autre corps au crucifix d'angoisse qu'elle traînait derrière elle.

Peut-être s'abstiendrait-il de leur parler de tout cela. Il boirait et rirait avec eux, et il participerait aux distractions que Santiago avait organisées. Saint-Jean, Nécroville des nécrovilles, était immense. Il aurait amplement la place et le temps de leur fausser compagnie pour aller retrouver ses nouveaux frères et sœurs.

Il ajouta, à haute voix :

— Je fais partie du peuple des morts, désormais.

*Dans cinquante-deux heures et trente-six minutes,* le corrigea son domolog.

La Carmen Miranda attendait Yo-Yo sur la huit millième marche de l'Escalier du Paradis fait de marbre monochrome. Chapeau tutti-frutti — bananes, ananas, oranges, goyaves, grappes de raisin — comme dans une *frutería*. Deux arcs de cupidon rouge soutenu débordaient ses lèvres sur une couche de maquillage trop épaisse. Sa robe fourreau était fendue jusqu'à mi-cuisses.

— Salut, Yo-Yo ! s'exclama le travesti. As-tu reçu mon petit cadeau ?

— Trio le mâchonne, répondit Yo-Yo.

Elle était quant à elle vêtue de la tête aux pieds en noir calviniste, avec la touche d'argent nécessaire pour démontrer qu'elle avait réussi dans la vie sans que ce fût pour autant de façon ostentatoire.

Des vents spectraux tiraient des harmoniques du grand escalier et, loin sous la source de clarté, des nuages gris traversaient des cieux à la teinte assortie. Les minuscules clochettes de ses boucles d'oreilles ne s'agitaient pas. Aucune des plumes du boa de la Carmen Miranda ne frémissait.

— Elle adore les massepains. Mais si tu veux m'excuser, on m'attend au tribunal.

— Je voulais simplement te souhaiter bonne chance. Seigneur, tu ne peux imaginer à quel point j'aimerais t'accompagner !

Yo-Yo se tourna vers le travesti.

— Ecoute-moi bien, *serafino.* C'est une affaire importante. La plus importante de ma carrière. Si j'obtiens gain de cause, je deviendrai une associée à part entière du cabinet Allison-Ismaïl-Castardi. Si je me plante, je me retrouverai sur les sampans que bercent les vagues de Marina Del Rey. Ce qui signifie que je ne laisserai rien, toi inclus, compromettre mes chances de succès.

— Elles sont de quatre-vingt-huit virgule sept pour cent, déclara la Carmen Miranda. Je parle des probabilités pour que tu remportes ce procès.

Toutes les cent marches de l'escalier monumental, aussi loin que portait le regard, les grandes statues des hommes de loi les plus célèbres valsaient lentement sur leur socle, le bras droit levé pour suivre le mouvement du soleil blanc et pur.

— Quoi qu'il puisse se passer, *serafino*. Et je te tiendrai personnellement responsable du moindre incident. Tu sais ce que ça veut dire.

*Sur le plan émotionnel, ils sont comparables à des enfants de cinq ans,* lui avait dit Ellis. *Ils veulent être aimés, rester près de nous, faire ce que nous faisons, partager notre vie. Sensations incluses.*

— Tu cesseras de voir en moi une amie ?

La Carmen Miranda accompagna la question d'une moue boudeuse.

— Ça me ferait beaucoup de peine, tu sais ! L'unique chose que je te demande, c'est d'avoir un peu de sympathie pour moi, Yo-Yo. Seul l'amour me donne l'impression d'être réelle.

Sous ses chaussures à talons compensés, la marche frémit et se liquéfia. En agitant les doigts pour saluer Yo-Yo, le travesti s'enfonça dans le marbre.

Yo-Yo reprit son ascension. Ses bijoux d'argent tintinnabulaient.

Bon karma, mauvais karma. Malgré les mises en garde d'Ellis, qui lui avait fait le récit des ennuis qu'une de ces créatures virtuelles lui avait attirés à l'époque où il vivait encore à Adélaïde, Yo-Yo souhaitait se débarrasser de la Carmen Miranda. Il fallait l'effacer, l'annuler, la fermer, la désinstaller. Mais même Iago avait refusé d'exorciser ce spectre, de le chasser de sa machine. Un mort n'avait pourtant pas grand-chose à redouter.

— Immortel ou non, je n'ai aucune intention de me mettre à dos une entité qui peut devenir un jour toute-puissante, avait-il dit en lui rasant le crâne.

Elle était assise dans son fauteuil de barbier ambulant.

— Tu ne peux donc rien faire pour moi ? avait-elle répliqué en caressant son cuir chevelu.

Une des sensations les plus érotiques qu'elle eût connues, cette peau nue.

— La question n'est pas de pouvoir mais de vouloir, avait rétorqué Iago en refermant son rasoir. Veux-tu qu'on s'entraîne un peu avant le déjeuner ?

Il avait conçu cet escalier de marbre qui n'en finissait pas. Dans une vie antérieure, il avait créé les logs les plus innovateurs de toute la côte Ouest. Jusqu'au jour où les comptables de sa société lui avaient organisé un petit accident parce qu'ils le trouvaient trop génial pour leur propre bien. Il rasait désormais des crânes, jouait au volley-ball et créait des programmes à la demande. Mort ou vif, il était peut-être l'homme le plus heureux que Yo-Yo eût rencontré.

— Quelque chose de vraiment inédit, lui avait-elle dit alors qu'il lui subtilisait une fois de plus le ballon. Et je ne veux pas de ces foutues cyberguerrières aux cheveux frisottés et aux tétons chromés qui disposent d'une arme à viseur laser et sont polies comme des miroirs.

— Yo-Yo, avait répondu Iago en approchant pour un smash. Tu m'insultes.

Un point.

Elle l'avait eu, l'Escalier du Paradis monochrome qu'elle avait vu dans *Une question de vie ou de mort* de Powell et Pressburger. Iago le lui avait fait gravir en virtualité jumelée, tel un vendeur de biens immobiliers qui a une propriété à fourguer. Remarquez les larges marches qui s'élèvent à l'infini. Admirez les statues en marbre de Paros qui représentent les plus grands légistes et assurent un lien mnémonique avec les banques de données légales du monde entier, de Pretoria au Surinam. Faites une pause sur les paliers de marbre noir, conçus en tant que lieux de rencontre avec vos clients et vos confrères. Découvrez par vous-même la haute définition et le réalisme de cette simulation.

Elle l'adorait. Il lui faudrait cinq années de litiges et d'âpres tractations pour en régler le coût. Mais nul autre avocat du cabinet de Sunset — pas même Trio dont l'ascension était pourtant si fulgurante qu'elle se voûtait — ne pouvait se targuer de bénéficier des services d'un créateur de logs comparable à Iago Diosdado.

Et une Carmen Miranda, un travesti bariolé, se permettait de piétiner les marches de son magnifique escalier monochrome ? Son âme en saignait.

Une âme qu'elle aimait se représenter également magnifique et monochrome.

Sa chambre-bureau était un cube de dimensions modestes ceint de *shojis* de papier blanc dressés sur un plancher de bois nu. Le tout était d'une propreté irréprochable, tant parce qu'elle rejetait son enfance passée sur des sampans que parce que les squames de peau, les cheveux vagabonds, les taches sur les draps de soie noire, la puanteur et les sécrétions des humains brouillons et malpropres n'avaient pas leur place dans son univers noir et blanc. Yo-Yo Mok, son environnement.

Yo-Yo Mok, la femme. Petite, fortement charpentée, des strates de muscles bien tassés sous une peau asiatique réticulée par les veines argentées des circuits moléculaires de son fourreau sensoriel. Chinoise née en Amérique, dans un quartier sordide. Son visage conservait les marques de la petite vérole, des épidémies qui s'abattaient sur les boat people : vieux assassins et mutilateurs que les privilégiés des collines croyaient depuis longtemps éradiqués. Ressuscités, comme tout le reste. Elle exhibait ses cicatrices avec autant de fierté que si elle les avait obtenues au combat. Elle le pouvait parce que le fourreau sensoriel était son véritable épiderme ; son interface externe avec le monde, intacte, parfaite, lisse et soyeuse. Ses circuits pelliculaires constituaient un second système nerveux qui lui permettait d'appréhender un univers plus vaste et lumineux que celui accessible à l'aide de ses cinq sens originels.

Dans cette simulation, un ronronnement neural alerta Yo-Yo qui regarda autour d'elle. Dans le ciel gris, une dalle carrée d'obsidienne polie bascula. Des étoiles papillotèrent dans ses profondeurs noires : affaires en jugement, verdicts rendus, sentences exécutées. La fenêtre événementielle était une section transversale dans la pyramide haute de douze kilomètres de l'ordinateur judiciaire Zwingli II.

Pouls qui s'emballait. Paumes moites de sueur. Vision brouillée. Besoin urgent de vider sa vessie. Autant de signes de surexcitation. Faculté de droit, premier jour, premier cours. Se calmer. Se dominer. Se familiariser avec les disciplines. Quatre-vingt-huit virgule sept. S'en souvenir. Il faudra que j'arrose ça avec mes vieux amis, ce soir au Café Terminal.

Le plan de ténèbres passa sans bruit au-dessus d'elle. Elle leva les yeux, y vit son reflet rapetissé par l'angle d'approche et fut aspirée vers le haut.

Elle les avait trouvés à son retour de la *panadería* de M. Shoe où elle était allée s'offrir les *dulces* de sa pause-café quotidienne. Epinglé au tableau, le carton liseré d'or — *Santiago Columbar invite Yo-Yo Mok...* — et devant la porte, le bateau plein de massepains.

— Ton ange gardien a encore livré ? fit Trio.

Sa collègue qu'elle ne pouvait supporter. Elle revenait du bar du coin avec son dîner : une crêpe micro-ondée et un déca dans une flasque de polystyrène. Elle prétendait que le décalage temporel ne lui posait aucun problème. Les activateurs de cycle circadien et les séances d'orientation/désorientation étaient d'un précieux secours, mais Yo-Yo estimait avec jalousie que ce n'était rien comparé à l'énergie insufflée par le fait d'avoir dix-neuf ans et du succès, d'être jolie et noire.

— Un yacht modèle réduit rempli de massepains ? constata Trio en reniflant avec suspicion le contenu de la maquette.

— Un commentateur judiciaire a écrit que ma plaidoirie dans l'affaire Paulus/Dahl-Esberg-Sifuentes était aussi indigeste qu'une batelée de massepains. La Carmen Miranda l'a appris par le réseau et a dû croire que c'était un compliment.

— L'affaire Paulus/Dahl-Esberg-Sifuentes ? Tu l'as perdue, non ?

Exact.

— Dis, Yo-Yo, si tu n'aimes pas ça, est-ce que je peux me servir ?

— Faut pas te gêner.

Bouffe à t'en faire crever la panse, pendant que tu y es ! Mais tu es malheureusement une de ces créatures bénies des dieux qui peuvent s'empiffrer des pires saloperies — régime composé de cent pour cent de graisses, de sucres et de glucides — et grommeler et gémir parce qu'elles se trouvent trop maigres. Seigneur, pourquoi ne puis-je pas prendre quelques kilos ? Dès que Yo-Yo s'autorisait un *dulce* au chocolat, vlan ! elle se métamorphosait instantanément en ballon de baudruche. Elle attribuait cette malédiction à ses origines. Les Sud-Asiatiques avaient conservé une caractéristique de l'Ere glaciaire qui se manifestait par une tendance à produire des réserves sous-cutanées. Dans leurs savanes et leurs jungles, les peuples d'Afrique n'avaient jamais eu à se prémunir contre le souffle des glaciers.

Il y avait eu tout d'abord les bouquets de fleurs de lotus et d'ophrys abeille. Chaque jour, pendant une semaine, remis en main propre par une livreuse des Floralies d'Hesperia. Le lundi suivant, une bouteille de vin. Un Coonawarra Sémillon 88.

— Ton admirateur secret est un connaisseur, avait commenté Jorge, l'associé senior. Si tu ne sais pas quoi faire...

Le mardi, une caisse de douze.

— Si j'étais toi, je craindrais que ce mystérieux donateur ne se ravise et ne réclame le tout, la mit en garde Phoenix dont la spécialité était le droit criminel.

Puis des chocolats belges. Faits main. Expédiés de PanEuropa par avion. Des boîtes de deux kilos. Trio avait passé une nuit éprouvante à Bangkok et se dirigeait vers sa bourse de couchage quand elle fit un détour pour ouvrir au livreur. Plus de la moitié du contenu du colis avait disparu lorsqu'il arriva enfin à sa destinataire.

— Tu devrais te sentir flattée que quelqu'un t'aime à ce point, déclara Emilio, le stagiaire qui s'occupait des délits civils et cherchait en vain un loukoum à la fleur d'oranger dans l'assortiment.

— Pas quelqu'un, fit Ellis, le punk australien chargé des affaires de divorce qui s'entraînait contre le mur avec une FormiBalle hyperélastique achetée par correspondance. Quelque chose. Je crains que Yo-Yo n'ait attiré l'attention d'un *serafino*.

1er novembre 20 : 30 : 35 : 50. Temps moyen de Greenwich. Affaire numéro 097-0-17956-67 : 01.

Dans une chambre en papier proche de Sunset, Yo-Yo Mok enjamba le cadre d'une fenêtre événementielle et arriva sous Zurich, à deux mille mètres de profondeur.

Zwingli II était impressionnant. Ses concepteurs suisses l'avaient conçu pour inspirer du respect envers les procédures quasi divines de la justice. Ils avaient atteint leur but. Elle en restait bouche bée. Chaque fois.

Yo-Yo se retrouvait sur une étroite corniche à un tiers de la hauteur de la face interne d'une pyramide qui, si elle avait été réelle, l'eût surplombée de huit kilomètres. Quatre kilomètres plus bas, sa base eût recouvert la majeure partie du Secteur Métropolitain de la Reine des Anges. Les parois noires de la construction virtuelle frissonnaient et ondulaient de coulées lumineuses colorées : les logs légaux ne pouvaient franchir le portillon de l'arène où seuls des esprits humains avaient l'autorisation de s'affronter. Mais elle les savait derrière elle, et leur présence lui apportait de l'assurance, de l'audace. Redresse-toi, Yo-Yo. Du calme. Du calme. Détends-toi. Garde la tête aussi froide que les processeurs immergés dans du $CO_2$ liquide de Zwingli II. Des étoiles scintillaient à l'intérieur du volume démesuré, des constellations qui brûlaient et mouraient. En permanence. L'ordinateur judiciaire traitait simultanément soixante-dix mille affaires.

La peau de la pyramide ondoya sous ses pieds et cracha un pont sur l'abîme miroitant.

Debout. La séance est ouverte.

Elle tendit un doigt gainé de noir et ceint d'argent et fut propulsée sur l'étroite passerelle. Un astre se détacha de l'arrière-plan galactique et vint à sa rencontre en acquérant de la substance et de la netteté.

*Mon adversaire. Pas d'outrecuidance, pas d'orgueil mal placé. Ne va surtout pas t'imaginer que deux cents gigaoctets de logs légaux* corporadistos *te permettront d'écraser à plate couture ces ploucs en djellaba. Ici, Zwingli est le seul Dieu.*

Elle ouvrit la main et descendit au centre du tablier convexe du pont. Le vide au-dessus d'elle. Le vide au-dessous. Des étoiles qui brasillaient. Son collègue était devenu un pentacle de jambes et de bras surmonté d'une tête. Un homme stellaire. Avec la rapidité surnaturelle propre à la virtualité, il se posa devant elle.

Le réseau est un domaine. Un potentiel. Un état. Une hallucination. Une zone intermédiaire. Un défi lancé aux définitions spécieuses. Un article de foi. Un *credo*.

Je crois en l'inviolabilité des mathématiques pures, appliquées et statistiques, créatrices et nourricières de toutes les connaissances, langage sacré par lequel les réalités de l'univers sont le plus justement exprimées. Je crois en la physique, la chimie, la biologie, la théorie quantique et la relativité générale, l'informatique et le chaos (bien qu'il me soit impossible de faire un choix entre l'indécidabilité de Gödel et les incertitudes d'Heisenberg), les quarks, les gluons et les blocs unifiés attachés avec du superbolduc. Je crois au Saint-Esprit de l'Information, aux journaux télévisés, à mes relevés de compte bancaire, à la musique de ma chaîne hi-fi, aux amis qui apparaissent sur l'écran digital de mon Idcom. Je crois en la résurrection nanotechnologique des corps et en la vie éternelle. Amen.

J'y crois parce que j'ai la preuve que ça marche. Je n'ai nul besoin d'en comprendre les mécanismes. Je sais que c'est efficace. Les gris-gris de la science ont un sérieux avantage sur les autres. La piété et la foi ne sont pas nécessaires pour permettre d'atteindre le but recherché. Il suffit pour cela d'avoir de l'argent. Yahvé a fait tomber la manne avec la rosée du matin pour nourrir les enfants d'Israël, mais à cette exception près ce sont par les réseaux de virtuel-achat qu'on obtient du lait et du miel.

Comme toute croyance, c'est un pur produit de l'esprit. Or, les esprits évoluent et, avec eux, les doctrines sur le mode de fonctionnement du monde. Les modèles changent.

Quand les *corporadas* cybernétiques s'avouèrent incapables de créer l'intelligence artificielle qu'elles promettaient depuis si longtemps à l'humanité, le mythe de l'Ordinateur Suprême qui apporterait des explications à tout — des douleurs des menstrues à la conscience humaine, en passant par Dieu — perdit sa crédibilité. Les gens cessèrent de croire que l'univers et eux-mêmes étaient l'équivalent d'un grand progiciel de comptabilité. Ils transférèrent leurs espérances dans le Minestrone de la Révolution Nanotechnologique : une soupe amorphe d'entités qui y flottaient librement et qui, par leurs collisions naturelles, effectuaient des bonds Prigoginiens vers des niveaux toujours plus élevés d'organisation et de complexité. Un domaine fractal désorganisé et brouillon. Un nouvel ordre mondial où les grosses puces étaient non seulement infestées de petites puces mais en étaient constituées. Un milieu glacial dans lequel on pouvait suivre l'onde et le ressac, de vagues conceptuelles en vagues conceptuelles.

On comparait l'échec des cybernéticiens à celui des insensés qui avaient voulu atteindre la lune en construisant la tour de Babel plutôt qu'Apollo 11. Matériaux inadaptés, techniques non appropriées, approche inadéquate du problème, mauvaise déferlante. Le réseau informatif planétaire créé par les hommes n'était pas un *gestalt* embryonnaire mais une écologie primitive semblable à celle de la planète au cours de ses premiers millions d'années d'existence ; un univers très dense constitué de *sharewares* librement diffusés, de données stockées de toutes parts, de virus dormants ou actifs, de rognures de fichiers, de gigaoctets de puissance de traitement. Le tout était en déplacement incessant dans le réseau mondial, saturé d'énergie, sujet à des fluctuations chaotiques. L'ensemble atteignait une complexité et une masse critiques, formant un écosystème où des entités cybernétiques indépendantes et autarciques à même de se reproduire — *des vies* — pouvaient apparaître.

Comme toute tendance ou idée en vogue, les *serafinos* avaient fait leur apparition bien avant que quiconque ne songe à leur chercher un nom. Pendant des décennies avaient circulé des rumeurs de cyberfées, de farfadets invisibles qui vivaient à l'intérieur du système et qui, en échange d'un bol de secrets, accordaient leur bénédiction aux cybernautes qui leur rendaient un culte. Le temps que leur réalité fût reconnue de tous, ils s'étaient dotés d'interfaces interactives (des personnalités) puisées dans une vaste palette de sources et d'inspirations : les grands archétypes de l'âge d'or étaient leurs préférés, même s'ils leur greffaient des ajouts afin de les personnaliser. La moitié supérieure de Marilyn Monroe flottait sur les vents des données, la jupe éternellement soulevée. Au moins quinze Humphrey Bogart se livraient à une guerre virtuelle impitoyable afin qu'il n'y ait plus qu'un seul prétendant faisant la moue et à la voix traînante. On trouvait même un Marlon Brando intimement fondu dans une Harley Davidson.

Et un travesti appelé Carmen Miranda.

Orteil contre orteil. Tête à tête. Face à face. L'attitude classique de l'affrontement/combat/procès.

*Ne redoute pas ton adversaire. La peur projette ses cirres de perturbation dans les fichiers et sème le chaos dans les pièces à conviction. Sois aussi dure que la pierre, vorace que le feu, imprévisible que l'eau, omniprésente que le ciel. Sois plus que cela : deviens l'Esprit Absolu.*

Elle regrettait seulement de ne pas avoir eu le temps d'avaler un trank supplémentaire.

Son confrère avait opté pour le corps et la tenue d'un pauvre *noncontratisto* gabonais. Son visage, ses mains et son crâne rasé disparaissaient sous les plaies pustuleuses et les cicatrices laissées par les tecteurs parasitaires. Alors qu'elle était très *corporadista* dans son ensemble calviniste noir et argent. Cet homme était rusé.

Il tendit une main piquetée par la petite vérole dans le bref espace les séparant. Yo-Yo jeta un coup d'œil derrière elle, une manifestation de nervosité contre laquelle elle se mettait toujours en garde sans pouvoir la contrôler. Jamais. Les voiles et nébuleuses de lumière étaient là, se lovant et s'entrelaçant, captifs des parois noires de la pyramide. Et il y avait autre chose, une tache lointaine de couleur incongrue. Orange. Vert. Raisin. Fruits ?

La Carmen Miranda. Merde ! Bordel de merde ! Comment ce travelo avait-il obtenu les codes d'accès à Zwingli ? *Tu avais pourtant promis, salope !* Yo-Yo retint cette exclamation d'indignation avant qu'elle n'eût atteint les subvocaliseurs de sa gorge. Ce n'était pas le genre de propos qu'on pouvait hurler dans ce temple du droit. Elle reporta son attention sur les yeux encroûtés de son adversaire (une cataracte cosmétique, une touche très habile) et referma ses doigts sur sa main tendue. L'audience débuta.

Les données captives des murs fusionnèrent en nœuds serrés à la blancheur stellaire brûlante et s'élancèrent sur l'étroit pont noir. Leur flot traversa Yo-Yo tel un raz de marée igné. Nul plaisir terrestre ne pouvait être comparé à cette pénétration d'une microseconde, au goût de l'omniscience savouré à l'instant où les logs légaux éjaculaient des gigaoctets d'arguments dans le système nerveux.

Si Yo-Yo était une piètre avocate, elle était une toxicomane hors pair.

Population Indigène de Mayoumba contre les Industries Gabonaises S.A.

Résumé de l'affaire.

En deux mots : Argent. Travail. Signification : quand les Industries Gabonaises S.A. (alias Capitaux en Francs non CFA) annoncent qu'elles vont implanter sur la côte du Gabon — plus exactement à quatre cents kilomètres au sud de Libreville — une usine de traitement des minerais qui arrivent par pipeline des forages de la dorsale médio-Atlantique, les habitants de Mayoumba font des bonds de joie. Tous pensent : salaires, enfants, voitures, téléviseurs et pilules. Tous pensent : *avenir*. Les dures réalités économiques incitent les I.G.S.A. à signer des contrats d'embauche de longue durée avec deux mille ressuscités des grandes nécrovilles de la région de Kinshasa. Bilan de la situation : non seulement la population de Mayoumba (morte et vive) voit ses projets s'envoler en fumée mais moins de six mois plus tard les rejets de l'usine ont fait disparaître la moitié des poissonneries locales et infecté accidentellement les autres de tecteurs parasitaires. Les peuples d'Afrique-Occidentale étant réputés pour leur patience, ils attendent que leurs enfants tombent malades, s'étiolent et meurent pour demander à leurs cybernautes de contacter un avocat du Caire et le charger d'intenter un procès. A ce stade, les Industries Gabonaises soutenues par les Capitaux en Francs non CFA de la *corporada* de la côte Pacifique qui les parraine mettent leur défense en adjudication. Entrent en scène Yo-Yo et son ambition.

Après des affrontements virtuels entre la Côte et le Delta, un log ukrainien démodé mais accepté par les deux parties expédie en douze millisecondes l'audience préliminaire et décide d'un procès, le choix de la cour restant à déterminer.

La loi est désormais mondiale. A la fin du Siècle d'Or, les systèmes légaux croulaient sous la masse des litiges. Les infractions mineures étaient déjà jugées *in camera* par vidéo interposée. Les jurés ayant disparu, emportés par les tractations et les arrangements à l'amiable, sous-traiter le rôle de la partie civile à des experts judiciaires qui avaient quelques trous dans leur emploi du temps ne constituait pas un précédent très important. Fin du cauchemar kafkaïen de l'innocent qui attendait interminablement de passer en jugement. Les portes des tribunaux s'ouvraient presque aussitôt, dès l'instant où les plaideurs acceptaient que leur cas fût tranché par un tribunal d'Islamabad et selon les principes de la charia traditionnelle. Les avocats étaient devenus des courtiers informatiques internationaux, des cybernautes. Dans un circuit organique où les mégaoctets des logs légaux s'affrontaient en soulevant des gerbes d'étincelles. La justice n'en sortait pas grandie mais les membres du barreau prospéraient.

*Affaire Mayoumba contre I.G.S.A.* : Yo-Yo eût préféré plaider devant la cour de la côte Pacifique qui, par tradition, privilégiait le droit de propriété au détriment de celui des individus. Son confrère égyptien souhaitait faire appliquer la Sharia africaine, si possible la version Réformée. En guise de compromis, ils réservèrent cinquante microsecondes dans Zwingli II pour le 1er novembre à 20 : 30 : 35 : 50, temps moyen de Greenwich. Plaignant et défendant avaient accepté de se plier aux lois de la Confédération helvétique et préparé en secret des appels. Leurs logs légaux s'engouffrèrent dans les banques de données jurisprudentielles pour chercher des précédents et des avis d'experts. Les avocats avalèrent leurs extenseurs de mémoire et accélérateurs neuraux pour ne pas se laisser distancer par leurs entités spirituelles respectives.

— Un quoi ?

— Un travesti, Carmen Miranda.

Yo-Yo s'assit avec colère sur l'horrible canapé de similicuir craquelé d'Ellis.

— Je grimpais mon escalier pour aller travailler quand j'ai vu une banane sur une marche. Et ensuite, ce putain de travelo en a jailli comme un personnage de comédie musicale pour me demander si j'aimais les chocolats.

— Pardonne-moi, fit Ellis en agitant les doigts. Mais ne pourrais-tu pas te déplacer d'une vingtaine de centimètres sur ta gauche ? Tu empiètes sur Mme Badalamentes et ça me gêne un peu.

Elle obtempéra. Ellis était en consultation. Ses lunettes miroitèrent lorsqu'il hocha la tête en réponse à sa cliente invisible. Ses lèvres se murent, sans doute pour présenter des excuses. Yo-Yo se félicitait de ne pas avoir à affronter la chair grossière et faillible. Elle trouvait la pureté abstraite de la virtualité de loin préférable aux transitions déconcertantes des superpositions interactives.

Dans un cabinet où chaque associé connaissait l'odeur des sous-vêtements des autres, nul n'ignorait qu'Ellis avait dû renoncer à une carrière potentiellement brillante à Adélaïde pour s'occuper de divorces miteux à cause d'un *serafino*.

Il termina son entretien.

— On ne peut rien y changer, dit-il en joignant ses mains derrière sa nuque pour étirer ses bras. Pas si on a un tant soit peu de bon sens. Tout a commencé de la même façon, pour moi. Bouquets de fleurs et petits cadeaux livrés à mon appartement. J'ai finalement décidé de les refuser. Ma première erreur. Les *serafinos* ont besoin de se sentir aimés, et le mien n'a pas apprécié mon initiative. Il a poursuivi ses envois mais les a fait débiter sur mon compte. Je me suis retrouvé enfoncé dans les dettes jusqu'au cou. Il m'était impossible de me bâtir une réputation. C'est irréalisable, quand on figure sur la liste noire d'une cinquantaine d'organismes de crédit. Engager un cybernaute pour redresser la situation m'a coûté aussi cher que régler les factures, et pour couronner le tout ce salopard de *serafino* en a eu vent et a averti la police.

— Jésus !

— Ils veulent qu'on les aime, c'est tout. Ils désirent demeurer près de nous et nous accompagner où qu'on aille. Ils adorent qu'on leur parle de nos projets. Il suffit de bien les traiter pour qu'ils en fassent autant. Ils dispensent un bon ou un mauvais karma, et il est rare qu'ils s'incrustent. Dans six mois, ta Carmen Miranda se sera entichée d'une autre victime.

— Six mois ?

— Au plus. Ils sont comme ces chats de gouttière qui s'aventurent sur notre pelouse, ronronnent et se frottent à nos chevilles. On leur ouvre la porte. Ils acceptent quelque temps notre hospitalité puis finissent par repartir.

— Tu me conseilles de mettre le poing dans la poche ?

— Jusqu'à ce qu'il se lasse.

L'instant passa. La lumière décrut. Le chant prit fin. Moïse redescendit de la montagne.

Sous Zurich, sur le pont noir qui enjambait le vide constellé d'étoiles, la main de Yo-Yo se détacha de celle de son adversaire. Les systèmes légaux s'étaient retirés dans les parois. Leurs arguments avaient été présentés, l'affaire entendue. Zwingli II délibérait. Des éclairs parcouraient les faces inclinées de la pyramide pendant que le tonnerre grondait dans le lointain.

Yo-Yo eût aimé s'enfuir. Se cacher. Mais nul ne pouvait échapper au Dieu jaloux. Le vacarme s'amplifia, s'amplifia, s'amplifia encore. Il s'interrompit soudain et le silence fut presque palpable. Yo-Yo leva les yeux vers l'énergie qui bouillonnait dans les hauteurs. Son confrère regardait lui aussi de toutes parts, visiblement perplexe.

Quelque chose de *sehr ungemütlich* avec le grand Jéhovah des Calvinistes.

Quatre carrés de lumière blanche s'abattirent brutalement autour de Yo-Yo. Un cinquième glissa horizontalement au-dessus d'elle, tel le couperet d'une guillotine, pour l'enfermer dans un cube de clarté laiteuse. Elle tendit le doigt vers les logs légaux des I.G.S.A. mais resta sur place. Zwingli II avait désactivé ses programmes de vol virtuel.

Elle était sous mandat d'arrêt de la cour.

— Qu'est-ce que ça veut dire ? s'écria-t-elle, frustrée, en martelant de ses poings les murs inébranlables.

*Dur*, transmit le fourreau sensoriel à ses terminaisons nerveuses. *Douleur.*

La Confédération helvétique vous juge coupable d'outrage à magistrat, annonça la voix posée qui résidait dans le tourbillon.

— Quoi ? s'exclama Yo-Yo Mok. Quoi quoi quoi quoi ?

*Les chefs d'accusation sont les suivants : Introduction de logs non autorisés dans l'ordinateur judiciaire Zwingli II. Non-respect des protocoles. Divulgation des codes de sécurité. Interruption des affaires en cours. Déplacement et corruption de fichiers. Contamination virale de la hiérarchie opérationnelle de Zwingli II.*

— Logs non autorisés ? Contamination virale ?

Zwingli II ouvrit une petite fenêtre événementielle dans la paroi de sa cellule.

— Jésus ! sanglota Yo-Yo. Je suis fichue.

La Carmen Miranda se mit à la fenêtre et lui adressa un sourire enjôleur tout en faisant claquer des castagnettes. C'était la première fois qu'elle se dotait d'un tel accessoire.

*Maître Mok de l'étude Allison-Ismaïl-Castardi, agissant pour le compte des Industries Gabonaises S.A., est reconnue coupable d'outrage à la cour et est suspendue de ses simulations légales.*

Yo-Yo pleurait toujours, incrédule, quand la cage translucide se disloqua et que la fenêtre événementielle s'abattit sur elle pour la gober et la renvoyer en Californie.

Elle sortit du tribunal à genoux. Une pellicule de larmes humidifiait ses joues dans l'espace large d'une molécule qui séparait sa peau de son fourreau sensoriel.

*Finie.*

## Coucher du soleil — 21 : 30
## 1^er^ novembre

L'aérogrimpeur avait repéré dans la poussière de l'étendue aride qui prolongeait le port aérospatial les traits parallèles des pneumatiques et, telle une aiguille aimantée attirée par le noyau magnétique de la planète, il avait viré pour les longer en direction de l'ouest. Derrière le hublot de la cabine, Trinidad vit la piste s'élargir en une route secondaire, principale et finalement express. Elle était à présent bordée d'une cohorte tape-à-l'œil de stations d'essence, de restaurants bon marché, d'entrepôts de marchands de tapis et de rois du discount, de motels pour amours furtives. Une ville : un damier de maisons aux pelouses arrosées et aux piscines qui brasillaient, avec ça et là les rectangles rouges des courts de tennis. En jouant à saute-colline, leur engin racla les pointes des pales d'une des éoliennes plantées sur les crêtes puis plongea dans la vallée, pour suivre une autoroute rectiligne dans les immenses vergers des sociétés qui brassaient les agrodollars. Ils passaient si bas que les arbres à la taille génétiquement réduite s'agitaient et dansaient dans leur sillage et que les péons morts levaient les yeux, étonnés de sentir une ombre rafraîchir leur dos photochromé.

Enthousiasmés par la curée, les chasseurs pillaient gaiement le bar du bord en quête de denrées buvables, fumables, sniffables. Ils riaient et leurs voix étaient fortes. Bellisario flirtait ouvertement avec Vaya Montez, et Trinidad pensa que les cuisses magnifiques de cette femme ne tarderaient guère à s'écarter. *La mort est le plus grand des aphrodisiaques.* L'aérogrimpeur continuait d'accélérer pour les mener vers les bacchanales de la Nuit des Morts. Pour quelle autre raison des vivants seraient-ils descendus de leurs collines et auraient-ils franchi les portes lumineuses de la Cité des Morts, sinon pour qu'un jaillissement de fluide laiteux et un tressaillement d'ovaires leur confirment qu'ils vivaient ?

Des prémices, en vol horizontal. Sous les valvules de son cœur, Trinidad se félicitait que sa liaison avec Bellisario fût arrivée à son terme. Elle n'aurait plus à feindre de l'aimer et pourrait reprendre sa quête de celui avec qui elle n'éprouverait pas seulement *quelque chose*.

Le pilote mort laissa derrière eux la dernière crête. Il plongeait vers l'humidité de la plaine côtière quand elle prit conscience qu'il ne lui serait peut-être pas nécessaire de trouver une perle rare. Ce *quelque chose* pouvait se tapir dans les profondeurs de son être et non dans les miroirs de la vie des tiers.

A l'ouest, à l'extrémité de la longue route, apparut le tarmac strié de résidus de pneumatiques d'un terrain d'atterrissage sur lequel leur engin se posa tel un scarabée épinglé à une planchette : pattes écartées, élytres ouverts pour révéler ses mécanismes de vol. Les turbines ralentirent en gémissant et le rotor s'immobilisa. Le tectoplastique métamorphe cliqueta et refroidit. La porte de la cabine se déverrouilla. Le parfum de la ville — sa ville — assaillit Trinidad sitôt qu'elle mit le pied sur le sol : les phéromones de sueur de la cité tentaculaire et de ses vingt et quelques millions d'âmes vivantes et mortes. Principalement des relents d'hydrocarbures complexes, mais aussi des senteurs de cyprès et de lierre. Des herbes exotiques, des épices espagnoles. Chaleur corporelle. Fleurs aux langues alourdies par du nectar. Fruits qui prenaient lentement du poids sur leur branche. Citronniers et vignes, bougainvilliers et roses de Jéricho. Odeurs du sol : poussière et asphalte liquéfié par le soleil. Huiles et essences. Arômes corsés de déjections et de pourriture additionnés d'un soupçon d'ozone et de néon. Fumée de bois et thym, relents inhumains des morts. Laser et acier, le tout mis en valeur par la base subtile et omniprésente de l'océan.

Cela s'insinuait dans la voiture que Sula conduisait dans les *favelas* autrefois prospères et désormais en ruines des *noncontratistos* ; quartiers aux noms tels que Pomona, Montclair et Charter Oak qui ajoutaient leurs touches personnelles de désespoir, de décomposition et de saucisses grillées sur des barbecues. Un mélange enivrant. Ils franchirent les postes de contrôle de la *seguridad* et s'engagèrent dans les boucles et les méandres des collines luxuriantes de La Crescenta. Les senteurs dominantes étaient ici différentes : verdure humide exubérante, feuilles moisies et fruits tropicaux qui lestaient les branches surplombant le véhicule.

Le musc de la cité. Le parfum de Nécroville. Il adhérait à sa peau. Trinidad prit une douche pour tenter de s'en défaire mais la sueur suintait toujours de tous ses pores. Elle imprégna les vêtements propres qui avaient remplacé sa tenue de chasse. Dans la fraîcheur de sa *residencia* de La Crescenta, elle comprit qu'elle ne cesserait d'exsuder son angoisse que lorsqu'elle aurait renvoyé cette dernière dans son territoire, cet endroit où ce qu'elle qualifiait de *quelque chose* n'était plus rien. Là où avait lieu la renaissance.

Les saints de terre cuite de l'hagiographie d'Ucurombé — le pot-pourri religieux d'animisme brésilien et de postcatholicisme en vogue chez les enfants des privilèges — dispensaient silencieusement leurs bénédictions depuis leurs chapelles aménagées entre les racines d'un grand arbre. Trinidad dévissa le bouchon de sa flasque d'argent mexicain et leur en versa des rasades généreuses. Autour d'elle étaient dispersés les os fragiles et les lambeaux de peau des petites créatures qu'elle avait immolées pour les inciter à lui révéler comment procéder afin de transmuer ce *quelque chose* en amour.

Ils venaient de lui fournir une réponse.

— Je ne peux pas, les implora-t-elle. Pas là-bas.

*C'est l'unique moyen*, rétorquèrent les idoles muettes.

Elle les renversa du pied et appela Sula tout en regagnant rapidement la demeure. Elle savait qu'elle resterait éternellement l'esclave de ses peurs si son élan se brisait.

Les morts ne l'effrayaient pas, pas plus que la foule. Mais une foule de morts avait ce résultat. Leurs odeurs étranges s'amplifiaient en un cri phéromonal d'inhumanité. La bulle de tectoplastique de sa voiture constituait une bien mince protection contre la poussée des ressuscités qui suivaient les avenues en direction du V lumineux des portes de Nécroville. Un œuf fragile, dans lequel elle se recroquevillait tel un embryon.

Les autobus électriques articulés roulaient avec arrogance dans les voies qui leur étaient réservées. Les trains routiers monstrueux — des tracteurs prolongés par trois ou quatre remorques — renâclaient avec impatience derrière et devant elle. Les péditaxis se ruaient vers la moindre trouée tels des picadors contournant un taureau. Vélocipèdes et mobs à alcool zigzaguaient périlleusement dans les files de véhicules condamnés à se déplacer au pas. Les dix millions de morts de Nécroville qui se hâtaient de regagner leur ghetto avant l'extinction des feux célestes la cernaient.

Elle n'aurait pu faire demi-tour, désormais.

A l'entrée de Saint-Jean — Nécroville des nécrovilles — la porte lumineuse de Glendale surplombait la foule. Des *seguridados* armés de teslers se contentaient de jeter un coup d'œil distrait aux sceaux qui marquaient la paume des morts et à leurs sauf-conduits, avant d'indiquer d'un hochement de tête aux travailleurs frontaliers qu'ils pouvaient avancer. Ils s'intéressaient aux défunts qui sortaient, pas à ceux qui voulaient regagner leur domicile. Trinidad était comprimée, aussi inexorablement que lors de sa naissance, vers le vagin de la porte. Un car franchit l'obstacle, accompagné par une nuée de péditaxis empruntés par des noceurs vivants qui souhaitaient participer au carnaval. Le train routier qui les précédait reçut l'autorisation de passer, et ses conteneurs frôlèrent la barre transversale de l'enseigne au néon. Finalement, ce fut leur tour.

Un membre des services de sécurité se pencha vers la glace ouverte. Elle vit ses propres traits se refléter sur la visière de l'homme. Son appréhension était-elle donc si évidente ? Des chiffres défilèrent en travers du visage invisible pendant que le log du véhicule déclinait son identité. Des sondes conçues pour différencier à coup sûr les morts des vivants la reniflèrent discrètement.

— Vous allez assister aux festivités ? demanda le militaire.

Trinidad hocha la tête. Un sourire s'esquissa sous le plastique réfléchissant.

— Alors, amusez-vous bien et ne buvez pas trop. Si vous écrasez quelqu'un avec votre engin, les morts n'en feront pas toute une histoire, mais vous devrez ressortir de là tôt ou tard.

Et elle se retrouva de l'autre côté, dans Saint-Jean, la Cité des Morts, Nécroville.

Nul n'était âgé, ici. Tous étaient très beaux. Il n'y avait pas d'enfants, seulement des morts rassemblés autour d'elle dans leurs corps éternellement jeunes, éternellement parfaits. Certains avaient le visage et la silhouette des vedettes de l'âge d'or de Hollywood qu'on pouvait voir sur les écrans géants disposés sur les toits à chaque intersection.

Elle s'enfonçait dans la Cité des Morts. Le boulevard vibrait comme la caisse de résonance d'une guitare démesurée. Les traînées lumineuses des fusées qui grimpaient dans le ciel lui révélaient des défunts qui dansaient, d'extravagants costumes à paillettes. Les feux d'artifice se ruaient vers le signal céleste et explosaient.

Elle atteignit finalement le Café Terminal : un hybride éclectique de juke-box et de porte-avions ancré à un coin de rue et ombragé par des amandiers poussiéreux. Des néons stroboscopiques proclamaient CAFÉ TERMINAL, CAFÉ TERMINAL, CAFÉ TERMINAL en rose criard. La version non colorisée de *Metropolis* passait sur un écran du côté opposé de la place. Des personnages aux déguisements fantastiques — mais s'agissait-il de déguisements ? — se hâtaient de rattraper la parade sans fin. Elle descendit du véhicule et un mort l'aborda. Il lui proposa une poignée d'araignées qui tressautaient dans sa paume. Elle secoua la tête : *non, merci.* L'homme repartit. Il avait une gueule de chacal. A une table, sous les arbres, une morte d'une très grande beauté jouait de la guitare sur un rythme donné par des percussions lointaines.

Trinidad s'arrêta sur le seuil afin de redresser sa robe terre cuite, ses bottes, ses pendeloques d'argent tintant. Elle rejeta ses cheveux par-dessus son épaule, et la clarté du néon mit en relief ses cicatrices d'amour. Privée de toute possibilité de retour, elle poussa la porte et entra dans la salle du Café Terminal.

Santiago était assis dans un box de la mezzanine qui surplombait le boulevard animé et bruyant. La flamme d'une lampe à huile posée sur la table éclairait ses traits en contre-plongée et le faisait ressembler à un Lucifer repenti. En se basant sur son expérience, Trinidad estimait que les hommes ne révélaient leur véritable personnalité que lorsqu'ils ne se savaient pas observés, avant qu'ils ne se parent des masques de l'ego.

— Santiago.

— Trinidad !

Sa surprise et sa joie étaient authentiques.

— Tu es venue ! Non, je ne te poserai pas de questions... J'ai trop peur de te voir t'évaporer dans les airs au même titre qu'un hologramme.

— Un hologramme bien matériel, Santiago.

— Jésus Marie Joseph, tu es... Je t'offre un verre.

Il leva la main pour appeler un *mesero*.

— Tu es magnifique. Cinq ans, Trini.

Une serveuse qui avait les traits de Jean Harlow louvoya entre les tables bondées pour venir prendre la commande.

— Voyons voir si je n'ai pas oublié... Un Sangre de Cristo, n'est-ce pas ? Ne veux-tu pas quelque chose d'un peu plus enivrant ?

Il desserra son poing. Recroquevillée dans sa paume, une araignée rouge sang somnolait.

*Cariño*, disaient les graffiti gravés sur le plateau de la table. *Muerte*.

Il referma ses doigts. Un rire bref et théâtral l'ébranla.

— Non, bien sûr que non ! Pas Trinidad. Jamais ! Elle préfère boire le Sang du Christ jusqu'au moment où il faut la ramener dans sa *residencia* des collines.

Jean Harlow plaça un sous-verre devant Trinidad et

y posa un grand cocktail vermeil. Les cubes de glace s'entrechoquèrent et tintèrent.

— Elle n'apprécie pas les nuances subtiles et raffinées des drogues artisanales. Santiago ne boit que la plus pure des eaux minérales...

Il déboucha la bouteille de *gaseosa* que Jean Harlow avait également apportée.

— Mais il a léché les larmes qui coulent sur le visage du Seigneur. Et avant que tu ne te réfères à la survie des neurones, sache que je préfère qu'ils soient embrochés d'une estocade plutôt que réduits en bouillie à coups de batte de base-ball.

Il rouvrit sa grosse main. L'araignée avait disparu. Un tour de passe-passe à la portée de tous.

— N'aie crainte, je ne subis les effets que de ma neurochimie corporelle. Alors, dis-moi...

Il changea de position sur le siège de fer forgé, afin de paraître moins tendu.

— Pourquoi es-tu venue ? Qu'est-ce qui t'a incitée à sortir de ton cloître pour t'aventurer sur Terminal Boulevard, la Nuit des Morts qui plus est ? As-tu finalement réussi à semer Peres dans la foule des hommes qui ont partagé ton lit ?

— Je croyais que tu serais heureux de me voir, fit-elle d'une voix posée.

*Chingar*, lui murmuraient les graffitis. *Joder*.

— Désolé. Je suis au-dessous de tout. Tu peux le noter dans ton journal intime : Santiago Columbar te présente ses plus plates excuses. Tu m'inspires de l'envie, voilà tout. Je te fais peur, n'est-ce pas ? Je t'ai toujours effrayée.

*Oui*, pensa-t-elle. *J'ignore dans quelle mesure les araignées ont altéré ta chimie interne, mais tu n'as plus une odeur humaine. Tu ne sens pas non plus la mort. Il n'existe aucun terme pour définir ce qui émane de toi, et c'est terrifiant. Cependant, j'ai juré aux saints d'Ucu-*

*rombé de ne plus fuir mes frayeurs afin de découvrir leur véritable nature.*

— Ne te berce pas d'illusions, Santiago. Je me sens prête à t'affronter.

— Heureux de l'apprendre, Trinidad. Ce dont je doute, c'est qu'un seul membre de notre petit groupe soit prêt pour l'excursion que j'ai prévue. Et, surtout, qu'il puisse un jour l'oublier.

Le tumulte de la rue grandit et se rapprocha brusquement. La foule venait battre contre la coquille transparente du Café Terminal. Des personnages costumés envahissaient l'espace dégagé sous les amandiers. Ils se dirigeaient tous dans la même direction, tels de frêles esquifs fuyant une tempête. Ils renversèrent des tables, ainsi que des chaises. Des bouteilles, des verres et des fenêtres volèrent en éclats. La cohue se scindait autour de la voiture de Trinidad comme l'eau d'un torrent de chaque côté d'un rocher. Fermement enraciné au sol, le véhicule tangua mais ne se laissa pas emporter. Le grondement des voix s'amplifia dans la salle. Les clients assis à la terrasse et des réfugiés du carnaval entrèrent. Quelqu'un monta le volume de la musique.

La source de cette agitation approchait sur Terminal Boulevard : une meute de loups, forte de deux ou trois cents membres. Loups-hommes, hommes-loups. Loups-garous surpris en pleine transsubstantiation d'un état au suivant. Bêtes fauves qui marchaient debout, aux crocs démesurés et aux yeux brillants d'intelligence humaine. Doigts griffus et habiles. Bon nombre tenaient de gros ballons gonflés à l'hélium, des bulles de plastique à mémoire programmées pour représenter une Lune grimaçante avec un obus planté dans l'œil droit. Une femelle soutint brièvement le regard de Trinidad, qui frissonna en voyant ses seins nus guère plus velus que le ventre d'un chien.

— *Los Lobos de la Luna,* dit Santiago. Des partisans

de la colonisation de la Face cachée. Si on peut qualifier ce que les Morts-Libres font là-haut de « colonisation ». Ils pensent achever la conversion de cet astre dans un demi-siècle. Ils le considèrent comme leur foyer spirituel : l'Ethiopie-du-ciel. Si la Ewart/Oz West, la Tesler-Thanos et les autres grandes compagnies de nanoprocessing qui ont les gouvernements dans leur poche ne décident pas de secouer le berceau pour faire choir le bébé, cela va de soi. Pourquoi ces consortiums auraient-ils fait adopter par le Comité de défense de la Côte l'installation de ces batteries de teslers orbitales, sinon pour contraindre les Morts-Libres à continuer de hurler au-delà de la Lune. Le problème...

Santiago se rapprocha et arbora un sourire de tête de mort.

— C'est qu'ils refusent de jouer le jeu et de rester tranquilles. Ignorerais-tu qu'une flotte de vaisseaux-bang se dirige vers la Terre ?

Il but une gorgée d'eau et se pencha en arrière, en une pose théâtrale.

— Fuyez, fuyez ! Le ciel nous tombe sur la tête ! Le ciel nous tombe sur la tête !

Il regarda sous la table.

— Crois-tu que nous pourrons nous cacher là-dessous et y rester jusqu'à ce que tout soit terminé ? Nous deviendrons les nouveaux Adam et Eve, toi et moi. Voilà pour qui se prennent les Morts-Libres. Le stade suivant de l'évolution, les héritiers des étoiles. La Tesler-Thanos, la Maison des Morts, le système *contratisto*, l'économie fantôme, les nécrovilles, les Morts-Libres spatiopérégrins, le Postulat de Watson et la Loi Barantes semblent former un tout indivisible aux ramifications inextricables. Cependant, il suffirait de lui porter un coup sous un certain angle pour que la géode se fende par le milieu. Les morts représentent l'avenir et s'adaptent, les vivants symbolisent le passé et sont en stase. C'est aussi simple que cela. Dans cinquante ans, ces *lobos* hurleront sous le clair d'une lune métamorphosée par la nanotechnologie. Et toi, que feras-tu ?

Les loups avaient envahi ce secteur de la Cité des Morts. Une bourrasque fit danser la poussière, des banderoles inutilisées, des éléments de déguisements disparates et des papiers gras. Un ourlet de nuage bleuté translucide lorgna par-dessus les toits. Sur l'écran installé de l'autre côté de la rue, Roman Polanski tranchait le nez de Jack Nicholson avec une dague et le menaçait, sans qu'un seul son fût audible, de donner cet appendice à manger à ses poissons rouges.

— Tu sens ça ?

Santiago cala sa nuque sur le dossier de son siège et ferma les yeux pour goûter et humer la nuit.

— Odeurs qui viennent du nord, nord-ouest. Le varech de l'océan. Le vent a tourné. Tout se déplace. C'est le début des grands chambardements.

Il la regarda. Trinidad avait l'impression qu'il l'impliquait dans une conspiration.

— Je ne mens pas, Trinidad. Tout ce que je t'ai dit est vrai. Tu as droit à la vérité. Parole d'honneur.

L'araignée rouge réapparut sur le plateau de la table, à côté des mots *Cólera* et *Futilidad*. Santiago abattit son poing et l'écrasa en une tache sanglante.

— Elles ne me font plus aucun effet. Plus rien n'est efficace. Peux-tu le comprendre ? Je me suis aventuré partout où il était possible d'aller et il ne reste plus rien. Il n'y a plus de sommets inviolés. Je te l'ai dit, j'ai léché la face de Dieu et je peux te confier qu'elle a le goût des céréales vitaminées à forte teneur en fibres. Il n'y a plus de mystères tels que le pain et le vin, les miches et les poissons.

» Je n'ai pas fait cela dans un but de lucre, et tu le sais. Je ne désirais pas m'enrichir. Ni obtenir la gloire ou des amis. La renommée ? Sainte Mère de Dieu, les *corporadas* pharmaceutiques de loisir et les techniciens de la virtualité se sont chargés de faire connaître mon nom à tous les gosses de la Côte. Des admirateurs ? Chaque matin j'en découvre disséminés dans ma maison comme des vêtements après un bain de minuit dans une piscine de San Jacinto. Ces gens viennent chez moi parce que c'est gratuit et dans l'espoir que ma notoriété déteindra sur eux. La célébrité par personne interposée.

» J'ai suivi cette voie car c'était un moyen d'évasion. Je voulais me fuir. La fin de l'adolescence se caractérise par deux grandes crises philosophiques. La double prise de conscience de l'inéluctabilité de la mort et de l'impénétrabilité du soi. Pourquoi suis-je moi et pas un autre ? Pourquoi m'est-il impossible de partager ce que tu éprouves ? Pourquoi ne puis-je pas avoir accès à ce qui est hors de moi-même ? Pourquoi suis-je captif là-dedans ?

Il tapota l'interface du tecteur arachnoïde greffé à sa glande pinéale.

— Chance ? Karma ? Suis-je un spectre qui hante cette machine faite de viande ? Suis-je un spermatozoïde divin qui, après être resté stocké une éternité au Paradis, s'est un jour englué dans un ovaire de l'utérus de maman Columbar ? N'ai-je pas été recyclé à travers d'innombrables corps, mondes et univers précédents ?

Il posa le bout de son index entre les yeux de Trinidad. Les clients proches se méprirent sur la signification de ce geste et sourirent par-dessus leurs verres.

— Voilà où est l'ultime frontière. Ici. C'est cette courbe osseuse qui délimite ce qui nous est accessible.

Il fit descendre le doigt sur son nez, ses lèvres et son menton.

— C'est mon seizième anniversaire. Santiago Columbar va devenir majeur. La soirée bat son plein depuis un bon moment. Il doit être deux heures, deux heures et demie du matin. Nous sommes une centaine... deux cents ? Sur la piste de danse la température dépasse trente degrés et la musique est si forte qu'on la palpe...

L'index caressa le *Tan Tien.*

— Plus qu'on ne l'entend. Du Thex me dope, un Hybride-17 m'empêche de perdre contact avec la réalité et un nouveau mélange de méthyle diamphétamine murmure *pas de limites, pas de limites* à mon système nerveux. Un projecteur blanc stroboscopique s'allume dans mon cerveau et les sons, les pilules, la danse et les pulsations lumineuses fusionnent, changent de nature. Je me retrouve ailleurs. Je ne sais où. Je ne pourrais pas décrire ce lieu. Je ne crois pas que c'est possible. Cela ne dure qu'un instant, mais je suis hors de moi-même. Libre. J'ai franchi la frontière.

» Je recherche depuis lors le chemin que j'ai emprunté cette nuit-là, Trinidad. Je veux retourner là où est allé ce garçon de seize ans et ne pas revenir. Peux-tu le comprendre ?

» J'ai à présent vingt-sept ans. C'est un âge un peu fou. Je le sais car mes parents m'ont envoyé une cartanimée. « Joyeux anniversaire de la part des Nageurs de Milapa. » Sur un décor de varech qui ondule doucement, Maman et Papa agitent leurs nageoires et me disent : « Penses-y, Santiago, vingt-sept ans est un âge un peu fou. » Sais-tu combien d'icônes du filmodrome sont passées de l'existence à l'immortalité à cet âge ?

— Mieux vaut brûler que se consumer à petit feu.

— C'est ça, Trini, même si je doute que tu assimiles pleinement le sens de ces paroles. Me consumer est mon héritage et mon destin. L'entropie est ma servante. Je subis une lente immolation dans le désert de l'inconséquence. Plus rien ne me fait de l'effet, Trinidad.

Des véhicules gagnaient l'intersection pour les *auto da fe*, les courses nocturnes dans les tunnels inachevés du métro. Des fantômes tectogothiques, des squelettes bardés d'ailerons et de capots aérodynamiques. Des équipes de *mecánicos* en uniforme préparaient leurs *autodores* tels des écuyers leur sire chevalier.

— Il est quelque part là-bas, dans ces rues, le panneau qui indique la sortie vers le lieu situé au-delà. Cette contrée qui s'étend au-delà de ses frontières.

Il la prit par le menton pour la contraindre à le fixer dans les yeux et découvrir le feu qui y brûlait.

— Ce soir, nous irons là-bas pour voir ce qu'il y a à voir, pour trouver ce qu'on peut y trouver. Et si cette quête est vaine, notre groupe perdra un de ses membres. J'accorde plus d'importance à cela qu'à la vie, Trinidad. Si son accès m'est refusé, je renoncerai au reste. La mort... Qu'est-ce, de nos jours ? Un plongeon dans un lac glacé de nirvana et un nouveau départ. C'est pendant nos cinq premières années d'existence que nous réalisons notre œuvre la plus créatrice, originale et parfaite. J'ai connu cela, Trinidad. Peux-tu comprendre pourquoi je dois absolument le retrouver ? Si j'échoue, je subirai la seule mort véritable. La mort de l'esprit.

Il sourit. Il s'était attendu à un rire.

— Jésus !

— J'ai six ans d'avance sur lui.

— Tu es malade, Santiago. Tu as besoin d'aide.

— C'est pour cela que tu es ici, belle Trinidad. Toi, ainsi que Toussaint, Camaguey et Yo-Yo qui arriveront sous peu. Pour me prêter assistance. Pour porter témoignage. Pour diffuser la bonne parole afin que tous sachent ce qui se sera passé, quoi qu'il puisse se produire. Quatre témoins dignes de foi. Quatre apôtres. L'évangile synoptique de Santiago selon Trinidad, Camaguey et Toussaint. L'évangile selon Yo-Yo. Vous répandrez la vérité sur toute la Terre.

Trinidad avait la bouche sèche. Les battements de son cœur étaient étrangement bruyants et rapprochés. *Il ne peut être sérieux.* Un doigt levé fut suffisant pour évoquer Jim Morrison. Vingt-sept ans. Un âge un peu fou. *C'est bien du Santiago. Il peut vouloir dire n'importe quoi.*

— *Mescal, por favor.*

Santiago la fixa sous ses sourcils froncés.

— « Il y avait une Nicaraguayenne
Qui montait en souriant un jaguar.
A leur retour de cette promenade,
Elle était dans le ventre du fauve
Et c'était le jaguar qui souriait. »
Penses-y, Trini.

— Va te faire foutre, Santiago. Toi, tes blagues foireuses et tes petits numéros de malade. Trouve-toi une autre victime. Je m'en vais.

Elle se leva, avala d'un trait le mescal brûlant et se tourna pour partir. Les clients les regardaient. Elle s'enorgueillissait de savoir réussir ses sorties.

— Je ne plaisante pas, Trinidad. C'est sérieux. Si sérieux que je vais te révéler quelque chose, un secret que seul un homme qui n'aura pas à en subir les conséquences peut avouer.

— Plus de mensonges, Santiago.

En dépit de ses efforts pour les contenir, des larmes humidifiaient ses yeux.

— Plus de mensonges. Une confession. Ce que Peres a pris le jour de sa mort... C'est moi qui l'avais préparé, conçu. J'ai vendu ce produit à Rocha. J'ai tué Peres. A présent, crois-tu en ma sincérité ?

La colère communiqua une force surnaturelle à son poing. La lourde chaise de fer forgé bascula en arrière. Les traits de Santiago exprimaient de la consternation et de la surprise : le vil coyote recevait en pleine figure une décharge de son fusil pourtant vide. En massant ses jointures, elle pivota sur un talon haut de dix centimètres. Les clients du Café Terminal s'écartèrent tels des fidèles devant leur prophète.

— Trinidad !

*Quemar,* Santiago. *Orin.* Des mots gravés dans le bois.

— Trinidad !

La voix du carnaval qui tourbillonnait sur la *zoca* était plus puissante que la sienne. Il cracha du sang.

— Trinidad !

Le carnaval envahissait de nouveau les lieux. Des travestis se mêlaient à des *cuadrillas* de morts des deux sexes qui avaient attaché dans leur dos des potences d'où pendaient des effigies plus grandes que nature des présidents des Etats de la Côte. Des fils reliaient marionnettes et marionnettistes par les poignets, les chevilles et le cou. Santiago la vit regarder derrière elle, secouer la tête et disparaître dans les profondeurs de la foule.

Il ramassa la chaise de métal et la lança vers la voiture de Trinidad. Le tectoplastique argenté resta intact, immaculé. Il ne pourrait jamais, jamais, se faire comprendre. Par aucun d'eux.

— Ta démarche est trop lourde, Santiago Columbar.

Travestis et marionnettistes disparurent devant les chromes des motos de minuit. Des engins qui évoquaient les âmes autrefois nobles de quatre Harley descendues aux Enfers et immergées dans le feu jusqu'à la consomption de leur chair, jusqu'à ce qu'il n'en subsiste que des ossements dénudés et brillants. Parées de cornes et de défenses, dépouillées de toute adiposité tels des lévriers ; rêve érotique d'adolescents et cauchemar mécanique des parents. Derrière elles, des fusées montaient se lover dans les ténèbres et atteignaient l'orgasme : la danse des damnés.

Les moteurs qui tournaient au ralenti s'emballèrent. Leurs aboiements brisèrent les tympans à l'intérieur de l'arène de l'intersection. Un brouillard de fumée âcre se déposa sur les branches des amandiers. Gaz d'échappement et musc. Phéromones aphrodisiaques de l'essence et du cuir des selles. Nul ne pouvait avoir envie de *joder* sur le siège arrière d'un véhicule propulsé par des piles à combustible.

Santiago se leva, les pieds écartés, les bras croisés. Il souriait, imperceptiblement.

— Miclantecutli.

Les lumières s'éteignirent. Là-haut, sur l'écran géant, Stewart Granger attifé du collant et du nez de Scaramouche croisait le fer contre un Mel Ferrer tout de soie vêtu. Une femme descendit de la moto centrale et s'appuya avec une langueur étudiée à son flanc encore chaud. Comme ses *compañeros*, elle était bardée de mailles élastiques et de cuir, sanglée par des lanières et des boucles serrées. Sur ses épaules rembourrées saillaient des gargouilles en latex moulé, des gueules de démons à l'agonie perchés au-dessus de ses bras nus tatoués des ongles aux clavicules. Des bracelets de force, bien entendu cloutés, ceignaient ses poignets. Seule son antique Rolex avait de quoi surprendre. Elle avait rallongé ses cheveux brillantinés par des postiches volontairement désassortis. Et si le résultat ne correspondait pas à l'idéal gothique recherché, c'était uniquement dû à sa beauté.

Chez Miclantecutli, toute incongruité servait à exprimer de façon mûrement réfléchie son caractère. Il était bien placé pour le savoir.

— Je ne t'aurais pas laissé tomber à cause de notre brouille, Santiago Columbar. Dis-moi, es-tu brutal avec tes petites amies ? Trouvent-elles ça excitant ? Et toi ?

— Je constate que la mort ne t'a pas changée.

— Pour quelle raison aurait-elle eu un tel effet ? Vivante, j'étais jalouse de toi. Morte, je le suis toujours. J'ai su dès le début que l'élève finirait par surpasser son maître.

— Pourquoi as-tu accepté de m'emmener avec toi, si tu me hais ?

— Qui a parlé de haine ? Tu veux aller au-devant de la mort, et cela me suffit. Est-ce ta voiture ?

Elle désigna de la tête la bulle chromée de Trinidad.

— Non.

— C'est secondaire. Asunción...

Un ado de dix-sept ans dégingandé gara sa Harley et vint poser ses paumes sur la carrosserie polie du véhicule. Le tectoplastique parut se cabrer et se tendre à ce contact.

— Nous avons perdu une moto en nous aventurant un peu trop près de la frontière, là-haut vers MacArthur. Les *mechadors* ont la détente facile, les nuits de carnaval. Nos adversaires voulaient nous attirer vers les teslers. Mais ça n'a pas marché. Pas vrai, Anansi ?

Une morte installée sur le tan-sad de l'engin d'Asunción fit courir sa langue sur ses dents et glisser trois centimètres d'une lame d'acier hors de l'étui sanglé à sa jambe. Elle avait peint à la bombe des lunettes noires de panda autour de ses yeux. Sous les mains transmutatrices d'Asunción, la voiture de Trinidad s'étirait et se creusait, évoquant la peau d'une victime de la famine. Le tectoplastique déformé refléta un sourire.

— Anansi aura besoin de sentir quelque chose entre ses cuisses, si nous prenons tes... *compadres* avec nous.

— Ils ne sont pas encore arrivés.

— Il faudra qu'ils soient là, quand Asunción aura terminé sa petite transmutation alchimique. Nous n'avons que quatre heures devant nous. Il m'a fallu cinq ans pour découvrir comment *joder* les Cavaliers Blancs lors de la Caza Grande, et nous ne renoncerons pas à ce plaisir pour vous. Et quand les longs-couteaux nous chargeront, vous aurez intérêt à rester à l'écart, toi et tes amis. Je tiens en outre à préciser que, si j'ai accepté de vous emmener, c'est parce que je trouve cette idée amusante et non parce que je me sens ta débitrice pour la merde que tu m'as refilée. La mort efface les dettes. Nous sommes les Chasseurs de la Nuit, Santiago Columbar, et nous ne te devons rien.

La voiture ressemblait désormais à une toile de tente qui s'affaissait entre ses piquets. Asunción caressait sa peau brillante comme si c'était le ventre d'une belle putain, avec le désir et l'avidité propres à la réalisation des fantasmes. L'enveloppe de tectoplastique frémissant implosa puis se déplia — une feuille de papier manipulée par un expert en origami — pour devenir une Harley impie. En poussant un hurlement de mandragore, la machine arracha ses racines de la terre alors que le fluide placentaire gouttait encore de ses côtes chromées et de son squelette laqué en noir.

— Le délai est expiré, Santiago Columbar. Où sont-ils, ces petits porcelets ?

— Accorde-leur cinq minutes, Miclan.

— Pas une seule. La chasse commence. Ange !

Une fille aussi fine que la lame d'une épée, à la peau et aux cheveux décolorés du même blanc que le calcaire, se dressa sur la selle de sa moto. Elle rejeta la tête en arrière et ferma les yeux, en extase. Ses narines se dilatèrent, se contractèrent.

— Des phéromones. Des traces très légères, Miclan. La proie est passée par ici il y a environ deux heures. Elle a continué vers le nord, nord-est.

— Mâle ou femelle ?

— Une femelle. Isolée. Allons-nous nous diviser afin de couvrir un territoire plus vaste ?

— Non. Nous ne devons rater aucune mise à mort.

Miclantecutli enfourcha sa machine et présenta une main au gant tronqué à Santiago.

— La marée monte, Santiago Columbar.

Ce qui attiserait les cendres du dégoût l'appelait dans les rues et les boulevards brûlants. Pourquoi aurait-il dû attendre ceux qui ne comprendraient pas, qui ne pourraient comprendre ? Il n'avait nul besoin d'eux. L'illumination était toujours, avait toujours été, individuelle. Il prit la main tendue et s'installa sur le tan-sad de tectoplastique qui se modela sur les contours de ses fesses. Il croisa les doigts sur le ventre comprimé par des sangles de Miclantecutli.

Anansi, la chasseresse morte, prit la moto qui venait de naître et lui arracha ses premiers pleurs d'un coup de talon. Le chant des moteurs se réverbéra à l'intérieur du Café Terminal. Avec Miclantecutli et son passager en tête, les Harley repartirent en file indienne et accélérèrent sur Vermont, en direction du nord.

Quarante-neuf heures au maximum, et Camaguey ne s'était jamais senti si débordant de vie. Les couleurs du couvre-feu qui s'estompaient dans le ciel ; le vent de l'océan qui cinglait son visage et ses mains alors qu'il roulait avec la capote baissée sur Harbor ; les nuances d'eau profonde fusionnant avec l'asphalte fondu par le soleil et la chaleur du jour ; la sensation de vitesse et de puissance sur l'espace et le temps qu'il avait à sa disposition... Il avait un don pour découvrir des choses extraordinaires dans ce qui était banal, comme un grand vin dans une bouteille sans étiquette. Etait-ce l'inexorabilité du compte à rebours qui donnait du relief à tout ce qui possédait de la sensualité ou les réactions en chaîne tectochimiques qui libéraient de la dopamine dans son système sanguin ?

Des bourrasques, vaguement jaunâtres dans le ciel noir, suivaient l'horizon tels des navires désemparés emportés par la tempête. Sa conscience amplifiée les teintait de nostalgie. Dans le North Queensland de son enfance, la mousson débutait par les mêmes filaments de ténèbres à la bordure du monde. Abrité par la véranda ruisselante, il regardait les gosses des *noncontratistos* danser nus sous la pluie, rongé par le désir de se joindre à eux et par la certitude que son père ne l'eût jamais permis. Des changements allaient se produire, le sol aride ressusciterait sous peu. Tel était le message qu'apportait l'eau du ciel.

Il utilisa son autogiciel.

— Transmettez à mon log notarial tout ce qui concerne le récif et la maison, et ouvrez mon testament.

Les machines ne lui fournirent aucune confirmation, mais un chatouillis psychique lui indiqua qu'elles exécutaient ses ordres.

— Mise à jour comme suit : le récif ne devra pas être vendu à des *corporadas*. Si nul acquéreur ne se manifeste, il fera l'objet d'une donation au service des plages et forêts afin qu'il soit inclus dans le domaine public et entretenu en tant que tel. Système comptable : contactez la Stella Maris Inmortalidad S.A. et demandez le transfert du capital prévu par mon contrat de résurrection.

— C'est fait, déclarèrent les Lares et les Pénates.

Que disaient les Chrétiens ? Que la foi était la croyance en des choses invisibles ? Nul n'aurait mis la parole d'un log en doute.

Quarante-huit heures, quarante-huit minutes. Cent kilomètres-heure dans un serpent de feux de position long de cinquante kilomètres. Il se sentait détendu. Il était en pleine forme. Il savait ce qui l'emplissait de joie. La liberté. Il n'avait plus à porter les fardeaux de la possession, de la gestion et de la responsabilité. Il n'avait plus à tenir compte de l'opinion des autres, de leurs sentiments et de leurs préoccupations. Il était débarrassé des réticences, des sentiments de culpabilité, de la peur de céder à la tentation de faire ce qu'il s'était toujours interdit. Il n'avait plus à assurer la sauvegarde de son enveloppe charnelle fragile. Il ne risquait rien qui ne lui arriverait pas dans quarante-huit heures et quarante-sept minutes, dans le meilleur des cas. Il bénéficiait de l'autonomie absolue apportée par la fin.

Camaguey rit. Rien ne peut atteindre celui qui est privé de tout. Dépouillé. Le pied au plancher. Le murmure du moteur devenait un gémissement de jouissance sexuelle. Cent cent vingt cent quarante cent cinquante cent soixante cent quatre-vingts... Un petit effort, deux cents, deux cents. Oui. Oui. Oui. Le véhicule changeait de forme. Il se rétrécissait et s'allongeait, il se surbaissait vers l'épiderme noir de la voie express, il se dotait d'ailerons et de spoilers. Les alarmes automatiques hurlèrent : *Ceinture non bouclée, ceinture non bouclée ! Attention, attention, vous dépassez la vitesse limite !* Que vas-tu faire, cafter aux flics ? A cet instant, wham ! Cinquante kilowatts de lumière blanche, en plein visage, comme s'il y avait dans le ciel un des projecteurs de la Twentieth Century-Fox. Le vent chaud qui peignait ses cheveux en arrière était le sillage d'un aérogrimpeur de la police qui virait au-dessus des panneaux de l'échangeur pour revenir vers lui. *Tu les as avertis, saloperie de log !* Ils intervenaient par le com et une voix standard de Flic Mécontent intimait au seor de passer en mode automatique et de s'arrêter sur l'accotement. *Tu dis, José ?* Cinq pressions de l'index réduisirent au silence l'ordinateur qui venait de le trahir. La voiture poussa des gargouillis obscènes quand Camaguey prit la déviation d'Exposicíon à cent vingt.

Dieu, que la radio était agréable !

Même s'il pouvait toujours les entendre. Ils faisaient autant de boucan dans le ciel qu'un chat ayant des boîtes de conserves attachées à sa queue. A une intersection aux feux depuis longtemps éteints, il dut attendre que les citernes d'eau d'un train routier aient libéré le passage. Un enfant blanc décharné de sexe indéterminé bondit vers lui avec un large sourire et une poignée d'herbes. Il était dans un secteur de *noncontratistos*, un des ghettos de ceux dont le sort était tel qu'ils enviaient les morts. Les nouveaux pauvres.

Camaguey fit une halte à une buvette ombragée par un immeuble en ruines pour acheter une bière gardée au frais dans une lessiveuse pleine de glace fondante. La consigne coûtait plus cher que la boisson. La vendeuse renifla sa carte de paiement et ouvrit la bouteille avec les dents. La bière bon marché avait un goût d'ambroisie. Des gosses à vélo s'arrêtèrent en dérapant à côté de la voiture afin de caresser ses courbes, fascinés. Eh, seor ! Dites, seor ! *Dinero,* seor. Il pouvait seulement leur offrir du *plástico* semi-intelligent. Ils le suivirent vers l'enseigne au néon de la Cité des Morts.

Un nouvel effet du syndrome : il sentait approcher les ennuis. Des chevrons jaunes signalaient un cratère, là où la chaussée s'était effondrée dans un des tunnels du métro inachevé. Il contournait l'obstacle quand la prémonition sortit d'une des nombreuses cavités obscures d'une arcologie en décomposition vérolée. Les problèmes avaient une odeur rouge de baies et de sang.

Et ils étaient matérialisés par trois silhouettes qui en faisaient reculer une quatrième vers le volet d'une boutique, une plaque d'acier sur laquelle on avait écrit avec une bombe de peinture des noms d'équipes de *fútbol* rivales. Le groupe des agresseurs se composait d'un homme et de deux femmes. La plus grande saisit leur victime par les cheveux — une autre femme, constata Camaguey quand la lumière révéla ses traits grimaçants — et la poussa contre la devanture, la projeta au sol. Des filets vermeils coulaient aux commissures de ses lèvres, mais son visage était désormais inexpressif, vide. Elle n'essaya même pas de se protéger quand son adversaire qui hurlait des injures inintelligibles enfonça le talon aiguille de sa botte entre ses seins.

Camaguey comprit qu'elle était morte.

— Qu'est-ce qui se passe, ici ?

Il eût suffi d'un sifflement pour qu'un millier de couteaux jaillissent des *inmuebles* et se plantent dans ce *rico* stupide qui se mêlait de ce qui ne le regardait pas. Perversité. S'il participait à la bagarre, ce serait certainement sa dernière intervention.

Tous les yeux se rivèrent sur lui. Il avait vu la même scène — des silhouettes ayant cette attitude entre les faisceaux jumelés des projecteurs d'un véhicule — dans un vieux téléfilm bidimensionnel. Il trouvait le côté mélodramatique d'une telle situation ridicule, même à présent.

— C'est pas ton affaire, *hombre*. Les *seguridados* ont été avertis.

— Pour l'amour du Christ ! cria la femme morte. Ils vont me tuer !

L'homme lui décocha un coup de pied à l'estomac avant de s'accroupir et de lever un doigt devant son visage, comme si la menace phallique était plus redoutable que celle de ses bottes.

— Ferme-la, tu m'entends ? Ferme-la. Ferme-la. Ferme-la.

Les *seguridados* arrivèrent. Des amas de muscles. A ne pas confondre avec les flics chargés de la circulation qui devaient toujours sillonner le ciel dans l'espoir de repérer ses feux de position. Ceux-ci personnifiaient la loi. Ils étaient tout-puissants. Comme les *canabarillos*, on les trouvait par paquets de vingt. Contrairement aux *canabarillos*, ils n'étaient pas porteurs d'une mise en garde du ministère de la Santé publique. Ils étaient armés et blindés. Les clic-clac des teslers et d'autres sons : crissements des pneus de bicyclettes, ronronnements des moteurs de mobs, grondements des voix. De partout, la police attirait les badauds.

— Alors ?

La grande femme qui semblait commander les chasseurs de sorcières saisit la main de sa victime et la leva vers la lumière. Dans sa paume, le sceau de la mort faisait penser à de l'obsidienne fondue.

— Elle a enfreint le couvre-feu.

— J'ai un contrat ! protesta la morte.

— Cette putain est venue braconner sur nos terres, grommela l'homme.

Les projecteurs des chars citadins des *seguridados* révélèrent à Camaguey les points de suture qui ourlaient ses muscles. Du prêt-à-porter.

— Lâchez-la, ordonna le chef d'escouade.

La prostituée morte se releva. La vivante lui tira les cheveux, par sadisme.

— Ça suffit ! lança le policier.

Il souhaitait ainsi indiquer qu'il mettait sur un pied d'égalité les putes décédées et en vie, ainsi que tous les *Exposicíonistos*.

— Idcom.

— Je ne l'ai pas sur moi.

Un poignet nu, des doigts qui s'agitaient.

— Ces salopards de chair fraîche volent tout ce qu'ils voient.

— Surveillez votre langage.

— Elle ment ! hurla l'autre femme. Elle n'a ni Idcom, ni mec, ni contrat, ni laissez-passer. Elle empiète sur notre trottoir.

De nouveau cette odeur chaude et rouge de baies et de sang. A laquelle s'ajoutaient de la sueur, de la salive. Du sexe. Ils voulaient la voir réduire en scories, en une tache de tecteurs à jamais dissociés. Sous leurs yeux. Un spectacle en direct aux heures de grande écoute.

Ne les redoute pas. Ils ne peuvent rien contre toi.

— Elle m'accompagne.

Il vit son reflet déformé se mouvoir sur les visières des casques, lorsqu'il alla se placer à côté de la morte.

— J'ai loué ses services.

— Vraiment ?

Le *plástico* avait des miroitements écarlates.

— Merci, seor. Avez-vous des doubles du... heu... de ce contrat ?

— Nute, murmura la prostituée au micro de l'Idcom.

L'appareil lui adressa un clin d'œil de connivence et transmit son nom et son image aux logs légaux de Vancouver et Freemantle. Rédigé pendant que la défunte improvisait pour tenter de se soustraire à une décharge de tesler, le document fut signé et enregistré. Tout était terminé quand Camaguey retira l'Idcom de son poignet et le remit au policier.

— Cinq mille... N'est-ce pas un peu... heu... excessif, seor ?

— La loi de l'offre et de la demande, *teniente*.

La bouche pincée de l'officier — le seul élément expressif visible sous le casque — indiquait que les clients des putes mortes lui inspiraient encore plus de mépris que ces dernières et les *favelados*.

— Vous pouvez repartir.

Pas si vite, seor.

— Mon Idcom.

Le *seguridado* le tenait à bout de bras, semblant le croire contaminé. Peut-être l'était-il.

Camaguey le récupéra et prit la main de Nute. Elle était chaude, une caractéristique propre aux extrémités de tous les morts.

— Pas un mot, et monte avec moi dans la voiture.

— Je la boucle et je grimpe, fit-elle.

Ils franchirent un barrage de projectiles : boîtes de bière vides, pierres, bouts d'*arcosantos* effondrés, gravats divers. Conscient du danger, le véhicule se couvrit d'un toit incurvé de tectoplastique argenté et brancha ses circuits vids externes. Les dossiers des sièges s'inclinèrent. Nute tira sur l'ourlet de sa robe résille pendant que le capitonnage s'adaptait à ses formes.

— Mais c'est une batmobile, ma parole !

Elle prit une serviette en papier humide dans le distributeur de l'habitacle et essuya le sang de son visage et de ses mains. Camaguey remarqua que ses blessures se cicatrisaient avec une rapidité surnaturelle. Alors qu'il l'observait, lésions et ecchymoses s'effaçaient sur sa peau brune.

— Pourquoi es-tu intervenu ?

— La vie est pleine de surprises, *querida*.

— Rien ne t'y obligeait.

— Exact.

— Je n'avais pas de contrat. Je braconnais sur leurs terres. Ils avaient le droit de me tuer. *Mea culpa, mea maxima culpa*.

— Je sais.

— Je propose de laisser tomber ces reparties tronquées énigmatiques et de nous exprimer par des phrases de plus de dix syllabes afin de démontrer que nous possédons une intelligence supérieure.

— Camaguey.

— Camaguey... Ça me fait penser à une vieille base que les Marines avaient à Cuba.

Il ne comprenait pas, et elle précisa :

— Je vis dans le bric-à-brac mental de l'Histoire, ce qui a le don d'exaspérer certains. Moi, c'est Nute. Mais tu le sais déjà. Tu pourrais m'appeler Gallowglass. C'est également un anachronisme. J'avais des chromosomes celtiques, avant qu'Adam Tesler ne vienne les *joder* et que le reste du clan ne sente venir le vent et ne décampe vers Medicine Hat. Ma peau avait une nuance plus claire, autrefois. Note bien que je préfère cette enveloppe charnelle. Elle me permet de me fondre dans le décor.

Camaguey dépolarisa les glaces. Il remarqua que la radio avait franchi la frontière invisible séparant les cris des lamentations.

— Quand un de mes ancêtres tirait un de tes ancêtres d'un mauvais pas, ton aïeul devenait le débiteur du mien. Il lui devait la vie. Son corps et son esprit appartenaient à son sauveur qu'il servait jusqu'à la fin de ses jours.

— Comme si un contrat le liait à la Maison des Morts.

— Exactement. Je suis donc à toi corps et âme, conclut Nute en glissant ses jambes sous elle, tel un animal dans son nid. Alors, Camaguey, où allons-nous ?

— Où tu veux, je te déposerai.

— Vous avez payé d'avance le dessert, seor. Vous devriez goûter aux fruits. Cinq mille dollars, ça fait beaucoup de mangues.

Le rire de Camaguey était amer mais agréable, comme la goutte rouge sang de l'Angostura qui apportait la perfection à un cocktail.

— Certainement, Nute.

— Alors, seor Camaguey, où passerons-nous la Nuit des Morts ?

— Pas au Café Terminal, en tout cas. Nous y retrouverions des gens que je préfère éviter.

Il avait trop à faire, voir, entendre, sentir, toucher et goûter pour perdre sa dernière nuit à tisonner de vieilles cendres éteintes à jamais. Il ordonna au toit de s'ouvrir. La voiture redevint une bulle de chewing-gum extravagante dotée de larges marchepieds, de pare-chocs démesurés et de projecteurs évoquant des yeux de hibou, ainsi que d'ouïes, d'une calandre et d'une figure de proue argentée avide de vitesse. Déçu qu'elle n'eût pas changé de station et recherché les murmures et les harmonies d'une époque plus lointaine et plus douce pour rester dans le ton, Camaguey coupa la radio.

— Pneumatiques à flancs blancs ? demanda posément Nute, impressionnée.

Naturellement.

— Il ne nous manque que des palmiers.

Ils les trouvèrent peu après. Deux alignements parallèles d'arbres espacés de cinq mètres qui s'amenuisaient comme dans une étude de perspective vers l'énorme enseigne rose pastel enjambant le boulevard.

Au-delà des accotements herbus se dressaient des *casas grandas*, des châteaux de style Bel Air et des tudorettes... Aussi vides que des mariages d'intérêt. Dans l'espoir de décourager les squatters, des agents immobiliers en avaient condamné les fenêtres avec des parpaings ou des planches. Des singes baragouinaient dans les arbres que garrottaient des ficus étrangleurs et des épiphytes tropicaux. Des tectosaures sommeillaient dans les piscines abandonnées moquettées de feuilles mortes.

— Disparu, Hollywood, dit Nute. Visite guidée du paradis où vivaient les gens riches et célèbres. Regarde !

Camaguey suivit la direction de son doigt une fraction de seconde trop tard.

— Je suis sûre que c'était un ocelot.

— Un simple chat, probablement.

— Avec une robe pareille ? Tu oublies que j'ai bossé dans ces rues, *chico*.

Sur un écran, dans la salle de projection installée à l'intérieur de la tête de Camaguey : filtre bleuté, panoramique lent. Le vent entre par la fenêtre ouverte et fait valser les rideaux de dentelle en lambeaux. On entend en accompagnement un chœur d'oiseaux nocturnes et de cercopithèques, sur le fond sonore du chant des cigales. Le clair de lune ondule sur la piscine. Dans la chambre du haut, aux meubles couverts de draps destinés à les protéger de la poussière, des flancs huilés mis en relief par la lumière rasante se déplacent, des hanches luisantes glissent l'une sur l'autre.

Nécroville les attirait en elle.

— Nute.

— Accouche.

— Pourquoi as-tu pris le risque de te faire tuer par les *seguridados* ? Pourquoi tenais-tu tellement à travailler dans les secteurs réservés à la viande fraîche ?

Elle humidifia sa lèvre supérieure du bout de sa langue.

— J'ai des principes. Je préfère passer vingt ou trente ans sur les boulevards — et régler le coût des éventuelles reconfigurations — plutôt que de devoir rester deux ou trois siècles dans un bordel *contratisto*. Les *putas* de chair n'apprécient pas que je chasse sur leur territoire et il est exact que je me fais parfois amocher. Mais j'ai un truc à te dire, *chico*. Si je fais ça en solo, c'est ma décision, mon choix, mon plan de carrière. Les spécialistes dans mon genre ont une clientèle huppée qui n'hésite pas à payer un prix élevé. Tes cinq mille dollars sont proches de mes tarifs.

Les ecchymoses s'effaçaient, les lacérations se refermaient sans laisser une seule cicatrice.

— Tu es une transmorphe.

— Succube, incube, métamorphe. Tu devais penser que ta bagnole était unique, mais les modeleurs de Saint-Jean réalisent avec les tectroniques des trucs que tu ne pourrais pas imaginer, *hombre*.

Elle regarda un ciel enceint de constellations automnales.

— Il y avait ici plus d'étoiles qu'on n'en dénombre dans les cieux, disaient-ils autrefois.

Camaguey ne comprit pas.

— Nute, quel âge as-tu ?

— Disons que je suis assez vieille pour me souvenir d'une époque où nul gentleman ne se serait permis de poser cette question à une dame. Je suis ce qu'était la reine d'Angleterre, quand l'Angleterre était une monarchie. J'ai deux anniversaires. Une date de naissance et une date de renaissance. Tout dépend de celle qu'on choisit. En fonction de l'une, j'ai trente-cinq ans. Génération Zéro. J'ai fait partie de la première fournée des morts ressuscités. En fonction de l'autre, et vu qu'il faut ménager la coquetterie des vieilles putes, je dirai simplement que je me souviens de Reagan. A peine, note bien.

Ils se dirigeaient vers les portes de Nécroville. Jusqu'au moment où il avait emprunté ce boulevard abandonné, Camaguey avait ignoré que c'était là qu'il souhaitait aller. A présent, nulle autre destination n'aurait pu mieux lui convenir.

— Nute, comment es-tu décédée ?

— Le langage est étrange, Camaguey. Il y a cinquante ans, ta question aurait été privée de sens, complètement absurde. La formuler était possible, mais elle n'aurait eu aucune signification. Les mots qui permettent de parler de choses invraisemblables contiennent-ils le germe de leur réalisation ? Une mort naturelle, Camaguey. A quatre-vingt-trois ans. J'ai eu amplement le temps de prendre les dispositions nécessaires pour me réveiller un beau matin. Nous ne mourons pas tous sur la voie de gauche des autoroutes.

*Je sais. J'ai essayé.*

— La contrepartie, Camaguey. C'est la règle dans tout contrat. Dis-moi quel est ton âge.

— Vingt-sept.

— Un âge un peu fou...

Et ce fut son seul commentaire.

Le halo de l'enseigne effaçait les étoiles. La vie était une succession de portes qu'on ne pouvait franchir que dans un sens : enfance, puberté, maturité, associations, carrière, maternité, élever sa progéniture. Cependant, rien n'était aussi absolu dans ses implications que ce coin de plastique lumineux. Camaguey essaya de le voir sous le même jour que Nute, en tant que symbole d'un retour au foyer, le sceau de la sécurité. Il lui lançait un défi. Il atteignait la Dernière Porte. Quarante-sept heures et trois minutes.

— Nute, que ressent-on en mourant ?

— Puis-je voir votre Id, seor ?

La fluorescence rosâtre éclairait à contre-jour le militaire qui se penchait vers la portière. L'Idcom se chargea d'identifier Camaguey et de fournir une copie du contrat passé avec Nute.

— C'est la morte que vous avez engagée ?

Les sondes olfactives et autres qui reniflaient l'automobile dirigèrent leur attention sur Nute.

— En effet.

— Ah ! Ah !

Elle adressa un sourire mutin à l'homme. Les scanners glissèrent sur le pavillon pour aller humer Camaguey, accusateurs.

La porte beugla.

Camaguey resta figé dans l'œil de ce cyclone sonore. Les sirènes hurlaient. Devant eux, des doigts d'acier jaillissaient de la chaussée.

— Fichons le camp d'ici ! lui cria Nute. Démarre, bordel ! Démarre ! Par là !

Les pneumatiques à flancs blancs fumèrent, le véhicule recula hors du piège. Les systèmes d'alarme meuglèrent de plus belle. Les militaires hébétés tendirent la main vers leurs armes.

— Regarde la route, pendant que je les surveille ! ajouta Nute. Jésus, mec, qu'est-ce que tu as fait ?

Le caoutchouc fusionna avec l'asphalte fissuré dans le cadre d'un brusque demi-tour. Camaguey vit dans les rétroviseurs des *seguridados* s'agenouiller et les mettre en joue. Leurs teslers changeaient de forme et devenaient plus menaçants.

— Ce que j'ai fait ? C'est à toi de répondre à cette question.

Il lança la voiture dans la trouée de cinq mètres séparant deux palmiers et accéléra sur le trottoir. Les pare-chocs chromés fauchaient les hautes herbes et Camaguey espérait que les troncs les abriteraient des rafales de teslers.

— Moi ? Je n'ai absolument rien fait, homme de chair. Ce n'est pas moi qui ai déclenché les détecteurs.

— Que veux-tu dire ?

— A droite. Ici. Ici ! Il y a un véritable labyrinthe de ruelles, derrière ces haciendas. Les flics trébucheront sur leurs lacets, si nous réussissons à les entraîner là-dedans.

Avec un crissement de pneus cinématographique, la voiture vira à angle droit et plongea dans un rideau de barbe de vieillard. Les radars de proximité hurlèrent. Camaguey prit pitié du véhicule aux nerfs ébranlés et passa sur manuel pour s'engouffrer dans un étroit tunnel obscur qui s'ouvrait entre les murs croulants et les arbres.

— Ce que je veux dire, c'est qu'il y a dans les portes un système chargé de détecter les morts qui tentent d'entrer ou de sortir de Nécroville sans autorisation. Or, grâce à tes largesses, je ne suis plus en situation irrégulière. Il ne reste par conséquent qu'un prétendant à ce titre.

Il pila.

— Non ! Nute, non...

— J'ai su que tu n'étais pas *machaieh kasher* dès que je t'ai vu. Bon Dieu, c'est bien ma veine ! Le type qui me tire des griffes des membres du Cercle des tueurs sadiques et du Club des néo-nazis d'Exposicíon intéresse tellement les *seguridados* qu'ils n'hésitent pas à raser tout le quartier pour l'éliminer. A cent vingt ans et des poussières, je suis encore trop jeune et belle pour la Grande Mort.

— Ecoute, Nute. Aucun nécro n'aurait passé un tel contrat avec toi.

— Vraiment ? Alors, qu'est-ce que tu es, bordel ?

Elle leva les yeux et vit des choses qu'il ne pouvait voir.

— Nous en discuterons plus tard.

Camaguey sentait les fourmillements des champs gravifiques focalisés sur sa peau, quand Nute saisit sa main pour le tirer hors du véhicule en démontrant qu'elle possédait une force peu commune.

— Cours. Quoi qu'il puisse se passer, ne t'arrête pas, ne te retourne pas.

— Si je ne veux pas être changé en statue de sel ?

— A quelque chose près.

Ils décampèrent, suivis par les rafales de teslers qui faisaient exploser la ruelle.

— Ma bagnole...

— Je t'en achèterai une autre, mon chéri. File, file... Ces murs rapprochés nous protègent, mais s'ils nous bloquent dans un cul-de-sac nous serons *sodai gomi*.

Camaguey lorgna derrière eux. Les *mechadors* étaient des silhouettes noires sur fond noir. Leurs feux de position flottaient au-dessus de flaques de scories argentées bouillonnantes. Leurs têtes pivotaient, gauche-droite-gauche, afin de repérer leurs proies. Fini, les radios pour noctambules et les balades paisibles sur les boulevards avec la capote baissée. Il courait.

— Par ici, viens, viens.

Nute soulevait la partie inférieure d'un grillage rouillé.

— Tout le secteur est sillonné de vieux fossés d'irrigation et de ruisseaux souterrains. La plupart passent sous l'enceinte de Nécroville et les *seguridados* n'en connaissent pas un sur cent.

Camaguey roula sous les mailles métalliques. Elle en fit autant et ils repartirent sur le revêtement envahi de mauvaises herbes d'un ancien court de tennis. Spectres de couloirs, filets putréfiés toujours suspendus à leurs piquets, lanceur de balles aux formes vaguement phalliques discrètement remisé dans un angle. Il régnait ici une fragrance de fleurs nocturnes.

— Oh, merde !

Un *mechador* s'élevait au-dessus de la coupole tarabiscotée squameuse d'un double garage. Sa tête d'insecte noire balayait les alentours. Des mouvements latéraux à la lenteur terrifiante. Il se posa sans plus de hâte. Les fuyards ne pouvaient entretenir l'espoir d'avoir échappé à sa vigilance.

— Grouille ! hurla Nute.

La tête de mante religieuse se verrouilla en position de tir. La porte du court de tennis était à cinq mètres. Des yeux à facettes s'ouvrirent, des extensions armées dessinèrent un arc de cercle. La porte du court de tennis était à quatre mètres. Le *mechador* s'inclina en avant et reprit sa progression, en tirant. La porte du court de tennis était à trois mètres. La machine s'éleva au-dessus du grillage. La porte du court de tennis était à un mètre.

Et une guirlande de maillons rouillés la condamnait.

D'autres tueurs mécaniques descendaient du ciel. Ils voletaient avec autant de légèreté et de lenteur que du duvet de chardon.

Nute poussa un cri de désespoir, banda ses muscles et arracha le cadenas, la chaîne et la porte qu'elle lança vers le *mechador* le plus proche. Le robot dodelina sur son champ propulseur. Elle mit la diversion à profit pour tirer Camaguey dans un fouillis de clématites rampantes. Il tomba dans une tranchée bétonnée où stagnaient quelques centimètres d'eau puante. Il regarda ses mains et son pantalon souillés avec dégoût.

— Etre vaseux n'a jamais tué personne, lui rappela Nute en passant devant lui pour secouer la grille qui condamnait l'accès d'une grande buse. C'est bon, ma vieille. A toi de jouer.

Elle serra les poings. Les ombres étaient profondes, sous le dais végétal, mais Camaguey crut voir ses bras devenir luminescents et se métamorphoser en béliers d'os ivoirin. Le fer fut ébranlé et la peinture s'écailla au premier coup. Au deuxième, les barreaux s'incurvèrent. Au troisième, ils cédèrent. Un frisson prémonitoire l'incita à lever les yeux. Des lueurs dansaient au-delà du camouflage de feuilles et de fleurs à l'odeur entêtante.

— Nute...

Elle écartait les tiges de métal à mains nues. Sa force était inconcevable. Un talent fort utile, pour une prostituée. Tout comme sa capacité de changer d'apparence à sa guise.

— Regarde mes vêtements. Voilà bien le genre de trucs qui n'arrivent jamais à nos pires ennemis.

— Je t'offrirai une garde-robe complète, ma chérie.

— Laisse tomber ces traits d'humour typiquement hollywoodiens et magne-toi le cul.

Elle le poussa à l'intérieur de la buse d'un mètre de diamètre. Il y régnait une obscurité absolue et ils pataugeaient dans un liquide immonde jusqu'aux chevilles.

— Métro personnel de Nute. Prochain arrêt, Nécroville. Et n'oublie pas que tu me dois des explications, *chico*.

Camaguey plongea dans les ténèbres. Derrière lui le béton explosait sous les rafales de tesler.

Quarante-six heures et quarante-quatre minutes.

Les trois ambitions de Huen :

*Uno :* Pique-niquer sur le mont Rushmore et être la Première Fille de l'Histoire qui s'envolerait du Nez de Lincoln.

*Dos :* Battre le record de distance en vol plané sans assistance.

*Tres :* Inciter Toussaint à retirer pour elle sa combinaison de vol noir et rose décorée de spirales.

Elle eût volontiers renoncé aux numéros *uno* et *dos* pour le *tres*.

Qu'elle obtiendrait, avec le temps. Les traits de pierre du *presidente* sculpté dans la roche finiraient par s'éroder mais l'Aire de Lodoga Canyon n'était pas assez vaste pour que Toussaint pût espérer lui échapper. De même que les vingt constructions du même type qui piquetaient les pentes du versant ouest de Griffith Park, cette habitation était un kit architectonique... une fin de série qui ressemblait de l'extérieur à une tête de brocoli géante et de l'intérieur à un poumon. L'existence qu'ils menaient sous les dômes verts translucides à facettes, entre les alvéoles et les côtes était comparable à celle des sous-mariniers, des artistes de cirque et des athlètes. Aucune intimité. Aucun secret. Aucune pudeur. Pour les Aigles de Lodoga, voler passait bien avant l'individualisme et cet esprit de communauté naturiste était une nécessité. Sans cela, ils se seraient crevé les yeux.

Huen vit la combinaison noir et rose suspendue à un portemanteau époxydique de la paroi de la bulle hygiénique. Elle entendit des bruits de douche. Elle entra et s'appuya au lavabo avec une désinvolture feinte pour admirer le corps nu et mouillé de Toussaint.

— Tu vas à une fête, ce soir ?

*(J'irais volontiers te rejoindre dans la cabine, si je n'étais pas certaine de m'en faire expulser.)*

— Cité des Morts, mais pas pour m'amuser.

— Quoi alors ?

*(Il a quelqu'un, ce salaud !)*

— Retrouver des amis.

— Je les connais ?

*(J'arracherai le cœur de cette salope et je le ferai griller à petit feu.)*

— Je ne crois pas.

— Je ne pourrais pas t'accompagner ? Je m'ennuie ici. Ils sont tous assommants.

*(Essaie un peu d'y aller sans moi !)*

Les sifflements et les gargouillis de l'eau s'interrompirent. Toussaint retira le gel qui obstruait ses oreilles en utilisant un angle de sa serviette en guise de tire-bouchon.

*(Je pourrais m'en charger.)*

— Non, c'est personnel. Une réunion de vieux copains. D'une autre époque.

— Il y a un feu d'artifice, regarde !

Dressée sur la pointe des pieds, elle voyait les fleurs pourpre pyrotechniques s'épanouir dans la vallée en contrebas.

— Eh, Toussaint ! Il y a quelqu'un, là-bas.

— Ne plains pas celui
Qui crie constamment au loup,
Et se fait manger,

l'avertit Toussaint.

— Je ne plaisante pas. C'est la troisième fois, cette semaine.

— Sans doute des voisins sortis promener leurs chiens, ou des gosses qui cherchent un endroit tranquille pour *joder*, faire les imbéciles ou se shooter.

Il s'avança malgré tout.

— Je ne vois rien.

Huen pénétra derrière lui dans son espace vital. Le mot « chambre » n'aurait pu s'appliquer à une gousse de couchage malodorante collée à une paroi incurvée et un placard suspendu. Même le terme « espace vital » était inadéquat.

— Tu devrais mettre ça, suggéra-t-elle.

Elle désignait de la tête un ensemble presque classique qui convenait dans la plupart des situations.

*Ailleurs, dans une autre penderie*, des costumes à mille dollars faits sur mesure par les plus grands tailleurs de la Cité des Morts récoltaient la poussière et se fripaient. Régler des affaires dans un milieu où il était indispensable de se vêtir de la sorte était une bien piètre existence. Il se souvenait de ses vêtements mais pas de ses chaussures. Il n'avait jamais eu l'intention de marcher dans les pas de son père.

Lorsque nous partons, changeons-nous simplement d'uniforme ?

— Non, j'avais prévu de mettre ceci.

Une tenue décontractée, pour un temps clément. Beaucoup de peau. Huen haussa les épaules.

— Tu serais bien plus chic avec l'autre. Est-ce que ce sont des gens que tu souhaites impressionner ?

— Seulement le *corrillo* d'amis que je fréquentais par le passé. Chaque année, à l'occasion de la Nuit des Morts, nous nous retrouvons à Saint-Jean, au Café Terminal. Un lieu idéal pour ces rencontres. Tout ce qui nous rapprochait a disparu il y a longtemps. Nous portons des toasts à un cadavre. Nous organisons à tour de rôle quelque chose d'inhabituel, une sorte d'expédition. La dernière fois, c'était à moi de m'en occuper et nous sommes partis à la recherche du Cimetière des Toons. Ce soir, c'est Santiago Columbar qui s'en charge. Dieu sait ce qu'il a concocté pour que nous passions un moment mémorable.

Suspendu au plafond par les griffes de ses talons dans son « espace vital » de deux mètres sur deux, Frère Mohammed tendit le bras vers la barre de rétablissement et descendit avec souplesse.

— Tu connais Santiago Columbar ? C'était mon idole. Toutes les célébrités du *fútbol* et du *movimiento* amalgamées en une seule. Je n'oublierai jamais une de ses préparations, le Mark III Lycanthropéon, un proprioceptеur à base temporelle. Ce machin se déclenchait à vingt-neuf jours et demi d'intervalle et donnait l'illusion d'être un loup. On se réunissait avec une dizaine de *compadres*, on s'en jetait quelques-uns derrière la cravate, et on formait une meute. Yahou ! Les loups-garous de Londres. C'était super. Quand ça commençait à faire effet, on assistait à sa métamorphose. Et le kit d'expansion virtuelle permettait également de voir ses copains tels des loups. On pensait, ressentait et percevait le monde comme ces bêtes. Un truc extra. J'ai dû attendre un an pour que mon système s'en débarrasse. Entre-temps, j'avais découvert le vol libre.

— Tu devrais choisir plus soigneusement tes héros, fit sinistrement Toussaint. L'un de vous connaît-il l'indicatif d'une société de taxis ?

— Tu n'en trouveras aucun, ce soir, affirma Huen avec une joie malveillante. Les conducteurs vivants ne descendent pas dans la vallée et tous les morts sont déjà retenus.

Pour démontrer qu'elle était dans l'erreur, le minicom lui fournit le numéro des péditaxis Paramount et une voix féminine lui annonça : *Dix minutes.* A la seconde près, une clochette tintait devant l'Aire.

— Amuse-toi bien, marmonna Huen.

— Ce n'est pas le but recherché, rétorqua Toussaint.

Le sphincter de la porte se referma derrière lui. Soirée : belle, chaude, température trente-deux degrés, hygrométrie de quatre-vingt-treize pour cent, vent d'ouest virant au nord-nord-ouest, léger, environ huit kilomètres-heure. Dans le ciel, le halo infrarouge du couvre-feu. Des signes annonciateurs d'orage. Odeurs de la terre : latérite et choses qui croissent dans le sol. Des feux dans la vallée, en contrebas.

— Vous êtes le client qui veut aller au Café Terminal ? demanda la *cochera*.

Une morte aux muscles saillants vêtue d'un short et parée de bijoux. L'ascension de la colline abrupte ne l'avait apparemment pas fatiguée. Son crâne était rasé à l'exception de cinq mèches soigneusement entortillées sur sa nuque.

— J'espère qu'avoir un compagnon de voyage ne vous ennuie pas ?

Le *compañero* en question était un individu dont l'âge était impossible à déterminer. Il avait un de ces visages qu'on eût juré avoir déjà vu quelque part, du genre à vous obséder toute une nuit tant on souhaiterait pouvoir lui attribuer un nom. Il n'était pas plus à l'aise dans son ensemble classique qu'un surfeur invité à un mariage dans la haute société.

— Belle soirée, commenta l'inconnu.

La *cochera* avait mis pied à terre et bidouillait son équipement.

Un homme émergea d'entre les bambous qui formaient un écran très dense à la base de l'Aire et traversa l'étendue gravillonnée.

Une irritation, un frisson lui signalait que quelque chose clochait.

Le passager se pencha pour lui dire sur un ton de confidence :

— Vous savez, vous auriez dû opter pour l'autre tenue. Vous auriez été plus à votre avantage.

Toussaint saisit l'armature d'acier et sauta sur le sol. Pour courir. Se cacher. Il dut y renoncer en voyant la gueule chromée d'un tunker se matérialiser à trente centimètres de son troisième œil, dans la main gauche de l'inconnu qui venait d'arriver.

— Remontez dans le taxi, seor Tesler.

*Tunker : arme antipersonnel populaire, bon marché et répandue, constituée d'un maser alimenté par des batteries rechargeables. Très destructrice bien que de faible portée. Fonctionne sur le principe de la Légende Urbaine du chiot oublié dans le four micro-ondes, si ce n'est que c'est le cerveau qui entre en ébullition et fait éclater la boîte crânienne. Rien ne procurera jamais plus de satisfactions à l'utilisateur qu'une tête qui explose.*

Seor Tesler. Seor Tesler. Seor Tesler.

— Qui êtes-vous ?

— Je vous présente Texeira...

L'homme armé lui accorda un sourire.

— Et Shipley...

La femme musclée hocha la tête, et il vit le reflet argenté d'un second tunker dans son poing.

— Moi, c'est Quebec. Ce qui ne vous apprend pas grand-chose sur nous, seor Xavier Tesler.

— Il y a longtemps que j'ai cessé de porter ce nom.

— Nous le savons. Comme vous devez désormais vous en douter, nous vous avons tenu à l'œil, à l'oreille, ainsi qu'à d'autres organes sensoriels plus subtils.

— Vous avez intercepté mon appel à la Paramount ?

— N'est-ce pas évident ?

Un silence, puis :

— Qui êtes-vous ? demanda Toussaint.

Quebec se contenta de sourire. En proie à la colère, Toussaint bondit hors du péditaxi.

— Je ne joue plus. Je sais que vous ne me tuerez pas. Vous avez besoin d'une chose que seul Xavier Tesler peut vous donner, et vous perdrez toute possibilité de l'obtenir si vous vous servez de vos armes. Je vous tire ma révérence.

Il tourna le dos aux tunkers. Il avait l'impression que les coutures de sa peau se rouvraient et révélaient les mécanismes de son âme.

— Vos conclusions sont absolument exactes.

Toussaint s'arrêta net. Il les suspectait de lui accorder cette victoire tactique en échange d'un gain plus important sur le plan stratégique.

— Votre amie Huen, celle qui mouille sitôt qu'elle

vous voit. Demandez-lui de nous rejoindre. Déclarez-lui que vous êtes revenu sur votre décision, que vous aimeriez aller avec elle au Café Terminal.

Depuis combien de temps le regardaient-ils, l'écoutaient-ils et le reniflaient-ils, pour avoir mis à nu toute son existence ?

— Sinon ?

— Trois *desperados* prêts à tout massacreront ignoblement douze amateurs de vol libre désarmés et pacifiques.

— Espèce de salopard.

Texeira l'accompagna jusqu'à la porte. Huen vint ouvrir.

— Aurais-tu finalement compris que tu ne pourras pas te passer de moi toute une nuit ?

Toussaint réussit à sourire, et à fournir une réponse impertinente.

— Le droit de changer d'avis doit être inscrit dans la Constitution, non ? Alors, tu viens ?

— Essaie donc de m'en empêcher.

Il eut des nausées en la voyant revenir avec sa veste de soie préférée.

— Allons nous amuser.

Même ses réflexes aiguisés d'*águila* ne purent la sauver. Le nommé Texeira fit un pas en avant. Et son sourire fut emporté par le jet de métal liquide qui jaillit de son visage en direction des yeux, des oreilles, du nez et de la bouche de Huen. Elle l'ouvrit pour hurler et le fluide argenté se déversa dans sa gorge et la fit suffoquer. Ses yeux étaient des miroirs ovales aveugles. Des spasmes agitaient ses mains. Son pantalon s'assombrissait d'urine.

Texeira s'effondra telle une caryatide de marbre brisée sur le gravier ratissé avec soin et cessa de bouger.

Toussaint s'agenouilla pour rendre. De la bile. Des sucs gastriques. Une main se posa sur son épaule.

— Seor Tesler.

Les doigts et la voix appartenaient à Huen. Cependant, les paroles ne pouvaient être les siennes. Son entrejambe était mouillé. De rouge, le tissu avait viré au noir.

— Comprenez-vous qui nous sommes, à présent ? demanda Quebec. Ce que nous sommes ? Croyez que je suis profondément navré d'avoir dû utiliser de tels moyens de coercition, Toussaint. J'avais espéré que votre... votre passé avait fait de vous un sympathisant de notre cause. Votre amie vous sera rendue, intacte, à la fin de notre mission. Texeira a pris le contrôle de ses fonctions motrices et cognitives supérieures sans mettre à contribution son système duplicateur. Il lui a donné un simple coup de tête, pourrait-on dire. Pour dissiper les incertitudes qui subsistent peut-être dans votre esprit, sachez que Texeira procédera à sa reconfiguration totale si vous ne suivez pas nos instructions à la lettre. Comme lors d'une résurrection conventionnelle, le processus sera irréversible. Elle aura toujours la même apparence, la même voix, mais elle aura perdu toute personnalité. Elle sera devenue un véritable zombie. Demandez à notre ami ce qu'il en pense.

Il désignait l'enveloppe charnelle dont Texeira s'était dépouillé.

— Vous êtes des salauds !

— Non, Toussaint. Pas du tout. Shipley.

La grande femme — à qui avait-elle volé ce corps aux muscles développés et aux bouclettes entretenues avec soin ? — contourna le péditaxi piraté en se dépouillant de ses ornements et accessoires qui n'étaient pas en tectoplastique. Elle posa ensuite les mains sur l'engin branlant dont le matériau bouillonna et fondit aussitôt.

— Faites bien attention, lui dit Quebec. La masse est trop réduite pour que nous puissions nous permettre d'en gaspiller un seul gramme.

Shipley lui lança un regard maussade par-dessus son

épaule et poursuivit ses gauchissements et tressages. Sous ses caresses, les tiges s'étiraient et les barres s'allongeaient en fils monomoléculaires, des tubes se laminaient en voiles. Des ébauches d'ailes.

— Vous avez dû comprendre que nous n'entrons pas dans la catégorie des morts domestiques, commenta Quebec d'une voix suave. Et également que notre mission n'est pas banale.

— Vous désirez que je vous mène à mon père, afin de l'assassiner.

— La première hypothèse est exacte, pas la seconde. Tout ce que nous voulons, c'est rencontrer Adam Tesler.

— Et ?

— Le convaincre d'infléchir sa ligne de conduite, fit la chose Huen.

Il y avait sur le gravier trois triangles arachnéens évoquant des ailes de papillon. Shipley sourit, fière de son ouvrage.

— Volons, dit-elle.

Yo-Yo sur une mob. Tenue : culotte de cuir taillée en short, veste sans manches, casquette, gants aux doigts tronqués, bottes appropriées... Le tout enfilé sur la seconde peau d'un fourreau sensoriel. La Femme Illustrée. Put put put ! Le moteur à alcool de la mob pétarade à cinquante kilomètres-heure, presque sa vitesse maxi. On ne pourrait quoi qu'il en soit aller plus vite au sein d'une pareille circulation. Telle est la dynamique mob/piétons des villes mortes. Destination : le centre, la Cité des Morts, une cantina de coin de rue où elle a rendez-vous avec feu Martika Semalang.

— J'ai un résumé, si tu veux y jeter un coup d'œil, avait dit Jorge en découvrant Yo-Yo affalée dans l'angle de la pièce noir et blanc, les yeux rivés sur une bouteille de Jose Cuervo à moitié pleine.

— Fiche-moi la paix, Jorge. Je suis finie. Dire qu'Ellis a eu le toupet de prétendre que le *serafino* qui se colle à mes basques est dispensateur d'un bon karma ! Eh bien, Carmen Miranda, j'espère que tu ne me laisseras pas tomber ! Je compte sur toi pour me nourrir, à l'avenir. Est-ce que ça te réchauffe le cœur ?

— Allons, Yo-Yo. Tu es une excellente avocate. Tu n'es aucunement responsable de ces outrages à magistrat.

— Ce qui devrait me réconforter ? Je sais que je suis aussi valable que les autres, mais ce n'est pas ce qui les a empêchés de me virer pour engager quelqu'un dont la vie n'est pas empoisonnée par un travelo virtuel.

— Nous en reparlerons quand tu en auras envie, Yo-Yo.

Elle en éprouva le besoin trois heures plus tard, après avoir annoncé à Trio que son souhait depuis longtemps en suspens avait été exaucé et qu'elle pourrait utiliser le log de l'Escalier du Paradis.

— Ce dossier ?

— C'est une enquête privée, dit Jorge en allant lui prendre une bière dans le frigo commun. Ce n'est pas ta spécialité, je le sais, mais l'affaire Margolis m'accapare et j'ai horreur de refuser du travail.

— C'est le genre de boulot qui convient parfaitement à une avocate qui a perdu le procès le plus important de sa carrière.

— Notre cliente s'appelle Martika Semalang. Tu la rencontreras ici...

Il griffonna une adresse sur un mémo adhésif qu'il colla au poignet de Yo-Yo. Nécroville Saint-Jean. Expression écrite. Jorge et ses étranges anachronismes.

— Tu peux lire ça ?

Elle hocha la tête.

— Elle sera à une table de la terrasse de vingt heures à vingt et une heures trente. Je te conseille de commander les *cámarones españols*. Ils sont excellents.

— Face à face ?

— Chair à chair. Pas de virtualité. La recherche de la vérité selon des méthodes primitives. Aurais-tu perdu ton désir de devenir détective ?

— Ça ne m'a jamais tentée. Mon archétype hollywoodien est plutôt Perry Mason. Etait. Je peux t'emprunter ta mob ?

— N'oublie pas de faire le plein. Il y a encore une chose que je dois te dire...

Jorge arbora un sourire théâtral. Acteurs et avocats étaient depuis toujours des frères.

— Cette Martika Semalang... Un matin, elle s'est réveillée morte et elle souhaite apprendre pourquoi.

Les *seguridados* de Sunset vérifient l'Idcom de Yo-Yo et lui font signe de passer. Le chœur rituel des testostérones mâles l'accompagne : hurlements de coyotes et lentes élongations de la langue vers le bas de la visière. *Assieds-toi là-dessus, hermana*. Des trouducs malades. Elle entre dans Nécroville.

Les rues... C'est merveilleux. L'odeur de l'asphalte chaud. Cet orchestre de cuivres à l'intersection, les saxos qui s'inclinent et se balancent. Le piment du carnaval ! Et parce que c'est si enthousiasmant, la colère et l'humiliation dues à l'affaire des Industries Gabonaises sont encore plus amères et aiguës.

« Comment ai-je perdu ? » est très proche de « Comment ai-je pu perdre ? »

Son ambition était donc plus grande que son habileté. Elle s'imagine ses parents qui ricanent, là-bas à Marina Del Rey. Pourquoi n'a-t-elle pas suivi leurs conseils et n'est-elle pas devenue une assistée de la troisième génération ? Se laisser béatement bercer sur un sampan de la Ville flottante sans avoir d'autres soucis que jouer au mah-jong, regarder les programmes débiles d'une télé miteuse et se nourrir avec la manne distribuée par l'Etat les satisfait. Elle aurait dû également s'en contenter. Non, pas elle ! Pas leur deuxième fille bouffie d'orgueil. Elle a voulu partir et devenir quelqu'un, réussir sa vie. Elle avait toute l'éternité pour faire une carrière. Nous le lui avons dit, et nous a-t-elle écoutés ? Mais chut, c'est l'heure de *Camino Real*, la série préférée de ta mère.

Yo-Yo ne pouvait comprendre ce que signifiait *s'élever au-dessus de sa condition*. L'égalitarisme était aussi ancré dans son ADN que le fatalisme dans les gènes de ses parents. Alors, accroupis-toi avec l'eau du fond de cale qui clapote autour de tes chevilles et souris avec suffisance, comme si tu savais sur l'univers des choses qu'ignorent les autres mortels... Oui, souris, hoche la tête, incline le bec de la théière.

Cependant, la fille de Meredith Mok prenait un nouveau départ. Cette Martika Semalang serait sa première cliente. Yo-Yo tourna la manette des gaz. Le deux-roues toussa et atteignit sa vitesse maximale : cinquante-cinq kilomètres-heure. File vers ton destin, petit monstre d'acier.

YO-YO, lut-elle soudain sur un murvid installé sur le côté de la courbe. JE SUIS DÉSOLÉE, JE N'AI RIEN FAIT. JURÉ. Les excuses de Carmen Miranda la suivirent le long de l'avenue en faisant des sauts de carpe d'écran en écran. YO-YO, ES-TU ENCORE MON AMIE ? Le temps de garer la mob dans le support à vélos du Tacorifico Superica, le *serafino* était suppliant. S'IL TE PLAÎT, YO-YO, lisait-on sur la façade du Banco Nogidaches. Des soupçons de fruits tropicaux hantaient les pixels du logo de cette *corporada*. RÉPONDS-MOI, YO-YO. Des passants levaient les yeux et souriaient, pensant à une querelle d'amoureux brusque et violente comme un orage d'été. Réconciliation, romance et roses.

— Ecoute, connard, murmura Yo-Yo dans son Idcom de poignet.

Car elle pensait que le *serafino* avait pu suivre sa trace grâce à cet appareil.

— Je fais un travail. Je peux m'estimer heureuse qu'on m'ait confié ce job. En toute logique, j'aurais dû me retrouver sans rien, contrainte de regagner Sampan City. Si ce sort peu enviable m'a été épargné, je le dois à mes amis. C'est ma dernière chance et je ne veux pas que quoi que ce soit puisse la gâcher. Je ne tiens pas à ce que ma cliente se méfie de moi parce que je suis à tu et à toi avec des panneaux d'affichage. *¿ Comprendes ?*

Le sourire béat de l'*angelito* du Banco Nogidaches, un chérubin avec une auréole de billets d'un dollar en orbite au-dessus de sa tête, devint le rictus carminé de la Miranda. La vieille tante disgracieuse cligna de l'œil et fit une bulle, un phylactère qui affirmait : COMME TU VOUDRAS, YO-YO. SI TU AS BESOIN DE MOI, TU N'AURAS QU'À ME SIFFLER. Ce qui s'effaça en dernier fut l'ananas qui couronnait le chapeau tutti-frutti. Des *carnavalistos* applaudirent poliment.

Le Tacorifico Superica était un de ces restaurants populaires bon marché qui, par son refus catégorique des changements, était devenu un des lieux les plus à la mode et huppés en fonction d'un vieux principe Karmico-Kalifornien. Yo-Yo fit la queue au comptoir et obtint son repas dans une assiette en plastique ainsi qu'une bouteille de bière locale. Libérés de la nécessité de manger pour vivre, les morts vivaient pour manger... et pour boire. Eux seuls réussissaient à donner à leurs mets le goût correspondant à leur arôme. Elle emporta son plateau vers une table de l'arrière-cour où une jolie morte était assise sous un arbre également mort et plantait sa fourchette dans des haricots en salade.

— Martika Semalang ?

Yo-Yo se sentait trop jeune et boutonneuse. Face à face. Chair à chair. J'en suis incapable. Et si je vois une peau de haricot sur ses dents ? Et si je grimace en respirant son haleine ? Oublie tout ça et pense aux sampans qui dansent à marée haute.

— Je me présente, Yo-Yo Mok du cabinet Allison-Ismaïl-Castardi. On m'a chargée d'étudier votre affaire.

Peut-elle deviner que j'improvise ?

La défunte serra sa main tendue. Yo-Yo tira une chaise.

— M'autorisez-vous à enregistrer notre entretien ?

Elle fit glisser l'Idcom de son poignet et le posa sur la table.

— Je crains de ne pas être à l'aise pour prendre des notes par écrit.

Poser ses mains à plat sur ses cuisses. Parfait.

— Seora Semalang, qu'attendez-vous de moi ?

— Que vous m'appreniez comment je suis morte, déclara Martika Semalang.

Sa voix était très douce et basse, presque couverte par les bruits de la rue dont seul un mur en mâchefer les séparait.

— Et, si la réponse est ce que je pense, pour quelle raison.

— Que pensez-vous ?

— Qu'on m'a assassinée.

Commettre un meurtre pour faire disparaître des informations compromettantes était devenu sans objet depuis la mise au point des techniques résurrectrices. Les crimes passionnels restaient en revanche aussi populaires et répandus qu'à l'époque où Caïn avait disjoncté. Ils étaient en outre moins dangereux. Les coupables démasqués et condamnés risquaient au maximum un bannissement de dix ans, fréquemment assorti d'un sursis. Etait-ce bien grave, après tout ? Les victimes continuaient de marcher, parler, manger et déféquer.

Mais si sa mort n'était pas naturelle ou accidentelle, que cette femme pût ignorer qui l'avait tuée et dans quelles circonstances s'accompagnait de tant d'impossibilités que Yo-Yo en avait le tournis.

— Voyez-vous, seora Mok...

— Yo-Yo, je vous en prie.

— Yo-Yo. Je ne garde aucun souvenir antérieur à l'ouverture de ma cuve de Jésus et à l'instant où le personnel de la Maison des Morts m'a aidée à en sortir.

— Vous ignoriez que vous aviez cessé de vivre ?

— Pouvez-vous imaginer le traumatisme que j'ai subi en l'apprenant ?

Non. C'était inimaginable. Nul n'aurait pu concevoir une chose pareille. Yo-Yo avait conscience que cela l'eût terrassée. Les ténèbres de la mort et la lumière éternelle de la résurrection l'angoissaient. Bien qu'ayant un short et une veste sur son fourreau sensoriel, elle frissonnait. Des nuages saillaient au-dessus du halo rougeoyant du signal céleste.

— Ce n'est pas le seul cas de perte totale des souvenirs, dit-elle.

Dans l'assiette en plastique, son repas attirait les mouches.

— L'interruption de la continuité mémorielle est inévitable quand on meurt pendant la prime enfance, même si l'intéressé se rappelle généralement sa mort. Lors des résurrections prénatales suite à des fausses couches accidentelles ou provoquées, l'individu ne sait absolument rien sur son passé. Cela s'est produit l'année dernière. L'affaire Sifuentes est célèbre. Une femme de San Jacinto croyait que son valet de chambre amnésique n'était autre que son fils avorté revenu la hanter. Il est inutile de préciser qu'elle avait de sérieux problèmes psychologiques.

— Non, je ne crois pas à cette possibilité. Comme vous le savez certainement, tout ressuscité peut conserver s'il le souhaite quelques objets personnels de sa vie antérieure.

Yo-Yo l'ignorait.

— A ma sortie de la cuve, on m'a remis ceci.

Une enveloppe en plastique à fermeture automatique. Elle fit tomber son contenu sur la table en tôle : un vieux clichévid bidimensionnel écorné et craquelé aux couleurs passées.

Une adolescente guindée, vêtue conformément aux canons de la mode en vigueur vingt ans plus tôt, assise sur une marche du porche d'une maison de banlieue du xx^e siècle, jambes pliées et genoux encerclés par ses bras. Un jardin avec du lierre et aucune clôture. Temps ensoleillé, comme toujours pendant l'enfance. La fille berçait un chat tigré qui souhaitait recouvrer sa liberté et lorgnait l'objectif. Le photographe, impatient d'immortaliser cet instant de bonheur domestique, avait oublié qu'il avait le soleil derrière lui et son ombre s'étirait sur les gravillons. La villa avait un nom et un numéro : 1345 Sunnymede. Certains lotissements de ce type étaient très anciens. La moitié d'un véhicule dans la moitié d'une allée. On aurait dit une des premières Nihan Cityhopper. Le fragment visible de la plaque d'immatriculation portait le code de Tres Valles. Sans doute un suffixe de San Fernando. Ce qui réduisait le champ d'investigation à trois millions d'individus.

L'adolescente ressemblait vaguement à Martika Semalang, mais la chair morte était à tel point modifiable que de tels détails n'avaient aucune signification.

— A votre sortie de la cuve, avez-vous dû apprendre à faire votre toilette, marcher, parler, lire... Ce genre de trucs ?

— Non. Tout était intact, les souvenirs de ma vie antérieure exceptés. Je savais tout ce qui concerne le monde, hormis le rôle que j'y tenais. Vous comprendrez mes soupçons.

— Vous pensez qu'on a effacé votre mémoire à dessein.

— Ce qui renforce l'hypothèse d'un assassinat.

— Votre nom est originaire du Sud-Est asiatique. Malais.

— Ce n'est pas celui que je portais autrefois. J'ai vérifié.

Yo-Yo suça sa lèvre inférieure. Dans la virtualité, cela engendrait un picotement dermique très agréable, comme un baiser sur tout le corps.

— Il se peut que vos souvenirs n'aient pas véritablement disparu et qu'ils fassent simplement l'objet d'un blocage. Je ne suis pas une experte en neurochimie mémorielle mais, pour autant que je sache, les engrammes ne peuvent être totalement détruits même s'il est possible de dissocier les codes qui indiquent leur emplacement. Auquel cas, un stimulus approprié devrait suffire pour déclencher une association d'idées, qui entraînerait à son tour une avalanche de réminiscences du passé. Une odeur, par exemple. C'est le moyen le plus efficace pour se remémorer certains événements, à en croire les spécialistes.

— J'y ai songé, dit Martika Semalang.

Elle n'eut qu'à lever le doigt pour faire approcher un *mesero*, un talent que Yo-Yo n'avait jamais possédé et enviait.

— Une bière pour la seora et une eau minérale pour moi. L'ennui, c'est que je ne sais pas comment m'y prendre ni par où débuter.

Yo-Yo regarda de nouveau le vieux clichévid. Les étés étaient autrefois bien plus beaux, même sur un sampan. On nageait, on courait, on devenait mince et bronzé.

— Je peux consulter les archives du bureau de l'urbanisme et effectuer des recoupements à partir du type du véhicule et du numéro d'immatriculation en m'adressant aux services municipaux concernés. Cela devrait nous permettre d'apprendre où cet instantané a été pris.

— Est-ce difficile ?

— Aucun problème.

L'Idcom posé sur la table déploya docilement un filament que Yo-Yo greffa à un circuit pelliculaire de son poignet.

— Veuillez m'excuser.

Elle remonta le capuchon de son fourreau sensoriel. Des larmes brouillèrent sa vue quand les interfaces optiques s'enfouirent autour de ses globes oculaires et se plantèrent dans son cortex visuel. Elle n'eut qu'à ciller pour être connectée.

Le lien cellulaire de l'Idcom était aussi lent qu'un mollusque, la virtualité de mauvaise qualité — par instants monochrome comme il seyait à tous les bons films de détectives, pensa-t-elle — mais la liaison avait été établie. Boogie Street. En noir et blanc granuleux. Cependant, Yo-Yo était heureuse de ne pas voir les taches, les contours imprécis et les couleurs criardes d'une Carmen Miranda venue la lorgner à la périphérie de son champ de vision.

Si les protocoles furent rapidement et facilement mis en place, elle grinça des dents quand les banques de données consultèrent son registre professionnel pour vérifier sa solvabilité. Elle aurait dû s'assurer l'anonymat d'un règlement en espèces.

Question : (elle ouvrit un petit fichier niché dans une cage de points d'interrogation) : Comment une morte peut-elle s'offrir les services du cabinet Allison-Ismaïl-Castardi ? Même ceux de sa stagiaire la moins brillante ? Si elle était une *noncontratista,* elle avait dans une *Inmortalidad* un compte et un dossier où étaient spécifiés son identité, ses activités, ses antécédents médicaux et tous les renseignements qui permettraient de coloriser le film de la vie, la mort et la résurrection de Martika Semalang.

Plus tard, Yo-Yo. Défiant la gravité à cinq kays au-dessus du réseau lumineux de la grande métropole, trois fenêtres s'ouvraient devant elle dans la nuit rouge. Le rendu était sommaire, les transitions saccadées et, pour ses sens interconnectés, incroyablement laborieuses. On dénombrait treize mille villas portant le numéro 1345 dans cette cité de vingt-deux millions d'âmes. Quarante mille Nihan de ce modèle avaient été mises en circulation, et elle ne pouvait préciser l'année car le préfixe contenant l'information ne figurait pas sur la photo. Six correspondances avec le fragment d'adresse, pendant la période estimée. Elle chauffait. Trois possibilités s'effondrèrent au premier contrôle. Ce n'était pas la bonne vallée. Une odeur de sang. Ses synapses dopées repérèrent l'instantané des services d'urbanisme une fraction de seconde avant que le log ne le lui eût désigné. Un mouvement du doigt superposa le clichévid à l'image d'archives. *Corrélation à 92 %* lui annonça l'ordinateur en lettres chromées qui se déversaient du ciel infrarouge. *A quoi sert le bon vieux flair d'un privé, de nos jours ?* Tel Peter Pan, Yo-Yo lança un cocorico de triomphe en survolant le réseau urbain virtuel.

Elle regagna la réalité.

Temps total écoulé : 8,3 secondes. Déconnexion des interfaces optiques et auditives. Elle repoussa sa capuche et essaya de dissimuler une partie de son autosatisfaction.

— Nous pensons que cette photographie a été prise au 1345 Enero Heights, Mission Oaks. C'est à environ trente-cinq kays au nord d'ici, là-haut derrière San Fernando.

— Nous ?

Yo-Yo haussa les épaules.

— Nous.

Le serveur revint avec les boissons. *Mineral* et Red Hat. Il décapsula la bouteille de Yo-Yo d'un coup de dents. Martika Semalang sortit sa carte de crédit. Des fusées rouges s'élevèrent au-dessus du toit en tôle ondulée rouillée du Tacorifico Superica et explosèrent. Des détonations étouffées. De douces novae.

— Un moment, Seora Semalang.

Yo-Yo intercepta le rectangle de *plástico* tendu vers le scanner. L'employé incurva ses sourcils, comme pour dire : *Je n'y vois aucun inconvénient, dès l'instant où quelqu'un règle la note et laisse une* propina *acceptable.*

— Puis-je vérifier une chose ?

Sans attendre l'autorisation, Yo-Yo donna la carte en pâture à son Idcom. Elle arbora son masque de joueur de poker du jeudi soir pour demander :

— Où avez-vous obtenu ceci ?

— Que voulez-vous dire ?

— Le solde créditeur est de cinq millions sept cent cinquante mille dollars.

Aussi impassible qu'elle, le serveur recalcula son pourboire à la hausse.

— Ce qui m'étonne, c'est qu'une femme qui apprend un beau matin qu'elle est morte et ne se souvient pas avoir déjà vécu, et encore moins rendu l'âme, ne s'interroge pas sur la provenance de près de six millions de dollars mis à sa disposition.

— Ils ont dû m'être crédités par une assurance d'*Inmortalidad*.

— Seora, seuls les gens les plus riches et les célèbres de la côte Ouest peuvent s'assurer le versement de tant d'argent de poche. Ne vous êtes-vous pas renseignée auprès de votre banque ? De quel établissement s'agit-il, au fait ?

Yo-Yo retourna la carte entre ses doigts. Le cercle divisé en parts de tarte de la terre, de l'air, de l'eau et du feu... les quatre éléments du logo de la Pacific First Consolidated.

— Vous ne devriez pas y avoir un compte. C'est impossible.

— Impossible ?

— La P.F.C. n'a pas de branche nécro. Il est temps de laisser la parole à l'avocat. D'après la Loi Barantes, les morts ne sont pas — excusez l'expression — des êtres humains. Les droits et les devoirs de ces derniers ne peuvent par conséquent s'appliquer à eux. Tout notre système socio-économique repose sur cette loi. Les secteurs financiers y sont soumis au même titre que tout le reste. Etant décédée, vous n'avez en théorie aucun besoin d'argent. En fonction du principe découlant du fait que les linceuls n'ont pas de poches. Cependant, tout se bloquerait s'il n'y avait pas une économie parallèle. Je règle à José un salaire qu'il redistribue au propriétaire de son logement (un rentier de chair fraîche qui passe son temps à flotter dans une piscine de Copananga comme la Grande Baleine Blanche), aux compagnies qui fournissent l'eau et l'électricité aux habitants de la municipalité (des sociétés dont tous les employés sont morts mais endettés jusqu'au cou envers d'autres rentiers de chair fraîche) et presque tout le solde à la Maison des Morts. Officiellement, nul ne vend des kilowatts à José et nul ne lui loue un appartement. Il n'existe que des accords tacites. Et partout où il y a de l'argent qui circule, les banques prolifèrent comme des mouches sur une *mierda*. Les principales *corporadas* bancaires ont fondé des succursales fantômes qui effectuent les mêmes opérations qu'elles sans avoir une existence légale. Le monde où nous vivons repose sur autant d'éléments invisibles, d'articles de foi et de principes non exprimés, que l'Europe catholique médiévale. Par consensus. Parce que tous acceptent cet état de choses.

» Mais la Pacific First Consolidated se targue de ne pas contribuer à l'hypocrisie générale. Ses responsables disent que ces faux-semblants sapent la loi. En fait, ils sont fortement Pro-Vie. Il y a pourtant un tas de Ressuscités du Nouveau Millénaire dans leur conseil d'administration.

L'ironie amusa Martika Semalang. Comme sa robe, ses manières et la façon dont elle affrontait un traumatisme dépassant l'imagination des vivants, son rire était plein d'élégance. Yo-Yo se sentait boulotte et bien peu féminine. Elle aimait les fermetures à glissière, le cuir. N'était-ce pas de la peau ressuscitée ? Et qu'y avait-il de plus naturel que la peau ? Elle leva la carte.

— Je pense pouvoir trouver d'où ils proviennent. Ces cinq millions et pas mal de poussières.

Elle esquiva le *serafino* suspendu au ciel imaginaire et s'abandonna à l'étreinte du log de son Escalier du Paradis. Elle aurait besoin de l'assistance de démons familiers très puissants pour pénétrer les mystères de la Pacific First Consolidated. Sous le couvert d'une transaction de débit, elle approcha de l'icône de cette banque. Un *tori* shintoïste. De nouveau, le manque de rapidité, de définition et de fluidité l'irritèrent.

La lenteur avec laquelle la porte spirituelle s'ouvrit l'exaspéra.

Mais seules les limitations de son Idcom étaient en cause. Elle comprenait pourquoi les anciens associés d'Iago l'avaient fait choir du piédestal qu'il occupait au sein de leur société. Après 3,2 secondes de temps réel écoulé, son log avait ouvert-sésamé le compte bancaire de Martika Semalang et faisait défiler les écritures derrière une petite fenêtre.

Elle allait faire ses courses *là* ?

Elle dépensait *ça*, pour *ça* ?

Elle achetait *ça* ?

Elle se hissa vers les premières écritures. Côté crédit, six millions de dollars. De la Côte. Une somme pour le moins rondelette. En utilisant son flair pour renifler les pistes, Yo-Yo s'intéressa aux opérations avec l'étranger. En suivant les girations des transactions transnationales, elle trouva un virement de la Banque Purmerend de Lucerne. Suisse. Les gnomes de Zurich, une grande famille. Des liens plus étroits que le trou du cul d'un calviniste.

— Alors, Iago, nous allons voir si tu es aussi bon que tu l'affirmes.

Le fourreau sensoriel la plaça en attente dans un état de privation de stimuli, le temps que l'Idcom s'extirpe péniblement de la Pacific First Consolidated et se connecte sur Lucerne en prétextant un transfert de capitaux.

Assise à une table de l'arrière-cour du Tacorifico Superica, avec une bouteille de Red Hat à moitié vide et une assiette de *cámarones españols* désormais froids devant elle. Pouvait-on conduire autrement une enquête ?

Retour dans le réseau. La Banque Purmerend était une ziggourat *corporadista* vieillotte et pompeuse. Le conservatisme helvétique avait contaminé ses iconographes. Elle se dressa dans l'ombre d'une pyramide et enfourcha l'onde qui entrait. Elle surfait derrière trois millions de dollars imaginaires partis à la recherche d'un paradis fiscal quand les alarmes de systèmes de programmes dont elle n'avait pas suspecté l'existence se déclenchèrent. Elle les ignora. Le temps que les logs trouvent sa trace, elle serait ressortie avec son butin. Le programme d'Iago découvrit les comptes où avaient été puisés les six millions de Semalang et les ouvrit comme un cadeau de *Navidad*.

Des chiffres digitaux défilaient sur le cortex cérébral

de Yo-Yo. Son système nerveux tressautait en se déplaçant d'une entrée à la suivante pour assimiler, synthétiser et établir des rapports. Caisse noire. Pots-de-vin. Ces six millions n'étaient que des galets, comparés au Matterhorn des sommes versées pour soudoyer les grandes *corporadas*. Et elle voyait derrière tout cela un nom...

Les alarmes hurlaient dans ses nerfs auditifs. Yo-Yo tendit le doigt et se propulsa en avant.

Une nova aveuglante explosa autour d'elle, si brillante qu'elle déborda de la vue pour empiéter sur les autres sens : une cacophonie olfacto-gustative, une vague de chaleur qui grilla ses terminaisons nerveuses comme si elle avait plongé dans de la lave en fusion, une pulsation et un cri qui — elle en prit conscience — n'était pas poussé par les gardiens cybernétiques de la Purmerend mais par son corps soumis à une torture insoutenable.

Cela s'acheva. Cela s'acheva. Cela. S'acheva. Elle cilla afin d'ouvrir la fenêtre qui donnait sur le monde matériel et constata que le filament reliant l'Idcom à son fourreau sensoriel avait fondu. Martika Semalang était près d'elle et lui présentait un verre d'eau, inquiète.

— Est-ce que ça va, Yo-Yo ? Vous vous êtes brusquement mise à hurler...

Les clients assis aux autres tables du Tacorifico Superica les fixaient. Yo-Yo repoussa son capuchon et se massa le front.

— Jésus, Jésus. Oui, ça va. Je suis O.K. A première vue, tout au moins. Quelqu'un s'est violemment élevé contre ma curiosité.

Alors qu'elle disait ces mots, elle prit conscience que l'énergie destructrice n'avait fait que l'effleurer. Ce qui l'avait attaquée ignorait qu'elle opérait à distance, par l'entremise de l'interface peu performante de son Idcom. Les lacunes de cet appareil l'avaient sauvée.

L'assaut avait été dirigé contre la pièce noire et blanche de Sunset. Sa puissance avait dû faire voler en éclats l'escalier de Powell et Pressburger ainsi que toutes ses sous-routines.

Ô, Jésus ! Ô, Marie ! Oh, merde !

L'Idcom se signala à son attention. La peau de tectoplastique du cadran se rétracta pour lui révéler le visage d'Ellis. Il avait l'expression d'un individu qui venait de se faire *joder* par l'ange de la mort.

— Yo-Yo. Ô, Seigneur ! Reviens ici. Ô, Christ ! Il s'est produit un accident. Trio. Jésus, je ne sais pas... C'était un accident, je ne sais pas, une surtension. Je n'ai jamais rien vu de semblable...

— Ellis. Que s'est-il passé ? Dis-moi ce qui s'est passé.

— Trio utilisait ton log. J'ai entendu son hurlement. Il y a eu un truc anormal. Une sorte de choc en retour. Je me suis précipité...

— Ellis. Trio. Qu'a-t-elle ?

— Des brûlures. Un court-circuit de son fourreau sensoriel, à ce qu'on dirait. Jésus, comment une telle chose a-t-elle pu se produire ? Les secours sont en route.

Yo-Yo interrompit la liaison. La grâce hautaine de sa cliente avait disparu, emportée par la peur.

— Qu'y a-t-il ? Que s'est-il passé ?

— Je dois vous laisser. Il y a eu un accident. Vos amis viennent de modifier les règles du jeu.

— Que voulez-vous dire ? Quels amis ?

— Ceux qui vous ont fait cadeau de six millions de dollars, seora Semalang. La Tesler-Thanos *Corporada*.

La version de l'*Humus vierge* tournée en 2012 par Valery Kuznetz.

Le passage coupé au montage du long métrage post-Tian'anmen *Le bataillon des femmes rouges*.

Du haut des toits, les protagonistes de ces films regardaient courir Trinidad. Talons aiguilles. Robe écarlate. Boucles d'oreilles qui se balançaient.

Où elle allait était secondaire. Elle l'ignorait. Elle savait uniquement qu'elle s'éloignait de Santiago.

Démon. Monstre. Assassin.

Elle arriva à l'angle de Quelque part et de N'importe où, emportée par la foule, épuisée. De l'autre côté de l'intersection bondée de monde, la station spatiale de 2001 valsait sur un écran de vingt mètres sur cinquante. L'extrémité de la rue semblait en feu.

Elle n'aurait pu dire où elle était. Perdue dans Nécroville, la Nuit des Morts.

(Trinidad : son pire cauchemar. A quatre ans. Première sortie avec Maman Chérie sur la promenade. Et voilà que la prise se relâche, que les mains glissent. Elle se retrouve seule dans un univers de jambes et de voix. Elle hurle *Maman, Maman, Maman, Maman !* Mais dans un tel brouhaha, nul ne prête attention à une fillette. Elle est perdue. Complètement perdue. Terrifiée. Toutes ces jambes. Toutes ces voix. Heureusement, une main se tend vers elle. Elle la saisit et des bras la soulèvent, l'assoient sur une épaule. Elle est emportée en lieu sûr, un endroit paisible hors de la forêt vivante et de sa cacophonie. Là, un homme très gentil la distrait en lui faisant des tours de passe-passe jusqu'au retour de Maman Chérie. Mais quand Maman Chérie arrive, elle tire Trinidad vers elle et la gifle avec force, avant d'insulter le magicien parce qu'il est mort et que tout le monde sait ce que les morts font subir aux petites filles.)

Les traînées lumineuses de trois fusées illuminèrent la foule regroupée autour de la mare et se reflétèrent sur les ondulations noires du fluide visqueux. Avant que le domaine des morts n'englobe l'intersection de la 3e Rue et de La Brea, un extracteur tectronique installé par la TejCo Hydrocarbons est tombé en panne et a fondu l'asphalte, creusant un cratère de quinze mètres. La dépression s'est lentement remplie de pétrole. Ce qui était une curiosité géochimique est devenu un sanctuaire, un haut lieu de la Foi d'Ucurombé. Ici, l'esprit de Sieu Jabjab, Prince des Illusions, a traversé le liquide ténébreux. Cinq, six cents personnes s'étaient réunies sur ce site sacré. Contre sa volonté, Trinidad se laissa emporter par les mouvements de la cohue jusqu'à la berge de ce lac. Des batteurs invisibles gardaient un rythme de rock régulier avec une basse et une guitare. Les membres de la congrégation se balançaient d'un pied sur l'autre en murmurant les noms de leurs saints : *Jabjab Jabjab*. Lecteur et prédicateur reprenaient à tour de rôle les refrains de la *Chanson de saint Jacques*, bien connue de Trinidad.

Poussés par les coups de bélier de la grosse caisse, de nombreux individus se mettaient à danser. Des silhouettes cauchemardesques évoluaient dans le lac d'or noir. Mains, bras et têtes émergeaient par instants de la substance visqueuse, brillants et soulignés par les fusées rouges. Une femme, si grande et maigre qu'elle ne pouvait être que morte, déchira les vêtements qui emprisonnaient son corps et trembla quand la toute-puissance des Seigneurs relia ses synapses par un arc électrique. Ses amis imposèrent leurs mains sur elle puis la saisirent et se la passèrent autour du cercle qu'ils formaient. Elle avait les yeux clos, les jambes et les bras comprimés l'un contre l'autre, mais ses lèvres se mouvaient. Ils la firent rouler dans la mare de bitume. Sans émettre un seul son, elle disparut sous sa surface veloutée où elle ne laissa qu'une ride insignifiante.

Prédicateur et lecteur psalmodiaient leurs louanges respectives. La basse et la *batteria* reprirent le rythme et les fidèles se balancèrent en suivant la cadence. Trinidad découvrit que sa peur libérait des émotions plus subtiles et profondes. Si elle avait connu les joies et les frissons du danger en chassant le pachycéphalosaure, tout avait été contrôlé, planifié. Ici, dans ce chaudron de pétrole et de corps propice à la claustrophobie, rien n'était prévisible. Et tout était autorisé. Trinidad eût aimé se débarrasser de ses idées préconçues et de ses vêtements imbibés de sueur pour se joindre aux danseurs.

— Ils disent que la chair fraîche ne peut pas danser, fit une voix.

Celle d'un jeune homme aux cheveux nattés. Vivant.

— Nous serions trop liés par les inhibitions propres à la vie pour pouvoir nous abandonner totalement. Les morts n'ont ni blocages ni sens de la mesure. C'est cela qui leur permet de faire ce qu'ils font.

L'inconnu était plus petit qu'elle d'une tête, avec ses talons hauts.

Des mains invisibles repoussèrent la morte vers la surface et la mare entra en éruption. Pendant un instant, la femme parut se dresser sur le liquide noirâtre, puis les autres fidèles approchèrent dans les hauts-fonds et la tirèrent vers la berge. Ils la crucifièrent sur le béton. La lumière rouge se reflétait sur sa peau luisante de pétrole. Elle devint une sainte, une icône, une vierge noire, avant de disparaître sous un essaim de doigts et de langues qui touchaient et léchaient l'huile sacramentelle.

— Elus ?

— Chevauchés. *Los Caballos*, les chevaux. Montés et pénétrés par les Seigneurs, les cavaliers du temps, de l'espace et de l'univers quantique. Les Logras appartiennent à une humanité future vivant en une époque où la nanotechnologie a fait de tels progrès qu'elle permet de manipuler la substance même du cosmos. Ils remontent dans le passé sur leurs montures humaines afin de rétrosculpter le continuum. Ils utilisent la théorie des quanta pour effectuer un choix entre les divers univers potentiels pouvant découler d'un événement donné. Ils sélectionnent les possibilités conformes à leurs vœux. La thaumaturgie de Planck. Prenons la mare de La Brea. Ceux qui s'immergent dans son pétrole brut reçoivent un peu de l'esprit créateur des Logras. On pourrait dire que la nuit tous les chats sont des chats de Schrödinger. Ce ne sont que des foutaises, cela va de soi. Un charabia pseudo-scientifique. Mais il faut reconnaître que c'est bien tourné.

Sur l'autre rive du lac de La Brea, deux acolytes féminins baptisaient un mort qui avait le visage de Clark Gable. Des larmes d'hydrocarbure coulaient sur ses joues, alors qu'il rejetait sa tête en arrière pour hurler à la lune.

Un cri soudain. Une face renversée. Un bras tendu vers le ciel.

Loin au-dessus de l'agglomération, des traits de rubis lacéraient la nuit. Trinidad vit de nouvelles entailles éventrer le firmament, dix, vingt, quarante, plus qu'elle ne put compter. Le silence et l'immobilité étaient absolus. Les vingt-deux millions d'habitants de Nécroville avaient brusquement perdu le don de la parole. Les *caballos* se dressaient dans le pétrole brut sacré qui leur arrivait à la taille pour observer eux aussi la nuit. L'huile noire gouttait de leurs doigts. Le ciel était un écheveau de fils rouges luminescents. Un grondement sourd évoquant celui du tonnerre parcourut la congrégation. Il résonna, se réverbéra, se renforça en un grognement de colère.

— Qu'est-ce que c'est, qu'est-ce qui se passe ? cria Trinidad.

— Ils lancent une contre-offensive, répondit l'homme. Ce que nous voyons, ce sont des traînées ioniques. Nos armes spatiales quittent leurs positions orbitales. Des engins à cibles multiples. Têtes microtoc. Lasers, grasers, teslers pilotés. Envoyés affronter cette putain de flotte. Sous une accélération sacrément importante.

— La guerre ?

— Vous n'écoutez pas les nouvelles ? Non, tout le laisse supposer. Les Morts-Libres effectuent des raids contre nos plates-formes industrielles orbitales depuis environ une année. Ils disent que l'espace leur appartient, et ils ont regroupé leurs forces pour le démontrer.

La succion du vent sur ses vêtements avertit Trinidad un instant avant que l'onde de chaleur ne caresse son flanc gauche. Les flammes s'étirèrent à cinquante mètres de hauteur puis se rétractèrent en une langue ignée avide qui léchait la surface du lac de pétrole.

— Jésus, ils ont mis le feu au lac ! Venez. Ils déchiquetteront tous les vivants qui leur tomberont sous la main.

L'inconnu aux cheveux nattés la tira dans la foule hostile qui les comprimait. En s'abritant sous des porches et derrière des volées de marches, ils atteignirent la protection toute relative d'une porte de service. Les murs qui se dressaient autour d'eux transformaient le ciel en un écran de CinémaScope où étaient projetés des rayons écarlates sur fond noir.

— Ça se complique, commenta le petit homme.

Il remonta sa manche droite pour dégager un Idcom qu'il leva à son oreille. Trinidad observa les reflets des flammes sur les devantures.

— Les *seguridados* se chient dessus. Je suis sur leur fréquence. Triple alerte rouge, et les scanners de la porte San Vicente ont détecté un Mort-Libre qui essayait d'entrer en douce. Comme ils sont trop peureux pour venir tenter de restaurer l'ordre, ils vont boucler le périmètre. Ils doivent espérer que le feu de la violence finira par s'éteindre, si rien ne vient l'alimenter. L'ennui, c'est que nous sommes bloqués ici et qu'il n'y a aucune issue. Pourquoi ce soir ? Pourquoi, bon Dieu ? C'était déjà bien assez complexe sans ça. Et maintenant...

— Vous voulez dire que nous ne pourrons pas repartir ?

Bien que chaude, la nuit lui semblait glaciale... et cauchemardesque. Réveille-moi, Maman Chérie ! Prends-moi dans ton grand lit bien douillet imprégné de musc masculin.

— Pas avant le couvre-feu de l'aube, en tout cas. Merde. La situation est délicate.

— Compliqué. Complexe. Délicat. Seigneur ! Vous me dites que les morts se révoltent juste au moment où nous sommes dans leur territoire... Et ce serait selon vous compliqué ? Complexe ? Délicat ?

Elle abattit son poing sur la cuisse de l'homme aux nattes, dans l'espoir de se sentir plus forte et courageuse. En pure perte. Il ne remarqua rien.

— Heureusement que j'étais là pour vous secourir, dit-il. Ecoutez... Des connaissances m'attendent dans un bar de Willoughby. Nous serons peut-être plus en sécurité, là-haut. C'est dans un quartier très dangereux que vous vous êtes aventurée, ma belle.

— Trinidad.

— Emiliano Salamanca. Mes proches m'appellent Salamanca. Amis, maîtresses et filles perdues et solitaires.

— J'entre dans quelle catégorie, Salamanca ?

— Ça reste à déterminer, Trinidad. On dirait qu'ils se calment un peu. C'est le moment ou jamais de tenter notre chance.

— Savez-vous depuis combien d'heures je cours ?

Elle souriait presque, ce qui la surprit.

— Vous devrez courir encore longtemps, avant de sortir de ce merdier.

Il s'éloignait déjà vers la rue.

— Vous venez ?

Les méandres des ruelles leur permirent de laisser derrière eux les scènes d'émeute. Ils se glissaient dans des passages tortueux, entre les excroissances parasitaires des baraques croulantes et des gousses d'habitation. Le tonnerre grondait à l'ouest, du côté de Topanga : l'orage que les météorologues avaient annoncé depuis l'aube.

— J'espère me diriger dans la bonne direction, déclara Salamanca. Avec toutes ces constructions anarchiques, la ville est devenue un vrai dédale.

Les replis intestinaux des venelles et des rues les évacuèrent dans une cour cernée de bâtisses architectoniques surbaissées en forme de côtes et d'ossements. La noirceur qui régnait ici était presque palpable. Loin dans les hauteurs, les crucifix rotatifs des ventilateurs se contentaient de redistribuer la chaleur. L'air puait la végétation décomposée et les étranges sécrétions des morts. De vagues traces sous le revêtement glissant de feuilles mortes révélaient ce qu'avait été autrefois ce lieu : les couloirs d'un court de tennis.

Les yeux s'adaptent à la pénombre et permettent de voir l'univers quantique à l'ouvrage. Les bâtonnets et les cônes rétiniens sont assez sensibles pour enregistrer l'impact d'un unique photon. Ils n'ont aucune difficulté à différencier les ombres en mouvement de celles immobiles.

— Merde, Salamanca !

S'ils ignoraient où ils étaient, ils se savaient encerclés. Elle entendait les bruissements du tissu, les petits couinements de rongeurs de la peau humide au contact d'une veste en caoutchouc.

Des éclairs bleutés illuminèrent deux choses, et deux seulement.

Des *Lobos de la Luna* dont les yeux brillaient d'une étrange intelligence, des braises d'humanité.

Et Salamanca qui brandissait un tesler.

Il visait le front du loup-garou qui leur barrait l'accès d'une ruelle noire sur fond noir.

Elle lut un vague message dans le regard de la créature que menaçait Salamanca. Une lueur, une connaissance, une *reconnaissance*.

Elle n'était apparemment pas une inconnue pour cet être.

Le *Lobo* recula avec des pas de danseur. Pas assez vite. Le laser de visée grava une sentence de mort monochrome entre ses tétons.

Tir et intervention furent simultanés. Le doigt pressait la détente quand la main de Trinidad s'abattit et fit dévier le canon. Dans l'étroit passage, l'éclair fut aveuglant, la détonation assourdissante. Le rayon destructeur s'ouvrit un chemin vers l'oubli dans une toiture. Le loup-garou avait fui.

De retour dans la rue, elle se tourna vers Salamanca.

— Ils ne nous voulaient aucun mal.

Elle le frappa sur le sternum.

— Ils n'avaient pas la moindre intention de nous déchiqueter, de sucer la moelle de nos os ou de découper la peau de nos fesses pour la tendre sur leurs tambours de guerre. Ils nous auraient peut-être secoués un peu et obligés à lire leurs tracts, mais c'est tout. Et il a fallu que vous sortiez cette arme.

Elle lui donna un autre coup de poing. Cela la soulageait. Un *macho* stupide.

— Jésus Marie Joseph ! Vous n'auriez pas hésité à le tuer, pas vrai ?

— Oui ! s'emporta-t-il en saisissant son poignet pour l'empêcher de le frapper encore. Oui, bien sûr que je l'aurais fait ! Pour quelle raison se munirait-on d'un tesler avant de s'aventurer dans Nécroville, si ce n'est pas pour s'en servir en cas de besoin ? Oui, le Big Bang. Oui, la Grande Mort.

— Lâchez-moi, fit-elle posément. Je ne vous ai pas autorisé à me toucher.

Il la fixa et finit par desserrer son étreinte. Un doigt après l'autre.

— Et ne me traitez pas comme une gamine de douze ans. C'est entendu, je vous accompagne. Il est inutile de me tenir par la main.

Pendant qu'ils fuyaient la mare de pétrole embrasée en coupant à travers les ombres et leur angoisse, elle avait cassé son talon gauche.

## 21 : 30 — Minuit
## 1er novembre

Quarante-cinq heures. Pile.

La séduction que les tours exerçaient sur Nute trouvait ses origines dans une enfance passée dans un Pays des Merveilles où les garçons d'auberge étaient des princes venus incognito de Royaumes lointains, où des princesses progressistes avaient des noms se terminant en « iel », où les Méchants étaient d'autant plus redoutables qu'ils s'opposaient à la monarchie absolue et au système féodal et où les apprentis sorciers vivaient dans des donjons en pierre constamment cinglés par le vent. Surtout impressionnée par ces derniers, elle avait voulu suivre leurs traces et s'était équipée de jambières de cow-boy et d'une bourse/banane magique bouclée sur son tee-shirt/justaucorps. Cependant, les immeubles résidentiels de Resenza Heights n'avaient que quatre étages. En outre, conscients qu'ils risquaient un procès, les membres des services de sécurité n'autorisaient pas les fillettes de huit ans à courir sur les terrasses quand avait sonné minuit.

Elle ne renonça pas pour autant. Elle se trouva des tours dignes de ce nom. Les Watts Trash. La Coit Tower. La Tour de Londres (une déception). La tour Eiffel. La tour de la télévision de Toronto. Manhattan. Divers minarets pagodes stupas et autres symboles religieux phalliques. Toutes ces constructions étaient très belles mais appartenaient à d'autres thaumaturges. Lors de la Désunification, elle partit pour la Colombie-Britannique et s'érigea une tour de bois flotté sur une plage, au bord de l'océan. Au moins en était-elle l'unique propriétaire et pouvait-elle l'imprégner de sa magie personnelle. Elle y vécut cinq ans avec un individu volage et connut le bonheur. Puis les gringos chassés par la Ruée arrivèrent dans le Nord et la côte Pacifique devint un immense camp de réfugiés d'Olympics aux Aléoutiennes. Ce fut à cette époque qu'elle prit conscience que son compagnon n'était qu'un salopard. Plus humiliée par sa stupidité que par les infidélités assidues de cet homme, elle redescendit vers le sud et sa ville natale. Une fois là, elle apprit l'espagnol et débuta une nouvelle vie au sein d'une culture d'où les magiciens résidant dans des tours battues par le vent étaient absents.

Jusqu'à ce jour.

Les Grecs avaient construit des temples et des théâtres ; les Romains des thermes, des routes et des cirques sanglants. Une génération après l'autre, la population du Moyen Age avait empilé dans la fange les pierres de cathédrales qui rendaient gloire à Dieu. Les doges et princes de l'Eglise de la Renaissance avaient disséminé *case* et *palazzi* sur le littoral du nord de l'Italie. Sous divers rois prénommés George, les Anglais avaient installé des demeures palladiennes dans les paysages d'Arcadie. Les victoriens avaient quant à eux bâti des gares et des édifices publics. En bref, l'architecture de chaque époque reflétait l'esprit de son temps.

A la fin du XX^e^ siècle et au début du XXI^e^, les hommes avaient érigé des galeries marchandes.

La Galleria de Los Robles était un Atlas parmi des Titans. Quatre kilomètres carrés de magasins et un parking couvert surveillé pouvant recevoir cinq mille voitures. Climat et environnement divisés par le *nec plus ultra* de la nanotechnologie en cinq *(cinq !)* écosystèmes allant de la taïga sibérienne à la jungle maya... La seule forêt tropicale que les visiteurs venus de Los Robles et d'ailleurs auraient sans doute l'occasion de voir. Un choix incomparable de boutiques, de traiteurs et de bornes de services. Plus un assortiment complet d'activités ludiques destinées à tous les âges et milieux socioéconomiques. Cette Reine Catin des Grandes Surfaces avait exercé son hégémonie pendant dix ans, jusqu'au Postulat de Watson et au Corollaire de Tesler. Trois ans plus tard, c'était un mastodonte abandonné. Alors qu'il fallait refaire en hâte la carte démographique du pays, ses piscines se comblaient d'algues et les arbres faisaient éclater la voûte vitrée sous la poussée de leur ramure dysrépliquée. Des prospecteurs arrivèrent et s'ouvrirent prudemment un chemin dans ces détritus luxuriants de la société de consommation. Ce qu'ils y découvrirent étant à leur goût, ils domestiquèrent la taïga mutante, adaptèrent la jungle envahissante, relancèrent les escaliers mécaniques et les tapis roulants enfouis sous la moquette de feuilles mortes et réveillèrent la puissance électrique en hibernation ainsi que les dispositifs de contrôle de l'environnement. Ils aménagèrent les locaux commerciaux en appartements confortables et convertirent les terrasses en potagers et en vergers. Sur les dalles de béton tachées d'huile des divers niveaux du parking démesuré, les ressuscités de Saint-Jean prirent l'habitude de venir vendre chaque soir ce qu'ils avaient de négociable. Des kits d'habitation greffés à l'ensemble formèrent des excroissances de tourelles et d'encorbellements fantastiques. Los Robles devint une cité close de murs, la Forteresse de la Californie. Une ville dans la ville dans la ville.

Un jour, la femme qui aimait les tours passa sur ce boulevard. Et lorsqu'elle leva les yeux et vit les échauguettes et les donjons d'Avalon et de Minas Tiriths se découper sur le soleil couchant, elle sut qu'elle avait trouvé ce qu'elle cherchait depuis si longtemps.

Sa tour se dressait dans un ciel indigo et surplombait de cinq niveaux les jardins suspendus et les bourdonnements nocturnes du marché. Tel un symbole de sa profession, son logis évoquait une verge en érection.

Nute avait toujours eu pour principe de ne jamais amener de clients à son domicile. Souillées, les choses magiques perdaient tous leurs pouvoirs. Pour Camaguey, elle fit une exception.

Et elle s'excusa pour la douche.

— Elle est ultrasonique. Nous sommes trop nombreux pour qu'on puisse puiser dans la réserve d'eau afin de se laver.

Elle lui remit une chemise en mailles et un pantalon en intellicuir qui s'étirait et s'adaptait à toutes les tailles et conformations, puis elle se dépouilla de sa robe de travail et de ses chaussures et enfila un collant en dentelle extensible.

La tour de Nute avait quatre fenêtres en tectoplastique, une à chaque point cardinal : des yeux de chats circulaires fendus par un iris à dilatation variable. Les chaudes nuits d'été, le vent agitait les bouquets de fleurs séchées suspendus dans sa chambre.

— Ça barde, à La Brea.

A l'est, dix novae bleuâtres s'épanouirent. Elles s'éteignirent. Dix autres les remplacèrent, puis dix autres encore.

— Par les tétons de Dieu ! Ils ouvrent le feu sur les Morts-Libres ! Show laser et feux d'artifice en *son et lumière*. C'est la guerre, dans l'espace.

— Catapultes à un coup, probablement, dit Camaguey qui était venu la rejoindre dans le renfoncement de la fenêtre. Des noyaux supraconducteurs mus par des explosions nucléaires miniatures propulsent les ogives et leur font atteindre le dixième de la vitesse de la lumière en une fraction de seconde. Il doit y avoir des vaisseaux-bang très près de la Terre.

— Explosions nucléaires ! Vaisseaux-bang ! Jésus, c'est le grand affrontement et ceux qui nous prennent pour cibles sont nos enfants, Camaguey ! Nos bébés. Pourquoi nous haïssent-ils à ce point ? De quoi a donc peur la chair fraîche ?

Les doigts fuselés des nuages s'étirèrent dans le ciel, ourlés d'argent par le clair de lune. L'escorte de l'orage qui approchait. A l'extrémité obscure de la rue, sur un écran de cinéma solitaire, on voyait la scène de l'œil débité en tranches du *Chien andalou*. Des taches lumineuses glissaient sur la tapisserie de la Cité des Morts. Leurs mouvements indiquaient que leur point d'origine se trouvait dans les cieux.

— Il y a du monde, là-haut, dit-il.

Nute appliqua sa paume sur la poitrine de Camaguey, avec douceur et fermeté.

— Donnant donnant, seor. Nute t'a fait franchir le grillage. Dis-lui pourquoi tu as déclenché tous les systèmes d'alarme de Saint-Jean.

— Non, Nute...

Elle était plus petite que lui d'une tête, mais elle l'attaqua avec la rapidité d'une mangouste affrontant un cobra. Sa main gauche se referma sur la nuque de Camaguey, la droite sur sa mâchoire inférieure qu'elle repoussa lentement, très lentement, en arrière.

— Tu as vu de quoi je suis capable. Je pourrais te décapiter, si je le voulais. Ce serait facile... peut-être même agréable.

Le mouvement inexorable des doigts d'acier était si puissant qu'il ne pouvait espérer l'interrompre. Ses muscles et sa trachée s'étiraient, l'empêchant de respirer. Les vertèbres crissaient.

— Lorsqu'on est plus que centenaire, on aime mener

une existence paisible et ordonnée. Je t'accorde qu'il m'arrive d'aller braconner dans des territoires réservés aux vivants, mais c'est moi et moi seule qui en prends le risque, seor Camaguey. Et après avoir mûrement calculé mes chances.

Elle accentua la pression et son cou se tordit de quelques millimètres supplémentaires. Une torture offerte en guise d'échantillon.

— Alors, règle ton dû. Je réclame ma contrepartie. Dis-moi qui, quoi, pourquoi, où.

— Je ne suis pas mort, murmura Camaguey. Je suis toujours constitué de viande et d'os. Je suis vivant. Allons, est-ce que j'ai l'air d'être un nécro ?

— Il y a des choses qui ne collent pas, je te l'accorde. Mais les sirènes de la frontière ont perdu les pédales. Les *seguridados* et les *mechadors* en ont fait autant. Et s'ils ne sont pas curieux, je le suis. Que s'est-il passé ?

— Je ne sais pas.

*C'est faux. Pourquoi mentir ? A quoi bon dissimuler une vérité qui ne peut t'apporter une souffrance plus grande que celle que tu subis déjà ?*

— Nute, as-tu entendu parler du Syndrome Humano-Infectieux Tectronique ?

D'acier, les doigts redevinrent de chair, la prise s'affaiblit.

— Oh, merde ! Ô Jésus ! Mec...

— Naturellement que tu es au courant, vu tes activités. J'ai de toute évidence assez de tecteurs dans mon organisme pour que les scanners en concluent que je ne suis pas humain. Il est exact que je ne le suis plus, Nute, mais je ne suis pas mort pour autant. Un mort-vivant. Un avatar de la physique quantique.

Il traversa la pièce en direction de la pustule de la kitchenette et prit un couteau. Il fit glisser la lame dentelée de l'extrémité de son pouce gauche au poignet, en passant par l'éminence thénar. La fraîcheur du métal était agréable. Elle le revigorait comme un plongeon à l'aube.

— Est-ce que je ne saigne pas ?

Les grosses gouttes éclaboussaient le revêtement de sol en vinyle.

— Regarde, Nute ! Regarde, et tu les verras. Dans le sang. A peine visibles. Ils se regroupent. C'est ce qu'ils font immanquablement, vers la fin.

L'étau des doigts de Nute entraîna son poignet et sa main sous le robinet d'eau froide. Une douleur saphir glacée. Merveilleuse. Il vivait.

— Il te reste combien de temps, Camaguey ?

— Quarante-quatre heures et vingt minutes. Au maximum.

— Jésus... Comment est-ce que... Comment... te sens-tu ?

— C'est pour moi une libération. Peux-tu le comprendre ? Plus rien n'a encore la possibilité de m'atteindre.

— « Ni princes ni puissants, ni rois ni autorités souveraines, n'ont de prise sur moi. » Désolée. On ne peut se débarrasser de son éducation. As-tu peur ?

Il hocha la tête.

— On se dit toujours qu'on aura le temps de se préparer, qu'on saura affronter la mort.

— C'est pour cela que tu m'as demandé ce qu'on ressent, quand nous étions là-bas ?

Une autre approbation muette, en détournant les yeux.

— Mourir, c'est comment ?

— Tu tiens vraiment à le savoir ?

— Non. Ce que je voudrais plus que tout, c'est parler de ce qui m'arrive. Dire ce que j'éprouve, m'exprimer longuement sans être interrompu et bénéficier d'un peu de sympathie.

Elle sourit.

— Ça, c'est soixante-dix pour cent de mon boulot.

Elle désigna le lit. Camaguey s'allongea sur le dos et se plongea dans la contemplation des formes organiques du plafond. Nute se pelotonna contre lui et prit sa main mutilée dans les siennes. Les fleurs séchées bruissaient sous le vent chaud qui entrait par les fenêtres ouvertes. Des nuages envahissaient le ciel. L'orage imminent alourdissait l'atmosphère. Le sang de Camaguey s'épaississait et se coagulait sur le sol de la cuisine.

— Elle s'appelait Elena. C'est la seule femme que j'ai aimée... et je l'ai tuée. J'avais un récif corallien à Palos Verdes...

Elle l'attendait à côté du portail de la rue, lorsqu'il était sorti avant le lever de l'aube pour faire son jogging matinal. Elle avait passé là toute la nuit, alors qu'elle était morte.

— Etes-vous l'homme qui a un jardin au fond de la mer ? s'enquit-elle.

— C'est bien moi. Pourquoi ?

— Je souhaiterais travailler pour vous.

— Oh, vraiment ?

Elle leva sa main gauche et écarta les doigts. Palmés jusqu'à la dernière phalange.

— Je veux résilier mon contrat, seor. Rachetez-le.

Les physmodes étaient plus faciles à suivre pour les morts que pour les vivants — une simple déconfiguration puis une reconfiguration conforme à ses désirs — mais les adaptations sous-marines totales que laissaient supposer ces membranes n'étaient pas du domaine de la simple coquetterie.

— Qui est son détenteur actuel ?

— L'Ewart/Oz West Mining, branche du Pacifique. Eaux profondes, plaisir ténébreux.

— Des salopards, siffla Nute. Sais-tu que l'Ewart/Western Australienne est à l'origine des feux d'artifice *mucho macho* qu'on voit là-haut ? Sa politique consistait à racheter les contrats des morts alors qu'ils barbotaient encore dans leur cuve de Jésus. Puis venait le Transit. Ils expédiaient des installations minières et leur personnel vers les astéroïdes à bord d'appareils à voiles solaires bon marché. Deux secondes avant l'impact, les charges de tecteurs qu'ils transportaient explosaient et enveloppaient la cible. Le terme « vaisseau-bang » n'a pas été forgé par un publiciste en mal de néologismes. Je vais te dire une chose, je préférais devoir faire le tapin pendant deux siècles plutôt que de ressusciter à cinq cents millions de kilomètres de la Terre sans avoir la moindre idée de la façon dont j'étais arrivée là. Ils pratiquaient la vieille technique du sergent recruteur qui ne laisse aucun choix aux malheureux qu'il enrôle, à la différence près que l'Ewart/Western n'offrait même pas de solde. Excuse cette interruption. Tu ne devais même pas être né quand ont eu lieu les mutineries de la Face cachée et la Guerre du Transit mais, comme on dit, plus la vie est longue plus on a de souvenirs. Continue.

Avant même que l'espace extraterrestre ne tombe aux mains des rebelles, de leurs vaisseaux-bang et de leurs nanoprocesseurs, l'Ewart/Oz West s'était reconvertie dans l'exploitation des fosses océanes qu'elle ensemençait de machines et de morts reconfigurés pour pouvoir vivre dans les abysses.

— Vos employeurs me détruiront, s'ils apprennent que je vous fais travailler au noir, dit Camaguey.

— Voilà pourquoi il serait plus raisonnable de me

racheter, rétorqua la femme qui l'avait attendu devant son portail en dépit du couvre-feu.

Le ciel grisaillait au-delà des dômes des belles demeures de Palos Verdes. Première plongée dans moins d'une heure.

— Si vous êtes toujours là quand je reviendrai, je vous ferai faire un essai, promit-il.

Elle était là, à son retour. Il tint parole. Elle se déplaçait dans les flots froids et obscurs avec l'aisance d'une divinité marine de la Grèce antique.

— Le lendemain, je l'ai chargée de s'occuper du premier groupe de visiteurs. A la fin de la semaine, mes logs comptables et légaux demandaient le transfert de son contrat à l'Ewart/Western Australia Mining. Le montant dépassait mes estimations les plus pessimistes, mais il était trop tard pour me rétracter. J'étais déjà tombé amoureux d'elle.

Il ne s'était jamais intéressé aux conventions que la société établissait pour régir les rapports entre les vivants et les morts. Il trouvait normal que les tendres sentiments puissent enfouir aussi profondément leurs barbillons dans la chair synthétique que dans la naturelle. Le terme nécrophilie n'appartenait pas à son vocabulaire. Le mot amour y figurait.

Il ne pouvait le supporter, quand le couvre-feu contraignait Elena à le quitter pour retourner dans les nécropoles en expansion de Long Beach et de Normandie. Il lui demanda de rester. Elle refusa. Si elle avait couru le risque d'affronter les *mechadors* et leurs armes qui donnaient la Grande Mort pour arriver jusqu'à lui, elle ne mettrait pas deux fois à l'épreuve la bienveillance des saints. La maison de la plage était immense et vide, sans elle. Le halo du signal céleste semblait envahir tous les recoins. Un jour du début de l'automne, juste après que les averses du mois d'août avaient emporté les souillures de la ville, il la prit en filature dans sa voiture métamorphe. Elle logeait dans une roulotte qu'elle partageait avec cinquante autres trépassés, sous la bosse de la voie express désaffectée de Terminal Island. Des supertankers solitaires à la colonne vertébrale brisée rouillaient dans les lagons laissés par le reflux. Des grillages électrifiés et des robots de sécurité rappelaient aux imprudents les dangers des réacteurs nucléaires sous-marins hors d'usage.

— Tu vas vivre chez moi, lui annonça-t-il. J'ai décidé de t'offrir un statut de résidente. Tu viendras t'installer à mon domicile et tu y resteras.

Elle ne fit pas ce qu'il avait espéré : l'étreindre, l'embrasser, lui ouvrir ses cuisses. Elle se contenta de l'accompagner docilement jusqu'à la voiture où il se connecta sur les domologs et fit afficher sur l'écran les divers formulaires.

Cette nuit-là, le clair de lune l'éveilla et il la vit à côté de lui, pelotonnée contre son flanc. Elle colla sa main sur sa bouche. Il lécha la sombre cicatrice en forme de V de sa paume droite, le sceau des morts. Ils firent l'amour. Dès lors, ils partagèrent le même lit. Camaguey avait un sommeil léger. La femme allongée près de lui gardait les yeux ouverts, plongée dans les rêveries propres aux ressuscités.

— Le sexe était l'unique point commun de nos conceptions différentes des liens qui nous unissaient. C'était le pont qui nous permettait de franchir l'abîme qui sépare la vie de la mort.

Recroquevillée contre Camaguey, Nute hocha la tête.

— On disait autrefois que jouir était une petite mort,

fit-elle. La fin de notre existence est inscrite dans chaque spirale de notre ADN. Nous ne mourons pas, ce sont des impératifs génétiques qui nous assassinent. Les spermatozoïdes sont des balles et les ovules des bombes à retardement. Dieu n'est pas un joueur de dés, c'est un vendeur de voitures d'occasion.

Le halo du couvre-feu du soir les nimbait, quand Elena tenta de lui expliquer ce qu'elle avait éprouvé en passant de vie à trépas.

— La mort n'est rien. Ce ne sont pas les ténèbres, pas même un état situé hors du temps. Et ce néant absolu affecte la totalité de l'être, il se love autour de chaque cellule de notre corps. *On a connu la mort, on a cessé d'exister, et après avoir été totalement annihilé on vit de nouveau.* C'est incontournable. Il n'y a aucun moyen d'y échapper. Aucun compromis. Les tecteurs détruisent tout ce qu'ils touchent. L'immortalité est un leurre. Pour bénéficier de la vie éternelle, il faut passer par la mort et la résurrection. C'est pour cela que les belles promesses des Cultes Zoo sont à la fois si séduisantes et si dangereuses.

— Comment peut-on savoir qu'on est toujours le même individu et non une simple copie conforme qui marche, parle, sourit et pisse de l'être qu'on était autrefois... avec les mêmes souvenirs, capacités et connaissances, mais sans conscience de soi pour l'animer ?

— C'est ta grande peur, pas vrai ?

— Oui.

Elena l'attira vers elle et referma ses jambes autour de sa taille.

— Est-ce que je te donne l'impression de n'être qu'un simulacre qui marche, qui parle, qui sourit et qui pisse ?

Cette nuit-là, il rêva qu'ils faisaient l'amour dans la

cité de corail sous-marine. La mousson d'hiver se déchaînait à la surface. Le chant des baleines scandé par les battements des moteurs des barges automatisées accompagnait leur accouplement au milieu des tiges et des éventails ondulants des pseudo-coraux. Lorsqu'il atteignit l'orgasme, il s'imagina que des gouttes de sa semence fécondaient les tecteurs-polypes de son récif et que — pendant que les vents chauds et humides du sud-ouest secouaient les cloisons de papier de la maison de la plage — une nouvelle humanité était en gestation dans des utérus et des nodules vitreux au fond de l'océan.

— Tu as assimilé Dieu à un vendeur de voitures d'occasion, mais ces derniers ne sont pas impitoyables comme Lui. Quand j'allais à l'école élémentaire, deux garçons ont été renvoyés parce qu'ils avaient tranché la queue et les pattes arrière d'un chat et jeté cette pauvre bête dans un feu. La cruauté divine entre dans la même catégorie, Nute. Ces gosses ont utilisé un couteau, Dieu a employé un point noir.

Camaguey connaissait assez intimement Elena pour savoir qu'elle n'avait jamais eu un grain de beauté sur l'épaule gauche. Il était d'apparition récente, et en expansion. Pendant le mois de mars et les grands vents d'équinoxe, il le vit s'étendre et changer de forme. Il devint un monticule ovale ourlé de deux lèvres bleutées. Tout d'abord, Elena ne voulut pas s'en inquiéter. Plus tard, quand des poils apparurent sur les excroissances jumelles, elle refusa d'en parler. Mi-avril, une fissure s'ouvrit dans le renflement central. La nuit du 5 mai, la protubérance se déchira et un œil azur de nourrisson regarda Camaguey de son orbite scapulaire.

— Seigneur... Tu as compris de quoi il s'agissait ?
— Oui.

Après les vomissements, les tremblements et la prise de tranquillisants, il lui demanda :
— C'est une dysréplication, n'est-ce pas ?
Elle ne dit rien. Il la suivit dans la maison de la falaise en lui répétant cette question jusqu'au moment où elle lui répondit :
— Oui, c'est une dysréplication.

— Combien de temps s'était écoulé depuis sa dernière déconfiguration ?
— Huit, neuf mois. Elle avait eu lieu peu avant que je ne rachète son contrat à l'Ewart/Oz West. Elle m'a dit que la prochaine était prévue dans un semestre mais qu'il se produisait parfois de telles anomalies. Elle affirmait qu'il n'y avait pas lieu de s'inquiéter, que cela se résorbait dans la plupart des cas.
— Et tu l'as crue ?

En juin, des cristaux noirs brillants pointèrent sous les ongles de ses doigts et de ses orteils. A chaque caresse, ils laissaient des griffures sur le ventre et le dos de Camaguey. En juillet, des taches bleuâtres apparurent et dessinèrent sur sa peau des motifs rappelant le pelage des girafes. Il s'en dégageait une senteur aphrodisiaque. En août, ses cheveux s'épaissirent en mèches visqueuses ressemblant à la chevelure de Méduse. Chacune de ces aberrations la rendait plus belle et exotique aux yeux de Camaguey. C'était toujours l'été lorsqu'il découvrit qu'il suffisait d'embrasser son œil surnuméraire pour qu'elle connût un orgasme intense. Il éprouvait quant à lui d'étranges sensations sous les frôlements sanglants de ses aiguilles cristallines.

— En septembre, nous ne pouvions plus nous mentir sur ce qui se passait et les mesures qui s'avéraient indispensables. Cependant, la perspective de la longue séparation qu'entraînerait son séjour à la Maison des Morts m'était insupportable. C'était la première femme que j'aimais, Nute. L'unique. Je voulais la garder près de moi. Je... J'ai refusé.

— Quoi ?

— J'ai refusé de résilier son contrat pour lui permettre de bénéficier d'une reconfiguration.

Début octobre, seul Camaguey aurait pu voir en elle un être humain. Attendre plus longtemps était impossible et il obtint de la Maison des Morts qu'une cuve de Jésus fût installée sur la terrasse de sa demeure. Le couvercle se referma sur Elena Eres, qui fondit en une soupe de tecteurs. Chaque jour, Camaguey passait des heures à contempler le cylindre.

— C'est pendant la troisième semaine de déconfiguration que j'ai sombré dans une étrange léthargie. Je perdais tout intérêt pour le monde extérieur. Même mon récif ne m'inspirait plus que de l'ennui. Je n'avais pas d'appétit et rendais ce que je mangeais. J'attribuai naturellement cela à une dépression nerveuse provoquée par l'absence d'Elena, mais ce n'était qu'un début. J'eus bientôt des palpitations, le souffle court. Et la nuit, Nute, il y avait les rêves !

» Je disposais d'un domolog médical très performant. Après avoir étudié les symptômes et consulté des banques de données et des systèmes experts du monde entier, il me déclara qu'il n'avait rien trouvé de concluant et qu'il fallait attendre. Attendre !

Dix jours plus tard, alors qu'il tentait d'uriner, Camaguey fut paralysé par une souffrance insoutenable. Comme si on avait glissé dans son pénis une baguette de verre qui s'était brisée. Quand il recouvra le sens de la vision, il vit des myriades de points microscopiques grouiller dans le liquide jaunâtre.

Des tecteurs.

Il céda à la panique.

Il remit un échantillon de son urine au module thérapeute qui la divisa et la chromatographia. L'ord adressa les résultats de l'analyse à un système de simulation de l'Etat libre du Queensland qui, affirmait-il, était le meilleur en ce domaine. Il refusa toutefois de préciser quel était le domaine en question.

Camaguey pensait le savoir. Le verdict fut rendu sous quarante-huit heures.

— Syndrome Humano-Infectieux Tectronique, une maladie sexuellement transmissible, annonça l'ord.

La machine ne pouvait mentir. Pas même le préparer progressivement à l'horrible vérité. Une affection rare mais de plus en plus répandue, ajouta-t-il. Cinquante cas répertoriés l'année précédente. Des vivants qui avaient eu des rapports intimes avec des ressuscités après expiration de leur délai de reconfiguration. Clac clac clac. Une litanie de faits. Suite à une erreur de transcription, un tecteur se dysrépliquait en une forme symbiotique. Le taux de conversion de la matière biologique en tectronique était exponentiel. Le processus débutait lentement, une cellule après l'autre, puis il s'accélérait jusqu'à l'instant où une avalanche de transmutations réduisait la victime en un amas de tectoplasmes.

— Toujours ?

— Toujours. L'issue est fatale dans cent pour cent des cas.

— Merde, Camaguey... Combien de temps ?

— Au moment du diagnostic, un maximum de cinquante-sept et un minimum de trente-neuf heures, Nute. Quarante-huit en moyenne.

Il sortit sur la terrasse envahie par le soleil et le vent, les cris des oiseaux et les bruits de l'océan. Il abaissa l'interrupteur argenté de la cuve de Jésus où était écrit *Recyclage*.

— Je l'aimais, Nute, et je l'ai tuée. Mais elle m'avait assassiné la première.

Les ténèbres étaient désormais absolues. Un nuage noir lenticulaire lorgnait la cité miroitante. Les reflets bleutés de l'écran cinématographique de la rue lui permirent d'examiner sa main gauche. Il ne restait de la lacération sanglante qu'une boursouflure de tissus cicatriciels.

— Les tecteurs ont atteint la phase de régénération spontanée. La maladie en est à un stade plus avancé que je ne le croyais.

— Nous sommes à Nécroville, *chico*. Ici, la mort est la vie et la vie est la mort. Tout est possible, en un lieu pareil.

Elle lui fit signe de se lever, de la suivre à l'extérieur.

— Viens, mec. Quels que soient les phénomènes qui se produisent dans ton corps, tu as déboursé un max pour passer une nuit avec moi. Je serai pour toi ce que Virgile a été pour Dante et peut-être réussirai-je à te préparer à mourir. Je suis toujours ta Gallowglass, et je te dois la vie. Viens.

Il alla la rejoindre. Des éclairs illuminaient les rues, les divinités célestes grondaient au-dessus des collines de Santa Monica.

— Un anatosaure, deux anatosaures, compta-t-elle pendant que l'ascenseur hydraulique les descendait vers les jardins suspendus où s'épanouissaient des fleurs nocturnes. Quatre anatosaures, cinq anatosaures. Il est encore loin. Nous avons du temps devant nous.

Des perroquets s'envolèrent en poussant des cris rauques accompagnés par les battements de leurs ailes. Les nuages rampaient, bleu argenté.

— Un anatosaure, deux anatosaures, cria Nute à l'attention du ciel. Allez, salopard !

Le tonnerre répondit, plus proche, ébranlant l'atmosphère.

— Là ! Voilà qui est mieux.

Son pouce remonta vers le haut de la fermeture de son collant en dentelle, d'où elle s'extirpa avec souplesse.

— Enlève tes vêtements. Il faut être nu, pour ça. Grouille-toi.

— Non, Nute. Je ne peux...

— C'est pas de ça que je te parle. Viens, mec.

La fourche satanique de la foudre s'abattit au milieu des éoliennes dressées sur les crêtes et ils entendirent le grondement après seulement deux anatosaures. Ebloui, hébété, ignorant pourquoi Nute lui avait demandé de se dévêtir, Camaguey retira sa chemise ajourée, son pantalon en intellicuir. Elle le prit par le poignet et l'attira vers elle. Il s'allongea sur les pavots.

— J'ai toujours eu peur des orages — parce que je les assimilais à des signes annonciateurs de la mort, qui sait ? — jusqu'au jour où ce salopard de John m'a révélé un secret, là-haut sur une plage du Canada. Si les éléments t'invectivent, tu dois leur répondre. S'ils hurlent à la mort, hurle à la vie. Quelle que soit la frayeur que réveille le tonnerre, quelle que soit l'abominable créature tapie au tréfonds de notre cerveau, il est indispensable de lui lancer un défi.

Un éclair bleu électrique se consuma entre le ciel et la terre pendant un bref instant d'éternité. Les ultraviolets soulignèrent les contours de la femme, des feuilles qui se balançaient mollement, les excroissances désordonnées de la ville des anges.

— Crie ! lui intima Nute. Exprime tout ce que tu ressens, tout ce que tu redoutes, tous tes espoirs, tes angoisses et tes désirs. Hurle-les, Camaguey, hurle-les !

La foudre la réduisit au silence. Elle rejeta la tête en arrière et adressa un hululement au ciel, un rugissement de rage et une affirmation de son identité. Les émotions s'accumulaient dans la gorge de Camaguey et l'obstruaient. Il était soixante-dix kilos de protéines, nu, vulnérable, exposé à la colère de l'oiseau de feu qui déployait ses ailes sombres au-dessus de l'agglomération, et il ne pouvait extérioriser ce qu'il éprouvait. Les échos moururent dans les canyons urbains. Nute se pencha vers lui et referma ses mains sur son visage.

— Quel âge as-tu ? Vingt-six, vingt-sept ans ? Tu es jeune, tu es beau, et tu vas mourir sous peu. Une condamnation sans appel. Tu ne peux espérer bénéficier d'une grâce. Tu vas être dépossédé de la vie avant même d'avoir pu connaître ses joies. Que ressens-tu ? Allons, Camaguey... Tu n'as aucun désir de mourir mais tu y es contraint. Que ressens-tu ? Que ressens-tu ?

— De la colère, de la souffrance...

— Va te faire foutre ! N'essaie pas de me mener en

bateau. Crie-le, mon garçon. C'est en toi, je peux l'entendre, le voir… C'est là, comme un oisillon en gestation à l'intérieur d'un œuf. Laisse-le s'envoler, libère-le. Que ressens-tu ? Que ressens-tu ?

Il était en sueur, l'air chaud saturé d'électricité statique l'écrasait. Il ne pouvait parler. Il ne pouvait respirer. La nuit s'illumina derrière Nute, une ombre chinoise penchée vers lui devant un écran argenté. Sitôt après, le tonnerre craqua, assourdissant et proche comme une apocalypse personnelle. L'orage arrivait au-dessus d'eux. Une terreur primitive assaillit Camaguey. La gangue qui enchâssait son esprit se fissura et se brisa.

— Non ! hurla-t-il au ciel. Non ! Non ! Non ! Non ! Non !

Les déflagrations de la foudre privaient ses mots de signification mais sa bouche était un conduit qu'empruntaient souffrance peur rage confusion et doute pour se déverser dans la tempête qui les absorbait et les rejetait sous la forme de spasmes électriques dans les boulevards de la Cité des Morts. Il gisait, haletant, sous les nuages qui filaient dans le ciel. L'orage le surplombait. Il avait l'impression d'être lumineux. Ses muscles se bandaient, se détendaient. Il sentit de grandes ailes noires le survoler.

Une goutte éclata sur son visage. Une autre sur son ventre. Deux. Vingt. Elles crépitaient sur les feuilles du jardin de la terrasse.

— Que t'a dit le tonnerre, Camaguey ?

La pluie la couvrait de rosée, des perles miroitantes qui s'aventuraient avec sensualité dans les vallées de son corps.

— Pour tout ce qu'on nous prend, nous recevons quelque chose en échange. C'est ce que m'a affirmé John le Salaud. La seule fois où il ne m'a pas menti. Que t'a offert la foudre ?

Il le sut sitôt qu'il entama des recherches à l'intérieur de son être.

— De la tristesse, dit-il.

Et, dès qu'il prononça ce mot, il la sentit jaillir comme du pus hors d'un abcès.

— Pour ma vie. Pour moi. Pour l'injustice de ce qui s'est passé.

A peine eut-il le temps de finir sa phrase que Nute le prit dans ses bras et que le ciel s'ouvrit pour libérer des trombes d'eau. La pluie les cinglait. Recroquevillé contre Nute en position fœtale, Camaguey put finalement verser des larmes salées trop longtemps retenues.

Ils rattrapèrent leur première proie dans un site industriel abandonné de Paramount City. Une fille aux yeux de centenaire dans un doux visage d'adolescente. Sa peau mimétique tentait de la fondre dans l'arrière-plan, mais ce ne serait pas suffisant pour la sauver.

Telles les phalènes qui se laissent guider sur des dizaines de kilomètres vers l'accouplement et la mort, ils avaient suivi les subtils sentiers chimiques de ses phéromones en suspension dans les airs. Ils l'avaient trouvée dans un dédale d'allées et de culs-de-sac, hypnotisée par leurs projecteurs, le corps de la couleur de la nuit et du béton, les yeux changés en mares de reflets. Les yeux d'un animal cerné par la meute. Sous la clarté d'un millier de lasers, ils la bloquèrent entre des murs élevés, adossée à dix mètres de grillage couronné de lames aussi affilées que des rasoirs. Accroupie tel un félin, la fille libéra un feulement de frustration et sauta pour se hisser vers le haut des mailles de métal.

Les néons firent briller l'acier bleuté qui sortait de sa gaine. Les chasseurs étaient frais et dispos, leur gibier épuisé par la fuite. En deux bonds, Anansi et Duarte la rattrapèrent et lui tranchèrent les jarrets. Elle hurla sa douleur, un son différent de tous les autres. Le sang striait sa peau aux hexagones magnifiques, mais elle restait agrippée au treillis et adressait désormais ses cris aux étoiles inaccessibles.

Ils durent lui briser les doigts pour lui faire lâcher prise. Elle ne pouvait tenir debout, et ses mutilateurs la soutinrent. Elle ne lutta pas, elle n'émit plus un son. Ses yeux étaient ternes, son regard vague. Passive tel l'animal conscient qu'il n'a plus que quelques secondes à vivre, elle était hypnotisée par les reflets de la lumière sur le couteau de Miclantecutli.

Miclantecutli qui souleva doucement son menton et lui ouvrit la bouche. Elle l'embrassa et lécha ses lèvres.

— Je t'aime, lui murmura-t-elle.

A l'instant où la pointe de la lame prenait appui sur sa mâchoire inférieure. D'un mouvement sec, Miclantecutli l'égorgea.

Le cri de Santiago se composait de trente pour cent de terreur, trente pour cent de tension nerveuse, trente pour cent d'horreur et dix pour cent de surexcitation. Pris de nausées, il rendit.

Miclantecutli s'accroupit près de lui et berça son visage dans sa paume gantée. Elle puait le sang.

— Alors, lui dit-elle à l'oreille. Sois sincère avec moi, Santiago. Que ressens-tu ?

Elle colla sa joue contre sa tête et ajouta sur un ton de confidence obscène :

— Je sais, Santiago. J'ai connu ça, au début. L'esprit est saturé, des milliers de choses s'y bousculent. Des émotions nouvelles, éprouvées pour la première fois. Des choses dont on n'a jamais suspecté l'existence. Laisse-moi t'accorder mon aide. Tu es horrifié. Tu t'inspires du dégoût parce que tu viens de participer à ce qui est pour toi une boucherie. Tu es effrayé, conscient de ta fragilité. Il y a la peur. La répulsion. Les nausées. Le sentiment de culpabilité. Tout cela t'assaille, Santiago, mais tu te sens vivre. Tout ton être chante, chaque cellule, chaque atome. Et c'est le plus doux de tous les hymnes, Santiago, le grand cantique de la vie. Les premiers hommes se sont exprimés par les mélopées du Temps des Rêves. Elles étaient sans paroles, sans signification. Mais elles proclamaient déjà la présence de l'humanité à un univers indifférent.

Le cadavre gisait à l'endroit de la mise à mort, agenouillé, tête inclinée, bras étendus. Une attitude de supplication, de prière. La peau intelligente et magnifique avait noirci et perdu son éclat : une ombre assassinée dans une flaque de sang en expansion.

— Tu te dis que je suis un monstre, Santiago. Cependant, la vie ne se repaît-elle pas de la mort ? Peu importe qu'on soit carnivore, omnivore ou herbivore. La mort est indispensable à la vie. Pour que la machine fonctionne, il faut que la vie entre par le haut et que la merde sorte par le bas. Il fallait sacrifier cette fille pour nous permettre de passer du banal au sublime. Réjouis-toi, Santiago, elle est morte et tu es vivant. Oui, je suis un monstre, tu es un monstre, nous sommes tous des monstres. Ça se fête !

— Tu lui as dit que tu l'aimais, marmonna-t-il.

— Miclan !

Les chasseurs enfourchaient leurs Harley.

— Tu viens ? Ange a flairé une nouvelle piste.

— Si nous ne perdons pas de temps, nous pourrons tuer une autre proie avant minuit, cria Ange, livide.

— Tu lui as dit que tu l'aimais, à la fin, insista Santiago.

Miclantecutli se redressa et épousseta des grains de poussière imaginaires sur son pantalon.

— Je l'aimais, Santiago. A la fin.

Elle l'appela en donnant vie d'un coup de pied à sa moto.

— Viens si tu veux venir, reste si tu veux rester, mais l'heure tourne et le gibier est sorti de sa tanière.

Quelques secondes plus tard, il n'y avait plus dans l'impasse que la chose sombre drainée de ses fluides vitaux auxquels elle semblait adresser des prières.

En humant les phéromones en suspension dans les airs, Ange guida la meute vers l'ouest. Ils empruntaient des boulevards en ébullition sous l'effet du carnaval et de la crise politique.

— Chacun de nous a des motivations différentes, Santiago, cria Miclan à son passager à califourchon sur le tan-sad. Pour Ange, c'est le frisson de la chasse. C'est la poursuite qui la fascine, pas la mise à mort. Elle peut renifler une molécule parmi des millions et utiliser ses capacités, son talent et ses sens lui procure un plaisir intense. Ange !

Elle fit un geste de la main à la cavalière qui lui retourna un sourire.

— Si on prend Anansi...

Le lieutenant de Miclan dirigea vers eux ses yeux cerclés de noir.

— Ce qui la fait jouir, c'est la douleur. Tu la redoutes car elle indique que l'organisme a subi des dommages, peut-être irrémédiables et fatals. Toutefois, lorsqu'on est déjà mort, la détresse physique est transcendée et nous plonge dans un état altéré de conscience. C'est une illumination, une élévation. Cette fille a perdu la vie dans d'atroces souffrances... Tu peux me croire, Santiago. Nous lui avons infligé une torture insoutenable. Cependant, qui pourrait dire quels sommets a atteint son esprit avant d'aller se perdre dans la Grande Lumière Blanche ? Les tecteurs ne se reposent jamais, et en cet instant ce qui nous a ramenés du royaume des morts répare ses blessures, reconstitue son corps, réveille sa mémoire. Et elle se souviendra. Elle se rappellera sa lente agonie, et ce qui lui a été révélé au-delà de la douleur, aux frontières de la mort.

Collé au dos gainé de caoutchouc de Miclan, Santiago frissonna. Un courant sombre et glacial s'était mêlé aux vents chauds de l'orage et l'avait assailli.

— Anansi s'est forgé une religion basée sur la souffrance. Il serait possible de la qualifier de sadomasochiste transcendantale. En pervertissant les Saintes Ecritures, on pourrait dire qu'il y a pour elle plus de bonheur à recevoir qu'à donner. Son esprit est malade, *querido*, mais elle m'inspire une profonde affection. Anansi !

Anansi agita une main gantée et envoya un baiser à la nuit.

— Et toi, Miclan ? Qu'est-ce que ça t'apporte ?

— L'amour. Quoi d'autre ?

Ange leva un poing et lui fit dessiner un cercle dans les airs. Elle s'arrêta et le peloton se regroupa autour d'elle.

— Froid ? demanda Miclan.

A quelques centaines de mètres de là, les réjouissances nocturnes battaient leur plein et leur barraient le passage. Ange écarta les mains, exaspérée par la présence des fêtards costumés.

— La piste traverse cette cohue ?

Ange hocha la tête.

— Putain de Chanel, dit-elle en plissant le nez. J'ai horreur de faire ça. Ça manque trop de dignité. Prends mon gros cube, homme de chair fraîche.

Santiago enfourcha le similicuir tiède. La machine ronronnait dans les profondeurs de ses cylindres.

Ange se mit à quatre pattes et pencha son nez vers le sol. Les yeux clos, elle déplaça son visage au ras de la chaussée. Elle leva le bras, fit claquer ses doigts. Le message était clair : *Venez, venez, je ne vais pas garder la pose toute la nuit !* Elle repartit et les motards se mirent en formation pour la suivre. La foule se scindait devant eux et Santiago commençait à apprécier l'apport d'endorphine procuré par la poursuite. Le spectre blafard d'Ange se glissait entre les danseurs.

— Qu'est-ce qui se passe, bordel ? demanda une voix avinée, non loin de Santiago.

— Eh, l'ami ! entendit-il murmurer en réponse. Seul un inconscient ne garde pas sa langue dans sa bouche lorsqu'il a affaire aux Chasseurs de la Nuit.

Ange s'arrêta, se redressa et tendit le doigt en direction du toit d'un immeuble en partie dissimulé par un écran sur lequel de vieux biplans s'affrontaient au-dessus de Mons. Elle abaissa un escalier de secours rouillé, gravit ses marches deux par deux, s'immobilisa sur le parapet de la terrasse pour humer l'air puis se mit à courir sur les pierres de couronnement. Elle franchissait d'un bond les gouffres séparant les bâtiments avec l'aisance arboricole d'un gibbon. La meute suivait.

Miclantecutli laissa Duarte prendre la tête du groupe pour rester en retrait et bavarder avec son acolyte.

— Dis-moi, Santiago. Qu'y a-t-il de plus beau ? Sais-tu quand les hommes fascinent le plus les femmes ? Lorsqu'ils travaillent, qu'ils se concentrent tant sur leur tâche qu'ils oublient les affectations qui sont à la base de la vanité masculine. Ce qui vous manque, c'est de la simplicité, de la pureté. Un vieux théologien grec orthodoxe m'a dit autrefois — à l'époque de ma phase chrétienne, bien avant notre rencontre — qu'un arbre, parce qu'il est un arbre, est un hommage rendu à Dieu. Il parlait du sacrement du présent, de la sainteté de vivre conformément à sa nature. Voilà ce qui confère tant de beauté à Ange, là-haut. Elle fait ce pour quoi elle a été créée. Pour elle, pensée et action ne font qu'un. Chasser est un acte d'amour. S'identifier à sa proie, fusionner avec son esprit... Poursuivant et poursuivi ne forment plus qu'un seul être. Il y a l'inéluctabilité du dénouement, la grâce de l'exécution. Rechercher un partenaire sexuel s'apparente à une chasse. On hume son odeur, on le sépare du troupeau, on le poursuit de ses assiduités, on s'investit toujours plus pour ne pas le perdre et pour le pousser dans ses derniers retranchements, puis se produisent l'abandon et le coup de dague symbolique. J'avais pour cette fille beaucoup de sympathie, Santiago. Je l'ai connue intimement. Je l'ai traquée, et je ne faisais plus qu'un avec elle. Et l'acte par lui-même a été bien plus intense que lors d'un bref raccordement de plomberie biologique. Si elle ne m'a pas résisté, si elle ne s'est pas débattue, c'est parce qu'elle m'aimait. Et c'est parce que je l'aimais moi aussi que je n'ai pu l'épargner.

— Miclan !

En équilibre au bord du parapet, Ange écartait les bras et secouait la tête.

— Que veux-tu dire ? lui cria Miclantecutli.

Des flammes qu'ils ne pouvaient voir de la rue nimbaient Ange d'un halo infernal. De l'index, elle mima un plongeon.

— Intéressant, rêvassa Miclantecutli. Ce mâle ne pouvait savoir que nous étions à ses trousses... Comment s'est-il douté qu'il n'avait pas le loisir de s'accorder cinq minutes pour reprendre son souffle ?

Tout en disant cela, elle dirigeait son regard sur les bâtiments environnants.

— Ils sacrifient un pion. Ils livrent un joueur à notre meute afin de se regrouper pour nous décimer lors de l'inversion des rôles.

— L'inversion des rôles ? répéta Santiago.

A l'instant où Duarte demandait :

— Nous renonçons, alors ?

— Si nous avions un tableau de chasse valable, je te répondrais oui. Mais...

— Tu viens de dire qu'ils comptent nous tomber dessus en force... protesta Anansi.

— Les Chasseurs de la Nuit ne tremblent pas face aux Cavaliers Blancs. Duarte.

Le mort afro-asiatique au crâne rasé mit une paire de lunettes. Sitôt après avoir élargi le spectre de sa vision, il scruta les alentours.

— Ange !

La fille adressa à son chef un salut ironique et fit un pas dans le vide. Elle entama une chute de vingt mètres.

Santiago hurla.

Il hurlait toujours une seconde et demie plus tard, lorsqu'elle s'écrasa sur la chaussée. Un craquement écœurant d'os, d'organes et de fluides vitaux ponctua l'impact.

L'ange déchu gisait crucifié dans ses liquides corporels, brisé, broyé.

— Oui ! s'exclama Duarte.

En exhibant ses dents blanches sous le loup de *bandido* qu'évoquaient ses lunettes.

— Les systèmes de reconnaissance de formes révèlent une silhouette, dit-il pendant que des nombres digitaux défilaient devant ses yeux. Distance, direction, exactement... *là !*

La dépouille d'Ange gémit, prit appui sur ses doigts éclatés et se redressa.

— Anansi, Asunción, Duarte, trouvez un autre chemin et bouclez l'extrémité de la rue, ordonna Miclantecutli. Il saura où vous êtes, mais ce n'est pas ce qui lui permettra de changer son destin.

Anansi sortit un étrange pistolet d'un étui sanglé à sa cuisse, et la langueur sensuelle du geste indiquait qu'elle aimait s'en servir.

En grimaçant, tressaillant et hoquetant, Ange s'agenouilla. L'ersatz de sang noir qui circulait dans les veines des morts avait taché sa tenue ivoire. Santiago la fixait et voyait les plis livides des tissus cicatriciels se tendre et s'effacer telles des ombres dans la brume. Des mouvements sous sa peau d'une blancheur de lys lui apprenaient que les os se ressoudaient et reprenaient leur place. Elle huma l'air.

— Il est dans la rue située sur ta gauche, Miclan.

Un vent d'ouest se levait et emportait ses cheveux décolorés. Santiago lui rendit sa moto.

Morte et vivante à la fois. Pendant les secondes nécessaires aux tecteurs pour passer en mode de reconfiguration post-traumatique, elle avait cessé de vivre. Elle avait sauté du toit sans la moindre hésitation et bénéficié d'une renaissance. Des bourrasques s'engouffraient dans les rues tortueuses et des papiers gras et des détritus divers fuyaient devant elles. Les lignes électriques fredonnaient des chants éoliens. Jésus, il était vivant ! Merci, Jésus.

Miclantecutli lorgnait son antique Rolex quand Santiago monta derrière elle.

— Merde. Venez venez venez, vous tous !

Une goutte de pluie piqua le visage de Santiago comme une aiguille de glace. Une autre. Une grêle. Il se secoua pour chasser ses frissons.

Une détonation. Une autre. Une rafale. Des crépitements bien différents des aboiements masculins des armes à feu. Des rires subtils, féminins.

— On y va ! cria Miclantecutli.

Le moteur d'Ange ronronnait déjà. Des fenêtres s'allumèrent vers le haut et le bas du boulevard, des stores eurent des soubresauts. Une silhouette jaillit d'une ruelle obscure, au-delà d'un alignement de grands *apartamientos*. Jeune. Mâle. Le vent emportait ses longs cheveux qui descendaient jusqu'à sa taille alors qu'il cherchait des yeux une issue, un abri. Son camouflage adroit essayait de le fondre dans la clarté des réverbères et le béton recouvert d'une pellicule d'humidité, mais c'était irréalisable.

— Ô enfant si beau, si beau ! murmura Miclantecutli.

Les nuages s'ouvrirent.

A l'instant où le gibier les voyait.

La pluie tombait en grondant.

Il tenta sa chance, se mit à courir. Il glissa sur le sol mouillé, trouva une prise, effectua un rétablissement et repartit à toutes jambes, les bras levés, sans oser regarder derrière lui.

— Laissez-le-moi ! rugit Miclan.

Sa moto bondit en soulevant des gerbes d'eau, soumise à sa volonté.

Miclantecutli se pencha en arrière afin de tirer une longue lame incurvée d'une gaine calée sous la cuisse droite de son passager. Le tranchant du sabre effleura l'oreille de Santiago quand elle abaissa sa pointe vers le sol indistinct. Des étincelles bleutées jaillirent du métal qui crissait sur le béton.

Le garçon l'entendit. Le garçon s'arrêta. Le garçon fit une volte-face et se redressa, mains tendues. La Harley se ruait vers lui. D'un mouvement souple du poignet, Miclantecutli leva son arme. En kendo, la plus magistrale des positions. Une horizontalité parfaite. Le coup idéal pour une décapitation.

La proie ferma les yeux et une expression d'extase béate transfigura son visage ruisselant.

La Rolex de Miclantecutli tinta. Une fois. Deux.

Ding. Ding.

Elle déplaça sa main de quelques millimètres et la lame frôla la tête de sa victime. Miclantecutli fit un demi-tour, en dérapant. Aveuglé par les éclaboussures et la pluie, Santiago agrippa les faces de démon du blouson de caoutchouc en priant tous les saints.

Le garçon nu souriait. Ses cheveux se collaient à son

corps, sa peau s'assortissait aux trombes d'eau. Il inclina le torse puis applaudit doucement. Miclantecutli mit pied à terre. La pluie dégoulinait de sa tenue de cuir et de latex. Elle lui fit une petite révérence.

— Sauvé par le gong, dit-elle en souriant à son tour. J'espère avoir autant de chance.

Elle posa ses armes sur le sol. Le sabre affûté par la rue, le couteau utilisé pour trancher la gorge de la fille, une panoplie de *shurikens* rangés dans diverses poches de poitrine, des *bolas* dont l'unique filament lesté d'une tête de mort chromée était enroulé autour de sa cheville. Elle plaça le tout sur la chaussée brillante de l'avenue avec la lenteur sacerdotale propre aux prêtres et aux acteurs du nô.

Ses compagnons se dépouillaient eux aussi de leur arsenal.

Dans le lointain, quelque chose hurla. Le cri des damnés, la Nuit des Morts.

— Que faites-vous ? demanda Santiago. J'avoue ne pas comprendre.

— Tu ne devrais pas tarder à piger, répondit sinistrement Anansi.

Miclantecutli agita le poing et cria aux autres chasseurs :

— C'est reparti !

Vu de l'extérieur, le Café Posada de Willoughby était de style purement nécrovillien, un métissage classique de décorations de sapin de Noël et de vieille église espagnole. A l'intérieur, nef, chœur et cloître servaient de support à un dôme en tectoplastique transparent. Le sol était occupé par d'énormes plantes vertes entre lesquelles se nichaient d'élégantes tables en fonte peintes en blanc. Des oiseaux tropicaux jacassaient et sifflaient, des macaques dévalaient des troncs ou des piliers pour bondir sur les tables et remplir leurs bajoues. Un ara bleu leva la queue, gloussa et se soulagea. La fiente tomba au ras de la botte bancale de Trinidad. D'étranges fresques ornaient les murs, des squelettes en habit de soirée et robe de mariée. Des péons fuyaient les *zocas* publiques, terrifiés par les lueurs bizarres qui avaient envahi le ciel.

Les réfugiés d'une nuit de débauche devenue une nuit de danger encombraient le sol. On avait improvisé entre deux colonnes de l'ancienne église un écran où les journaux télévisés permettaient de ne pas perdre pied dans le torrent d'événements.

Une jeune femme rouge de surexcitation — à peine sortie de l'adolescence, estima Trinidad — se dirigea d'un pas sautillant vers Salamanca. Elle avait une abondante toison noire crépue et un visage assez mignon (très en vogue dans les catalogues des boutiques de physmode) mais annonciateur d'adiposités qu'elle devrait combattre jusqu'à la fin de sa première vie.

— Salamanca ! Salamanca ! couina-t-elle. Ils ont eu un vaisseau ! Je l'ai entendu aux nouvelles. C'est fantastique, non ?

Elle l'avait appelé Salamanca. Qu'était-elle pour lui : amie, maîtresse ou fille perdue et solitaire ? N'était-elle pas qu'une pauvre enfant abandonnée ayant besoin d'être secourue ?

Sur l'écran, une sphère d'un bleu resplendissant engloutit le journaliste. Un hémisphère de la Terre, l'océan où les traces du monstrueux logo de la Coca Cola Company dessiné par des tecteurs colorant apparaissaient sous des spirales de nuages.

Une supernova illumina l'angle supérieur droit. Des hoquets de surprise et quelques vivats la saluèrent. Une chose mi-ombre mi-joyau ceinte de voiles solaires arachnéennes roula devant l'objectif. Une deuxième, une troisième et une quatrième suivirent.

— Des chasseurs, commenta Salamanca. Soumis à une accélération de trois g, ils effectuent un passage très rapide pour projeter des corrupteurs dans les routines autorégénératrices des vaisseaux-bang. Leurs pilotes livrent un combat de deux centièmes de seconde puis attendent trois mois en privation sensorielle totale qu'on aille les chercher pour les ramener au bercail.

La pavane des lumières le fascinait.

— Des gosses de douze ans, greffés à des virtualiseurs. Ils ont des réflexes aiguisés et peuvent encaisser des poussées impensables. Ils font ça huit ou dix mois, au maximum de leurs possibilités. On les dote de pompes qui augmentent le débit de myéline afin d'améliorer leurs performances. Je suis bien placé pour le savoir. J'ai participé à la mise au point de ces logs, avant.

*Avant quoi ?* s'interrogea Trinidad.

Les cillements actiniques perdirent leur intensité et le spectre des infrarouges les absorba.

— Un salopard de moins, commenta une grande femme entre deux âges aux cheveux effilés.

— J'en doute, rétorqua Salamanca. Leurs appareils sont de simples propulseurs massiques enchâssés dans des noyaux de glace et de ferronickel. Ils nanomanufacturent des nuages de leurres et de déflecteurs en approchant de l'orbite supérieure terrestre. C'est fichu d'avance.

Une deuxième étoile illumina brièvement le ciel. Une troisième, une quatrième, une cinquième, disséminées en arc de cercle en travers du terminateur de la planète.

— Seigneur ! murmura Salamanca. Les chasseurs. Ils les ont eus !

Il fixait toujours l'écran où les images avaient brusquement changé. Un reportage en direct de Paris. Il regardait des prises de vues aériennes des émeutes dans la Nécroville de La Défense tout en imaginant les hurlements des enfants qui mouraient aux frontières de l'espace. Il n'y aurait pour eux aucune résurrection. Il n'en subsistait pas la poignée de plasma nécessaire pour qu'Adam Tesler en personne pût les ramener à la vie.

— Un suicide. Un putain de suicide.

— Eh, Salamanca !

Cheveux Crépus junior se suspendait à son bras.

— Eh, viens avant de dire des choses qui nous attireront des ennuis !

La fille — il précisa qu'elle s'appelait Rosalba — les guida vers une table installée sous un caroubier étranglé par des ficus. Rosalba alla se placer derrière un fauteuil où était assise la femme la plus vieille et aux yeux du bleu le plus pur que Trinidad eût vue. Tout en elle proclamait *bienséance, protection, affection et respect*. Mère, grand-mère, maîtresse ? Le monde des *cerristos* se dressait sur autant de liens familiaux et sexuels que de collines.

— Montserrat, je vous présente Trinidad, une amie. Trinidad, je voudrais vous faire connaître Montserrat Mastriani.

Les Malcopuelo considéraient qu'ils appartenaient à la haute société de La Crescenta, mais le père de Trinidad avouait qu'il se trouvait insignifiant quand un Mastriani était invité aux mêmes cocktails que lui. Les Mastriani étaient les premiers Italo-Hispaniques de la pré-Ruée à avoir fait véritablement fortune à Old Los Angeles, et ils étaient fiers et jaloux de leur réussite. Ils avaient senti le vent tourner, le climat devenir plus chaud et humide, et ils avaient investi leurs capitaux dans les souches génétiquement améliorées des fruits tropicaux désormais récoltés dans les grandes fermes agroaffairistes des vallées de l'Est. La prédilection naturelle des biotechniques pour ce qui était petit et bien organisé les avait incités à financer les *corporadas* nanotechnologiques naissantes. Ils avaient employé Adam Tesler dans leur centre de recherche et de développement de Culver City. Estimant que les travaux de cet homme sur le Postulat de Watson étaient sans applications commerciales, Marcello Mastriani avait supprimé son budget. Adam Tesler avait alors quitté la SimuLife Mastriani et obtenu six millions de dollars d'un consortium de banques de la Côte et de divers investisseurs risque-tout pour fonder son propre laboratoire. Trois ans plus tard, Marcello Mastriani mourait d'un cancer du larynx. Deux ans plus tard, Adam Tesler offrait la vie éternelle au cadavre de Ronaldo le chimpanzé.

Les Mastriani rejoignirent ainsi au panthéon des personnages manquant de flair l'impresario qui avait qualifié Fred Astaire de danseur médiocre incapable de jouer la comédie et de chanter, et le concepteur du *Titanic* qui avait jugé le nombre de canots de sauvetage amplement suffisant. Cependant, ils restaient l'équivalent d'une famille royale pour les *Crescentistos*.

Quelque chose hissa la seora hors de son fauteuil. Quelque chose tendit son bras.

L'exosquelette transparent l'enchâssait totalement, sa tête et ses mains exceptées. Cette carapace miroitante de neurocircuits était une sorte de fourreau sensoriel de la non-virtualité conçu pour servir de garde-côte sur la Plage des Silicones. Elle était mue par des moteurs musculaires en tectoplastique qu'alimentaient des veines sinueuses où circulait un fluide limpide. Trinidad avait naturellement entendu parler de telles prothèses, mais c'était la première fois qu'elle rencontrait une personne handicapée au point d'en avoir besoin. Les miracles que la nanotechnologie permettrait à la médecine d'accomplir avaient enthousiasmé les Mastriani. Ils s'étaient encore trompés. Les traitements tectoriels s'avéraient si coûteux et le sursis offert si éphémère, comparé à l'éternité de la résurrection, que les praticiens optaient systématiquement pour l'euthanasie sitôt qu'ils étaient confrontés à des maladies incurables. Que Montserrat Mastriani eût préféré l'exosquelette au poison était aux yeux de Trinidad un acte de courage admirable... ou de lâcheté impensable.

Elle serra la main de la vieille femme et participa aux présentations en essayant de ne pas penser à la chair en putréfaction que contenait cette carapace. Elle entrevoyait la batterie de prises greffées dans la peau rouge de son cou et les cirres des interfaces plantés dans son corps.

— Vous devez vous dire que je suis une horreur ambulante, lui murmura Montserrat sur un ton de confidence. Mais je tiens à préciser que je pisse à la raie de quiconque parle d'un résultat *esthétiquement contestable* en ma présence. Salamanca !

Des propos tenus avec l'arrogance qui seyait à la noblesse déchue.

— Offrez à boire à la seora Malcopuelo.

— Je vous remercie, j'ai ce qu'il me faut.

Elle sortit sa flasque d'argent.

— Puis-je ?

Montserrat referma ses doigts de monstre de cauchemar sur l'objet, renifla son contenu, en but une gorgée, s'essuya les lèvres et le rendit à Trinidad.

— Vous chevauchez le jaguar ?

— Grand-mère ! protesta Rosalba.

— J'ai quatre-vingt-trois ans et une métastase cancéreuse ronge ma moelle épinière. Cela ne me donne-t-il pas le droit de faire ce qui me plaît ?

— Jens est-il ici ? demanda Salamanca.

— Il est parti à la recherche de son contact et n'a pu préciser quand il reviendrait, déclara Rosalba.

Sa grand-mère se tourna vers Trinidad.

— En attendant son retour, racontez-nous votre histoire. Nul ne vient à Nécroville sans avoir un passé. Je suis impatiente d'entendre ce que vous avez à nous dire. Nous connaissons par cœur les anecdotes qui nous concernent. Jens est un joueur invétéré qui veut tenter sa chance une dernière fois. Salamanca est las de vivre mais effrayé par la mort. Moi... Il suffit de me regarder. Cet exosquelette hideux résume tout ce que je pourrais vous dire. Rosalba est la petite-fille modèle qui a tant d'affection pour son *abuela* qu'elle ne voit plus sa laideur. Ses vieux os, rongés. Oui, dites-nous pour qui et pour quoi, Trinidad. Certains estiment que la confession est un sacrement. Peut-être est-ce vrai, après tout.

Pourquoi pas ? Que risquait-elle à lancer ce centavo mental pour voir si ce serait l'avers ou l'envers qui brillerait sous les éclairs bleutés de l'orage ? Une ombre traversa le toit de verre incurvé. Des nuages. Les ailes de l'oiseau de feu. Les flammes des bougies vacillèrent. Elle humecta ses lèvres.

— Je m'appelle Trinidad Malcopuelo. J'ai quitté La Crescenta pour venir à Nécroville parce que j'ai commis l'erreur de tomber amoureuse de Peres Escobar.

Je l'ai rencontré l'hiver où nous avons décidé de monter au Belvédère.

Nous voulions partir pour la montagne afin de profiter de la neige. Ce chalet appartenait aux parents de Marilena. Nous pourrions nous adonner aux sports d'hiver aussi longtemps que nous le voudrions, si les morts qui se trouvaient là-haut ne nous incommodaient pas, avait-elle précisé. Nous louâmes un aérogrimpeur où nous entassâmes de la nourriture, des amis, des partenaires en puissance, des skis et des cadeaux de Noël, puis nous demandâmes au pilote de nous emmener vers les sommets. Peres était inclus dans les bagages. Comme il n'était ni un accessoire vestimentaire ni une denrée comestible ni un ami, il était soit destiné à satisfaire nos appétits sexuels soit à être enveloppé dans du papier cadeau et suspendu dans une chaussette au-dessus de la cheminée en pierre. Probablement les deux : Arena, la fille avec qui je partageais un appartement d'évasion fiscale, l'avait subtilisé au cercle des satellites en orbite autour de Santiago Columbar et s'apprêtait à vivre grâce à lui un long hiver plein de satisfactions.

Nous découvrîmes immédiatement de quoi avait voulu parler Marilena en mentionnant les morts. Il y en avait partout, tous dans la même position, assis dans des fauteuils, les mains sur les cuisses, la tête inclinée, immobiles et aussi froids et rigides que s'ils étaient de glace. Aussi inaccessibles que le chalet. Plus morts que les morts. L'un d'entre nous suggéra de les stocker dans le garage, mais nul n'eut le courage de passer aux actes. Quelqu'un proposa de les faire dégeler contre les appareils de chauffage. Nous ne pûmes pas non plus nous y résoudre.

Peres ne partageait pas la conception qu'Arena avait des sports d'hiver. Il refusait de participer avec elle au Slalom Horizontal Géant et à la Descente du Mont de Vénus devant le feu de bois. Il préférait sortir dès l'aube et aller surfer seul sur l'océan gelé. Moi-même solitaire — j'avais rapidement découvert que mon ami était un épouvantable raseur —, je le regardais dessiner des courbes sur la neige tel un serpent à sonnettes sur le flanc d'une dune. Après avoir fait glisser sa planche sur la Weeping Woman Mountain, il revenait nimbé d'un étrange éclat. Peres resplendissait. Surf, neige, ciel et esprit, voilà ce qui composait son être.

— L'Art du Surf Zen, tenta-t-il de m'expliquer. La Grande Théorie Unifiée nous enseigne que l'onde de la nature est omniprésente. Notre univers repose sur les remous qui apparaissent au point où ses quatre dimensions croisent les autres. La réalité fait du surf. La neige est de l'eau à l'état solide, à l'opposé de la vapeur des nuages. A mi-chemin des deux, elle déferle. Quand on a pratiqué la planche sur toutes les formes que prend cet élément, on le comprend, on fusionne avec lui, on entre en résonance avec le flux cosmique.

— Par comparaison, le Néo-Bouddhisme est d'une limpidité extraordinaire, déclarai-je.

Il rit.

— Je sais. Si je raconte ça, c'est pour inciter les filles à baisser leur petite culotte.

— Pourquoi le faites-vous, alors ?

— Pour que les...

— Je parle de surfer sur la neige. Chevaucher la grande vague.

— La raison est la même. Me prouver que je vis, *hermana*.

Ce séjour au Belvédère marqua le début de la fin de mon existence précédente. Je partis vers l'ouest avec Peres, afin d'apprendre l'Art du Surf Zen.

La première fois que je le vis disparaître sous les rugissements d'une déferlante de dix mètres, je me sus condamnée à ne pas dépasser le statut de néophyte des hauts-fonds.

— Bon Dieu, Peres ! J'ai cru que tu te noyais, lui dis-je en le serrant contre moi.

Glacé, frissonnant et si *réel* dans sa tenue de Néoprène ruisselante.

— Et après ? Ils m'auraient fourré dans une cuve de Jésus et j'aurais remis ça à mon réveil. Et je n'aurais plus jamais risqué de me noyer.

Je crus qu'il jouait au macho et en fus irritée et blessée. Je me trompais. Il était sous la dépendance de son adrénaline. Pour lui, les émotions fortes étaient la seule réalité digne de ce nom, le coup de boutoir des neurochimiques, l'unique moyen d'obtenir la confirmation qu'il vivait. Quand les brumes froides envahissaient la côte pour plusieurs jours d'affilée, que l'océan devenait aussi plat qu'une feuille d'acier laminé et qu'une clarté ambrée se répandait dans la maison de bois de la plage où nous allions passer tous les week-ends, il mettait la chaîne hi-fi à fond pour écouter Bruckner avec passion.

— Voilà ce qu'est la vie ! criait-il pendant un crescendo des cordes. Ne l'entends-tu pas dans chaque note ? Bruckner dédiait ses symphonies à Dieu. Je peux partager avec lui tout cela.

Je le savais insatisfait. Moi, le surf et la musique... nous ne lui suffisions pas. Il réclamait beaucoup plus de l'existence, il en avait un impérieux besoin. Il marmonnait, grondait, s'emportait. Son incapacité d'éprouver du bien-être était digne de Byron. C'était effrayant, mais surtout pitoyable.

Puis il disparut. Aucun membre du *corrillo* de nos amis ne put me dire où il était. Les logs légaux de Yo-Yo ne retrouvaient pas sa trace. Même Santiago n'avait pas réussi à le localiser sur les terres immatérielles de la virtualité. Et quand ce salopard réapparut, au bout d'une semaine, il était si souriant, amoureux et *heureux* que je n'eus pas la cruauté de torpiller sa joie avec ma colère. Il venait de découvrir un sport plus exaltant que glisser sur l'océan.

Je la pris tout d'abord pour une nouvelle planche. Peut-être était-elle un peu plus fine et étroite, mais seul un examen attentif permettait de remarquer les évasements, les courbes et les formes aérodynamiques indiquant qu'elle était conçue pour évoluer dans un autre milieu.

— C'est bien supérieur à la chute libre, s'exclama-t-il. On ne vole pas, on surfe dans le ciel. On trouve des courants et des vagues dans les airs autant que dans la mer, et on les chevauche. On les sent, on les perçoit, et dès qu'on s'y abandonne ils vous emportent. Comme sur les déferlantes, on peut les utiliser pour aller plus vite qu'eux. On est alors libéré du carcan de la gravité. On ne fait qu'un avec le ciel. Le plus difficile, c'est de tirer le cordon du parachute, détacher les sangles, laisser filer la planche et se livrer à la force d'attraction de la terre.

— Et ça te fait de l'effet, Peres ?

— Oui, Trini.

Il vendit la maison de la plage et alla s'installer à l'est, dans un désert où le sol était aussi pur, absolu et vide que le ciel. Je l'y accompagnai. Chaque jour, Peres et ses compagnons se moulaient dans leurs combinaisons, empilaient leurs planches dans les casiers fixés au fuselage des aérogrimpeurs et montaient jusqu'à cinq mille mètres. Sitôt que l'appareil se reconfigurait en planeur, ils bouclaient leurs fixations et sautaient.

Je le sais parce que je suis partie avec eux, la première fois. Et la dernière.

Ils semblaient se volatiliser, tant leur chute était rapide. J'ai vu Peres qui souriait, les pouces levés, les cheveux au vent. L'instant suivant, il n'y avait plus qu'un point miroitant sur les motifs géométriques gris louvet du désert.

— C'est de la folie, criai-je à la pilote morte.

Elle m'indiqua qu'elle partageait mon opinion d'un hochement de tête.

L'agitation qui s'emparait de lui dans la maison de la plage lorsque la mer était étale avait disparu. La vitesse maximale était sa seule foi. Peres était satisfait, calmé, présent. Il paraissait conscient que ce qu'il avait en vain cherché dans les déferlantes se trouvait à l'intérieur de son être. Je ne l'ai jamais autant aimé qu'au cours de ce printemps passé au milieu du désert.

Un printemps et un été, quand toute l'humidité s'évapore et que la lumière aveugle, cingle et tue. Je fouillais un de ses tiroirs afin de lui emprunter un tee-shirt lorsque mes doigts se refermèrent sur un tube de plastique étanche dont le contenu s'entrechoquait. Je l'ouvris doucement, très doucement. Pour ne pas éveiller le mâle qui sommeillait dans son drap imbibé de sueur. Peres ronflait toujours. J'empochai l'objet et le lui présentai alors qu'il entamait sa tranche de pastèque, au petit déjeuner.

— Qu'est-ce que c'est ? m'enquis-je en vidant un monticule grouillant d'araignées bleues sur la table.

Leurs pattes de tectoplastique cliquetaient.

— Oh, ça ? Des accélérateurs neuraux, fit-il.

Aussi désinvolte que si je lui avais demandé comment s'appelaient les oiseaux qui nichaient sous l'auvent.

— A quoi te servent-ils ?

— Tu ne le devines pas ?

— Ça ne te fait donc plus d'effet.

— Si, avec ça.

— Que font ces pilules ?

— Elles ralentissent l'écoulement du temps. On ne peut indéfiniment atteindre des états d'éveil de plus en plus intenses. Pour celui qui utilise les drogues qui dopent la production d'adrénaline vendues dans toutes les *farmacias*, vient un stade où le cerveau accroît la sécrétion de sérotonine afin de neutraliser la dopamine. C'est soit cela, soit le choc en retour. Ce qui est ennuyeux si c'est au cours d'une glissade. Ces araignées n'augmentent pas l'acuité des sensations, elles se contentent de les prolonger. La vitesse de transmission des signaux est multipliée par dix. Vois-tu ce qui en découle ? Si le métabolisme accélère, le temps subjectif décélère. Dix minutes de surf semblent durer... une heure, deux. Tu ne pourrais imaginer, Trini. C'est une chute, mais comme pendant un rêve rien ne peut t'atteindre, rien ne peut te blesser. Tout... s'arrête, ou presque. Ce qui est fantastique, c'est que l'esprit fonctionne normalement et que le corps est hypersensible aux courants thermiques, aux variations de température et aux vents. Il est possible de réaliser des choses dont on n'aurait jamais rêvé. Parce que le mental est plus vif que le monde extérieur, on exerce sur lui son contrôle. On pense et le ciel réagit. On a l'impression d'être un dieu, qu'il suffirait de claquer des doigts pour envoyer des tornades à l'autre bout de la planète, de faire un mouvement de la main pour provoquer des orages. C'est inimaginable. Et il y a la douce chaleur de l'adrénaline... Non, on ne peut l'expliquer, Trini, seulement l'éprouver. On surfe sur les sécrétions chimiques du cerveau. On fusionne avec l'univers quantique.

— Il y a longtemps que tu prends cette merde ?

— Quatre semaines.

— Et à quelles drogues confieras-tu ton destin, quand celle-ci cessera de te faire de l'effet ?

Ce qui advint moins d'un mois plus tard.

J'allai téléphoner en ville. Peres tournait en rond depuis des jours. Il grommelait, regardait par les fenêtres, sortait ses combinaisons soyeuses sensuelles des tiroirs pour les caresser et les renifler, lisait quelques lignes d'une revue avant de la lancer au loin, zappait d'un canal à l'autre devant la télévision. Son Bruckner préféré jaillissait des enceintes murales et il dévorait avec voracité le contenu du réfrigérateur. Pour passer cet appel, je devais trouver un lieu où nul ne risquait de jeter un coup d'œil par-dessus mon épaule.

Quand l'océan apparut sur l'écran et que l'île tropicale dessina une tache verte sur l'horizon, je crus que j'avais composé un faux numéro. Je connaissais pourtant l'indicatif comme ma date de naissance. La viscosité des vagues et la couleur bleu électrique du ciel me fournissaient toutefois des indices sur leur véritable nature.

— Ne me mène pas en bateau, Santiago.

L'île sourit et devint la tête d'un Santiago Columbar vu par Arcimboldo. Elle s'éleva de l'onde, suivie par des épaules, un torse et des jambes. Un géant végétal émergea des flots qui vinrent clapoter autour de ses chevilles, et des guirlandes de cirrus pendaient de ses sourcils.

— Salut, Trinidad. Comme tu peux le constater, je suis en plein travail. Mais je n'hésite jamais à accorder un peu de mon temps précieux à ma minorité ethnique préférée.

Je fus moins sensible à son humour que d'habitude.

— Laisse Peres tranquille, Santiago.

— Avec un corps tel que le sien ? Et un corps tel que le mien ? Nous pourrions faire une magnifique démonstration de la tectonique des plaques, à nous deux.

— Fiche-lui la paix, bordel !

Les clients du Last Stop (dernière station d'essence avant le désert) levèrent les yeux du présentoir à revues et du distributeur de boissons.

— Je suis au courant, pour les accélérateurs. Je connais leur principe, et leurs effets. Tu sais que ces merdes ne lui permettront pas de rester éternellement là-haut, avec les anges. Il commence à flipper et c'est un bien triste *compadre* quand il n'a pas le moral. Ce n'est qu'une question de temps pour qu'il te contacte et te dise : *Santiago, concocte-moi une nouvelle drogue qui agisse comme les intensificateurs d'adrénaline, mais en plus puissante, plus efficace*. Etant donné que tu n'as jamais résisté à la tentation de démontrer ton génie, tu t'empresseras d'accepter. Or, il faut que tu refuses, Santiago. Parce qu'il est indispensable d'interrompre cette escalade. Si nous n'établissons pas une limite à ne pas franchir, il finira par se tuer en recherchant le Grand Frisson.

— Se suicider le procure peut-être, répondit le Santiago virtuel.

— Dis-lui non, je t'en prie. Pour une fois. Pour moi. Pour lui. Je t'en supplie.

Les vagues de l'océan hallucinatoire s'enflèrent. L'accompagnement sonore était très réaliste.

— D'accord, dit le Léviathan vert ruisselant. Mais c'est bien parce que tu me le demandes gentiment.

— Je ne plaisante pas, Santiago.

— Moi non plus. N'oublie pas de passer me voir, la prochaine fois que tu feras un saut dans la ZUTV.

Nous avions constamment des altercations, Peres et moi. Le ciel vibrait de nos disputes. L'énergie de la frustration s'emmagasinait en lui. Elle ne tarderait guère à le pousser vers des sensations d'un niveau plus élevé. Nous nous retrouvions dans la situation bien connue du « Je ne peux vivre avec ou sans toi », à laquelle je réagis par le « Je ne joue plus » tout aussi classique. Je déménageai de la belle maison du désert pour m'installer dans le squat que Yo-Yo avait aménagé dans son cabinet d'avocats. Les anges et ma conscience me murmuraient que j'avais pris la pire des décisions, mais j'étais arrivée à ce stade où on ne pense plus qu'à atteindre un canot de sauvetage psychologique, quitte à abandonner l'autre nageur aux requins.

On a tendance après coup à rechercher des signes prémonitoires, des présages : coïncidences, synchronismes, phénomènes météorologiques, étranges animaux et individus qui ont pu croiser votre chemin. Il n'y a rien eu, ce matin-là. Ni éclairs ni invasions de tectosaures, pas même une plaque d'immatriculation avec mes initiales au sein de la circulation. Rien ne m'avait préparée au message que le *teniente* Rosa Montalban de la police de San Bernardino adressa au domolog de Yo-Yo. Il lui demandait si Trinidad Malcopuelo vivait chez elle et pouvait la joindre à son bureau. L'indicatif suivait.

Je sus qu'il était mort dès que je vis le visage de cette femme sur l'écran.

Elle avait de mauvaises nouvelles à m'annoncer, elle

le craignait. Peres Escobar avait eu un accident. Cet homme et ses compagnons étaient décédés.

Leur aérogrimpeur avait eu une panne ? m'enquis-je, posément. Choc, chagrin et abattement profond sont des réactions normales lorsqu'on apprend la mort d'un amant. Je n'éprouvais que du détachement, comme si j'entendais un communiqué concernant une guerre se déroulant dans un pays lointain. Parce que je n'avais pas assisté au drame, il n'avait pu se produire. Il m'était impossible de croire une chose pareille.

Non, ce n'était pas l'appareil. Peres et ses amis avaient sauté et s'étaient écrasés au sol. La police ferait naturellement procéder à des autopsies afin de déterminer s'il y avait eu des facteurs externes, mais les membres du groupe avaient (je sentais le monde rétrograder, ralentir, j'avais l'impression d'avoir pris un de ces maudits accélérateurs neuraux) simplement... oublié... d'ouvrir... leurs... parachutes.

Je les imaginai tombant dans le ciel, en équilibre sur une déferlante immatérielle, convaincus qu'en mettant leur volonté en commun ils pourraient dévier la pesanteur sur quatre-vingt-dix degrés, afin qu'elle les emporte dans une ronde sans fin autour de la planète. Ils descendaient de plus en plus rapidement, ils se rapprochaient du sol. Avaient-ils repris leurs esprits au tout dernier instant et tenté frénétiquement de déclencher leurs parachutes avant de comprendre qu'il était trop tard ? N'était-ce pas plutôt la réalité qui avait brusquement bondi à la rencontre de leurs rêves ?

— Seora Malcopuelo ? Seora ?

J'avais essayé de calculer la vitesse maximale que pouvait atteindre une masse de soixante kilos au terme d'une chute de trois mille mètres.

Je dus marmonner que j'irais identifier le corps et m'occuper des formalités d'usage. Tout ce que je me rappelle, ce sont les mots « *que tu es calme et rationnel-*

*le* » qui se réverbéraient sans cesse dans mon esprit... Toujours est-il que je me retrouvai le lendemain sur la route numéro dix, roulant en direction de l'est, au-delà de Banning, avec une Yo-Yo livide et en larmes sur le siège du passager et aucun souvenir précis de ce qui m'avait amenée jusque-là.

Le chagrin aurait dû me détruire. Ce n'était pas le cas, et je me sentais coupable. Une réplique d'un vieux film tridimensionnel d'Hitchcock me trottait par la tête, alors que je conduisais : *Avant une semaine vous allez avoir une superbe dépression.*

Le *teniente* Rosa était mignonne et compatissante. Elle nous prépara au choc en nous offrant du thé et quelques paroles. Les scanners des légistes avaient découvert des traces de ce qui semblait être un inhibiteur cortical de fabrication artisanale mélangé à un accélérateur acétylcholine agissant sur le cerveau. Des simulations indiquaient que ce produit avait pour effet de ralentir la perception temporelle. Il était si efficace que le temps s'arrêtait totalement si on déconnectait les filtres cognitifs qui prétraitaient les données transmises par les sens afin qu'ils soient assimilables en fonction de cognotypes prédéterminés. Peres et ses *compadres* avaient fait une overdose de réalité. Les stimuli indifférenciés qui se déversaient en eux par les oreilles les yeux le nez la langue et la peau avaient formé un torrent impossible à endiguer d'impressions sensorielles à la fois instantanées et éternelles.

Du Satori céleste.

J'aurais voulu voir Santiago Columbar pendu à un croc de boucher, à l'extrémité d'une corde tressée avec ses intestins.

— Une des particularités de ces drogues faites sur mesure, c'est qu'on peut presque toujours remonter jusqu'à leur source. Celle dont il est question provient d'une boutique nécro de San Fernando où ils cultivent des intelligènes pour un certain Michael Rocha de Sherman Oaks. Alors même que je vous parle, mes consœurs de la ville échangent avec ce seor quelques paroles bien senties.

Pardonne-moi d'avoir douté de toi, Santiago.

Les employés de la Maison des Morts avaient préparé Peres pour son immersion dans la cuve de Jésus. Ils avaient utilisé sur lui des tecteurs, rassemblé les morceaux. Ils lui avaient redonné une vague ressemblance avec le Peres Escobar qui avait autrefois tenté de m'enseigner l'Art du Surf Zen. Le *teniente* Rosa me demanda si c'était bien lui. Je hochai la tête. Yo-Yo ne put contenir ses émotions et il fallut la soutenir jusqu'à un siège.

Même dans la mort, l'insatisfaction paraissait le ronger.

Les Parques abaissaient le couvercle en plastique de la cuve quand j'eus une brusque pensée.

— Avait-il souscrit une *Inmortalidad* ?

Une des femmes consulta son Idcom.

— Je n'en trouve aucune trace.

Toutes mes connaissances avaient de telles assurances, et Peres serait condamné à une éternité de servage. Privé de statut, dépossédé de tout. Il avait commis la faute de Satan : *non serviam*. Le péché d'orgueil. Oui, Peres avait été un salopard stupide et imbu de lui-même — et c'est peu dire — mais j'estimais qu'il méritait de bénéficier dans la mort de la liberté qui lui avait été refusée tout au long de sa vie.

— Combien coûterait... Vous savez quoi.

Elles citèrent une somme qui fit hoqueter Yo-Yo.

— Racheter son contrat serait plus économique, fit remarquer la Noire à l'Idcom.

De tous les propos exprimés au cours des dernières quarante-huit heures, seuls ceux-ci franchirent la muraille d'insensibilité érigée autour de mon être. Je m'imaginai Peres reconstitué et mû par cette étrange vie qui découle du trépas. Je me le représentai dans ma demeure de La Crescenta : un serviteur attentif à satisfaire les désirs de la détentrice de son contrat. Je me vis le couvrant de baisers, le menant dans mon lit, vers les cachettes des jardins, les eaux chaudes de la piscine, heureuse parce que l'amant perdu m'avait été rendu et m'appartenait corps et âme.

C'eût été impossible. La mort était plus puissante que l'amour. Il se rappellerait Trinidad Malcopuelo, mais pas ce qui l'avait uni à elle. Je ne serais plus pour lui qu'une vague relation connue dans le cadre de ce qui ne serait à ses yeux qu'un long rêve.

— Faites débiter le coût de sa résurrection sur mon compte d'*Inmortalidad*, dis-je à la morte. Je ne veux plus le revoir ou entendre parler de lui.

— C'est une quasi-certitude, dit-elle.

Yo-Yo dut prendre le volant pour me reconduire en ville, car la superbe dépression annoncée avait entretemps débuté.

— C'est une de ces lois des inverses qui s'appliquent aux sentiments, dit Trinidad. Plus un type se comporte en salopard, plus on tient à lui. Peres avait façonné ma vie. Je dépendais totalement de cet homme. Sans lui, je cessais d'exister. Les domologs n'avaient pas terminé leurs séances de thérapie que je rôdais dans les collines à la recherche d'un autre Peres qui tirerait les ficelles de la marionnette que j'étais devenue sous son influence. Je faisais tout ce que les logiciels psys me disaient d'éviter, parce que dans le pire des cas je n'en souffrais pas et que dans le meilleur je me sentais réconfortée par la chaleur de mes partenaires. L'année où j'arrêtai le traitement, j'eus une trentaine de liaisons. La plus brève dura douze heures, la plus longue trois semaines. Pour me trouver, je devais me perdre.

Les bougies de la *posada* s'étaient réduites à une constellation qui brillait faiblement sous le dais de verdure tombante. L'orage avait cessé et la pluie se contentait de tapoter doucement le toit.

— Et vous êtes-vous trouvée ? s'enquit Montserrat Mastriani.

— Peut-être, murmura Trinidad.

— C'est pour cela que vous êtes venue ici... Pour chercher ce Peres ? voulut savoir Rosalba.

— Non, non, bien sûr que non, pauvre idiote ! lui lança sa grand-mère, irritée. N'as-tu pas écouté ce qu'on vient de te dire ?

— Je sais que je ne le pourrai pas. Et je ne le souhaite plus. Je me suis rendue à Nécroville pour répondre à une invitation de Santiago Columbar.

— Pourquoi vous l'a-t-il adressée ?

La question venait de Salamanca, perché au bord de la table.

— Ou, plutôt, pourquoi l'avez-vous acceptée ?

— Je voulais démontrer que je n'avais pas peur. De la Cité des Morts, de lui. J'étais en outre convaincue qu'il connaissait des détails que j'ignorais sur la mort de Peres.

— Et ?

De nouveau Salamanca.

— Il n'a pas pu résister à la tentation. Il m'avait fait une promesse, mais il a fini par céder. Les flics du comté de San Bernardino ont suivi la piste des araignées jusqu'à ce Michael Rocha. Ce qu'ils ne savaient pas, c'est que cet homme avait simplement servi d'intermédiaire pour remettre à Peres une drogue conçue et mise au point par Santiago. Il a tué Peres aussi sûrement que s'il lui avait arraché le cœur.

— Le salopard, gronda Rosalba.

Ce qui surprit Trinidad.

— « Mieux vaut être un rat vivant qu'un lion mort », disait-on autrefois à Singapour.

La nouvelle voix s'était élevée juste derrière elle, de façon si inattendue qu'elle trembla comme si elle avait subi une agression physique.

— Cependant, être un lion vivant est encore préférable. Plutôt que de courtiser la Mort, votre ami aurait dû venir avec nous tendre la main à la vie éternelle. La véritable immortalité. Votre histoire est très intéressante, seora. Par comparaison, nos petites litanies sur le cancer, la lâcheté et les probabilités sont bien fades. Ce n'est pas une critique, loin de là.

L'homme qui s'exprimait était grand et mince. Il portait un manteau vert ruisselant et un chapeau assorti qui dissimulait son visage. Le peu que Trinidad pouvait voir de ses traits était grisâtre et traduisait une profonde lassitude. Il n'était certes pas jeune, mais pas aussi vieux qu'il le semblait. C'était Santiago, dans quelques dizaines d'années, usé par l'insoutenable pesanteur de l'être.

— Puis-je me présenter, seora ? Jens Aarp, mentor, chercheur et, finalement, découvreur du chemin qui conduit à la véritable vie éternelle.

Sous le couvert des ombres, Yo-Yo vit l'unité d'intervention redémarrer. Ellis resta dans la rue pour suivre des yeux le véhicule jusqu'au moment où ses lumières bleues clignotantes disparurent dans la circulation. Il regagna la maison. Jorge était parti à bord de l'ambulance que le tonnerre poursuivait en grondant, tel un chien hargneux décidé à planter ses crocs dans ses pneumatiques. Dissimulée entre des poubelles et des sacs d'ordures, Yo-Yo connaissait les affres de la culpabilité. Elle aurait dû aller les rejoindre, être avec eux. Cependant, elle n'osait approcher. Elle avait suscité la colère de démons qui avaient exprimé leur mécontentement sur soixante-treize pour cent de la surface corporelle de Trio.

Des gens étaient morts pour bien moins. Trio avait des difficultés à régler son assurance médicale et s'offrir un contrat d'*Inmortalidad* était pour elle hors de question. Ne meurs pas, d'accord ? C'est entendu, tu étais plus grande, plus belle, plus mince et plus douée que moi, mais raccroche-toi à la vie !

Yo-Yo reniflait, collait ses jointures à ses canaux lacrymaux pour endiguer les larmes. Elle leva l'Idcom à ses lèvres et interrompit son geste avant d'avoir dit un seul mot, paralysée par la prise de conscience que l'univers n'était plus sûr. Cet appareil pouvait être un Judas de poignet ; des légions de micros se dissimulaient peut-être dans les interstices de la mob ; rien n'interdisait à son fourreau sensoriel de transmettre à des moniteurs lointains ses moindres tics et tressaillements. Elle ne devait accorder sa confiance qu'à sa peau rasée de près, sans seulement pouvoir espérer qu'elle resterait encore longtemps intacte.

— Ellis, murmura-t-elle.

Son logo personnel, un kangourou surfeur aux parties génitales disproportionnées, gagna à petits bonds le centre de l'écran minuscule. Allons allons allons.

— Cesse de glander et décroche ! J'ai besoin de toi.

Ellis apparut. Pas un simulacre virtuel, pas une icône interactive. Lui-même.

— Yo-Yo. Où diable es-tu ?

Disparu, le surfeur céleste laconique.

— Je... Mieux vaut que tu l'ignores. Doux Jésus, Ellis, ils connaissaient mon log, mes codes d'accès, mes localisateurs, tout.

— Ils ? Ce ne serait pas un accident ?

— Ellis, je...

Ellis, je ne peux pas te le dire. Ellis, je n'ose pas te le dire. Ellis, je dois pourtant te le dire.

— Ellis, j'ai des ennuis.

L'éclair était trop lumineux pour être dû à la foudre, le grondement de tonnerre trop proche, trop étouffé. L'image d'Ellis se désintégra brièvement dans une tempête de parasites.

— Jésus !

Là-bas, au-delà de la porte de Sunset, cinquante alarmes hurlaient à l'unisson.

Ellis regarda hors du champ.

— Quelque chose arrive, dans tout le réseau à la fois. Excuse-moi un instant.

Il redevint un marsupial surfeur. Un appareil aérien passa au-dessus de Yo-Yo, si bas qu'elle sentit le souffle descendant de ses pales. Ellis réapparut, et un embaumeur semblait avoir exercé ses talents sur son visage.

— Où es-tu allée, là-bas à Saint-Jean ?

— Au Tacorifico Superica. Pourquoi ?

— Ce restaurant vient d'être rasé par une charge picotoc.

Yo-Yo vacilla et s'adossa au mur de mâchefer, le seul élément stable d'un monde qui basculait dans la folie.

— L'attaque a toutes les caractéristiques propres aux guerres des *corporadas*. Une déflagration limitée par un champ de retenue. Une désintégration totale.

— Des survivants ?

Clients savourant des *camarónes españols* et une Red Hat. *Cuisiniers et serveurs. Dont l'homme au silence éloquent. Martika Semalang.*

— Yo-Yo, c'était une bombe à conversion de masse. L'établissement n'est plus qu'un cratère de verre fondu de vingt mètres de diamètre.

L'aérogrimpeur revint sur Sunset Strip.

— Ellis. Ecoute-moi. Ecoute-moi. Qui est avec toi ?

— Je suis seul. Pourquoi ?

— Ecoute. Contente-toi d'écouter. Fourre tous les dossiers en lieu sûr et décampe. Immédiatement. Sans regarder derrière toi. File, si tu tiens à la vie !

Elle leva les yeux et vit l'appareil virer au-dessus des palmiers, éclairé par un faisceau lumineux gothico-hollywoodien. Il approchait, pour la troisième fois.

Le chiffre trois est, dit-on, magique.

L'œil de l'Idcom s'emplit du bleu cauchemardesque des fins de transmission. Au moins les logs fonctionnaient-ils toujours.

Dans un vacarme de turbines, l'aérogrimpeur plongea et s'immobilisa à l'aplomb de la cachette de Yo-Yo. Des voisins curieux sortirent dans leur jardin. Leurs vêtements battaient comme des ailes au sein des tourbillons de feuilles mortes. Une silhouette jaillit hors de la maison : Ellis. Elle cria un avertissement aux badauds qui restaient bouche bée. Quelques-uns en tinrent compte. La plupart n'en firent aucun cas. Sitôt qu'elle vit le champ de retenue, un cylindre bleu pâle de nuit électrifiée, elle lui tourna le dos, croisa ses avant-bras sur sa tête et ferma les yeux.

Des faisceaux de lumière blanche traversèrent ses paupières closes. La chaleur cingla ses omoplates, ses bras, son crâne rasé. Le cuir fut brûlé et *boum !* un son assourdissant couvrit le hurlement de Yo-Yo et étira ses tympans à la limite du point de rupture. Ses os craquèrent. Du sang descendit vers le bas de ses joues où ses ongles avaient creusé des sillons. Contenu par le champ électromagnétique, le souffle de la déflagration monta dans le ciel. Mais sitôt que la barrière invisible s'effondra, l'onde de choc expulsa tout l'air que contenaient ses poumons et l'envoya rouler dans l'allée, avec les ordures.

L'apocalypse prit fin. Elle rouvrit les paupières et cilla pour chasser des essaims d'images dues à la persistance rétinienne. Le crépi ocre bon marché des murs avait été décoloré. Elle vit l'engin d'attaque grimper, pivoter sur son axe vertical tel un scarabée épinglé sur la planchette d'un entomologiste puis s'enfoncer latéralement dans la nuit.

Emportée par le déplacement d'air, la mob de Jorge avait glissé sur le béton. Son carénage en plastique était rayé. Des arêtes avaient éclaté et les représentations de têtes de morts et de *vampiras* — un métissage de catcheuses aux gros seins et de jaguars — avaient été poncées par l'effet abrasif. Yo-Yo redressa la machine. Le moteur à alcool démarra au premier essai.

Elle enfourcha l'engin et partit dans les allées et les ruelles. Des convois de véhicules de secours arrivaient à toute allure dans les avenues : conga de sirènes et jeux de lumières. Dans son dos, des flammes éclairaient la nuit. N'écoutant que sa sagesse, elle ne regarda pas derrière elle.

C'était un acte courageux, téméraire, que de brandir le poing sous le nez d'un Dieu qui, du plus haut des Cieux, n'avait aucun scrupule à réduire les simples mortels en atomes. Mais où vas-tu, fillette ? Que ferastu ensuite ? Tu es seule dans ton fourreau sensoriel et ta tenue décontractée ravissante tout autant que coûteuse, sur un boulevard où tu n'as aucun ami, quand quiconque pourrait t'offrir assistance ou refuge est aussitôt frappé par le courroux divin. Que peux-tu faire de plus que retarder une mort inéluctable ? Renonce. Rendstoi. Dénude ton ventre et livre ta peau blême au fil libérateur de l'épée.

Dissimulée dans les ombres des ruelles, Yo-Yo imagina ses parents assis dans leur sampan de la Ville flottante, penchés vers le réchaud à alcool et marmonnant marmonnant marmonnant : *Nous te l'avions dit nous te l'avions dit nous te l'avions dit. Et maintenant, expliquenous à quoi a abouti tout cela ?*

Ce qu'elle avait fait pour affirmer sa personnalité et

résister à leur fatalisme accablant, tous ses espoirs et ambitions se heurtaient à cette question : *A quoi a abouti tout cela ?*

Sa soif de réussite qui l'avait incitée à fuir la moisissure et la saumure pour se diriger vers les collines languissantes où l'espagnol remplaçait sa langue maternelle découlait du besoin impérieux de recevoir une réponse. A présent, au nadir de l'isolement et de la peur, de la défaite et du danger, elle l'obtenait. L'univers ne nous doit pas de raisons. On obéit à sa nature, tout simplement.

Yo-Yo Mok ne mourra pas aujourd'hui. Où vas-tu ? Que feras-tu ? Je ne le sais pas encore, mais je trouverai une solution.

— Tu n'en as pas terminé avec moi. Tu peux me croire, Tesler-Thanos, Dieu, peu m'importe qui tu es. Quelle que soit ta puissance, je te détruirai.

Des Paroles admirables. A quoi servirait d'avoir fait des études si on ne prononçait pas des Paroles admirables à un tournant crucial de son existence ? En époussetant la saleté et la merde de sa tenue de cuir (si ces salopards l'ont grillée, j'ajouterai son coût à mes honoraires), ses doigts se refermèrent sur un bout de papier oublié dans sa poche de poitrine.

*Santiago Columbar invite Yo-Yo Mok...*

Santiago Columbar. On pouvait compter sur lui pour se manifester à un moment pareil. A Saint-Jean. Dans Nécroville. Là où finit toute chose. Parmi les morts. Où, autrement ? Santiago. Saint Iago. Iago, son créateur de logs.

Oserait-elle admettre qu'il y avait en elle un embryon d'instinct de détective en gestation, un petit fœtus aux doigts recroquevillés ? La foudre déversa une chaleur bleutée dans la ruelle, suivie de près par le tonnerre. Yo-Yo fit tourner son vélomoteur. L'Idcom chanta à son poignet.

Elle hésita un long moment. Elle s'assura qu'elle n'entendait aucun aérogrimpeur dans le ciel avant de répondre.

— Ellis ? C'est toi ? Tu vas bien ? Seigneur, *compadre*, je t'ai pourtant dit de ne pas me joindre par...

— Seora Mok ?

Les traits à la froideur féline et la langueur élégante évoquaient des rubans d'oligoéléments dans une mare d'obsidienne qui refroidissait.

— Seora Semalang.

— J'ai reçu votre message et tenté de vous contacter, mais le restaurant a été...

— Je sais, je sais.

Réfléchis. Réfléchis. Perry Mason ne se demandait jamais ce qu'il convenait de faire. Ses scénaristes se chargeaient de l'en informer avant le tournage de chaque épisode. Réfléchis.

— Message ? Quel message ?

— Celui que le *patrón* m'a apporté. Vous vouliez que j'aille vous appeler d'un des téléphones publics du bout de la rue. Seora Mok...

(— Yo-Yo.)

— Yo-Yo, l'établissement...

— Je sais, je sais. Ils ont également pris pour cible mon cabinet d'avocats. Mon squat, mon foyer, mes amis. Vos *compadres* sont des professionnels. J'exige des réponses, seora Semalang. Je veux savoir ce qui se passe.

— Je n'en sais rien. Croyez-moi, je ne me souviens de rien. Je n'ai plus de passé. Yo-Yo, je n'existe pas. Et je suis terrifiée. Sans votre billet, je serais restée assise à la table...

— Seora, je ne vous ai pas écrit. Ce n'est pas mon style.

Sa cliente n'avait pas besoin de connaître ses lacunes.

— Alors, qui l'a fait ? Pourquoi ? Que me veulent-ils ?

— Commençons par le plus facile : *Pourquoi ?*

Elle compta sur ses doigts.

— Pour vous sauver la vie. *Qui l'a fait ?* Des individus qui savaient que le Tacorifico Superica allait sauter et que vous vous y trouviez avec moi. *Ce qu'ils vous veulent ?* Je ne sais même pas combien de concurrents sont en lice et encore moins à quoi ils jouent.

— Des gens qui n'hésitent pas à détruire un restaurant et un cabinet d'avocats...

*(Et font griller Trio, ne pas l'oublier.)*

— ... ne sont pas du genre à adresser un avertissement à leurs victimes.

— Ce qui laisse supposer qu'une autre équipe est entrée sur le terrain.

Des analogies sportives. Tu regardes trop de matches, Yo-Yo Mok. Le nouvel opium du peuple.

— Des individus qui se sont fixé pour but de vous garder en vie, au même titre que leurs adversaires veulent vous mettre sur la touche. Hors jeu.

Les doutes revenaient à la charge, tels des moustiques opiniâtres. Plus tard. Elle les ordonnerait, les exploiterait, les disséquerait... Ils lui seraient utiles, mais elle les analyserait à tête reposée.

— Seora Semalang, je sais que vous ne vous rappelez rien d'assez important pour que des gens veuillent votre mort. Pourtant, ceux qui tentent de vous assassiner sont convaincus du contraire. C'est à la fois une bonne et une mauvaise chose. C'est un atout, car cela me permettra peut-être de découvrir de quoi il retourne. C'est ennuyeux, car ces *hijos de putas* ne vont pas renoncer.

*Réfléchis. Oui !*

— Ecoutez... Allô ? Allô ? Vous êtes toujours là ?

Martika Semalang avait disparu. L'objectif de la caméra montrait une rue aux fenêtres soufflées. Des flammes qui s'élevaient hors du champ éclairaient le décor. La morte se pencha dans l'image et lissa sa chevelure.

— Désolée, dit-elle. Je ne peux m'attarder. Le vent a tourné et l'incendie se propage dans ma direction.

— Ecoutez ! Ecoutez ! Ecoutez ! hurla Yo-Yo. Attendez un instant. Je vais vous envoyer quelqu'un qui vous conduira en lieu sûr, un endroit où nous pourrons nous rencontrer. Patientez un peu, d'accord ? Vous identifierez facilement mon intermédiaire parce qu'il vous dira...

(Qu'est-ce qu'il lui dira qu'est-ce qu'il lui dira qu'est-ce qu'il lui dira ?)

— C'est... « Une question de vie ou de mort. » Et vous, vous lui répondrez : « Sacré David Niven. »

Et alors, qu'espériez-vous donc ?

— C'est compris ?

— Une question de vie ou de mort. Sacré David Niven.

— Attendez, attendez, attendez, une dernière chose. Seora Semalang, quoi qu'il puisse se produire, ne me rappelez pas à ce numéro. Je ne peux pas garantir que mon Idcom est sûr. Je me débrouillerai pour vous trouver.

Comment ? Tu t'en inquiéteras plus tard. Plus tard. Toujours plus tard.

Yo-Yo fit rouler la mob sur le petit appareil. Le craquement du boîtier de plastique ponctua la disparition de son dernier lien avec l'extase électromagnétique du réseau. Elle frissonna, solitaire et moite dans un fourreau sensoriel brusquement privé de chaleur et de vie.

Le tonnerre gronda et se vautra sur Copananga. Yo-Yo fit louvoyer sa mob dans la file ininterrompue des blindés qui s'étirait jusqu'au halo pastel de la porte. Même une attaque picotoc lancée par une *corporada* ne justifiait pas que les autorités fassent appel aux Marines. Il se passait quelque chose d'encore plus important. Elle décida de téléphoner pendant que les militaires terminaient ce qu'ils avaient entrepris. Il y avait un point-*fon* dans l'entrée d'un café déserté. Les néons brillaient mais aucun ado ne balançait ses jambes sur les banquettes en similicuir des boxes. Tous étaient partis danser avec les morts au-delà de la frontière. *Nécro mambo*.

Le *fon* s'étrangla en avalant sa carte-cash, sans toutefois la recracher. Sur un écran mural dressé de l'autre côté de la rue, Janet Leigh accélérait en jetant des coups d'œil dans le rétroviseur, s'imaginant y voir des poursuivants. C'est devant toi que le danger te guette, ma belle. Il t'attend au Motel des Bates.

*Llamado, llamado,* dit le *fon. Llamado, llamado,* Yo-Yo.

— Iago.

— Yo-Yo.

— Iago ?

Tête rasée saupoudrée de poussière de mica bleu électrique. Sourcils épilés et faux cils mascaradés, yeux bleus de nourrisson khôlés et ombrés. Lèvres à la moue boudeuse peintes en rose. Aussi humides et plissées qu'un kaki fendu en deux. Maquillage réussi. Très réussi, même. Paillettes et bimbeloterie à un centavo. Le principe du « plus c'est gros, plus c'est beau » est de rigueur quand le tape-à-l'œil devient un must en fonction des normes esthétiques en vigueur. Ongles décuticulés et laqués pour s'assortir aux lèvres « besame estupido ». Les mains étaient parfaites. C'était pourtant ce qui était habituellement le plus difficile à modifier. Et elles étaient irréprochables. Il avait loué les implants sous-cutanés pour la nuit et les tectosilicones suinteraient par tous ses pores au matin, mais elles étaient très belles. Bien plus que les siennes, bon sang ! Le tout vidé dans un fourreau de Lycra. Comme une glace à la vanille faite à la maison.

Il était, Yo-Yo devait l'admettre, *magnifico*.

— Iago ?

— Tout homme devrait avoir un hobby, Yo-Yo.

— Tu es resplendissant, Iago. J'irais jusqu'à commettre un meurtre pour avoir un teint pareil.

Il lui adressa un large sourire, aussi réussi que le reste.

— Merci, Yo-Yo. N'est-ce pas un chef-d'œuvre ? Nous y avons consacré un temps fou, mes amis et moi.

— Est-ce que, heu, je te dérange ?

— Seulement dans la mesure où je dois descendre sur la *zoca* dans cinq minutes. Tu as besoin de quelque chose ?

— Ouais, tu peux le dire. J'aurais deux petits services à te demander.

— Oh, Yo-Yo, Yo-Yo ! gémit-il.

Il voyait déjà sa virée avec ses copains s'éloigner en tortillant des fesses sur le boulevard de l'oubli.

— As-tu encore une copie de mon log ?

— J'ai pour principe de tout garder.

— Pourrais-tu le recharger ?

— Yo-Yo... As-tu la moindre idée de son volume ?

— Iago...

Le nom ne collait pas à ce personnage travesti. Il lui allait comme une paire de chaussures de sécurité enfilées sur des pieds pédicurés.

— J'ai besoin de ton aide.

Elle lui en expliqua la raison.

— Merde, Yo-Yo !

— Il faut que tu me déniches un renseignement. Nous savons que la Tesler-Thanos a transféré six millions sur le compte d'une certaine Martika Semalang, mais je dois découvrir qui a avalisé l'opération. Si je sais *qui*, j'aurai la possibilité d'apprendre *pourquoi*. Peux-tu faire ça pour moi ?

— Bien sûr, *querida*.

Des yeux dignes de Cléopâtre lorgnèrent hors du champ.

— Programme de recherche lancé.

— Je t'expédie les paramètres. Ils sont déjà classés. Il est sans doute superflu de te le dire, mais fais gaffe à tes jolies fesses.

Iago lui adressa un sourire timide.

— Une fille aussi mignonne que moi ? Vas-y, Yo-Yo.

Elle étendit un filament de son fourreau sensoriel dans l'interface du *fon*. Des serveurs, accoudés au comptoir pour planter entre leurs doigts écartés des couteaux de boucher, inclinèrent la tête afin de voir ce qui se passait dans le hall. C'est pas vos oignons, *favelados*. Les picotements qui accompagnèrent la prise de contact avec son vieux log bien-aimé furent aussi sensuels que les caresses d'un amant le long de sa colonne vertébrale.

Plaisir et culpabilité. Elle n'avait jamais pu admettre que sa sexualité était connectée à la machine par un cordon ombilical incassable. Le ronronnement limbique des données, l'élévation dans le nuage cybernétique d'ignorance, la dissolution de la chair trop matérielle dans la polyvalence liquide du morphing... Il y avait cela mais aussi, surtout, l'étreinte voluptueuse du fourreau sensoriel et de sa tenue préférée, le glissement lascif du rasoir d'Iago sur son cuir chevelu, la pénétration des interfaces.

Pourquoi ne pouvait-on pas, comme avec les morts, déconfigurer cette Yo-Yo monochrome falote et désorientée afin qu'elle renaisse heureuse, multicolore, cybersexuée ? Elle était ainsi. Elle n'avait pas lieu d'en éprouver de la gêne. On ne définissait pas un individu en fonction de ce qu'il aimait *joder*. Ses amours, ses haines et sa vulnérabilité n'étaient pas modifiables.

— Eh, Yo-Yo ? Ça va ?

En voyant Iago, libre de faire, d'être et de célébrer

tout ce qui composait sa personnalité, elle sentit ses yeux s'humidifier. Non, bon sang !

— Yo ?

— Ça va, ça va. Merde, Iago, je dois encore mettre ton amitié à contribution.

— Tout ce que tu voudras, *querida*.

— J'aimerais que tu ailles à cette adresse...

Elle précisa où attendait Martika Semalang.

— Prends ma cliente sous ton aile protectrice et conduis-la chez toi. J'ai conscience que c'est beaucoup te demander...

Le visage provocateur arbora une moue badine.

— Mais tu es bien le seul en qui je peux avoir confiance. Oh, il faudra lui dire : « Une question de vie ou de mort. »

Iago incurva ses ravissants sourcils épilés.

— Désolée, c'est le premier truc qui m'est venu à l'esprit. J'étais stressée, tu saisis ? Elle répondra : « Sacré David Niven. »

— J'espère que tu sais que c'est une icône du filmodrome.

— Iago.

— Aha ?

— Ce sera peut-être dangereux.

— Et après ? Qui souhaiterait vivre éternellement ? Au fait, en ce qui concerne ces recherches... J'ai trouvé un truc qui devrait t'intéresser. Le nom dans la fenêtre, le type qui a viré la bagatelle de six millions sur le compte de ta cliente... Il s'appelle Lars Thorwald Aloysius Maguffin.

— As-tu son adresse ?

— Oui, mais je ne crois pas que ça te mènera quelque part, ou vers qui que ce soit. On s'amuse à tes dépens, Yo-Yo.

— Que veux-tu dire ?

— Sais-tu ce qu'est un Maguffin ?

— Je le devrais ?

— C'est un piège à lions écossais.

— Mais il n'y a pas de lions, en Ecosse !

— Tout juste...

Une tempête de parasites emporta Iago. Les rugissements des données qui sont la voix véritable du réseau sifflèrent dans les oreilles de Yo-Yo. Il n'y avait plus rien sur les canaux sensoriels et virtuels. Un message s'afficha sur l'écran.

*Les* Seguridados *de Las Encinas vous prient d'excuser l'interruption de toutes les communications avec la Nécroville Saint-Jean pendant l'état d'urgence.*

Dans la rue, des militaires armés et en armure couraient vers leurs véhicules blindés. Les moteurs des transports de troupe s'emballaient dans le cadre d'un concert de détonations bleutées vaporeuses de biodiesel. Des techniciens s'affairaient sur les rangées de *mechadors* au repos et les harmoniques du bourdonnement des machines qui chauffaient avaient un effet désagréable sur les dents de Yo-Yo.

Elle débrancha son fourreau sensoriel du point-*fon*.

Un gribouillis apparut sur l'écran.

PAS SI VITE, YO-YO, lut-elle. C'EST MOI, YO-YO. JE PEUX T'AIDER. FAIS-MOI CONFIANCE.

— Fiche-moi la paix, siffla-t-elle dans le micro. Lâche-moi les baskets. Jésus Marie Joseph, as-tu une vague idée de la merde où tu m'as fourrée ? Et où que j'aille, tu es là, comme un énorme projecteur qui illumine tout ce que je fais.

JE VOULAIS SEULEMENT ÊTRE TON AMIE, dit la Carmen Miranda.

— Une amitié qui me sera fatale.

JE REGRETTE. JE REGRETTE. ON M'A CHARGÉE DE T'AIDER.

— Oublie-moi, tu veux ?

*Chargée ? Chargée ?*

SOUVIENS-T'EN. SI TU AS BESOIN DE MOI, TU N'AURAS QU'À ME SIFFLER. TU SAIS SIFFLER, J'ESPÈRE ?

Le *fon* recracha la carte-cash. Il restait cinquante centavos de crédit. La situation pourrait-elle empirer ? Ne réponds pas à cette question, Yo-Yo ! Au moins la mob démarra-t-elle au premier essai. En esquivant les *seguridados* et les *carnavalistos* curieux dont les tenues allaient de la nudité totale à des costumes qui donnaient par comparaison à Iago un air de laisser-aller, elle se dirigea vers la barre transversale lumineuse qui surplombait la porte.

— Désolé, on ne passe pas, déclarèrent des lèvres pâles sous une visière.

— Il le faut. Je suis avocate. J'ai rendez-vous avec un client.

— Un client ? A Nécroville ?

— C'est extrêmement important. Vous pouvez me croire, monsieur l'agent.

— Je regrette, mais nous avons reçu des ordres. Les frontières sont closes. Personne n'entre et personne ne sort.

Une herse jaillit de l'asphalte, devant elle. Des dents d'acier qui riaient. Ha ha, *abogadita !*

— En quelle langue dois-je vous le dire ? Il faut absolument que j'y aille. Moi seulement, hein ? Une petite exception, est-ce trop vous demander ?

Pouvait-on soudoyer les *seguridados* de Las Encinas en leur proposant un pot-de-vin de cinquante centavos ? D'accord, d'accord, je suis une cybersexuelle de placard, mais vous pourrez me *joder* comme vous voulez si... Vous. Me. Laissez. Entrer.

— C'est vous qui ne comprenez pas, seora. Toutes les unités sont en alerte rouge pendant l'état d'urgence. Nul ne doit passer. Ni vous. Ni Dieu. Ni personne. Alors, soit vous repartez gentiment sans faire d'histoires, soit mes *compañeros* interviendront. Et ils y prendront plus de plaisir que vous.

Au temps pour les lois contre le harcèlement sexuel. En condamnant tous les machos sexistes aux tourments génitaux éternels que les enfers confucianistes de sa grand-mère réservaient à ceux qui transgressaient les principes sacrés de la justice, Yo-Yo se retrouva dans la rue. Sous Anthony Perkins qui n'avait d'yeux que pour Janet Leigh occupée à se déshabiller pour la scène de la douche. Impossible de téléphoner, d'entrer, de franchir le grillage sans me faire réduire en scories par un *mechador* qui n'a guère plus de cervelle que son contrôleur. Pas de cliente, pas d'indices, pas d'idées, pas de cabinet, pas d'amis, pas de refuge... Pas même de quoi me payer un café avec ma carte-cash. Et maintenant, petite avocate ?

Enfer ! Ça valait la peine d'essayer.

Son sifflement incita les *seguridados* à remonter leur visière pour regarder dans sa direction. Le son fut couvert par un marmonnement du tonnerre, loin à l'est. Un vent froid balaya la rue.

Le *fon* bourdonna dans le hall du restaurant de la Dernière Chance. Pour une raison incompréhensible, les serveurs ne levèrent pas les yeux du comptoir.

— Allô !

— Yo-Yo ? Que tu m'aies appelée me transporte de joie. Penser que nous n'étions plus amies me brisait le cœur.

— J'ai besoin d'un service.

— Parle.

— Je dois entrer dans Nécroville.

— Je suis navrée de te faire de la peine, Yo-Yo. Les compagnies de sécurité ont reçu l'ordre de boucler toutes les Cités des Morts et de ne laisser passer personne avant demain matin. Ça ne peut pas attendre ?

— Non, bordel...

*Uno dos tres cuatro cinco seis...*

— Je dois y aller tout de suite.

— Ça risque d'être un peu difficile. Je vais malgré tout essayer... Mais c'est bien parce que tu es mon amie.

L'image se figea sur ce que Yo-Yo supposa être un symbole d'occupation de la ligne. *Uno dos tres cuatro cinco segundos.* Ce ne serait pas aisé même pour une entité qui résidait dans les interstices du réseau. La chose réapparut, avec un sourire horripilant.

— Yo-Yo, si tu prends la prochaine voie d'accès sur la gauche, juste derrière ce restaurant, tu découvriras qu'elle conduit à Saint-Jean. Elle est barrée par un grillage facile à escalader. Le seul problème, c'est qu'il y a des détecteurs actifs et passifs, des alarmes, des batteries de teslers à visée automatique et que le grillage en question est électrifié. J'ai conscience que ces nouvelles ne sont guère réjouissantes, mais tu ne dois pas te laisser abattre pour autant. J'ai promis de t'aider et je tiendrai parole.

— Qu'est-ce que tu attends pour le faire ?

Les bonnes manières, Yo-Yo ! N'oublie pas que les *serafinos* sont aussi susceptibles que des gosses de cinq ans.

— S'il te plaît.

— Je suis si heureuse que tu m'offres la possibilité de te prouver que je suis ton amie, Yo-Yo. Les probabilités pour qu'il y ait une précipitation atmosphérique importante au cours des cinquante-trois secondes à venir sont de quatre-vingt-dix-huit pour cent. Ce sera le moment idéal pour agir. Je déconnecterai le système principal et les deux de secours, ce qui te laissera trente-trois secondes pour passer avant qu'ils ne branchent d'autres circuits. J'espère que ce délai sera suffisant et que nous pourrons nous revoir, Yo-Yo. Adieu...

Pâté de maisons par pâté de maisons, rue par rue, la Carmen Miranda plongeait la ville dans l'obscurité. En voyant les ténèbres s'abattre sur la ville, on aurait pu croire que Dieu posait sa main à plat sur Hollywood West. Les *carnavalistos* désorientés aux costumes divers exprimèrent leur consternation. Le restaurant s'éteignit comme une ampoule électrique brisée d'un coup de marteau. Janet Leigh se tourna, hurla en voyant le couteau de Mère s'abattre, et cessa d'exister. Le V barré lumineux de la porte de Nécroville crépita et mourut.

Et la pluie se mit à tomber. Les faisceaux des projecteurs des véhicules et des lampes torches des *seguridados* tranchaient le déluge, les hommes criaient pour se faire entendre.

— Vas-y, murmura la Carmen Miranda.

Mais Yo-Yo n'était plus là. Elle atteignit le grillage, se hissa. *Allez, Yo-Yo.* Elle bascula par-dessus.

Les lumières revinrent, deux par deux. Un jeune serveur alla raccrocher le *fon* et resta coi en lisant sur l'écran : TU ME MANQUES DÉJÀ...

Toussaint sentait les ondes de chaleur des courants ascensionnels sur son visage.

Une caresse mentale suffit pour incurver les extrémités de la surface porteuse qui se gauchit. Il vira. Il lui avait fallu du temps et de la patience pour défricher ces nouveaux chemins neuraux, mais les ordres qu'il adressait à ses ailes ne réclamaient pas plus de concentration que ceux qu'un pianiste virtuose transmettait à ses doigts pour interpréter une étude de Debussy. Il jeta un coup d'œil derrière lui, vers son escorte. Il vit le condor bleu de l'aile de Huen et eut l'impression qu'une griffe glacée lacérait son cœur.

Des voyants rétiniens clignotaient pour lui communiquer des informations inquiétantes. Les perturbations qu'ils traversaient constituaient l'avant-garde d'un violent orage. Toussaint les fit disparaître en cillant. Les tractions et les palpitations de l'aile contre ses espars dorsaux lui fournissaient toutes les indications dont il avait besoin sur les conditions météorologiques.

Quebec lui parlait. Le récepteur que Shipley avait inséré de force dans son oreille lui permettait d'entendre, pas de répondre. Il avait pour seule utilité de le contraindre à écouter le long récit de son ravisseur.

Appelez-moi Quebec.

A ma deuxième renaissance, le soleil se levait sur les vingt mètres d'horizon de Tessier 813 tiret 18 tiret C, une patate de chondrite carbonifère piquetée de cratères qui mesurait huit cents mètres sur soixante-dix et suivait une trajectoire elliptique qui l'amenait à trois cent mille kays de l'orbite martienne au périhélie et lui faisait frôler celle de Jupiter au point le plus éloigné. Pendant que j'expectorais les fluides placentaires gluants qui encombraient mes poumons, la nuit tomba. Vingt-trois minutes et quinze secondes de l'aube au crépuscule. J'avais déjà vécu une journée locale. Le personnel affecté à Tessier 813 se composait de douze individus, sept hommes et cinq femmes reconfigurés par l'Ewart/Western Australia afin qu'ils puissent travailler dans l'espace profond. Des *contratistos* et quelques transités. Je ne peux imaginer une plaisanterie plus cruelle que de ressusciter à soixante millions de kilomètres de son dernier souvenir. Nous avions pour épiderme des membranes photosynthétiques capables de satisfaire tous nos besoins en énergie dans un milieu où l'insolation était inférieure à celle de Mars. Notre corps pouvait subsister de façon totalement autonome pendant sept jours terriens. On nous avait greffé des analyseurs de spectre, des ports pour l'échange de données et des dispositifs de communication. Nous étions des représentants de l'humanité future, autant à notre aise dans le vide que dans les bulles environnementales façonnées par le module nanotechnologique à partir de la chondrite carbonifère de Tessier 813. Le système solaire était notre jardin.

Nous avions suffisamment de tâches à exécuter pour justifier notre présence mais pas assez pour nous occuper à plein temps. Vérifier les ords, superviser la construction du propulseur massique, régler les verniers pour interrompre la rotation... Ma première intervention à l'extérieur. J'avais connu la mort et deux résurrections, et franchir la membrane pour gagner la surface était au-dessus de mes forces. Je le fis malgré tout et l'héroïsme de cet acte, l'ivresse extatique d'affronter nu le néant — tout en étant capable d'affirmer ma personnalité, mon existence face à l'indifférence du cosmos — me procurèrent des sensations si intenses qu'elles compensaient amplement tout ce qui me valait de me retrouver là. On appelle cela l'extase du vide. La communion avec l'infini. Elle est fatale à certains. Ils oublient de boucler leur filin de sécurité et il suffit d'une accélération infime du vaisseau pour qu'ils partent à la dérive dans l'espace. Je les imagine, conscients et condamnés à vivre éternellement, s'éloignant à jamais au sein des merveilles de l'univers.

Le personnel fait partie de ce qu'un vaisseau-bang reconstitue en dernier. La conversion de Tessier 813 était déjà en bonne voie quand nous émergeâmes de nos cuves de Jésus. Les tecteurs ne dorment jamais. Pendant que l'astéroïde filait à une fraction importante de la vitesse de la lumière, son nez se métamorphosait en bulles et pustules buboniques dans lesquelles ses composants étaient dissociés et assemblés en fibres intelligentes et chaînes de mémopolymères. Six mois plus tard, à douze semaines de voyage des usines orbitales de l'Ewart/Oz West, Tessier 813 était devenu un fouillis de cuves de traitement reliées par un treillis de nanofilaments en équilibre sur l'épine dorsale fuselée du propulseur massique. A mi-chemin des chaudrons de l'enfer nanotechnologique et du point où s'exerçait la poussée électromagnétique, nos modules d'habitation s'accrochaient comme une grappe de raisins trop mûrs à une poutrelle d'une cinquantaine de mètres. Cet ensemble disgracieux était en mode de rentrée et tirait toutes les trente secondes des blocs de vingt kilos de sa masse en diminution constante pour nous donner un v d'insertion en orbite terrestre.

C'est dans la vaste étendue qui sépare Mars de la Terre qu'eut lieu l'abordage. Nous pûmes constater que ce qui approchait n'était pas un astéroïde quelques minutes après sa détection par les scanners à long rayon d'action. Nous étions conscients que nous ne pourrions pas nous dissimuler et le log de navigation nous confirmait qu'il nous serait également impossible de fuir. Nous passâmes les quinze jours qui s'écoulèrent avant l'interception à paresser à la surface et à regarder une petite étoile sombre devenir de plus en plus lumineuse et nette, sur la gauche de la planète rouge.

Leur vaisseau était une veuve noire fuselée nichée au centre d'une toile de voiles solaires. Une navette, un simple assemblage de poutrelles avec un propulseur hydroxy suspendu au ventre de sa mère. Le correcteur d'images nous permettait de discerner des silhouettes incroyablement agiles qui se déplaçaient sur cet étrange appareil. Nous reçûmes un message : *Préparez-vous à être abordés*, émis en espagnol, anglais, cantonais, hindi, arabe, français et japonais.

Si la beauté dépendait de l'adéquation à une fonction, je dirais qu'il s'agissait des créatures les plus belles qu'il m'ait été donné de voir. Elles étaient adaptées à l'espace comme un oiseau l'est au ciel. Leur peau s'ornait de motifs et de taches colorés d'identification. Bien que privé de traits, leur visage semblait doté de nombreux organes sensoriels. De longs bras puissants s'achevant par de grandes mains préhensiles remplaçaient leurs jambes. Elles s'en servaient pour manipuler les chalumeaux laser qu'elles utilisèrent pour ouvrir nos gousses d'habitation. Leurs attributs sexuels n'avaient pas été reproduits lors de leur reconfiguration, mais j'eus la nette impression que leur chef — ou tout au moins l'être qui entra le premier — était une femme.

— Je vous souhaite la bienvenue sur Tessier 813 et vous prie d'accepter notre reddition, lui dit Marianne, notre capitaine.

— Je vous en remercie, répondit la créature dans un espagnol dont l'accent laissait à désirer.

Les taches polychromes de ses épaules, ses mamelons et ses fesses viraient au bleu lorsqu'elle parlait. C'est ainsi que nous pouvions savoir qui s'exprimait.

— Et je vous demande de bien vouloir m'excuser.

Elle tenait dans sa main droite supérieure une arme qu'elle utilisa. Un petit harpon relié par un monofilament au canon atteignit Marianne en plein ventre. Intestins et fluides corporels en jaillirent sous l'effet de la pression interne. Pendant que notre capitaine agonisait à l'extrémité du filin, nos autres visiteurs tirèrent à leur tour. Je fus le dernier à mourir.

Pour ma troisième résurrection, je m'éveillai dans les ténèbres. Je criai les noms des amis que j'avais vu massacrer.

— Tout va bien, m'affirma une voix féminine, assez proche pour être déconcertante. Vous êtes mort il y a longtemps et très loin d'ici. Les vaisseaux-bang de l'Ewart/Oz West sont des limaces, même propulsés par une fronde lunaire. Je regrette qu'il ait fallu vous tuer, vous et vos amis, mais il était plus simple de vous stocker avant d'entamer les corrections de parcours. Nous

nous sommes quant à nous suicidés dès la fin de cette manœuvre.

— Qui êtes-vous ? Que voulez-vous dire ? Où suis-je ?

Celui qui a une ouïe très fine peut entendre un sourire.

Un léger halo bleuté se répandit dans les ténèbres environnantes. Un ange à quatre bras flottait près de moi. Je voyais au-dessus les étoiles. La clarté devint plus vive. Un point éblouissant s'éleva. Le soleil. Je criai, tant mon émerveillement était grand.

Des centaines de sphères semblables entouraient le globe de tectoplastique qui nous enchâssait, des modules d'habitation formant un nuage de frai de grenouille amorphe de plusieurs kilomètres de diamètre. Et, bien qu'extraordinaire, c'était insignifiant, comparé à ce qui emplissait l'espace à l'aplomb de ma tête. D'immenses usines de nanotransformation engloutissaient d'une seule bouchée des astéroïdes qu'elles filaient en toiles, laminaient en plaques de matériaux de construction ou façonnaient en amas de processeurs organochimiques miroitants. Je m'étais lourdement trompé en croyant voir des étoiles plus brillantes que les autres. Il s'agissait de télescopes à miroir et de vaisseaux à voiles photoniques. Des bulbes aux nombreuses racines constituées d'ajouts nanotechnologiques plus récents gardaient captifs de vieux cylindres O'Neill. Des fermes sous dôme et des tubes agricoles tournaient leur partie transparente vers le soleil et les échiquiers des cultures tapissaient leur surface interne concave.

Je regardai des tranches grossières d'astéroïdes effectuer de lentes révolutions et constatai avec stupéfaction que les ondulations facilement reconnaissables des feuilles adoucissaient leurs arêtes. Plus merveilleuse encore, une masse sphérique d'un vert soutenu traversa mon champ de vision. J'estimai son diamètre à près d'un kilomètre avant de comprendre de quoi il s'agissait. Un arbre. Une chose qui se suffisait à elle-même, faite pour se nourrir de vide et de clarté stellaire. Des silhouettes se déplaçaient dans sa ramure démesurée.

Mais tout cela était moins extraordinaire que l'élément central de ce ballet. J'avais vu une ombre éclipser les étoiles, des reflets et de vives lumières qui trahissaient la présence d'un objet invisible gigantesque. L'éclat du soleil le nimba et sa vision m'emplit d'humilité.

Je calculai que cette immense roue devait avoir plus de vingt kilomètres de diamètre. Elle était inachevée. Seuls trois de ses cinq rayons étaient reliés. Des équipes de transporteurs et de constructeurs transféraient des blocs de minerai prétraités vers les extrémités béantes où des systèmes architectoniques voraces s'empressaient de les démanteler et de les transformer afin de les inclure dans l'anneau en expansion. De la mousse et des plantes adaptées au vide recouvraient certaines sections déjà en place.

— Nous tectosculptons l'intérieur, précisa l'ange sans nom. Il y a dix ans que nous œuvrons sur ce projet, depuis les premières mutineries et notre arrivée dans la Ceinture. La structure sera terminée dans une décennie. Si la chair fraîche nous le permet.

— C'est magnifique, dis-je.

— Nous l'appelons Neruro. Nous sommes dans le Clade de Neruro.

La cité tournoyante roulait dans les ténèbres et j'étais à tel point impressionné que je sentis des picotements dans mes yeux. Mais je ne pleurai pas. Aucune larme ne s'envola dans la microgravité.

— Que m'avez-vous fait ? m'exclamai-je, étonné par les sensations qui me parvenaient de mon corps.

Je baissai les yeux.

— Jésus Marie Joseph !

Je découvris les mains de mes membres inférieurs.

Je me penchai pour les toucher et les doigts se replièrent par réflexe. Sans savoir comment je procédais, je déplaçai mes bras d'apparition récente pour que les anciens puissent les palper.

— Nous vous avons apporté ces modifications pendant que vous étiez un mort en transit, dit l'ange. Vous êtes un *quadro*. Vous voici désormais un des nôtres.

Dans le cadre de ma troisième mort et résurrection, je n'avais pas subi que des adaptations physiques. De nouveaux chemins neuraux avaient été défrichés et des circuits cinétiques me permettaient d'utiliser mes bras et mes mains supplémentaires aussi aisément que ceux que j'avais reçus à ma première naissance. Mes sens étendus m'offraient un spectre de perception plus large. Des implants radio ouvraient mon esprit à des communications plus intimes que celles autorisées par la parole, car elles incluaient les émotions, les pensées non exprimées et des états mentaux trop subtils pour être définis par des mots.

Les morts sont la véritable humanité. Il n'existe aucun milieu que nous ne pourrions conquérir, avec le temps. Et ce dernier est notre allié. Pour ceux qui peuvent se libérer de son joug et ressusciter, les mois — les années — que dure un voyage spatial ne représentent pas un obstacle. Les gouffres qui séparent les planètes et les siècles qui séparent les étoiles sont sans importance. Ils me montrèrent les installations où ils préparaient l'envoi de vaisseaux-bang vers d'autres soleils. Accélérés à dix pour cent de la vitesse de la lumière par des propulseurs massiques très puissants, ces appareils atteindront les systèmes stellaires les plus proches dans quelques dizaines d'années. Ils décéléreront en déployant des voiles de centaines de kilomètres d'envergure et chercheront un corps céleste à même de fournir les matières premières nécessaires à la reconfiguration de l'équipage, des poches de biomasse, du matériel d'exploration et de communication. Les tectotechs des services de recherche — une foule de marginaux hauts en couleur et aux spéculations folles enlevés dans les usines orbitales au début de la guerre du Transit — pensent à des appareils qui aménageront des mondes et des satellites extrasolaires, combleront le vide saturé d'énergie qui sépare les planètes, transformeront des systèmes complets. Un univers ensemencé de vie, un univers qui sera la vie. Des moyens de communication ultra-rapides et des engins spatiaux qui approcheront de la vitesse maximale absolue assureront sa cohésion. Un seul humain colonisera et, avec le temps, deviendra tout un monde. Une fois son sens de la perception temporelle ralenti, les liaisons limitées par la barrière infranchissable de la lumière lui sembleront quasiment instantanées. Il percevra les galaxies et les amas comme s'ils n'étaient pas plus vastes qu'une planète. Il sera possible de façonner le cosmos à son niveau élémentaire. Espace, temps, entropie, réalité... Tout pourra être manipulé. L'humanité ne sera plus captive de la matière et fusionnera avec l'isostructure sous-jacente.

Ils me montrèrent un objet, une vieille alarme d'incendie terrienne. Pour plaisanter, ils avaient gravé sur le verre : *En cas d'urgence, brisez les lois de la physique.* En raison de la microgravité qui régnait dans le laboratoire, la petite chaîne à laquelle aurait dû être attaché un marteau flottait. L'outil qui eût permis de rompre la plaque transparente avait disparu.

Le grand œuvre avait déjà commencé. Des Clades jumeaux s'étaient disséminés tels des grains de poussière dans tout le système solaire. Des cavernes tectosculptées de Phobos, le Clade orbital d'Ares surveillait la progression du vernis vert sombre des tectoforêts dans les déserts rouges de Mars et calculait le tracé des futurs canaux. Les deux cents pionniers de l'Enclave Galiléenne tournoyaient autour d'Europe dans un assemblage désordonné de cosses environnementales, de propulseurs massiques et de modules de traitement maintenus par un filet de trente kilomètres de câbles et d'espars en tectoplastique. Et leurs ambitions étaient aussi grandes que le monde qui dominait leur horizon. Ils s'étaient fixé pour but de développer des tecteurs génétiques capables de reconfigurer les humains afin qu'ils puissent vivre sur la planète géante. Ils n'appelaient jamais Jupiter par son nom. C'était un doigt tendu ou une inclination de la tête dans sa direction. Aux frontières de l'impossible, les habitants du Clade des Lunes du Berger rêvaient de sculpter des villes icebergs flottantes sur Titan et de faire de la voile sur les vents solaires à travers les anneaux de Saturne.

On ne peut garder un secret, dans une communauté de télépathes. Lorsqu'ils surent quelles avaient été mes vies antérieures, ils m'affectèrent à leur corps diplomatique d'apparition récente.

Comme la Crise du Transit menait droit à une guerre ouverte opposant la Terre aux rebelles, le gouvernement anarchiste de Neruro découvrit les vertus des négociations directes et d'autres archaïsmes moins nobles. Ma mission consistait à assurer la liaison avec la Face cachée, le plus ancien et le plus puissant des Clades. Les excavations monumentales creusées sous Tsiolkovski étaient vulnérables à une attaque, et elles constitueraient certainement la première cible visée par les Terriens. Des messages codés suivaient en papillotant le rayon concentré. Un vaisseau fut préparé : HS 1086 C, rebaptisé *Jésus* d'après l'image du Christ crucifié peinte sur sa voile solaire. Son chargement, une tête de comète — un bloc de glace destiné au tectoformage de la lune —, fut additionné de souillures de pseudocarbone : les âmes réduites des membres de l'équipage et des plénipotentiaires.

Notre surprise fut grande quand nous nous réveillâmes non dans l'immense cathédrale de la Face cachée mais dans un essaim de cellules pressurisées illuminées par la lumière crue du soleil. Pour une raison inconnue, *Jésus* s'était découplé de son fret et nous avait reconfigurés tout en décélérant aussi rapidement que l'autorisait la poussée inverse des photons.

Des explications nous attendaient dans ses mémoires. Nous étions partis depuis un mois de Neruro quand une flotte de cargos militarisés en hâte et placés sous le commandement conjoint des Conseils de la PanEuropa et de la côte Ouest avait investi et détruit la base de l'astéroïde éponyme du Clade Marlène Dietrich. Un pilote ennemi nous avait détectés et modifiait sa trajectoire pour nous intercepter. Le contact aurait lieu dans cinq cent vingt heures. La drôle de Guerre du Transit était terminée. Le log de navigation de *Jésus* avait largué son fret, adapté notre engin pour le combat et nous réclamait des instructions. Nous nous abstînmes de rétorquer que selon toutes probabilités nous serions un nuage gazeux diffus en cours de refroidissement quand les Terriens nous rejoindraient. Pendant la dernière de ces trois semaines nous resterions en effet à portée de leurs microtocs convertisseurs de masse. Et nous n'aurions rien pour riposter, à l'exception d'un laser défensif prévu pour faire du tir aux pigeons sur des débris spatiaux errants.

Mieux eût valu ne pas revenir à la vie.

Nous avions toutefois un avantage. Tant que *Jésus* demeurerait dans la queue de la comète, leurs radars seraient inopérants et ils ne pourraient savoir que nous nous en étions séparés. Nous ferlâmes la voile pour filer discrètement sur notre erre. A environ cinq cents kays de notre point de départ, nous chargeâmes *Jésus* de transformer une partie de la masse d'hydrocarbures qu'il traitait en armes à court rayon d'action. Les tectocomposés complexes servirent à remettre en vigueur des techniques datant de l'âge de la pierre. Nous étions sortis sur l'enveloppe de *Jésus* afin de nous entraîner au maniement de nos *bolas*, quand nos poursuivants détruisirent la comète. L'explosion dut être visible dans tout le système solaire interne. Douze millions de tonnes de glace sale acquirent la luminosité d'une supernova. C'était le dix-septième jour. Nous espérions que le capitaine du vaisseau terrien était assez arrogant pour avoir abattu tout son jeu. Une utilisation furtive de nos scanners nous révéla qu'il ne subsistait rien de la comète, seulement des blocs dentelés qui faisaient des culbutes désordonnées et une nébuleuse d'hydrogène, d'oxygène et d'oligoéléments dissociés en expansion rapide. Sa destruction totale aurait dû me rassurer, mais mon instinct m'incita à ordonner à *Jésus* :

— Déploiement de la voile. En grand.

En moins de trois secondes, les sections peintes se rouvrirent et se verrouillèrent. Juste après, l'onde de choc nous percutait de plein fouet. La grêle de particules ionisées cingla la surface tectopelliculaire, aussi violente qu'un typhon. *Jésus* était crucifié à des éclairs bleutés. Des feux Saint-Elme embrasaient ses poutrelles et ses bulles. Il hurlait comme dans les affres de l'enfantement. Une douzaine de systèmes étaient défaillants et l'intégrité de l'environnement s'avérait fortement compromise, mais nous résistâmes. Nous survécûmes. La technologie de Neruro tint bon au cœur de la tempête. *Jésus* décéléra.

Si j'avais regardé vers le soleil, le souffle calorique de cinq cents grammes de matière convertie en énergie à seulement cinquante kilomètres de distance eût sans doute fondu mes globes oculaires. Partant du principe qu'il ne fallait jamais sous-estimer l'ennemi, j'avais deviné que le capitaine de chair lancerait deux autres missiles pour détruire tout ce qui pouvait se dissimuler dans l'ombre de la comète. Si nous n'avions pas utilisé le nuage d'oxhydryle pour nous freiner, nous nous serions trouvés aux coordonnées calculées par notre adversaire et aurions été désintégrés.

L'onde protoplasmique nous frappa comme le poing de Dieu et emporta les voiles situées à trois, sept et dix heures. Les cabestans peinèrent pour ferler les panneaux restants pris dans l'ouragan électromagnétique. Nous aurions dû mourir. Tel était notre destin. *Jésus* naviguait sur la foudre. Ses bulles bouillonnaient et noircissaient, ses bômes et ses antennes se liquéfiaient dans un écheveau d'arcs électriques, mais la voilure finit par se replier. Bien qu'endommagé, notre appareil ne sombra pas. Et nous étions toujours en vie. *Jésus* se répara et nous en fîmes autant.

Nous allâmes attendre l'abordage à l'extérieur. Comme tous les engins spatiaux, le vaisseau terrien était un assemblage disgracieux de poutrelles et d'espars. Quelqu'un — sans doute le capitaine dont j'avais fort heureusement deviné les intentions — n'avait pas hésité à accroître sa masse en le dotant d'un grand étendard, une feuille de polymères empesée par l'électricité statique qui flottait en poupe, à l'extrémité de longs câbles. Le cercle d'étoiles dorées sur fond bleu de la PanEuropa reflétait le soleil lointain. Bien qu'en scaphandres de la couleur de la nuit, les membres de la section d'assaut étaient très lumineux sur nos écrans rétiniens. Deux groupes de quinze individus équipés d'armures et d'armes lourdes. Exactement ce que nous avions prévu.

Les Terriens approchaient. Rijo, mon compagnon de combat, donna un ordre à *Jésus*. Une voile ondoya et renvoya des reflets d'une blancheur aveuglante. Les cris que captèrent nos sens-radio furent heureusement très brefs, quand le faisceau de clarté solaire concentrée balaya la seconde escouade et fondit les cuirasses en tectoplastique aussi aisément que de la glace.

Les autres étaient sur nous.

Des commandos de l'espace. L'élite des militaires. Entraînés à la perfection. Aguerris. Dotés des armes les plus destructrices dont disposait la Terre. Des guerriers impitoyables. Ils étaient toutefois comparables à des nageurs ayant plongé dans un bassin infesté de requins. Ils étaient hors de leur élément alors que nous étions dans le nôtre. Notre premier jet de *bolas* en élimina quatre. Les fils monomoléculaires fendaient leur combinaison et tranchaient et débitaient leur corps sitôt qu'ils s'enroulaient autour d'eux. Ils firent usage de leur armement, mais nous avions mis l'effet de surprise à profit pour disparaître. Nous nous étions dissimulés dans les recoins et les anfractuosités que nous avions fait croître à cet effet sur toute la surface de *Jésus*. Les membres des commandos flottaient au-dessus de nous, mus par leurs modules de propulsion. Ils restaient psychologiquement esclaves du dogme typiquement terrestre de la supériorité aérienne.

Ce qui faisait d'eux des cibles faciles pour nos lance-harpons. Si les barbillons infligeaient peu de véritables dommages à leurs scaphandres, ils nous permettaient de les entortiller dans une longueur de filin et de les immobiliser face au laser de défense rapprochée. Nos adversaires perdirent ainsi trois hommes avant de détruire notre canon et de changer de tactique. De quinze, leur nombre avait chuté à cinq. Nous avions quant à nous quatre pertes à déplorer : deux des nôtres avaient été transpercés par des rayons laser et les teslers avaient fait deux autres victimes. Au moins les premiers étaient-ils ressuscitables.

Nous avions conduit l'ennemi dans une souricière. Il était bloqué au sol et impuissant dans cet environnement chaotique où nous pourrions réaliser un travail d'équipe. Pendant que l'un de nous attirait les tirs, son compagnon attaché à un filin sautait dans le vide et se balançait vers l'autre côté de *Jésus* en se glissant entre les poutrelles pour offrir une cible plus difficile à atteindre. L'élan acquis lui permettait d'enfoncer un épieu de pierre à travers une visière. La mort dans l'espace est tout particulièrement horrible. Nul ne passe proprement de vie à trépas, dans ce milieu. On lutte pour se raccrocher à la vie, respirer et espérer, en hurlant sans bruit, alors que les fluides corporels jaillissent de tous les orifices, que le sang s'échappe par les yeux et les oreilles, que la dépressurisation expulse les poumons.

Quand le dernier membre de la section d'assaut eut cessé de vivre, nous nous imprimâmes une poussée vers le vaisseau terrien dont la coque vibra lorsque nous l'atteignîmes. Son capitaine essayait en vain de rallumer le propulseur. Inciter les logs du sas à ouvrir l'écoutille fut un jeu d'enfant et nous entrâmes en tirant sur tous ce qui bougeait. Je trouvai le commandant sur la passerelle, une femme dont l'expression traduisait une incommensurable tristesse. Elle tentait de saisir le code d'autodestruction de son appareil avec des doigts que les gants de son scaphandre privaient de dextérité. Je la visai à l'estomac. Elle mourut comme les autres, en hurlant sans bruit.

Nous ramenâmes les corps à bord de *Jésus* et nous nous occupâmes de nos blessés. Quatre Grandes Morts, trois cadavres que nous pourrions ressusciter et cinq brûlés. Puis nous déshabillâmes les Terriens. Il y avait six femmes que leur crâne rasé faisait paraître à la fois redoutables et vulnérables. Après avoir stocké ces militaires en prévision de leur résurrection, nous accouplâmes *Jésus* à leur appareil dans lequel nous libérâmes des essaims de tecteurs constructeurs. Pendant que *Jésus* dévorait cet engin et se reconfigurait, nous regagnâmes nos cuves de Jésus et avalâmes nos pilules de poison. Nous rouvrîmes les yeux au milieu des forêts de la lune et dûmes nous réaccoutumer à utiliser nos jambes.

Nous étions encore morts et à trente-trois jours de voyage de notre destination quand vingt-cinq vaisseaux terriens avaient attaqué Neruro. Le rempart de navettes et de haleurs interorbitaux du Clade avait été balayé en moins de trois minutes de combat. Nos adversaires employaient une nouvelle arme spatiale, de simples lance-missiles fixés sur des modules très rapides pilotés par un adolescent immergé dans une poche pleine de gelée, branché à des réseaux virtuels et dopé par des accélérateurs neuraux. L'engin rudimentaire et son jockey n'avaient qu'un seul but, localiser et détruire des cibles stratégiques. Ceux de Neruro avaient vu avec surprise les appareils ennemis se scinder en six éléments de plus petite taille qui avaient enfoncé leurs défenses dans une pluie de microtocs. Ils étaient morts en croyant avoir des visions.

Le Clade était à la merci de la flotte adverse. Ayali, l'ange qui m'avait ressuscité, avait péri lors du premier assaut et de la désintégration de l'amas d'Habitation N-17. La ramener à la vie eût été impossible. Ce fut un des innombrables drames et actes de bravoure qui eurent lieu ce jour-là. Les forêts orbitales disparurent dans des sphères de plasma. Les cylindres O'Neill et les modules agricoles éclatèrent. Leur précieux contenu fut calciné et éparpillé dans la ceinture d'astéroïdes où le froid le gela. Cependant, le Clade de Neruro ripostait. Ses catapultes cherchaient des cibles et des assaillants jusqu'à cet instant invisibles se matérialisaient subitement en fleurs bleutées de radiations. Si nos escouades de guerriers subissaient cinquante, soixante, soixante-dix pour cent de pertes, les survivants atteignaient les chasseurs et s'ouvraient un chemin jusqu'aux pilotes qu'ils réveillaient et massacraient. Les systèmes de défense rapprochée détruisaient quatre-vingt-dix pour cent des têtes explosives larguées par les vaisseaux-bang, mais il suffisait qu'une seule libère son nuage de tecteurs à proximité d'un engin ennemi pour le réduire avec son équipage en amas de scories bouillonnantes.

Les vingt-cinq appareils terriens ne furent bientôt plus que dix-sept, douze, huit, cinq. Finalement, les trois derniers utilisèrent leurs verniers pour se retourner et repartir à pleine puissance vers leur planète. On raconte que leurs pilotes ont sombré dans la folie, un effet de la privation sensorielle quand les neuroaccélérateurs ont cessé d'exercer sur eux leur emprise, mais c'est de la pure affabulation. Ce qui est incontestable, c'est que soixante pour cent de l'infrastructure de Neruro a été détruite et que sur une population de dix mille individus huit cents ont connu la Grande Mort et sept cents attendent encore de ressusciter.

Ce fut à la fois la première grande bataille de la guerre du Transit et la dernière. Les *corporadas* et leurs fantoches politiques décidèrent de se retirer et de céder aux morts tout le système solaire extraplanétaire. L'environnement immédiat de la Terre appartenait à l'humanité, disaient-ils. Ils ne nous l'abandonneraient jamais. C'était l'ultime frontière. Le trait tracé dans le sable.

On me rappela à Neruro. Le voyage dura trois mois et à mon arrivée le Clade avait cicatrisé ses blessures. La disparition de nombreux points de repère familiers témoignait toutefois de l'étendue des dégâts. Il ne subsistait plus un seul arbre du vide. Cependant, la Grande Roue poursuivait toujours ses lentes révolutions au-dessus de ma gousse d'habitation.

Ils avaient convoqué les diplomates et les délégués de tous les Clades. Nous devions établir une nouvelle stratégie, à présent que le conflit avait officiellement pris fin. Deux points de vue s'affrontaient. Les Isolationnistes réclamaient l'implantation immédiate de Clades dans tout le système solaire, sa colonisation et la fondation d'une civilisation transhumaine qui romprait tous ses liens avec les vivants. La séparation des espèces était le mot clé de leurs partisans. Les Interventionnistes soutenaient quant à eux que nous n'aurions pas remporté une victoire tant que les morts de la Terre, qui étaient des milliers de fois plus nombreux que nous, seraient entravés par les chaînes jumelles du *contratismo* et de la Loi Barantes. Les Clades devaient lutter pour leur libération en utilisant tous les moyens qu'ils avaient à leur disposition. Les discussions furent âpres. Les arguments avancés par les deux camps étaient valables. Que le projet d'une transhumanité universelle ne pût être réalisé par seulement cinq Clades fit pencher la balance en faveur des Interventionnistes. C'était d'autant plus évident que Neruro venait de perdre près de dix pour cent de sa population et que le plus petit des Clades ne comptait que cinquante-sept membres. A présent que les *corporadas* avaient battu en retraite pour se réfugier sous leur atmosphère, il n'y avait que dans les nécrovilles grouillantes de la Terre que vivaient de nombreux morts ressuscités. A une majorité infime, le Conseil décida d'œuvrer à la libération des opprimés et d'envoyer vers la Terre des volontaires qui s'informeraient du point de vue des morts en servage et entreraient en contact avec les réseaux de résistance déjà en place.

Au cours de nos rencontres avec les Morts-Libres extrémistes et des représentants d'organisations moins importantes, nous apprîmes que ces mouvements étaient soutenus par un allié pour le moins inattendu : la Maison des Morts. Des négociations discrètes furent engagées. Si la Tesler-Thanos découvrait que sa main gauche voulait l'assassiner, elle la trancherait sans hésiter. En pratique, elle n'aurait qu'à mettre l'embargo sur les fournitures de tecteurs codés pour que la Grande Mort revienne rôder parmi les hommes.

Loin de là, dans les Clades, de nouvelles techniques furent perfectionnées, de nouvelles méthodes mises au point, de nouvelles stratégies étudiées. Lentement, les Clades et les Maisons des Morts échafaudèrent un plan commun.

Voler en pleine tempête était merveilleux. Nul *haïku* n'aurait pu traduire l'essence poétique de cette expérience. Coupé de ses sens artificiels, Toussaint se laissait guider par son instinct dans le chaos atmosphérique, en direction de la grande tour noire de son père. Il vira dans les courants ascensionnels qui remontaient constamment les flancs des *arcosantos*. Un point bleu se mit à clignoter sur sa rétine. Un code de sécurité interrogateur qui s'imposa malgré son ordre d'extinction de l'affichage. C'était l'heure de Judas. A la première erreur les aérogrimpeurs dissimulés dans la nuit indigo tireraient leurs missiles. Les émotions se distillaient en motivations complexes sous sa calotte crânienne. La question fut répétée. Il fit un choix. Une caresse mentale activa un transpondeur sous-cutané. Les rideaux invisibles de la vigilance s'ouvrirent. Il prit son essor vers le haut des constructions. Les projecteurs des engins en vol stationnaire sous le plafond de nuages bas leur adressaient des mises en garde. Derrière Toussaint, les membres de son escorte virèrent au-dessus de la cime tarabiscotée de San Gabriel. Des alarmes papillotèrent sur sa rétine. Des signaux rouges lui rappelaient que sa vitesse était excessive et qu'il y avait des obstacles à proximité. Il avait la face noire et austère de la tour devant lui. Au tout dernier instant, il se redressa pour ralentir, réunit ses ailes afin d'interrompre son mouvement ascensionnel et se posa en douceur sur le balcon qu'il avait quitté dans la matinée de façon si spectaculaire.

*Qu'ils essaient, s'ils l'osent*. Il s'autorisa un petit sourire plein de suffisance alors que les tiges se rétractaient et que les interfaces neurales disparaissaient à l'intérieur de son dos.

Huen/Texeira le rejoignit, précédée par un souffle d'air brassé.

— Quelque chose à prouver, Xavier ?

Le domolog ouvrit les portes et fit la lumière quand Toussaint entra dans son appartement. Il entendit à l'extérieur un bruit sourd et un juron. Quebec et Shipley venaient d'effectuer un atterrissage inélégant mais efficace.

*Nous voici réunis,*
*Ici, ici, ici.*
*Nous voici réunis.*

L'impression de rime enfantine était présente mais ce n'était pas un *haïku* pour autant. Le tonnerre aboya, terrifiant tant il était proche du logement faiblement éclairé aménagé au sommet de la tour. Les sens météorologiques de Toussaint l'informaient que la pluie arrivait. Il la sentait, au même titre que la fraîcheur de l'azur sur sa peau.

— Alors, Quebec, quel plan magistral a élaboré le Clade Neruro ? Abattre Adam Tesler dans l'espoir que tout s'effondrerait avec lui ? Les *corporadas* ne se résument pas à un seul homme, même lorsqu'elles portent son nom.

Le chef du commando visitait l'appartement. Il s'intéressait au décor comme s'il estimait qu'il aurait dû lui être familier.

— Xavier Tesler, vous n'avez pas d'âme. Un mort dont l'esprit garde les flétrissures du fouet vous guide dans le labyrinthe de miroirs qu'ont été ses vies. Ne pouvez-vous lui accorder une petite satisfaction ? Laissez-le s'exprimer à sa guise. Il y a longtemps qu'il attend de vous dire ces choses.

De nouveau, une familiarité étrange.

— Les volontaires étaient plus nombreux que les quatre individus qui participeraient à cette mission. En raison de mon passé, mon choix était incontournable. Texeira et Owens étaient des vétérans de la Bataille de Neruro et des spécialistes des technologies nouvelles. Dans sa vie précédente, Shipley avait été une guerrière expérimentée. Nous quatre.

» Savez-vous que certaines morts sont plus radicales que d'autres ? Pour nous permettre d'atteindre discrètement la Terre il a fallu nous réduire en noisettes de tecteurs et confier nos personnalités et nos souvenirs encodés à un gauchisseur de Krebbs. Nous tenions dans la paume d'une main. Nous fûmes enchâssés avec un système de reconstruction environnemental dans une gangue de nickel pas plus grosse que votre poing qui fut lâchée en même temps qu'une cinquantaine de leurres dans l'atmosphère de ce monde, pour faire croire à une pluie de météorites. Vous rappelez-vous la panique qui s'est propagée il y a cinq mois, quand deux vaisseaux-bang venus de la Face cachée ont testé vos défenses orbitales ? Ils ont fait diversion pour nous. Ils ont servi d'appâts. Le *Lion de Sion* et son équipage se sont sacrifiés pour détourner de nous le feu de vos armes.

— Et la flotte qui approche ? De qui ou de quoi doit-elle détourner l'attention, si elle n'est pas là pour nous réduire en cendres ?

— Peut-être est-elle simplement venue parlementer, homme de chair, fit Shipley. D'humain à humain.

— Nous avons amerri dans le Pacifique, à soixante kilomètres au large de la côte. Le constructeur environnemental s'est aussitôt mis à l'ouvrage. La pression ambiante lui facilitait la tâche, mais quatre mois se sont malgré tout écoulés avant notre réveil dans nos bulles pressurisées obscures, glaciales, oppressantes. A la nouvelle lune nous sommes remontés des profondeurs et avons nagé jusqu'à une plage située au nord de Malibu. Nous savions ce que nous devions faire. Nous savions qui vous étiez, ce que vous étiez, où vous trouver. Tout, Xavier. Le plan se déroulait comme prévu. C'était parfait. C'est alors qu'Owens a attiré l'attention d'une patrouille de *mechadors,* à Copananga. Ils ont ouvert le feu et nous avons dû nous séparer. Ils l'ont eu. Owens est mort. Je l'ai senti mourir, Xavier. Là-dedans.

De l'index, Quebec tapota sa glande pinéale.

— Comme j'ai senti mourir tous les malheureux que votre père a tués, Xavier.

— Ne m'appelez pas Xavier. Je me prénomme Toussaint. Xavier Tesler appartient au passé. Adam Tesler n'a plus de fils.

Le rire de Quebec fut trop bruyant, et prolongé.

— Eh, Xavier, Toussaint, qu'importe votre nom ! cria Shipley en s'allongeant sur les pointes en caoutchouc noir très souples du canapé. Vous avez là un sacré sofa, dites donc !

## Minuit — 04 : 00
## 2 novembre

Des doigts de pluie caressaient le visage de Yo-Yo et son crâne rasé assombri par un fin duvet. Ils coulaient sur ses paupières closes et ses pommettes, descendaient le long des muscles de son cou et pénétraient sous le col ajusté de sa seconde peau.

Comme tous ceux qui gagnent leur vie dans des arènes, les avocats sont superstitieux. Chinoise de Hong Kong née dans la Ville flottante, Yo-Yo gouvernait son existence en se pliant aux volontés des esprits invisibles et à certains rites personnels.

Elle retirait son fourreau sensoriel en commençant par la gauche, quand les circonstances l'obligeaient à s'en dépouiller. Pour emprunter l'Escalier du Paradis, elle veillait à poser le pied gauche sur une marche impaire. Avant d'entrer dans un virtualiseur, elle ôtait systématiquement ses vêtements dans l'ordre suivant : couvre-chef (lorsqu'elle en avait un), veste, chemise, pantalon et bottes. Elle n'acceptait et ne concluait jamais une affaire un mardi. Elle ne s'attendait pas à avoir de grandes révélations les jours pluvieux ou en sortant d'un restaurant indien. Elle n'espérait rien obtenir de positif des gens qui se prénommaient José ou Mercedes.

Et un violent orage était toujours annonciateur d'un karma laissant à désirer.

Quartier après quartier, rue après rue, la Carmen Miranda rétablissait l'électricité dans la Cité des Morts. Au sommet d'une façade, Gene Kelly ressuscita à son tour et fit des cabrioles sous une descente de gouttière. Yo-Yo s'essuya le visage. Ce n'est que de l'eau. Nul ne te demande de danser et de chanter sous la pluie, seulement de faire contre mauvaise fortune bon cœur. Elle ramena le capuchon sur sa tête et quitta les ruelles obscures. Les grands défilés s'étaient dissous. Les costumes se flétrissaient sous le déluge, des danseurs bavardaient et riaient en pataugeant avec insouciance dans les caniveaux qui débordaient. Des musiciens s'étaient regroupés à l'abri des bannes des magasins. Un miroitement de cuivres sous les réverbères, des balancements de seins en caoutchouc et un cortège de *desconfigurados* qui traversaient la foule ; démons arrogants aussi noirs que le péché qui regardaient de haut les choses de ce bas monde, pleins de superbe satanique.

Cette normalité emphatique, comme lorsqu'un couple sur le point de divorcer reçoit pour la dernière fois des amis à dîner, ne dissimulait pas le malaise des morts et des vivants. Elle discernait le halo qui nimbait La Brea derrière le rideau de pluie.

— Yo-Yo.

Un gargouillis et une main qui se tendait vers elle. Une bouillie sanglante de viande hachée et d'os dénudés. Les ongles étaient brisés, mais Yo-Yo reconnut leur vernis.

— Iago ?

— Merde, ça fait sacrément mal, Yo-Yo. Ils m'avaient pourtant promis que plus rien ne pourrait encore me faire souffrir. Les salauds.

Le fourreau sensoriel alla chercher dans sa mémoire intégrée les règles élémentaires qui s'appliquaient aux premiers secours. Yo-Yo tira précautionneusement

Iago hors de sa cachette, un rempart de cageots vides et de trémies à ordures. Elle l'allongea sur le sol. La poitrine du blessé se dilatait dans son collant pur Lycra. Son haleine se condensait en vapeur dans l'air chaud saturé de néon. Les passants passaient. Un peu de sang sur l'asphalte ne justifiait pas un regard, à Nécroville.

— Jésus Marie Joseph, Iago !

Il y avait des ruisselets vermeils aux commissures de ses lèvres. Yo-Yo s'agenouilla et les essuya avec la doublure cachemire de son blouson de cuir. Ses agresseurs s'étaient acharnés sur sa tête. Battes de base-ball, tubes de métal, marteaux de charpentier. Il avait tenté de protéger son visage. Mains, avant-bras et épaules avaient amorti la plupart des coups. Le sourcil gauche avait éclaté et les oreilles étaient enflées et contusionnées. Sang et paillettes. Yo-Yo se demanda si le mélange n'était pas toxique.

Iago rit. Elle entendit ses côtes crisser.

— Ça va aller. Humpty peut se reconstituer. Ils ont fait du zèle, ces salopards.

Il examina ses mains broyées. La pluie diluait l'hémoglobine et l'emportait sur ses poignets.

— Quand je pense au temps que j'ai consacré à les manucurer...

Il secoua la tête, eut des haut-le-cœur, rendit dans le caniveau.

— Oh, pour l'amour de Dieu, aide-moi à me lever ! Je manque trop de dignité, dans cette position.

Yo-Yo l'assit comme une poupée cassée contre le mur d'un magasin d'électroménager. Une pose classique pour quatre heures du matin. Une bouteille, un ami et moi.

— Ecoute, Yo-Yo. Martika Semalang. Ils l'ont eue.

— Ils l'ont eue ? Qui l'a eue ? Quoi ?

— Tu possèdes une qualité primordiale pour un avocat, un esprit curieux et méthodique.

Il grimaça.

— Les types qui m'ont fait ça... Tu m'avais demandé d'aller retrouver ta cliente et je me suis rendu à l'adresse indiquée. Nous avons échangé les mots de passe. Comme un môme de cinq ans, je lui dis « Une question de vie ou de mort » et elle me répond « Sacré David Niven ». Puis elle veut savoir de quoi il retourne. J'essaie de lui faire comprendre que je ne suis qu'un simple intermédiaire, quand cette grosse bagnole noire approche et que ces six sacs de merde physmodisés en débarquent et me balancent un coup de batte de base-ball en pleine gueule. Ils embarquent la Semalang dans leur voiture, mais ils ne redémarrent pas tout de suite. Oh, non ! Ils prennent le temps de m'arranger le portrait.

— Oh, Iago !

Etait-ce inévitable ? Fallait-il toujours qu'il y ait des imprévus et que le détective reste dans la plus totale ignorance jusqu'à la fin de son enquête ? Les éléments du puzzle ne pouvaient-ils pas s'emboîter comme des continents partis à la dérive, pour permettre au privé de résoudre le mystère en jouissant de la sérénité de sa véranda et en sirotant quelques bières, bercé par de la musique douce propice à la méditation ?

— Si tu avais été là, *carnita*, ils t'auraient réservé une cuve de Jésus. C'est à ça que je voulais en venir. J'ai dû te préciser qu'il s'agissait d'une limousine noire, mais pas qu'elle appartenait au parc automobile de la Maison des Morts. J'ai vu le V barré sur la portière, tu saisis ? Et j'ai reconnu le mec qui donnait les ordres. Un gros salopard nommé Van Ark. Tout le monde le connaît, ici. C'est le P.-D.G. du siège de Saint-Jean. Eh, eh, Yo-Yo ! Avant de partir redresser des torts en trottinant sur tes petites bottes, écoute un dernier truc. On nous a coupés, si tu n'as pas oublié ?

— A l'instant où tu me parlais d'un certain Maguffin.

— Le problème, avec les avocats, c'est que leur mémoire laisse sérieusement à désirer lorsqu'elle n'est pas dopée par des extenseurs... Je t'ai expliqué qu'un Maguffin est un piège à lions utilisé en Ecosse.

— Je m'en souviens parfaitement. J'ai même répondu qu'il n'y avait pas de lions en Ecosse.

— Il en découle qu'il n'y a pas non plus de Maguffin. Et encore moins un Lars Thorwald Aloysius Maguffin. S'il a un jour existé, c'est seulement dans un film d'Alfred Hitchcock. Et tu peux te féliciter d'avoir mis une bonne paire de chaussures, parce qu'il est évident que quelqu'un veut jouer à chat avec toi.

Iago agita la main et grimaça. Sa respiration était superficielle.

— Oh, merde ! Tu ne trouves pas que c'est exactement le genre de pépins qui n'arrivent qu'à tes plus belles robes ?

— Je n'ai pas de robes, Iago.

— Ce sera ta perte. En fonction des principes hitchcockiens, un Maguffin a pour unique raison d'être d'empêcher la souris de s'arrêter le temps de souffler un peu.

— Je serais donc une souris.

— Savoir qui a tenté de te microtoquer et a enlevé ta cliente est secondaire. Pendant que vous courez de tous côtés comme des poulets décapités, c'est ailleurs que se passent les choses vraiment importantes.

— Et Martika Semalang ?

— *Querida*... Le Maguffin, c'est elle.

Des trucs qu'on n'enseigne pas à la fac de Droit, *abogadita*.

— Je compte poser quelques questions à ce Van Ark. Ça va aller, Iago ?

Il leva les mains. De fines strates de chair rose synthétique recouvraient les os. Elle voyait les croûtes se craqueler, le tissu cicatriciel se plisser, les ecchymoses se résorber.

— Je t'avais dit que je m'en remettrais.

Un spectre de sourire déforma les ruines de son maquillage. Il n'aurait pu faire mieux.

— Yo-Yo !

Elle s'éloignait déjà.

— Pour une fois, paie-toi un taxi.

Arrivée au sommet de l'escalier de secours de la Grande Maison des Morts de Saint-Jean, Yo-Yo entreprit de crocheter une serrure, *poco a poco*.

Les fourreaux sensoriels de type professionnel sont pour la plupart proposés avec diverses options. Les filaments digitaux de celui-ci s'aventuraient dans le treillis moléculaire du verrou et des nanocircuits projetaient des schémas sur les rétines de Yo-Yo au fur et à mesure qu'ils testaient les combinaisons. Les gaines de myéline des nerfs de la jeune femme avaient augmenté leur débit pour ne pas se laisser saturer par les processeurs ultrarapides de la *corporada*. Il y avait des années qu'elle utilisait des accélérateurs neuraux et elle avait appris à obtenir ce résultat, mais le processus était malgré tout d'une lenteur aussi exaspérante que celle de la croissance des bonsaïs. Son grand-père en avait fait pousser dans des berceaux en grillage suspendus aux gouttières du sampan, à l'abri des gestes maladroits et de l'eau de mer polluée. De petits arbres plantés dans de petits pots et garrottés avec des fils de cuivre. A neuf ans, Yo-Yo les prenait en pitié. Elle voyait en eux des symboles de son passé et de son avenir.

— Parce que tu les considères selon le point de vue d'un humain. Pour comprendre ces choses, il faut se mettre à leur place, lui avait dit son grand-père.

Car son statut de vieillard chinois lui imposait de tenir des propos pleins de sagesse.

— Tu vois des âmes tourmentées, ligotées, prises au piège. Pour ce qui appartient au règne végétal, ce sont des esprits qui luttent afin de se libérer, grandir, s'exprimer et trouver le chemin qui mène à la perfection. Qu'importe si c'est très lent. Toi et moi, nous serons peut-être partis pour la Cité des Morts lorsqu'ils atteindront leur forme idéale, mais ils savent qu'un jour ils perdront leurs entraves.

Le fourreau sensoriel étendit un filet verdâtre de vaisseaux capillaires sur son cortex visuel : un schéma du système d'alarme, avec sa position indiquée par un symbole féminin rudimentaire et grossier. *Fin de pénétration estimée dans 20,6 secondes,* inscrivit le log à l'intérieur de ses globes oculaires. Ses dents de sagesse avaient mis moins de temps à pousser. Un icarosaure vert pas plus gros que son poing la surveillait de son perchoir sous le linteau de la porte, ses membranes sustentatrices repliées contre son corps. Yo-Yo le fixa en fronçant les sourcils... De la vermine abjecte qui se repaissait d'immondices.

Après que son grand-père eut péri dans l'incendie du sampan, elle avait détortillé les fils de cuivre qui emprisonnaient ses bonsaïs. *Soyez libres, croissez à votre guise !* leur avait-elle dit gaiement. Elle ignorait qu'une fois tordue une branche ne peut se redresser, qu'un tronc gauchi ne s'étirera jamais vers le soleil. Faute de soins, tous les arbres miniatures étaient morts moins d'un an plus tard. Cependant, Yo-Yo n'oublierait pas la leçon. Sa volonté de réussir l'avait débarrassée de ses liens. En se dirigeant vers la lumière elle avait accédé à des milieux dont les habitants de la Ville flottante pouvaient seulement rêver, mais les torsions et les mutilations subies pendant une enfance vécue à bord des sampans avaient altéré les cercles de croissance de son âme. Si les fils sont trop serrés, le bonsaï gardera éternellement leurs marques, disait son grand-père. Yo-Yo était une experte de ces stigmates.

*Pénétration terminée*, annonça le fourreau sensoriel. Le filet de veines et d'artères informatives se rétracta. Les nervures d'un micron des circuits extrudés se retirèrent dans les interstices moléculaires de l'extrémité de ses doigts. Les pênes se déplacèrent avec un claquement qui l'emplit de satisfaction. Du plat de la main elle essuya la pluie sur son visage puis ouvrit le battant d'un coup de pied.

— Oh ! fit-elle en voyant l'homme qui l'attendait derrière la porte verte et exhibait son énorme pistolet.

— Salut, dit-il. Seora Mok, je présume ? Veuillez avoir l'amabilité de m'accompagner.

— Van Ark ?

— Pour vous servir.

Plus grand et plus brun qu'elle, plus à son aise pour s'exprimer et plus jeune, si on faisait abstraction de ses yeux. Comme les mains des travestis, les yeux des morts révélaient leur véritable nature.

— Vous avez enlevé ma cliente.

Van Ark ne se donna pas la peine de répondre.

— Et vos sbires ont passé à tabac un de mes meilleurs amis.

— Attaquez-moi en justice. Tout aurait été plus simple si vous aviez frappé à la porte, seora Mok, dit doucereusement le défunt. Nous vous attendions.

— Si ma reconversion a été tardive, je constate que vous vous chargez de me faire découvrir tous les poncifs du roman policier, dit Yo-Yo.

Etonnée d'être aussi insolente quand elle avait un lance-dards collé à son oreille gauche.

Van Ark la guida dans une pièce uniquement éclairée par le halo verdâtre d'un moniteur encastré dans le plateau d'un bureau et la luminescence diffuse de la rue qui filtrait à travers une baie ruisselante de pluie occupant la totalité d'une paroi. L'insonorisation était parfaite. Nul cri ou roulement de tambour ne troublait la sérénité de la Maison des Morts. Yo-Yo mit un certain temps pour s'accoutumer à la pénombre, après avoir été éblouie par l'éclat aseptisé du couloir. Elle discerna deux silhouettes devant la fenêtre. Une personne assise, l'autre debout. Deux femmes. La première était Martika Semalang. La clarté spectrale soulignait ses traits en contre-plongée. Son aspect correspondait à ce qu'elle était : une morte.

— Yo-Yo, fit-elle.

D'une voix grinçante :

— Je sais qui je suis.

Mais Yo-Yo concentrait son attention sur la forme étrange dressée derrière sa cliente. Nul être humain n'avait autant de mains. Surtout pas implantées sur les épaules et le crâne.

— Sainte merde ! murmura Yo-Yo.

— Rares sont mes collègues qui auraient accepté de doter Aylita des adaptations qu'elle réclamait, dit Van Ark.

Il rangea son arme dans une poche interne de son costume immaculé et alluma une lampe de lecture discrète.

La morte fixait Yo-Yo. Des appendices qui s'entrecroisaient puis se libéraient lentement pour s'ouvrir telles des fleurs de chair obscènes couvraient sa tête et son cou. Un bouquet de doigts ondula afin de la saluer.

— Les spécifications étaient uniques, le cahier des charges transmis aux tectoingénieurs astreignant. Mais vous ne pourrez pas nier que notre équipe a relevé le défi d'une façon pour le moins originale.

— Quel défi ?

— « Oh, voilà bien le présent qui nous siérait, nous voir tels que les autres nous voient ! » cita Van Ark.

La femme qui avait des doigts pour cheveux sourit. Son minois possédait une beauté angélique. Elle écarta des mains de sa tête, à l'extrémité de tentacules musculaires semblables à des cordes.

— Je me réfère à la télépathie, seora Mok. La possibilité de rompre les barrières du soi. Pouvoir entrer dans les pensées d'un tiers et obtenir la confirmation qu'il existe vraiment.

Martika Semalang pleurait, la tête basse, le visage enfoui entre ses paumes, brisée.

— C'est irréalisable.

— Cette réponse m'étonne, de la part d'un avocat qui passe la moitié de sa vie dans la virtualité. Vous venez de vous frayer un chemin dans notre système de sécurité — un dispositif qui est d'ailleurs bien moins ancien et dépassé qu'il ne vous l'a laissé croire — et vous n'avez fait qu'un avec lui. Vous êtes devenue une de ses extensions. Ce qu'effectue Aylita est comparable. Molécule après molécule, elle extrude ses tectocircuits à travers le crâne de ses clients et pénètre dans leur cerveau pour fusionner avec eux, partager leurs pensées, ressentir leurs émotions, vivre leurs souvenirs, les transférer. Les débouchés qu'offre une telle activité vous surprendraient. Lorsqu'on sert de lien empathique entre les esprits, on est sollicité par les compagnies de sécurité des *corporadas* qui veulent savoir si leurs employés sont dignes de confiance, autant que par des partenaires sexuels qui désirent procéder à un échange de corps. Ses tarifs sont naturellement élevés, mais elle est en quelque sorte notre débitrice. Souhaitez-vous qu'elle vous fasse une démonstration de ses talents ?

La morte approcha de Yo-Yo, ses mains-cirres tendues. L'avocate recula en hâte.

— Si ce machin fait un pas de plus, je lui brise les doigts. Jusqu'au dernier.

Porter la connaissance comme une seconde peau,

sous la forme d'une interface vous séparant du monde extérieur, était rassurant, sans danger. La laisser envahir son être par osmose était une pénétration trop perverse pour que Yo-Yo pût la cautionner.

— Pardonnez-nous, dit Van Ark. La Lieuse n'avait pas l'intention de vous effrayer. Si nous vous avons attirée ici ce n'est pas pour parodier les clichés des vieux films policiers, mais je dois préciser que nous ne voyons aucune objection à ce que la seora Semalang bénéficie de l'assistance de son avocat.

— Elle l'a fait, Yo-Yo, dit Martika Semalang, le visage strié de larmes. Elle m'a rendu mes souvenirs. Avant, Yo-Yo. Avant.

— J'en déduis que votre Méduse de compagnie est entrée dans sa tête et a pelé ses engrammes.

La Lieuse adressa à Yo-Yo un regard hautain : *petit bout de chair fraîche saucissonné de cuir.*

— Tout, Yo-Yo. La photographie, la maison, le reste. Je sais tout, à présent.

C'était la première fois que Yo-Yo voyait un mort pleurer.

— Etant donné que nous avons pratiquement terminé, peut-être serait-il plus simple que vous participiez à la dernière séance, suggéra Van Ark. Cela nous épargnerait un monceau d'explications fastidieuses.

— Vous voulez faire ça avec ma cliente et moi ?

— Je ne vous propose pas une partouze, ma chérie, fit la Lieuse.

D'une voix étonnamment grave et grondante.

— Seulement d'effectuer ensemble ce voyage. Vous n'aurez même pas à m'accueillir dans votre esprit. Je me contenterai de me glisser dans la tenue ravissante que vous portez et de m'y brancher en mode virtuel.

Elle tira un siège et s'assit derrière Martika Semalang. Des cirres s'étirèrent et elle appliqua ses paumes sur la tête de la femme. Le rituel de l'imposition des mains. Yo-Yo sentit sa gorge se soulever et concentra sa volonté pour la faire redescendre.

— En tant qu'avocate, je dois vous le déconseiller, dit-elle.

— Ne vous inquiétez pas, Yo-Yo. Je le veux. Essayez de comprendre. Il faut absolument que je sache.

Les doigts exercèrent une pression sur le cuir chevelu de Martika Semalang qui gardait les yeux clos et les lèvres entrouvertes, d'extase et de souffrance. La Lieuse tendit deux mains en direction de Yo-Yo.

— Alors, qu'avez-vous décidé ? Vous venez ou vous restez ?

Yo-Yo prit sans enthousiasme les mains que lui présentait la créature et ne put contenir un frisson quand le picotement de la synesthésie remonta le long de ses bras. Contact établi. Les groupes de tecteurs s'étaient rejoints et se traversaient, comme lors de l'affrontement de deux armées médiévales, en dressant des ponts et des échelles moléculaires sur les douves et contre les remparts du moi.

Yo-Yo Mok tomba dans une autre vie.

Elle était l'homme qui se noyait et qui voyait, disait-on, sa vie projetée sur un ciel qu'il tentait désespérément d'agripper. Elle s'enfonçait, de plus en plus bas. C'était une existence vécue en accéléré, expurgée des scènes banales par un monteur qui n'avait conservé que les passages marquants du long métrage de la vie : de l'utérus à la cuve de Jésus en vingt-trois minutes, spots publicitaires inclus. *Cette œuvre biographique vous est offerte par...*

Une fête à laquelle elle n'avait jamais participé, avec des amis qu'elle n'avait jamais connus, dans une maison où elle n'avait jamais séjourné mais qui lui était aussi familière que les sampans où elle avait vu le jour et grandi. La villa de la photographie. Il n'y manquait que le fragment de plaque d'immatriculation. Huit bougies sur un gâteau. *Joyeux anniversaire, joyeux anniversaire...*

Le dépucelage-fiasco avec Marco, le garçon qui vivait du côté opposé du rond-point, le soir où Mère était rentrée à l'improviste en compagnie de son nouvel amant, là-haut à Tahoe. Des plongées dans la barrière de récifs, avec des amies arrivées en droite ligne du Paradis qui riaient bêtement, puis vautrées sous la véranda pour fumer de la résine et parler des hommes, de l'avenir, des hommes, de leurs carrières, des hommes et des hommes.

L'obtention du diplôme de Nanoingénierie théorique et pratique *summa cum laude*. L'ascenseur express de la réussite qui s'arrêtait à l'étage du service de recherche et de développement de la Tesler-Thanos. L'appartement du vingt-cinquième niveau avec vue panoramique sur l'océan lointain, et le métamorpheur *corporadisto* dernier cri. Les suborbitaux pour se rendre aux conférences organisées à Singapour, Shanghai et Valparaiso. Les vacances d'été à l'ombre du Kilimandjaro et les vacances d'hiver à l'ombre du mont Erebus. Les soirées. Les partenaires. Les promotions.

Le Codex 13. Un nom qui insufflait de la vie aux souvenirs empilés derrière. Un verrou qui ouvrait une porte. Une porte qui donnait sur un couloir. Un couloir qui conduisait à un labyrinthe. Un labyrinthe au cœur duquel se dressait une citadelle d'émeraude.

Principe de base : vu que la cellule cancéreuse utilisée comme modèle par Adam Tesler pour créer ses tecteurs bioréplicateurs détruisait tout sur son passage, il convenait de la remplacer par quelque chose de moins vorace, son contraire : la cellule sexuelle humaine.

Cinq explorateurs moulés dans des fourreaux sensoriels et reliés par des liens d'affinités visitaient les dômes cannelés et les salles voûtées des tecteurs tels des athées dans la cathédrale Saint-Pierre. Ils s'exclamaient en découvrant les anges nichés dans les hauteurs de l'architecture.

*L'immortalité sans la mort*, murmura Yo-Yo dans ce rêve d'une vie qu'elle enviait. Le Saint-Graal.

Puis la prise de conscience qu'après avoir été le sauveur du monde Adam Tesler refuserait d'assumer une deuxième fois ce rôle pour des raisons de prix de revient et de parts de marché, d'où sa trahison.

Les appels codés par Idcom. Les rencontres clandestines dans des stations de sports d'hiver et des hôtels du désert. Les défections : *non, pas moi, c'est pas mon genre, et si jamais ils l'apprenaient ?* Le voyage jusqu'au casino flottant ancré à deux cents milles de la côte ouest du Mexique, quand l'Acheteur Anonyme avait acquis pour elle un nom et un visage. Roland Carver, responsable des Projets spéciaux de l'Aristide-Tlaxcalpo.

L'argent. L'accord. L'activité frénétique. Fragments de souvenirs : une chambre, une couleur, l'odeur de la peau d'un assistant, la lumière, la conscience des eaux profondes.

La hauteur du soleil au-dessus de l'horizon, l'air qu'ils passent à la radio, l'arôme du café, la fragrance du bain moussant, les gargouillis de l'eau chaude qui coule dans la baignoire quand les hommes en tenue camouflée ouvrent une porte dont vous seule devriez avoir la clé. Ils vous saisissent en étouffant vos cris sous leurs mains gantées. Ils immobilisent vos jambes et vos bras pour vous emporter sur le balcon illuminé donnant sur la mer lointaine. Puis ils vous soulèvent pardessus la balustrade pendant que vous vous démenez démenez démenez frénétiquement et qu'un de ces salopards essuie votre pisse et votre merde pour ne pas laisser de traces. Ils gardent même votre kimono de soie écrue lorsqu'ils vous font basculer nue dans un abîme de cinq cents mètres.

— Oh, Jésus Jésus Jésus ! jura l'ex-taoïste qu'était Yo-Yo en émergeant de la virtualité.

Elle était livide et en sueur, et elle frissonnait comme au retour d'un mauvais trip.

La Lieuse replia ses nombreuses mains autour de sa tête, tels des éventails qui lui permettaient de préserver sa modestie.

— Ils m'ont assassinée, Yo-Yo, dit Martika Semalang. Ils ont su que j'avais passé un accord avec l'Aristide-Tlaxcalpo, et ils m'ont tuée.

— Ils ne s'en sont pas contentés, seora Mok, dit Van Ark. La Tesler-Thanos devait s'assurer que le secret du Codex 13 disparaîtrait en même temps que vous. Malheureusement, effacer un seul ensemble de souvenirs s'est avéré plus difficile que prévu. Les engrammes sont stockés dans le cerveau selon un principe de redondances multiples, presque holographique. Ainsi que pourra le confirmer la Lieuse, il est quasiment impossible d'explorer tous les recoins où peuvent se nicher les enregistrements de tel ou tel fait. Il est bien plus simple de tout détruire, la totalité du passé de la femme qui porte désormais le nom de Martika Semalang.

— Madrilena Fuentes, dit la morte.

Seul son visage était nettement éclairé dans le bureau plongé dans la pénombre.

— Je m'appelais Madrilena Fuentes.

Des ruisselets de pluie striaient la grande fenêtre, des doigts de néon liquide sur le verre.

— Ce que la Tesler-Thanos n'a pas prévu, c'est que le personnel de sa Maison des Morts la trahirait, dit Van Ark.

— L'Aristide-Tlaxcalpo vous a soudoyés.

— Atteindre l'immortalité en sautant le stade de la mort ferait de la Tesler-Thanos une chose du passé, au même titre que les dinosaures. Combien de temps pensez-vous que le système *contratisto* et la Loi Barantes resteraient en vigueur dans une société où tous vivraient éternellement ? Il est exact que l'Aristide-Tlaxcalpo m'a versé des pots-de-vin généreux pour que j'intervienne au moment opportun. Cependant, les morts doivent songer avant tout à défendre leurs propres intérêts.

— Comment m'avez-vous trouvée ? Elle ? Nous ? demanda Yo-Yo.

— Un *serafino* pour le moins obstiné et répondant au nom de Carmen Miranda n'est jamais très loin des cachettes où se réfugie une certaine avocate.

Les grondements d'un aérogrimpeur franchirent l'isolation phonique du bureau. Il était très proche et avait dû arriver en volant à haute altitude avant de passer en mode vertical pour descendre. Le bâtiment vibrait. Le son grimpa dans les aigus d'un crescendo assourdissant. Des lumières colorées indistinctes flottèrent un instant au-delà de la baie vitrée sur laquelle le souffle des pales étala les gouttes de pluie en éventails et en deltas d'écume fouettée.

— Ah, le seor Carver ! dit Van Ark en se levant comme pour aller accueillir un invité. Il vient chercher son bien. A l'heure dite. Ne trouvez-vous pas que la ponctualité est pour les vivants une véritable obsession ? Seora Mok, si vous souhaitez accompagner la seora Fuentes, je ne pense pas que les dirigeants de l'Aristide-Tlaxcalpo soulèveront des objections. Et quand la Lieuse aura obtenu ce qu'ils désirent, vous serez libre de repartir avec votre cliente.

Les points d'interrogation qui s'étaient mis en orbite autour de son esprit peu après son arrivée au Tacorifico Superica s'abattirent sur elle tels des satellites de télécommunication en perdition.

— Van Ark !

Des pas, encore lointains mais se rapprochant, amplifiés par les couloirs pleins d'échos.

— Une chose me paraît illogique, Van Ark.

Des pas, réguliers, de plus en plus près.

— Ceux de la Tesler-Thanos ont rasé un restaurant et un cabinet d'avocats pour ne pas laisser le moindre bout de chair qui pourrait être ressuscité. Pour quelle raison ont-ils épargné ma cliente ? Ils ont eu des douzaines d'opportunités de transformer Madrilena Fuentes et le Codex 13 en plasma... Pourquoi ne les ont-ils pas saisies ?

Des pas, derrière la porte. Une brève attente, pour permettre aux autres de combler leur retard.

— Van Ark... Pourquoi auraient-ils pris la peine de l'assassiner en camouflant leur crime en chute accidentelle, s'ils avaient l'intention d'effacer tous ses souvenirs ?

Le panneau coulissa. Des silhouettes se découpèrent sur la lumière aveuglante du couloir.

— Pourquoi, seora Mok ? lança un des nouveaux arrivants. Vous vous le demandez vraiment ?

L'éclair qui illumina la pièce comme la foudre figea les pensées et les mouvements dans une gangue de glace verdâtre. La scène se grava de façon indélébile dans le cortex visuel de Yo-Yo au même titre que les ombres des victimes d'Hiroshima : l'image de Van Ark que l'ACAIM 27 fondait en une masse hideuse et terrifiante, répugnante et inimaginable. Un mort *mort*. Toutes ses mains écartées par la peur, la Lieuse bondit vers la fenêtre. Une deuxième décharge la changea en tache de tectoplastique ruisselant sur la vitre striée de pluie. Et la lumière fut, aveuglante. En cillant dans un chaos d'estampes dues à la persistance rétinienne, Yo-Yo vit des ordicasques chitineux évoquant une tête de mante et des tenues de combat camouflées masquer en partie la luminosité du couloir. La gueule du gros tesler que tenait le chef des *asesinos* pivota vers elle.

— Oh, non ! murmura-t-elle. Non non non non.

Un son étouffé s'échappa de la bouche du tueur. Il oublia momentanément ses intentions de meurtre pour baisser les yeux sur ce qui venait d'attirer son attention : une tige d'aluminium barbelée de trente centimètres qui saillait de son sternum.

Ses *compadres* n'étaient plus à leur poste.

Il tomba de côté, tel un séquoia tronçonné par un bûcheron.

Yo-Yo crut avoir perdu l'esprit lorsqu'elle constata que les lieux étaient envahis par des loups-garous munis d'énormes fusils lance-harpons. Une silhouette humanoïde approchait parmi les créatures velues qui grondaient et dénudaient leurs crocs : un homme assez grand pour faire du volley-ball, pensa Yo-Yo qui croyait avoir des hallucinations. Il était moulé dans une tenue camouflée de façon incongrue par des ensembles de Mandelbrot et son crâne rasé scintillait. Un léger saupoudrage de paillettes ? Et sur le pourtour de ses lunettes intégrales elle découvrait une base craquelée, des touches de fard à joues.

— Iago ?

— Yo-Yo.

Sans dissimuler les sentiments qu'elle lui inspirait, son créateur de logs la souleva du sol pour l'étreindre avec force.

— *Querida !*

*Ailes de Mylar*
*Aux évolutions hardies,*
*Sous une voûte bleue.*

La plate-forme de l'ascenseur s'était élevée au-dessus de tout, à l'exception des *águilas* audacieux qui planaient dans la galerie caverneuse principale de l'*arcosanto*. Des triangles de toile aux couleurs vives, décorés de têtes de mort et de gueules de requin, qui changeaient brusquement de direction et effectuaient des acrobaties aériennes étourdissantes autour des grappes de lumières et des appartements en encorbellement du niveau résidentiel réservé aux dirigeants de la *corporada*. Oiseaux captifs et stérilisés. Encagés. Dans un ciel apprivoisé. Ils traversaient le portrait holographique d'Adam Tesler ancré à la verrière voûtée. Regarde tes élus, Yahvé Pancréateur. Le premier des liens politiques est celui qui assujettit l'individu à l'image de l'autorité. Tout employé de la Tesler-Thanos fait serment d'allégeance non envers cette société mais envers son fondateur. Adam Tesler s'est toujours vanté que ses *contratistos* savaient qui ils étaient, ce qu'ils étaient, à quoi et à qui ils appartenaient.

*Un Etat-cité féodal*, avait-il dit. *Daimyo Tesler*.

Non, une famille, une dynastie.

*Une Cosa Nostra*, avait-il ajouté. *Une Mafia*. Cependant, le petit oiseau avait refusé de chanter dans la cage dorée que lui offrait son père. Il avait déployé ses ailes et pris son essor, en abandonnant derrière lui tout ce qui lui avait été promis.

Quebec étudiait le faciès monstrueux d'Adam Tesler.

*Connais ton ennemi,* pensa Toussaint. *Connais-le comme toi-même. Connais-le mieux. Mieux encore que je ne le connais, que je ne me connais et que je ne connais ce lieu. Tu sais des choses inconnaissables.* Quebec avait l'expression d'un homme qui rentrait chez lui après un interminable voyage.

Si la galerie supérieure n'était jamais aussi animée que les niveaux inférieurs des *arcosantos*, elle était presque totalement déserte. Ton œuvre ressuscite les morts, ta demeure les couvre de son ombre, tu te nourris de leur sueur et la nuit de leur carnaval tu vas participer à leurs réjouissances.

La-haut, sur la passerelle. Ils avaient derrière eux des

espaces miroitants, devant eux l'enfer nanotechnologique des secteurs de production.

— *Muy imponente*, murmura Shipley.

Elle referma sa veste de caoutchouc à pointes assortie au canapé de Toussaint, un vêtement qu'elle avait emprunté dans sa garçonnière.

Dix mille mètres séparaient les puits qui captaient l'énergie géothermique de la Faille de San Andreas des mille-feuilles de l'usine de transformation atmosphérique qui dissipaient la chaleur résiduelle dans le ciel nocturne, sous la forme d'un panache de vapeur visible de la lune. De la chaussée suspendue qui traversait le noyau de tectofabrication aux fenêtres illuminées du Centre de gestion, la hauteur était équivalente. L'intérieur du grand cylindre était aux deux tiers empli de machines : ferments globulaires de cent mètres de diamètre enchâssés dans les enchevêtrements intestinaux de conduites et de câbles d'alimentation. Toussaint avait toujours imaginé qu'il pouvait entendre bouillonner les tecteurs qui s'y reproduisaient en s'alimentant de composants chimiques. D'énormes organes gargouillants dans le corps constitué. Des glandes qui sécrétaient des hormones capables d'extraire du pétrole de la roche et de l'eau de la pierre, de construire des routes avec les sables du désert et des villes avec de la poussière, d'obtenir par fusion des voitures des scories, des ordinateurs des ordures, des produits pharmaceutiques des déchets de plastique, des engrais des nuages. Et de ressusciter les morts.

— Merde ! fit-il. Les bases organiques du procédé de Tesler sont les rebuts de l'humanité.

— « Nous naissons entre la merde et la pisse », cita Quebec. Dans les Clades, nous utilisons la glace des comètes. De l'eau sale.

Toussaint se rappela la dernière fois qu'il était venu en ce lieu, la silhouette de son père qui approchait des portes de l'ascenseur de la tour.

— Mon fils.

Son costume sombre démodé, ses yeux noirs derrière les lentilles de contact polarisées, ses façons étudiées, la douceur de sa voix que de nombreuses personnes prenaient à tort — et à leurs dépens — pour de la déférence.

— Je ne suis plus votre fils.

— Ah, oui ! Toussaint. N'est-ce pas ainsi que t'appellent tes amis ? Est-ce le nom que je dois moi aussi employer ?

— Non.

Il était soudain honteux de l'identité qu'il s'était choisie. Gêné. Adolescent.

— Xavier. Si vous tenez absolument à vous adresser à moi, utilisez le prénom que vous m'avez donné à ma naissance. Pas « mon fils ».

— Xavier... Tu fréquentes un créateur de drogues camé jusqu'à la moelle, un paumé qui ne pense qu'à faire du surf dans les cieux, une *cerrista* blasée obsédée par le sexe et une aventurière de la Ville flottante rongée par le désir de s'élever dans la société. Je doute que ce genre de compagnie te soit salutaire.

— Ce n'est pas en fonction de tels critères que je sélectionne mes amis.

— Exact. Exact. Faute de disposer d'un cliché moins éculé, je dois te dire que « tout ceci t'appartiendra un jour » et que les hommes publics portent longtemps le fardeau des scandales.

» Je sais que tu refuses ton héritage, mais tout cela est à toi. Les impératifs de la succession l'exigent. Tes codes patronaux ont été inscrits dans ton ADN, j'y ai veillé dès ta venue au monde. Il te suffira de les utiliser, à n'importe quel moment, et tout te reviendra.

» J'ai conscience que ces responsabilités peuvent sembler écrasantes, à vingt et un ans. Va dans le monde, là où ton *Wanderjahr* te conduit. Joins-toi aux *águilas*. Au moins sont-ils plus sains et mènent-ils une existence plus saine que les individus que tu fréquentes actuellement, pour autant que je sache. Vole avec eux, vis avec eux, sois l'un d'eux. Tu auras besoin de matériel, de modifications, d'autres choses. Je financerai tes dépenses. Va les retrouver, si tu le souhaites, et quand tu seras prêt à le faire, peu importe le temps qu'il te faudra, regagne ce lieu et prends la place qui est la tienne.

— Je ne suis pas venu solliciter votre permission. Si j'ai décidé de m'éloigner, c'est parce que je refuse de n'être qu'un prince qui attend d'être couronné roi. Si je vous demandais de m'accorder la liberté, de me laisser partir sans exiger que je revienne un jour, oseriez-vous accepter ?

— La liberté n'est qu'un leurre. Interroge les *águilas*. Ils ne l'atteignent qu'en se pliant à d'innombrables compromis avec des lois bien plus strictes que celles que j'ai édictées.

Le même jour, Toussaint était allé emprunter à Santiago de quoi régler les honoraires des modeleurs de chair qui feraient de lui un aigle.

— On rêve tout éveillé ?

La familiarité obscène du contact de la main d'Huen/Teixeira sur son bras le ramena au présent.

— Viens, chair fraîche, nous avons du travail. Des gens à rencontrer.

Les péchés de son père étaient-ils si abominables

qu'il pouvait côtoyer ses assassins en n'éprouvant que de l'indifférence ?

Le log de l'ascenseur directorial accepta de mauvaise grâce son code d'identification.

— Centre de contrôle des données.

L'ordinateur reçut l'ordre de Quebec et ne l'exécuta pas.

— Il faut fournir un mot de passe, précisa Toussaint.

— Faites-le, en ce cas.

Un pavé numérique à dix chiffres sortit de la colonne de bois du milieu de la cabine.

Toussaint imaginait les portes de cuivre vert-de-grisé qui s'ouvriraient sur le granit constellé de mica et l'angle sous lequel le clair de lune traverserait les murs de verre treillissé. Le paon déploierait ses cent yeux et le tectosaure bleu outremer s'étirerait paresseusement sur son perchoir. Son père s'éveillerait dans ses appartements, intrigué et peut-être inquiet mais comme toujours tiré à quatre épingles lorsqu'il descendrait l'escalier de son bureau. Ce que Toussaint ne réussissait pas à deviner, c'était l'expression qu'aurait Adam Tesler quand il reconnaîtrait celui qui avait conduit ses meurtriers jusqu'à lui.

Il composa le code. Zéro. Deux. Trois. Sept. Six. Sept. Restait un chiffre. Il n'y avait plus que cela qui le séparait encore de la trahison.

Quebec referma la main sur son poignet alors qu'il tendait le doigt vers le six. La puissance musculaire du mort le sidéra.

— Pas d'imprudences, dit ce dernier.

Toussaint enfonça la touche. Le diaphragme du toit s'ouvrit et ils grimpèrent dans le tube transparent collé à la paroi de la tour.

— C'est mon père, bon Dieu ! Je ne vais tout de même pas me tourner les pouces pendant que vous l'assassinez, répondit Toussaint d'une voix plate.

— N'ai-je pas précisé que nous n'avons pas l'intention d'attenter à ses jours ? l'interrogea Quebec en parcourant des yeux le panorama en expansion des lumières de la ville.

La pluie ruisselait en larmes démesurées à l'extérieur du cylindre. La plate-forme s'arrêta brusquement, cinq cents mètres au-dessus du dôme vert translucide de la galerie. Une constellation de points clignotants flottait dans la nuit. Un aérogrimpeur de patrouille aux armes prêtes à tirer restait en suspension entre les trois tours. Le log candide de l'ascenseur reçut les demandes d'identification que leur adressaient des gardiens sans visage.

— C'est qu'ils ont les nerfs à fleur de peau, ce soir ! fit Quebec.

Il regarda Huen/Texeira.

— On pourrait difficilement le leur reprocher.

L'ordinateur répondit qu'il avait authentifié le code de Toussaint. L'appareil aérien s'éloigna dans le halo verdâtre de ses propulseurs, sous la pluie qui tombait toujours régulièrement. La cabine reprit son ascension vers les nuages bas. A cinquante mètres de l'appartement du sommet, elle s'arrêta et un diaphragme se dilata dans la paroi de la tour.

La jeune femme qui s'étiolait d'ennui derrière son bureau fut surprise de voir des individus qui n'appartenaient pas aux services de maintenance entrer dans le centre informatique à cette heure matinale. Surprise et méfiante.

— Désolée, seor Tesler, mais je dois le signaler à la sécurité.

— Même lorsqu'il s'agit du propre fils du président ? demanda Shipley avec malice.

Elle s'était penchée vers la *recepciónista,* pour la fixer droit dans les yeux.

— Même lorsqu'il s'agit du propre fils du président, seora.

L'horreur paralysa Toussaint lorsqu'il vit Shipley refermer les mains sur les joues de la fille.

— Non ! cria-t-il à l'instant où des filaments de tectoplasme argenté jaillissaient du visage de Shipley.

Sa victime se débattit et émit des gargouillis quand elle la pénétra par tous les orifices de la tête. La grande *cochera* musclée lâcha prise et s'affaissa, bouche bée, les yeux écarquillés. La *recepciónista* se leva et fit le tour du bureau pour aller dépouiller le corps abandonné de la veste d'emprunt en caoutchouc noir hérissée de pointes et l'enfiler sur son uniforme.

— Eh bien, j'avoue que j'ai un faible pour ce vêtement ! dit-elle d'une voix qui avait toujours le même timbre mais qui ne lui appartenait plus.

Elle désigna le cadavre du pouce.

— On le balance par-dessus bord ou on court le risque que quelqu'un le découvre ?

— Tirez-le derrière ce meuble. Le temps qu'on le trouve, il sera trop tard pour faire quoi que ce soit.

Des jalons bioluminescents les guidèrent vers l'intérieur du centre, le long de couloirs spiralés. Les rares techs de maintenance et de surface qu'ils croisaient leur accordaient à peine un regard. Quiconque se déplaçait ici devait y être autorisé. Sinon, ce n'était pas leur problème. Sans doute ne reconnaissaient-ils pas l'Héritier des Lieux.

Il n'y avait ici aucun mort, que des *noncontratistos* de chair. La Tesler-Thanos était la seule des puissantes *corporadas* de la Côte à ne pas reposer sur une armée de trépassés asservis par contrat. Adam Tesler estimait qu'ils n'y avaient pas leur place. Toussaint s'était souvent demandé si ce rejet de ses propres créations était dû à un profond mépris ou une incommensurable magnanimité.

Ailleurs, les choses étaient différentes. Les Cieux étaient le royaume des morts. Les usines orbitales fonctionnaient grâce au travail des transités. Ces malheureux conduits de force au *paraiso*.

Toussaint appréciait la simplicité monacale de l'ordinateur central, le cadre austère qui laissait deviner l'impensable complexité de ce qu'il dissimulait. Les grands écrans inclinés du plafond subdivisés en une grille de cinquante images et icônes sur cinquante ; les virtualiseurs rivetés aux parois et recroquevillés sur leurs fourreaux sensoriels telles des fleurs diurnes sous le clair de lune ; le cercle intérieur de sièges anatomiques. Le casque simulateur qui se balançait au sommet de la colonne vertébrale de chaque fauteuil et les griffes déployées des gants manipulateurs reposant sur les accotoirs lui avaient toujours fait penser à des squelettes de chevaliers assis autour d'une table ronde.

Sous un projecteur solitaire, une main osseuse s'incurvait, un crâne se déplaçait. Un des squelettes vivait. Des moteurs ronronnèrent quand le siège pivota vers eux. Son occupant, un homme en costume démodé comme il seyait aux cadres supérieurs de la *corporada*, dégagea sa main du manipulateur pour soulever la visière de son audiovisualiseur. Porfirio Kazantzekes : un des plus proches conseillers de son père. Son aîné de six ans. Plus grisonnant. Plus avisé. Et profondément ébranlé.

Il se leva.

— Seor Tesler... fit-il sans regarder Toussaint pour autant.

— Shipley.

Un chuchotement aquatique, sacramentel, qui apportait à la voix de Quebec le tranchant d'une dent de requin. Ils étaient des tueurs remontés des eaux profondes.

— Ce qui vient par la flûte s'en va par le tambour, dit Shipley en retirant sa veste d'emprunt.

En cinq pas elle se retrouva à côté du vieil homme. Il ne savait pas. Il ne suspectait rien. Il voyait seulement une réceptionniste, une employée, l'objet de ses compliments quotidiens machinaux.

— Pour l'amour de Dieu, Shipley ! s'écria Toussaint.

La dépouille de la fille tomba sur le sol. Huen/Texeira la dissimula à l'intérieur d'un des fourreaux sensoriels au repos.

Pendant que Shipley échangeait la veste du costume du seor Porfirio Kazantzekes contre celle en caoutchouc plus sensuelle.

— Belle qualité, commenta-t-elle de sa voix d'emprunt en tâtant le pli de son pantalon.

Puis son renflement génital.

— Eh, eh ! glousssa-t-elle.

Les Morts-Libres s'assirent. Huen/Texeira enfila le gant manipulateur et tourna son fauteuil vers les écrans de la partie gauche du plafond. Des chiffres plurent sur sa visière. De la neige se mit à tomber sur les moniteurs. Shipley se connecta. Quebec avait entamé des exercices de virtualité à cinq doigts. Aussi coupable qu'eux par défaut, Toussaint prit place à côté de cet homme. Il savait qu'il était vain d'espérer obtenir à présent des réponses aux questions qu'il se posait.

Les écrans s'emplirent de vues aériennes des cités de la Terre.

La nécroville de La Défense se consumait toujours, diffusant sa fumée dans le ciel matinal.

A Moscou 12 et Saint-Pétersbourg les troupes gouvernementales battaient en retraite, gênées dans leur repli par l'exode des civils.

Des grèves paralysaient la plupart des hyperzones urbaines européennes. Bruxelles, Berlin et Barcelone étaient des trous noirs dans le réseau mondial. Les morts occupaient leurs centrales électriques et ces villes étaient sourdes, aveugles, privées de tous leurs sens.

Afrique du Nord : Tripoli était soumis à un couvre-feu, Casablanca-Rabat était un champ de bataille, le Très Grand Caire une morgue fumante. Le Sahara subissait une tempête de sable de données interrompue par des révélations hallucinatoires concernant des véhicules en feu à Lagos, des tramways renversés dans l'avenue principale de Khartoum. Un incendie dévorait les tours magnifiques de Nouvel Harare et des V barrés avaient été peints à la bombe sur les pignons des maisons hollandaises de Pretoria.

— Transatlantique ? demanda Quebec.

Son équipe lui donna satisfaction.

— Des incidents mineurs dans les Etats du Noyau, PanAtlantla, Saint-Minneapolis, les axes métropolitains de Montréal et Phoenix, signala Shipley.

Des fragments de journaux télévisés traversaient le champ de vision de Toussaint.

— Les services de sécurité privés et municipaux semblent avoir repris la situation en main. Les derniers affrontements n'opposent à première vue que des morts entre eux.

La Havane brûlait, le Cojimar était en flammes, toutes les exaltations croulantes de l'Ayuntamiento s'effondraient.

La ZUTV faisait la fête. Folie furieuse : des *autodores* ruisselant de pluie se réunissaient dans un des tunnels du *metropolitano* abandonné et se regroupaient autour de leurs bolides adorés.

— *Méjíco, central y sur,* plus ou moins la même chose qu'au *norte,* continua Shipley. Des actes de violence mais rien d'organisé, principalement des règlements de comptes. Le reste de la population s'interroge et attend la suite.

— La Tesler-Thanos est en état d'alerte, intervint

Huen/Texeira. Elle se dégage des zones sensibles et met en lieu sûr ses biens et son personnel. Elle a fait appliquer les mesures de sécurité dans les secteurs prioritaires et prépare des plans d'évacuation, s'intéresse aux bourses étrangères pour diversifier ses avoirs et achète de l'or et des dollars de la Côte sur le marché des changes. Parler d'un soulèvement mondial des morts serait exagéré.

La visière de Toussaint vira au blanc et s'éteignit. Une coupure sensorielle. Il glapit. La clarté avait été si vive qu'elle en avait été audible : un gémissement aigu.

— Qu'est-ce qui s'est passé, bordel ? demanda Shipley.

Jamais, au cours des vingt et une années vécues dans la maison de son père, Toussaint n'avait entendu Porfirio Kazantzekes jurer.

— Ils annoncent aux infos qu'un vaisseau-bang vient d'être touché.

Le montage d'un journaliste adipeux sur un arrière-plan de nébuleuse thermonucléaire en expansion douce apparut. L'homme entama un long discours *panem et circenses* béat sur un ton de conversation intime.

— Des messages transmis par les services secrets militaires du Q.G. orbital au Conseil de la Côte et aux *corporadas* confirment la destruction de cet appareil, signala Shipley.

Toussaint perçut dans sa voix de l'inquiétude, de la préoccupation, du chagrin. Ils avaient des amis, des familles, des amants, là-bas, aux commandes de ces monstres de glace et de métal disgracieux.

— Les probabilités pour qu'il s'agisse d'un leurre sont de quatre-vingt-douze pour cent. Chaque fois qu'ils sondent l'espace avec leurs interféromètres radar à haute définition, c'est comme s'ils dessinaient une cible sur leur cul et le mettaient à la fenêtre.

— Pouvons-nous avoir des images qui arrivent de là-haut ? demanda Quebec.

— Bien sûr, répondit Huen/Texeira. Ils évacuent tous les civils. Je bascule sur les transmissions en direct du *Paraiso* orbital de la Tesler-Thanos.

Des silhouettes aux secondes peaux pressurisées filaient dans des tunnels bordés de filets. Alors que leurs feux d'identification — indispensables dans la noirceur du vide — clignotaient, ils se carambolaient sous des angles impensables pour grimper le plus rapidement possible vers la gueule éclairée en vert du sas.

— Ils renvoient sur Terre les *noncontratistos*, expliqua Huen/Texeira en passant sur des vues de navettes qui se désaccouplaient des bômes d'amarrage au sein d'une tourmente de cristaux de glace et de détritus divers.

Sans transition : derrière une visière le visage d'une femme, boursouflé par la dépressurisation et d'autant plus bizarre qu'il est inversé et hurle en silence sa détresse à l'objectif. Sans transition : une gavotte endiablée de boîtes de boissons vides et de bandeaux frontaux antisudoraux dans une salle de contrôle évacuée. Sans transition : une vue prise par la caméra de surveillance d'un panneau solaire. De minuscules étoiles pointillent la pénombre d'une coque incurvée. Des douzaines d'émeraudes qui reflètent la lumière. Magnifiques. Etoiles vertes scintillantes. Etoiles vertes scintillantes à cinq branches. Etoiles vertes scintillantes à cinq branches étrangement irrégulières.

— Qu'est-ce que c'est, Quebec ? demanda Toussaint.

— Conservez, grossissez et améliorez la netteté, Texeira.

— Utiliser les logs de traitement d'images de la Tesler-Thanos juste sous leur nez est plutôt risqué, le mit en garde Huen/Texeira.

— Faites-le quand même.

La vue se figea et enfla, agrandie vingt fois.

L'usine se tournait vers le soleil et d'autres corps apparaissaient : des hommes et des femmes, tous en combinaison verte, tous semblables, bras et jambes écartés, crucifiés sur le néant. Tous très jeunes. Et en dépit des cordons ombilicaux de sang gelé qui pendaient de leurs yeux oreilles narines et bouches, tous très beaux.

On pouvait voir sur leur tenue un V barré, le sceau des morts.

— Ils n'ont pas été adaptés pour vivre dans le vide, murmura Quebec. Ils sont aussi vulnérables que les vivants.

— Tous les ressuscités du personnel, dit Huen/Texeira. Jésus Marie, c'est incroyable ! Ils devaient être des centaines à travailler là-haut, et ces salopards les ont balancés dans l'espace jusqu'au dernier. Seule la chair fraîche a été autorisée à regagner la Terre.

— Quebec, j'ai établi une liaison sûre avec le *Marcus Garvey*.

— Passez-le-moi, s'il vous plaît.

Transfert. Dislocation. Le quart de million de tonnes d'un vaisseau-bang long d'un kilomètre surplombait l'observateur, à l'extrémité d'une perche très fine. L'objectif grand-angulaire déformait les perspectives mais révélait ce qui assurait l'équilibre précaire de l'ensemble. D'un côté de l'épine dorsale du propulseur, la clarté plasmatique spectrale des machines qui lançaient les vagues de leurres que l'ennemi prendrait pour des vaisseaux-bang illuminait une boule de neige pointillée de nickel et couverte de protubérances. Tel un contrepoids, il y avait l'opale de la Terre vue de l'espace, avec l'Afrique du Sud évoquant un doigt accusateur constamment dissimulé par les crachats blanc-bleu du moteur qui maintenait l'étrange appareil en orbite. Et au centre de cette irradiation de puissance, dans les pylônes d'armement et de télécommunications et les grappes de gousses environnementales, se nichaient des sphères de verdure incongrues aux contours adoucis. Des arbres du vide. Les forêts de la nuit. Aussi agiles que des singes, des humains se déplaçaient dans leur ramure, sur les bulles, le long des mâts et espars. Toussaint n'avait nul besoin du log de traitement d'images pour constater qu'ils avaient quatre bras et qu'ils étaient nus pour affronter l'espace. Il y avait des chapelets de lumières en suspension dans les ténèbres. Des vaisseaux silencieux du même type. Des clignotements actiniques rapides indiquaient la position des postes de surveillance, des leurres, des combattants, des missiles envoyés au-devant de la flotte.

C'était beau. C'était magnifique. C'était tout ce que Toussaint avait espéré trouver en quittant la maison de son père, et qu'il ne découvrait qu'après y être revenu.

Dislocation. Transfert. La bulle environnementale était transparente. En arrière-plan, des *quadros* se regroupaient autour d'amas d'instruments en apesanteur. Au premier plan, une belle morte sans âge. Sur sa peau se dessinaient les mouchetures sombres sur fond pâle d'un feuillage.

— Vous êtes resplendissante, Marie-Claire, la complimenta Quebec.

— Merci, *compañero*, répondit la femme en castillan.

Les taches bioluminescentes de ses épaules et ses tétons brillaient lorsqu'elle parlait. Derrière elle, de douces fleurs bleues s'épanouissaient dans le ciel pour disparaître sitôt après. Elle baissa les yeux vers un écran invisible.

— L'efficacité du tir de barrage est actuellement de trente pour cent. Elle devrait grimper à soixante-dix quand nous approcherons du périgée. Les catapultes nous ont fait perdre le *Babylone* et le *Clochette*. Le *Susie Q* — un module léger semi-automatique de production envoyé en avant-garde — a essuyé l'attaque d'une escadrille de bombardiers. Nous avons détruit ses assaillants, mais le *Susie Q* conservera un statut d'épave tant que nos techs ne seront pas allés le déboguer. Notre pénétration des lignes ennemies est de quarante pour cent inférieure à nos prévisions. Cela dit, le tir de barrage rend inopérants leurs teslers et leurs catapultes. Nos intercepteurs détruisent sans difficultés majeures leurs missiles et leurs chasseurs. Nous les tenons, Quebec.

Des étincelles s'élevèrent du squelette du *Marcus Garvey* : des contrôleurs de la virtualité, indiqua le télétexte en précisant leurs caractéristiques, leur armement, leur vitesse et leur cap.

— La Tesler-Thanos évacue ses usines, Marie-Claire. La phase un s'achève. Nous sommes sur leurs canaux intérieurs. Montrez-lui, Texeira.

Des extraits de scènes d'atrocités défilèrent rapidement. La morte grimaça. Un automne soudain assombrit sa peau-feuillage. Des explosions se produisant dans l'espace la ceignirent momentanément d'un halo.

— Nous disposons d'installations de résurrection collectives sur nos appareils auxiliaires, dit-elle d'une voix empreinte de gravité. La chair fraîche devra simplement attendre son tour. Avez-vous établi la liaison ?

— Tout est prêt, fit la voix de Huen. Je vais vous brancher sur le système de télécommunications du commandement exécutif de la Tesler-Thanos. Il s'agit d'un faisceau crypté concentré qui ne peut être coupé que d'ici. Ils restent en contact permanent avec le Conseil de la Côte et, indirectement, le Q.G. orbital. Vous pourrez en outre accéder en lecture seulement à tous les niveaux hiérarchiques et compilateurs d'informations.

A la vue de l'espace se superposa un collage grossier d'images de navettes de fret qui s'expulsaient des mamelons d'amarrage des complexes industriels, de vues aériennes de villes en flammes, de batteries spatiales qui pivotaient vers des cibles pour l'instant invisibles.

— Vous le saurez immédiatement, si la Tesler-Thanos vous repère. Vous ne risquez pas de vous retrouver dans la situation peu enviable de l'espion espionné.

Ils revirent la capitaine morte et sa flotte silencieuse et majestueuse qui se rapprochait de la Terre.

— Du bon travail, Quebec.

De nouveau, un regard vers le moniteur installé hors de leur champ de vision.

— Les logs calculent les probabilités revues et corrigées. J'ose avancer que, grâce aux informations auxquelles vous nous donnez accès, notre victoire est assurée. Merci, *compañeros*. Nous allons passer à la phase deux.

Une clarté blanche emplit la bulle. Des lumières rubis agressives clignotaient au-delà. L'image trembla violemment. Des caractères alphanumériques signalèrent sur l'écran une vingtaine de dangers de nature diverse. La morte saisit des poignées et s'y agrippa. Ses mains inférieures apparurent, glissées dans de lourds gants manipulateurs.

— C'est une alerte rouge, dit-elle posément en abaissant sur son crâne un casque audiovisualiseur jusqu'à présent resté hors du champ de la caméra. Un tir nous a ratés de justesse et six, huit, mon Dieu, douze missiles arrivent !

En arrière-plan, les membres de son équipage aux marques magnifiques plongeaient de leurs perchoirs dressés autour des amas de contrôle pour s'installer aux postes de combat.

— On se reverra aux Cieux, Marie-Claire.

— On se reverra aux Cieux, Quebec, répondit-elle en souriant. Bonne chance, avec votre père.

Le viseur s'éteignit. Les bourgeons cochléaires murmurèrent. La liaison était coupée. Terrassé, découragé, bloqué au sol et conscient de son statut de simple mortel, Toussaint se leva de son siège. Il avait eu une démonstration de ce qu'était le vol véritable, absolu, poétique et, au point culminant de cette ascension, on avait tranché ses rémiges.

Vérités et mystères. Tout indiquait que l'instant était venu d'obtenir des réponses aux nombreuses questions qu'il s'était posées.

Il devait apprendre le vrai nom et la vraie nature de Quebec. Pourquoi des choses que cet homme n'avait pu connaître qu'en tant qu'abstractions lui semblaient si familières. Porfirio Kazantzekes, bon et loyal serviteur d'Adam Tesler, ne l'avait pas quitté des yeux même quand la mort refermait ses doigts sur son crâne. Il était également intrigué par les propos de ce capitaine de la flotte.

— Quebec, il faut que je sache. Qui êtes-vous ?

Le Mort-Libre regarda ses assistants.

— J'ai fait le nécessaire pour que cette salle soit sûre, déclara Huen/Texeira, la dernière à émerger de la virtualité. Ils devront utiliser du matériel lourd pour venir à bout des verrous de ces portes. Nous avons isolé l'appartement du sommet de la tour. L'homme qui s'y trouve n'ira nulle part. Vous avez tout votre temps.

— Dites-lui, Quebec, fit Shipley en massant ses vieux os, ses articulations raides. Il a le droit de savoir. Absolument tout.

Quebec désigna un siège inoccupé sous une colonne de lumière blanche.

— Asseyez-vous, Xavier. Je sais que vous avez déjà entendu de nombreuses histoires, ce soir, mais je vous demande de me prêter encore une fois attention. Et ensuite vous comprendrez.

Quarante-deux heures, vingt-sept minutes.

— Vivre est facile, c'est mourir qui me terrifie, dit Camaguey.

Il se dressait au-dessus de Los Robles, cinglé par le vent, trempé jusqu'aux os. Sous lui débutait Nécroville.

— C'est comme dans cette vieille chanson, ajouta-t-il en s'asseyant au bord du vide. « Las de vivre et effrayé par la mort. » J'ai vu il y a longtemps la énième rediffusion d'un vieux show de Judy Garland. Il commençait par des duos et des trios avec Sinatra et Dean Martin. C'était bien, mais sans plus. Puis la deuxième partie a débuté. Judy était seule sur la scène, devant son nom écrit en lettres lumineuses. Et elle a chanté *Ol' Man River*. Je n'ai jamais entendu quelqu'un l'interpréter de cette façon. Quand elle est arrivée à ce passage : « Las de vivre et effrayé par la mort », j'ai senti tous les poils de mon dos se hérisser parce qu'il était évident qu'elle pensait vraiment ce qu'elle disait.

Assise à son côté, Nute mordillait une pêche cueillie sur la terrasse luxuriante. Elle jeta le noyau dans la nuit. Sous eux, dans le marché du vieux parking, la dernière tractation avait été conclue. Le charivari du carnaval avait émigré vers d'autres quartiers et était désormais lointain et fluide.

Nute balança ses jambes au-dessus de la rue.

— Prendre conscience que nous sommes condamnés à mourir... C'est cela, devenir adulte. Le concept de la mort est étranger à l'univers des adolescents. Ils s'imaginent que ce n'est pas pour eux, qu'ils sont éternels. La mort ne concerne que les représentants des générations précédentes...

Elle incurva un pouce vers les lumières de la cité des hommes de chair.

— Là-bas, nous trouvons une culture immature.

Parce que les progrès de la science permettent de faire revenir les gens de l'au-delà, ils s'imaginent qu'ils vivront à jamais et oublient leur statut véritable. Ils pensent qu'ils ne mourront pas, et ils régressent. Leur civilisation est placée sous le signe de l'infantilisme. Ils oublient que seul le Corollaire de Tesler a été prouvé, pas le Postulat de Watson. La nanotechnologie ne nous a pas apporté l'immortalité, uniquement la résurrection. La mort n'a pas été vaincue. On leur a dit qu'ils trouveront sur l'autre rive du Styx une chose qui a le goût et l'odeur de la vie, mais ils devront mourir pour en obtenir la confirmation. Un espoir d'immortalité, voilà tout ce qui a été accordé aux vivants. Sauf catastrophe cosmique, ma durée d'existence se mesure désormais à l'échelle de l'univers. Je verrai les continents dériver, j'entendrai les montagnes s'effondrer, je pourrai constater que les étoiles se déplacent dans le ciel et je sentirai l'atmosphère refroidir. Quand la lune tombera sur la Terre, je serai là. Quand le soleil engloutira notre monde et fera fondre Jupiter comme une glace à la menthe et au chocolat, je serai là. Quand le système solaire deviendra une nova qui se recroquevillera en une naine blanche, je serai là. Voilà ce que je suis, Camaguey. Ce que nous sommes tous devenus.

Une hémorragie d'éclairs embrasait les nuages de l'orage qui s'était éloigné sur l'horizon est. Et la vie de Camaguey se résumait à une poignée d'heures qui s'écoulaient rapidement entre ses doigts.

— En Inde, les yogis se servaient d'analogies pour permettre d'appréhender les très longues périodes qui formaient les cycles divins des Upaniṣads, continua Nute.

Elle cueillait des fruits humides sur un abricotier génétiquement réduit qui avait poussé au-dessus du vide et les partageait avec lui.

— Imagine un cube de pierre d'un million de kilomètres de côté et un million de fois plus dur que le diamant. Imagine que tous les millions d'années un ange passe et effleure ce bloc avec l'ourlet de sa robe. Imagine combien de temps sera nécessaire pour que ces frottements l'érodent totalement.

— Puis imagine qu'il y a un million de tels blocs, dit Camaguey.

La pluie et le jus des abricots coulaient sur son menton.

— Je connais cette histoire, ajouta-t-il. Mes parents, des Vieux Catholiques, me la racontaient lorsqu'ils me parlaient de l'enfer : un laps de temps incalculable *sans que l'éternité ait été seulement entamée.*

— J'ai toujours trouvé ça fascinant, d'une façon un peu perverse, avoua Nute en inclinant la tête en arrière pour laisser les gouttes de pluie emplir ses yeux clos. Ce serait super pour les masos. Passer un billion de trillions d'années enchaîné avec des anneaux hérissés de pointes autour de la verge, en se disant que la séance de torture n'a même pas encore commencé. Quel pied ! Note bien que si tu aimais ce genre de trucs ce ne serait plus une punition. Si Dieu voulait vraiment t'en faire baver, tu l'implorerais de te fouetter et Il répondrait : *Non*. Ça, ce serait du vrai sadisme.

Quarante-deux heures et dix minutes, et ils parlaient de théologie comparée et de pratiques sadomasochistes.

— Je ne peux me contenter d'entretenir l'espoir que mon moi — cette sensation d'*exister*, de vivre juste derrière mes yeux — sera toujours présent de l'autre côté. Depuis que j'ai appris la vérité et que les logs médicaux ont confirmé le diagnostic, j'ai tenté de me convaincre que c'est comme de s'endormir, qu'on part à la dérive, qu'on sombre dans l'inconscience et que le réveil paraît instantané. Je n'y arrive pas, Nute. Une voix intérieure m'affirme que la mort n'est pas le sommeil. Une étincelle s'éteint et ne réapparaît pas. Jamais. Ça me terrorise. Je voudrais avoir la foi, Nute, et j'en suis incapable.

— Je vais te dire la vérité, Camaguey. Ce sera sans doute une première, une pute qui ne ment pas à son micheton. Tu as raison, mourir n'est pas s'endormir. Ce n'est pas une lente immersion dans l'inconscience. La mort perce une brèche dans le sommeil et brise les rêves, et le reste. C'est une lumière plus vive que tout ce qu'on peut imaginer, un instant de lucidité presque absolue.

— Et ensuite ?

Sans répondre, elle cueillit une feuille de palmier et l'emprisonna entre ses mains jointes. Elle souffla dans l'interstice séparant ses pouces. En vibrant, la feuille se lamenta tel un animal blessé.

— « Je suis allé voir le Vieil Homme de la Terre pour lui demander de me montrer la Voie », cita-t-elle. Il a soulevé une grosse pierre sur le sol de sa caverne et il y avait au-dessous un puits noir. « La voilà », m'a-t-il dit. « Mais il n'y a pas de lumière, pas de marches ! » ai-je protesté. « Tu dois sauter », m'a répondu le Vieil Homme de la Terre. « Car c'est le seul chemin. » John le Salaud avait l'habitude d'écrire des pages et des pages de trucs de ce genre. J'ai trouvé tout ça très profond jusqu'au jour où j'ai découvert qu'il plagiait d'autres écrivains. Il se contentait de maquiller le tout et de limer les numéros de série.

— Je ne suis pas prêt.

Nute se leva.

— Qui pourrait se vanter de l'être, Camaguey ? Qui serait capable de dire à la Mort : « C'est bon, tu peux venir me chercher. » Combien de gens mourront cette nuit sans avoir pu s'y préparer ? Dans une voiture en flammes sur l'autoroute ; dans un spatiojet qui piquera vers la terre à une vitesse de dix kilomètres par seconde ;

dans un lit alors que les gargouillis de leur propre vomissure gronderont dans leurs poumons ; empalé sur un couteau pendant une rixe ; avec la balle d'un amant dans l'oreille gauche ou le cerveau réduit en bouillie par la batte de base-ball d'un cambrioleur ; au fond de leur piscine, victime d'une crampe et hurlant de douleur ; dans des maisons en feu ou des bateaux qui coulent ; dans des accidents de spéléologie, d'alpinisme ou de vol libre ; dans l'effondrement d'un ascenseur, d'un bâtiment ou d'une usine ? Penses-tu sincèrement qu'un seul d'entre eux soit prêt, qu'ils ont été informés de leur destin ? Crois-tu qu'il soit possible d'arrêter la voiture à quelques centimètres de la rampe de sécurité ou d'immobiliser l'avion à vingt mètres du sol, le temps de dire à la mort : *Vous ne pourriez pas patienter une minute, s'il vous plaît ? Je voudrais bien mettre un peu d'ordre dans mon existence avant de partir.* Ils t'envieraient les heures que tu as encore devant toi... Cette opportunité de faire tes adieux, de dissiper les malentendus avec tes amis, de régler tes affaires et même, comme tu ne cesses de le répéter, de *te préparer.*

— Amis. Affaires. Ce n'est pas ce qui me préoccupe. C'est pour moi, que je m'inquiète. Il me reste à trouver un chemin, une route au bout de laquelle je pourrai dire à la Mort : « Je suis prêt, allez-y. » Je veux tout recommencer, je souhaite bénéficier de la vie éternelle dont tu m'as parlé. Je n'ai pas cessé de vivre que je veux appartenir à la nation des morts.

— « Si les envoyés de l'Empereur frappent chez toi en plein milieu de la nuit, n'est-il pas préférable qu'ils entrent chez toi en tant qu'invités plutôt qu'en défonçant la porte ? »

— John le Salaud ?

— Lorsqu'il plagiait Kafka. Tu veux avoir un avant-goût de ton séjour parmi nous ? Je sais où je dois te conduire pour exaucer tes désirs. Chaque Nuit des

Morts a lieu un Désenchâssement quelque part dans cette ville, et nous y assisterons. Et qui sait ce que nous verrons en cours de route ? Le chemin parcouru compte autant, sinon plus, que la destination.

Les voitures sont des balles d'acier ultrarapides comparables à celles qu'utilisent les assassins ; dix mètres de bronze doré vert-de-grisé avec à chaque extrémité d'énormes pneus lisses de dragster. Ailerons et carénage, mur du son et profil aérodynamique. Les gémissements qui montent et descendent la gamme des harmoniques n'indiquent-ils pas à Camaguey qu'elles sont dotées de moteurs d'aérogrimpeurs ? En cirés qui miroitent sous la pluie, mécaniciens et techniciens courent de tous côtés tels des ouvriers empressés de satisfaire les besoins d'une reine termite boursouflée. Non, l'analogie est inadéquate, estime Camaguey qui se dresse sur le parapet et regarde dans la tranchée du *metropolitano* inachevé. Ces engins sont trop beaux. Ils évoquent des prédateurs, des mantes religieuses qui risquent à tout instant de dévorer leurs courtisans, de leur sucer le sang, la lymphe et la moelle afin de s'en repaître.

— Allons voir ça de plus près, suggère Nute en s'ouvrant un chemin dans la foule.

Le manteau de brocart vert et or qu'elle est allée prendre dans sa tour avant leur départ claque tel un étendard. Les spectateurs se sont regroupés de chaque côté du sillon bétonné sur trois, quatre, cinq rangées. Derrière le parasol du bookmaker se trouve une échelle. En raison de la pluie, les barreaux sont glissants. Camaguey les descend lentement, un échelon à la fois. Il n'a jamais autant tenu à la vie que depuis qu'il sait qu'il la perdra sous peu. Les moteurs s'emballent et leurs grondements l'assourdissent, réverbérés par les parois.

— Luis !

Nute a dû s'égosiller pour se faire entendre.

Un grand Afro-Hispanique qui porte une veste de l'*Equipo Raya Verde* se tourne vers eux. Des gouttes de pluie se détachent de la visière de sa casquette et s'envolent.

— Nute !

Ils s'étreignent et se baisent les paumes, conformément aux usages en vigueur parmi les morts.

— Je te présente Camaguey ! braille Nute. C'est un ami. Je lui fais découvrir ce que peut être la vie quand on a des *cojones*.

Luis lorgne Camaguey avec méfiance : vivant, mort, micheton ou ami ?

— Ça s'annonce comment ?

— On essaie un nouveau carburant, crie Luis.

Il guide ses invités vers le véhicule et des membres de l'équipe reculent pour leur permettre d'approcher.

— Ça devrait nous donner un avantage masse/énergie de deux virgule deux pour cent sur nos adversaires. Et nous sommes les seuls à avoir prévu qu'il pleuvrait.

Il caresse les crénelures et les aspérités des roues motrices hautes comme un homme.

— A quoi servirait une pythonisse, si elle ne prédisait pas le temps ? commente Nute.

Un capot s'ouvre dans la coquille. Dans un lit de gelée destinée à amortir les chocs est allongée une Chinoise moulée dans un fourreau sensoriel. Les techniciens de la Mante vérifient les interfaces, les connexions, les commandes à distance. Les graphiques en dents de scie des tests et les courbes des valeurs récoltées aux ports de sortie défilent sur leurs portables.

— Uniquement sous Saint-Jean, les concurrents ont à leur disposition des centaines de kilomètres de tunnels du métro, d'égouts et de rivières souterraines.

Des passages plongés dans des ténèbres aussi profondes que celles de l'enfer, ajoute Nute. Ils guident leurs engins par simulation virtuelle. Radars, détecteurs de proximité, amplificateurs d'images, infrarouges.

L'Asiatique baise les mains de chaque membre de son entourage. Nute est la dernière.

— Crève ! lui crie-t-elle.

La femme sourit, touchée par ce qu'elle assimile à une bénédiction. Angoissé, Camaguey voit le couvercle opaque se refermer sur elle. Il s'imagine les pilotes allongés dans leur cercueil, filant à l'aveuglette dans les boyaux qui serpentent sous la ville. Le grondement des moteurs se change en hurlement régulier. Des responsables font évacuer les abords des véhicules. Nute tire Camaguey vers un gradin humide, sur le côté de l'excavation. Toute conversation est impossible, à présent que les concurrents enclenchent leurs turbos pour avancer au ralenti vers la ligne de départ, dans des nuages d'embruns. Les gouvernes se balancent, les ailerons montent et descendent.

— Ils s'en servent pour grimper contre les murs et se dépasser, crie Nute à l'oreille de Camaguey. N'est-ce pas fantastique ?

Arrivés au milieu de la tranchée d'un kilomètre de long les bolides tournent et s'alignent. L'entrée du tunnel est une gueule béante. Des stalactites de béton pendent de sa lèvre supérieure, des crocs de spath calcaire. Vapeurs et gaz jaillissent des tuyaux d'échappement. Le chant des moteurs s'élève dans les aigus et ébranle les nerfs, ainsi que les gradins où le starter brandit son drapeau. Les voitures tremblent, impatientes de briser les liens qui les retiennent.

Le rectangle de tissu s'abaisse. Cinq épieux de tectoplastique bondissent vers le tunnel et, malgré tout ce qu'il sait sur son funeste destin, Camaguey se lève en même temps que les autres spectateurs pour sauter sur place en brandissant le poing et crier dans le fracas des moteurs : *Vaya vaya Raya Verde !*

Ils sont repartis et progressent dans les franges effilochées du carnaval ; les cortèges regagnent leurs demeures, victorieux ou découragés, après le verdict du jury. Nute guide Camaguey entre un saint Antoine en grillage et en mousse expansée gros comme un immeuble et des groupes de danseurs. Ils sont suspendus à des ballons d'hélium représentant des chérubins qui portent des lunettes de soleil et la pluie a strié leur peinture corporelle fluorescente. Des travestis ravissants approchent. Marie Mère de la Terre et l'Enfant Jésus, le *Rey* et la *Reina* de la Nuit des Morts, se penchent pour leur donner leur bénédiction. Seu Obuluwayé, le Voyageur de l'Obscurité, passe furtivement en collant de Lycra tigré.

— La nuit nous appartient, Camaguey, déclare Nute. Nous sommes les maîtres des ténèbres et de l'avenir. Chaque seconde de chaque jour, un mort ressuscite. Des douzaines, des centaines, des milliers. Nous croissons. Les vivants qui résident pour l'instant hors de notre enceinte viendront tôt ou tard nous rejoindre. Dans soixante-dix ans, tous les habitants de cette ville seront passés de vie à trépas. Sur cent kilomètres de long et cent de large, tous seront morts. Combien de temps faudra-t-il pour que cet Etat, la Côte, la Terre, soient une nation, une planète morte ? Ce qui se passe sur la lune n'est pas étonnant. A présent que nul ne meurt, et en fonction du taux des naissances actuel, la courbe démographique sera asymptote dans vingt ans. Notre avenir est ailleurs, ce monde est trop petit. Je me rappelle une vieille parabole malthusianiste effrayante. Peu importe que le pourcentage soit insignifiant, tout accroissement non contrôlé de la population nous fera atteindre un jour le point où l'univers ne sera qu'une sphère d'humains dont l'expansion sera aussi rapide que la lumière. Les restrictions imposées à la société des morts ne résolvent pas les problèmes, elles les transmettent simplement aux générations futures. Je serai là. Tu seras là. Nos adversaires seront là. Nous serons tous là, lorsqu'il faudra répondre à ces questions. Mais nous pouvons attendre. Nous avons l'éternité devant nous. Demain nous appartient.

— Que se passera-t-il dans un millier, dix milliers, un million d'années... Quand vous vous réveillerez et qu'il n'y aura plus d'espoir ? fit Camaguey. Que ferez-vous quand il ne restera plus rien à découvrir sous ce soleil, ou sous un autre ?

Nute soupira.

— Le vieil argument du « Jardin d'Eden barbant à en crever ». Le principe du Groupe Interactif d'Eveil de la Conscience, c'est de la merde. Même sur le plan théologique, ça ne tient pas la route. Pourrait-on qualifier de Paradis un lieu qu'on veut quitter tant on s'y ennuie ? Ce n'est pas le Ciel mais l'enfer. Tout Paradis digne de ce nom doit évoluer sans cesse. Chaque matin est formidable et on attend avec impatience de voir ce que réserve le lendemain.

» As-tu rencontré un seul individu qui préférerait la Grande Mort ? Quelqu'un qui craint de trouver le temps long et aimerait mieux que tout s'arrête ? Homme de chair, la vie des ressuscités n'est pas différente de la vôtre. Nous vivons tous dans le présent. Tu ne peux appréhender ce qu'est l'éternité, et nous non plus. Tout ce que nous connaissons, ce sont nos souvenirs d'hier et nos espoirs pour demain, nos joies et nos peines actuelles. Et nous continuons d'exister, jour après jour. L'avenir recèle un nombre infini d'événements heureux et de surprises. Et aussi de souffrances, de chagrins et de déchirements... Ce qui est une excellente chose car ce sont des sentiments, des émotions, la vie.

» Il y a un type qui gère mon pécule sur un réseau parallèle, tu sais, des trucs de *caballeria*. Le Paradis est pour lui un terrain de golf. C'est la stricte vérité, Camaguey. Il voit le futur rouler sur le fairway. Il voit des bunkers sur la lune, des greens dans les *calderas* du mont Olympe et des club-houses sur Pluton. Il passerait volontiers l'éternité à pratiquer ce sport, et en connais-tu la raison ? Parce qu'il n'y excellera jamais. Même s'il s'entraîne un milliard d'années, ses limites humaines l'empêcheront de réaliser un parcours de dix-huit trous en dix-huit coups. S'il y arrivait, cela le détruirait. Il ne lui resterait qu'à espérer en refaire autant. La perfection est la stase et la mort. L'imperfection est l'évolution et la vie. Nous vivons ainsi et, si ce n'est pas le paradis, c'est de loin préférable à la mort.

» Viens. Ici.

L'ici en question était un parking à étages, une construction ruisselante et croulante qui datait de l'époque glorieuse des automobiles.

— S'ils ont organisé un Désenchâssement quelque part dans cette ville, Flor da Luna sait où. Elle sait tout, elle voit tout.

*Fleur de lune,* appelle Nute dans les niveaux supérieurs. *Fleur de la nuit, j'ai un renseignement à te demander.* Un torrent dévale la rampe d'accès, tombe en cascades miroitantes dans les cavernes inférieures. Ils atteignent le toit. Camaguey assimile la Cité des Morts à la dimension invisible des écrans de cinéma, à des souvenirs de stars oubliées. Clark Gable, Bogart, Maureen O'Sullivan, Gutman et M. Joel Cairo. *Le Voleur de Bagdad*. Une silhouette noire — trop massive, trop irrégulière pour appartenir à un être humain — se découpe contre le Spencer Tracy du *Vieil homme et la mer*. Cernée par des antennes satellites portables et des émetteurs, emmaillotée de bandelettes de câbles.

— Eh, Flor da Luna, c'est Nute ! Comment va ?

La clarté de l'écran révèle la devineresse à Camaguey qui sent la bile l'étouffer. Elena ! C'est Elena ! Elle n'a pas sombré dans l'inexistence à l'intérieur de la cuve de Jésus, elle n'a pas été emportée avec son contenu dans la mer de l'oubli. Elena, dont les dysréplications se sont multipliées de façon exponentielle, jusqu'au moment il n'est resté d'elle rien de reconnaissable.

— Seigneur, Nute !

— Eh ! Chut ! Ménage ses sentiments.

Si Shirley Temple avait été élevée au rang de divinité aztèque, elle aurait pu devenir cette prophétesse. Une fillette de neuf, dix ou onze ans assise dans un fauteuil en plastique. Une auréole d'excroissances tectoplasmiques ceint sa tête, ses épaules et la majeure partie de son torse : cornes, cirres, protubérances évoquant des plumes d'obsidienne, des masques d'animaux, des becs d'oiseaux, des collerettes et des volants, des formes géométriques sans équivalents biologiques. Câbles et serpentins des interfaces dessinent des méandres sous les éventails et les crêtes pour aller se brancher aux appareils de télécommunications. A un stade du processus de dysréplication, ses jambes et ses avant-bras ont fusionné avec le siège qui a développé des racines et s'est scellé à la terrasse. Toutefois, elle peut encore déplacer la tête pour les saluer. Son halo fantastique cliquette et tinte. Elle a un sourire magnifique, comme il sied à une enfant de neuf dix onze ans. Les gouttes de pluie coulent sur son visage.

— Ils essaient de brouiller les coms mais ne peuvent m'expulser du réseau, dit-elle. Brouillage demain, brouillage hier, jamais le jour présent.

Sa voix est parfaite, à l'exception de ce quart de ton qui traduit un savoir bien trop grand, ce timbre particulier propre aux défunts.

— Les chaînes d'information mentent. Les vivants n'ont pour l'instant détruit que des leurres. La flotte est intacte et les défenses automatiques de la planète s'amenuisent régulièrement. Ils évacuent les membres du personnel des usines orbitales à bord de remorqueurs qui les conduisent à des points de rendez-vous avec des navettes qui les ramèneront sur Terre. Selon les calculs du Conseil de la Côte, de la PanEuropa et des *corporadas*, les probabilités de remporter une victoire tactique ne sont que de quarante-trois pour cent.

— Victoire tactique ? répète Nute.

— Contraindre les vaisseaux des Morts-Libres à un désengagement en sacrifiant soixante-quinze pour cent des installations militaires.

La devineresse cille. Des gouttes de pluie tombent de ses nombreuses excroissances.

— Je vois les affrontements se répandre hors de La Brea. Des groupes se battent contre les Adamistes. Ce n'est pas beau à voir.

— Les Adamistes ? fait Camaguey.

— Des illuminés qui prennent Adam Tesler pour Dieu, explique Nute. Leur créateur, rédempteur, sauveur, ami, messie. Ils sont ses enfants, ressuscités pour devenir la nouvelle humanité du nouvel Eden : des êtres purs, parfaits, immortels. Je ne cesse de te répéter que nous sommes à Nécroville, homme de chair.

La fillette décédée ajoute :

— J'essaie d'établir des corrélations avec les rapports captés sur les canaux des *seguridados* concernant une mystérieuse coupure d'électricité à la Porte de Sunset et deux explosions nanotocs dans le même secteur, une à l'intérieur et l'autre à l'extérieur du périmètre de Saint-Jean.

— Tu vois tout, Fleur de lune, dit Nute en s'asseyant sur le parapet. Je souhaite assister à un Désenchâssement. Je sais qu'il y en a un, ce soir. Comme toujours, la *Noche de los Muertos*.

— Trop facile. A l'angle de Delong et McCadden. Il y

a une petite communauté d'artisans, là-bas. Derrière leurs ateliers. Maintenant, pose-moi une question digne d'une vraie devineresse.

— Entendu. Peux-tu me dire si nous aurons encore un monde, quand l'aube se lèvera ?

La prophétesse ferme les yeux. D'un brusque mouvement de la tête, Camaguey repousse une charge statique de magie induite.

— La mort est un temps hors du temps, murmure Nute. Tous les défunts du passé, du présent et de l'avenir, ont cessé de vivre simultanément. Ce que fait Fleur de lune, c'est remonter vers l'instant de son trépas et fournir les informations qu'elle a glanées dans le réseau aux morts du futur, qui les comparent à leurs souvenirs de ce qui nous arrivera.

— Tu ne vas pas me dire que tu crois ces sornettes ? fait Camaguey.

— Non, sauf si ses prédictions me sont favorables.

L'enfant dit :

— Des rouages, tant à l'intérieur qu'à l'extérieur. La pièce actuellement interprétée est *Œdipus Schmoedipus*, mais seul l'homme qui vit dans la grande tour le sait. Ce qu'aucun des protagonistes ne suspecte, c'est que des figurants peuvent leur voler la vedette. Tout s'achève dans le feu. Souffrance et similicuir douillet s'assortissent. Il existe une cité dont les murailles sont faites de souvenirs compressés. Ceux qui risquent leur vie la gagneront, ceux qui veulent à tout prix la conserver la perdront.

Elle sourit.

— Ainsi parlent les morts d'après-demain.

— Fleur de lune, tu es comme moi consciente que ces déclarations énigmatiques signifient tout et rien à la fois, rétorque Nute.

— La vérité se cache, seul le croyant peut entendre sa voix.

— Les vieilles cyniques dans mon genre seraient plus faciles à convaincre si la foi n'était pas une condition d'accès à ces informations, si tes révélations étaient moins ambiguës. Viens, *compadre*, allons assister à ce Désenchâssement.

— Désenchâssement ? répéta Camaguey alors que le dukduk contournait les secteurs en ébullition de Nécroville pour se diriger vers Delong et McCadden.

Nute resta évasive.

— En vérité, en vérité, je te le dis, tu devras naître de nouveau.

Ou des mots équivalents. Approximativement traduits en angeleño. La mob franchit une ornière et toutes les clochettes qui ourlaient le baldaquin de leur taxi tintèrent.

Un Désenchâssement.

Derrière les ateliers artisanaux fermés se dressait un entrepôt. Des piliers d'acier, un toit en aluminium ondulé, une chape de béton. Des chandeliers avaient été époxyés dans les hauteurs. Des hiéroglyphes couvraient le plafond et les murs. Des mains cernées par le halo d'une bombe de peinture verte ; des ovales contenant un iris noir ; des spirales rouges sénestrogyres.

Des morts étaient assis en tailleur de chaque côté du hangar. Camaguey estima qu'ils étaient plus de six cents. Les deux groupes se faisaient face, séparés par un espace de quatre mètres.

L'espace en question n'était pas dégagé. Vingt-cinq cylindres d'adobe jaunâtre grossièrement moulés occupaient le centre de l'entrepôt, décorés par les symboles omniprésents des mains, des yeux et des spirales. Chacun d'eux devait mesurer un mètre cinquante de diamètre sur trois de long.

Un rythme emplissait les lieux. Une moitié de l'assistance marquait une mesure à cinq temps compliquée en battant des mains et en frappant le sol, les murs et les piliers. Du côté opposé, les morts tendaient les bras devant eux, les yeux clos. Ils se penchaient en avant et se balançaient lentement, en des ondes qui se communiquaient à toute la congrégation. Après cinq mesures, ceux qui donnaient la cadence étiraient leurs bras vers le second groupe qui, sans rater un seul temps, reprenait le rythme. Leurs vis-à-vis effectuaient à leur tour les mouvements de balancier. La musique et la danse se poursuivaient ainsi, d'un côté puis de l'autre, sur la droite et la gauche de la séparation centrale. Camaguey sentait son corps entrer en résonance avec ces étranges battements : cœur, poumons, clapotis du tube digestif, tressaillements des synapses et papillotements des yeux.

— Ils font ça depuis la tombée de la nuit, lui dit Nute à l'oreille. Ils cesseront sous peu de percevoir l'écoulement du temps. Altération de la conscience et du reste.

Elle lui trouva une place sur le sol, à l'extrémité de la troisième rangée, près de la porte. Sur sa droite une Noire au crâne rasé battait des mains, coupée de tout ce qui ne se rapportait pas directement à son rôle dans cet ensemble de percussions. Camaguey tenta de décomposer le rythme complexe et secoua la tête pour indiquer qu'il n'y arrivait pas.

— On s'abandonne à ses pulsions, lui expliqua Nute. Lors d'un Désenchâssement, nul ne sait à l'avance quelle sera la partition. Tout peut être une source d'inspiration : la circulation dans la rue, un bourdonnement d'insecte, les crépitements de la pluie sur le toit. C'est toujours une improvisation totale, chaque fois différente. Et cela évolue pendant la nuit. Vas-y, laisse-toi aller. Accorde-toi le droit d'être surpris, blessé, terrifié, tué. Quoi qu'il puisse t'arriver, ce sera parfait. Tu l'auras librement choisi. Participe. Ne t'en prive pas.

*Mais comment...* allait-il demander quand le rythme lui fut confié. Il le prit dans ses mains, le fit rouler sous ses doigts, le façonna. Et sitôt qu'il eut donné le tempo, les gens qui l'entouraient le reprirent. Cette *India,* deux rangées devant et six en contrebas. L'homme qui avait les traits de Bogart douze places plus loin. L'androgyne à tête de chacal d'ancien dieu égyptien juste derrière lui. Tous écoutaient et calquaient leur cadence sur la sienne. Il en faisait autant et cessait d'entendre les battements. Il n'avait plus une Noire sur sa droite. Il n'avait plus Nute sur sa gauche. Il avait disparu, lui aussi. Il ne restait que le rythme envoûtant. En ignorant comment il pouvait savoir qu'il avait déjà scandé cinq mesures à cinq temps, il rendit la musique au groupe installé du côté opposé.

Un tremblement ébranla le troisième cocon. Sa coquille d'argile se déforma et se craquela, perdit des écailles jaunâtres.

Le rythme revint, et repartit.

La gangue se fendit. Il discerna un mouvement, quelque chose de sombre qui bougeait.

Une main sortit de la fissure. Brune, avec une paume blanche. Une deuxième. L'œuf s'ouvrit en son centre, se scinda. Ses moitiés tombèrent.

Une jeune Noire gisait à l'intérieur. Elle était nue. Sa poitrine se soulevait en raison des efforts réclamés pour briser l'argile. Elle gardait les yeux clos et ses traits traduisaient tour à tour de l'étonnement, de la méfiance, de l'espoir, de la terreur, de l'excitation. Elle s'assit et essuya la glaise qui adhérait à ses seins, ses mains, son visage. Elle retira le gel protecteur de ses paupières et s'intéressa à ses paumes. Elle étudia son corps, de ses doigts à ses bras, de ses bras à ses jambes, de ses jambes à son torse. Elle interrompit cet examen visuel pour s'assurer au toucher de sa matérialité.

— On croit tout d'abord que c'est une illusion, un songe qu'on fait dans l'au-delà, commenta Nute.

Tous les cocons réagissaient à l'appel du rythme. Dans certains, des ressuscités se débattaient. D'autres se fendillaient et se craquelaient. D'autres encore tressautaient à chaque battement. Sans qu'un seul signe ou mot fût échangé, les coups cédèrent la place à des incitations plus subtiles : les doigts claquaient, caressaient le ciment. Les mains de Camaguey se glissèrent dans cette nouvelle cadence aussi aisément que dans une paire de vieux gants en cuir.

— On se demande alors si la vie dont on se souvient n'a pas été qu'un rêve. Comme ces indigènes qui croient que la fin du monde a eu lieu trois jours après sa création et que ce que nous pensons être la réalité n'est en fait que notre dernier songe. Puis nous prenons conscience que tout ce qu'on nous a dit est vrai. Oui : on a franchi le cap de la mort et on n'a plus à la redouter. Oui : on a retrouvé notre corps d'antan, débarrassé de toutes les imperfections qui pouvaient nous affliger. Oui : il ne vieillira jamais, il ne deviendra pas disgracieux, il ne nous trahira pas comme l'a fait le précédent. Oui : nous disposons de l'expérience, des souvenirs, de la maturité et de la sagesse de notre existence antérieure. Oui : tout ce qu'on nous a dit est vrai et ces choses nous appartiennent. Regarde-la, Camaguey. Regarde-la !

La Noire s'agenouillait dans les tessons d'argile. Elle se balançait, bercée par les claquements des doigts. Les larmes de joie qui coulaient sur son visage reflétaient la clarté des bougies.

— On ne pense pas au prix réclamé en échange, Camaguey. Quel qu'il soit, il se justifie amplement.

De la détermination durcit les traits de la ressuscitée. Elle essuya ses pleurs et tenta de se lever. Une fois, deux, ses muscles nouveau-nés cédèrent. Au troisième essai, elle prit une posture disgracieuse, jambes écartées. Elle était en sueur et tout son corps tremblait en raison de l'effort.

Les morts du premier rang se levèrent pour la soutenir, l'étreindre. Les occupants des autres cocons se redressaient, effectuaient en titubant quelques pas triomphants. La congrégation se désagrégeait pour aller les accueillir, devenir leurs nouvelles familles.

— Elle aura besoin de pères, de mères, de sœurs, de frères, d'amants. Il lui reste tant de choses à apprendre sur elle, ce nouveau milieu, le monde de sa renaissance. Il faudra la guider au sein de la souffrance, des sentiments de perte et de la confusion. Elle aura de nombreuses peurs à surmonter. Peu de gens optent pour un tel retour à la vie, par l'argile et le Désenchâssement, mais c'est une expérience extraordinaire.

Nute s'interrompit, pour retenir un sanglot.

— Je regrette. Je ne pensais pas que ça me ferait un tel effet. Je me suis dit que tu devais partager ce mystère et la joie qui l'accompagne, que cela pourrait t'aider à dissiper tes craintes. Je n'avais pas prévu que ça m'affecterait si profondément.

— Tu as atteint ton but, dit Camaguey.

— Il pleuvait également, lors de mon éclosion.

— Je veux renaître ainsi, décida Camaguey. Je refuse d'être un simple occupant de cuve de Jésus décanté, nettoyé puis balancé dans les rues. Je veux qu'on célèbre mon arrivée au sein de la nation des morts. Je m'en sens déjà membre. Est-il possible de vivre toute une vie en une seule nuit ? Naître, devenir adulte, aimer et mourir ?

— On peut toujours essayer, dit Nute.

A l'extérieur, sur le boulevard, la pluie avait cessé. L'air était frais et vivifiant. Cet air du petit matin qui est si mordant qu'on croirait renifler de la poudre de diamant. Tous les sons étaient aussi nets et perçants qu'une aiguille de cristal : le passage rapide des rares véhicules qui suivaient la chaussée mouillée de l'avenue, le son des tambours et des marimbas des *cuadras* qui célébraient les victoires du carnaval. Cela s'accompagna d'une douleur soudaine. Camaguey constatait qu'en contribuant à donner le rythme plus subtil qui incitait les morts à sortir de leur gangue, il s'était écorché le bout des doigts sur le béton, jusqu'au sang.

Et il vit autre chose. Un gros bouton blanc dans sa paume droite. Machinalement, il y exerça une pression de l'index gauche. L'ampoule éclata et s'affaissa autour d'un piquant noir.

Le début de la fin.

— Nute, qu'ai-je dit au sujet de vivre toute une vie en une seule nuit ?

— Naissance, croissance et mort.

— Et le sexe ?

Il lui montra ce qu'il venait de découvrir dans sa main.

— Seigneur !

— Ne me hais pas, Nute.

— Il y a une chose que je voudrais te faire comprendre, Camaguey. Tu ne peux me choquer. Que la mort est le plus puissant des aphrodisiaques n'est un secret pour personne. Les amants dignes de ce nom baisent toujours après des funérailles. Tu as payé, Camaguey. Tu m'as sauvée de ces *noncontratistos* et je suis ta Gallowglass, souviens-t'en. Je connais un hôtel, non loin d'ici.

Trente-sept heures et douze minutes.

Le beuglement résonna de nouveau, plus proche. Santiago frissonna, assailli par une chose plus froide que la pluie. Rien ne pouvait avoir une pareille voix de damné.

— Dispersion de type classique numéro trois,

ordonna Miclantecutli. On se retrouve à zéro deux cents. Ange, pars avec Duarte. Et n'oubliez pas de m'appeler du Tacorifico Superica. Asunción, te sens-tu d'attaque pour faire ça en solo ? Anansi, tu restes avec moi et Santiago.

— Nous laissons les motos ? demanda Santiago en voyant les mains habiles d'Asunción filer des câbles avec leur substance afin de les souder au boulevard.

— Les règles du jeu ont changé, dit Miclantecutli.

La nuit cria. Un hurlement lui répondit. La rue glissante de pluie était désormais déserte.

Ils partirent vers l'est à grands pas, dans un labyrinthe de ruelles. Les rares individus encore dehors — des *carnavalistos* égarés et quelques amants qui recherchaient l'intimité offerte par l'obscurité des portes cochères — s'écartaient devant eux ou levaient le bout des doigts à leur front et à leurs lèvres, le baissaient vers leurs tétons, leur ventre, leur aine. La quintuple bénédiction de la foi d'Ucurombé. Miclantecutli était en tête, aussi décidée et infatigable dans le rôle de la proie que dans celui du chasseur. Santiago restait légèrement en retrait. Anansi ralentit le pas pour se moquer de lui.

— L'allure serait-elle trop soutenue pour toi, homme de chair ? Tu trouves tout cela sale et fatigant ? Trop physique ? Trop réel, peut-être ? Je présume qu'un individu qui prend son pied par ordinateur interposé ne brûle pas tellement de calories, non ?

Le souffle court, Santiago se tourna vers la femme arrogante aux yeux de panda, referma ses poings sur son maillot extensible et la hissa au niveau de son visage. Il la tint ainsi et la fixa, sans mot dire.

— Tu ne peux même pas exprimer ce que tu aimerais me faire, pas vrai ? fit-elle. *Querido*, quoi que tu puisses m'infliger, je l'apprécierais bien plus si j'avais affaire à un autre que toi.

— Tu es malade, hoqueta Santiago.

Il l'assit sur le capot glissant de pluie d'une camionnette électrique. Anansi sourit et remit de l'ordre dans sa tenue.

— Mieux vaut être malade que mort, déclara Miclantecutli en désignant une venelle encombrée par les véhicules de livraison d'une *panadería*. Nos adversaires n'engagent jamais leurs maudites créatures dans ces ruelles.

Comme pour lui répondre, la maudite créature en question rugit. Les murailles de la gorge creusée dans le béton amplifièrent le son, le canalisèrent, le projetèrent dans le cœur et l'esprit de Santiago Columbar. Un deuxième appel se joignit au premier, un troisième, un quatrième, un cinquième. Droit devant eux.

— Sainte Mère de Dieu, nous avons toute la meute à nos trousses ! commenta Anansi.

— Ils n'ont pas lambiné pendant le délai qui leur était imparti pour effectuer des reconnaissances, cracha Miclantecutli. Des rats dans un égout plein de merde.

Elle leva les yeux vers la pluie qui tombait.

— On dirait que ces toits sont reliés entre eux.

Miclantecutli grimpa sur le capot de la camionnette, puis sa cabine. Elle cala un pied derrière une descente de gouttière d'où jaillissait une cascade, se hissa, bondit et agrippa l'échelon inférieur d'un escalier de secours. L'échelle bascula en grondant. Anansi passa rapidement devant elle. Elle était trois niveaux plus haut quand Santiago atteignit le toit du véhicule. Tel le cri d'un cadavre brusquement rappelé à la vie, un autre hurlement ébranla la ruelle et suscita une réponse à son extrémité opposée.

— Qu'est-ce que c'est ?

Santiago s'était arrêté pour reprendre son souffle sur le palier du cinquième étage.

— Tu le découvriras bien assez tôt.

Le visage de Miclantecutli était une étude de jubilation cruelle.

*Elle aime ça,* pensa Santiago en la suivant dans un fouillis d'antennes satellites improvisées avec du grillage pour poulailler, de gaines de ventilation de climatiseurs et d'étendages rouillés ployant sous le poids du linge lesté par la pluie. *Il n'existe aucune différence entre le chasseur et la proie. Le poursuivant est à son tour poursuivi, mais est-ce réciproque ?* Il se retrouvait sur un parapet en brique qui surplombait d'une trentaine de mètres les rues de Saint-Jean. *Ne regarde pas vers le bas. Ne suis pas des yeux les gouttes qui vont se perdre dans cet abîme qu'éclairent les réverbères.* Miclantecutli courait sur l'étroit muret pour aller rejoindre Anansi sur un pont de bois cintré fait de bric et de broc qui enjambait le vide entre les toits. Elle était magnifique, sauvage, effrayante. Elle vivait avec insouciance dans ce monde parallèle que Santiago cherchait depuis la sinistre révélation qu'il avait eue à l'occasion de son seizième anniversaire. Il comprit qu'il fallait se laisser guider par son instinct pour y résider. La conscience le détruisait, car c'était l'univers de l'animalité à l'état pur. Sitôt qu'on pensait l'avoir atteint et qu'on tendait le bras pour s'en saisir, on le perdait. C'était une chose bestiale qu'on ne pouvait appréhender en utilisant sa main ou son esprit.

Derrière eux, en contrebas, le chasseur cria encore. Il n'aurait pu se méprendre sur la signification des harmoniques de ce hurlement. Il exprimait de la frustration.

Ils traversèrent le pont et se retrouvèrent dans le haschich, un hectare planté autour de la cour centrale du *cuadra*. Certaines de ces plantes étaient plus hautes qu'eux, luxuriantes et fortes sous le soleil angeleño, le smog angeleño, la mousson angeleña et de généreuses couches d'humus. La première récolte avait été suspendue à une armature abritée par un toit de plaques en plastique transparent qui saillaient sous le point de captage de l'eau de pluie.

Les chasseurs rugirent.

— Ils sont toujours sur nos talons, siffla Miclantecutli. Santiago, devant. Anansi, à droite. Je prends le côté gauche. Je veux voir à quoi ils ressemblent. Et si un de ces salopards se découpe contre le ciel, je l'aurai.

La façade attribuée à Santiago surplombait un réseau de larges rues dans lesquelles toute créature suffisamment volumineuse pour pouvoir pousser de tels cris aurait été visible sur près d'un kilomètre. *Nada*. Cependant, leurs adversaires étaient là. La disparition des noctambules omniprésents dans tout le reste de Nécroville le confirmait.

— Si on excepte la montée d'escalier et le chemin que nous avons suivi pour venir, le seul moyen de sortir de cette souricière est le palan que les occupants des lieux ont installé pour descendre leur production, déclara Anansi. Super, Miclan ! Tu as eu une idée géniale.

— De mon côté, la distance est trop importante pour qu'on puisse sauter, dit Miclantecutli.

Anansi et Santiago étaient du même avis en ce qui concernait leurs secteurs.

— Bon, nous voilà donc coincés sur ce toit avec de la sensemillia jusqu'aux oreilles. Anansi, étant donné que tu viens d'exprimer des réserves sur le bien-fondé de mes décisions, dis-moi ce que tu ferais à ma place...

— Non, Miclan. Pas moi. Envoie-le. Je refuse. C'est du suicide.

— Voilà pourquoi je ne peux pas confier cette mission à Santiago, Anansi. Et comme tu ne caches pas l'animosité qu'il t'inspire, je ne peux pas non plus me porter volontaire et te charger de veiller sur lui. Il est vivant, ne l'oublie pas, et la chair est fragile. Tu es rapide et courageuse. Tu as des chances de t'en tirer. Je suis presque certaine que tu leur échapperas. Et dans le cas contraire, n'est-il pas plus glorieux de mourir en solitaire ?

— Va te faire foutre, Miclan. Va en enfer !

— Merci pour ta compréhension, ajouta Miclantecutli pendant qu'Anansi grimpait dans la chaise de corde du petit palan. J'en connais qui seraient ravis de pouvoir exécuter un tel numéro de virtuose dans un concerto de souffrance en solo écrit spécialement à leur intention.

Elle actionna l'interrupteur et envoya Anansi vers le sol. Santiago la regarda tournoyer lentement au bout du câble, un pendule de Foucault lesté par une vie.

— Ils risquent naturellement de se douter qu'elle n'était pas seule sur ce toit, mais c'est un de ces impondérables qui pimentent un peu l'existence.

Anansi atteignit la rue. Sans lever les yeux et leur adresser un geste de la main, elle disparut dans le labyrinthe de rues s'étendant à l'ouest du *cuadra* du pas rapide et régulier d'un loup infatigable.

— Je me félicite que tes *amigos* aient raté l'autobus, Santiago.

Miclantecutli s'était allongée sur la pierre de couronnement pour surveiller la rue. La pluie coulait de sa veste de caoutchouc dont les faces moulées semblaient pleurer.

— Ils n'auraient pas eu les *cojones* de faire des trucs de ce genre. Je n'ai jamais compris ce que tu leur trouvais, Santiago. Boire deux verres de tequila, sniffer quelques lignes de blanche et tirer un coup en vitesse sous une moustiquaire, voilà ce qu'ils appellent mener la grande vie. Tu méritais mieux que cela. Qu'eux.

— Toi, par exemple ?

— Que tu décides d'apporter à nos rapports plus

d'intimité qu'il n'est généralement de mise entre fournisseur et client m'a profondément touchée. Et savoir que je suis encore pour toi une source d'inspiration me flatte. Mais une chose m'intrigue. Pourquoi as-tu choisi cette Nuit des Morts plutôt qu'une autre ? Aurais-tu découvert un beau matin que tu t'ennuyais ? Je t'avais averti. Je savais que ces pantins ne pourraient pas te suffire. Entre nous, la situation était différente. Nous cherchions constamment à aller plus loin.

Le rugissement interrompit des déclarations que Santiago n'avait aucun désir d'entendre. Après le cri, des pas précipités. Anansi atteignait le croisement. Vingt mètres plus haut, Santiago percevait sa peur, sa concentration. La menace de connaître une mort soudaine nouait ses muscles.

— Quoi qu'il puisse se passer, ne dis pas un mot, lui ordonna Miclantecutli à mi-voix. Ne fais pas un bruit. Quoi qu'il advienne.

En regardant par-dessus son épaule, Anansi franchit l'angle d'un immeuble d'habitation. Simples ombres dans le feuillage, Miclantecutli et Santiago la suivaient des yeux. Elle courut vers le labyrinthe du secteur ouest, où elle pourrait se mettre à couvert.

Un Cavalier Blanc sortit de la rue qu'elle s'était choisie.

— Doux Jésus ! murmura Santiago.

Il avait oublié les instructions de Miclantecutli, qui siffla doucement. Mais elle voulait ainsi exprimer de l'admiration et non des reproches. Elle se rapprocha du bord autant qu'elle l'osait pour assister à la confrontation.

La créature se dressait sur ses pattes postérieures, haute de trois mètres. Le passage était à peine assez large pour sa corpulence. Les griffes métalliques crochues de ses membres antérieurs trapus et puissants crissaient au contact des escaliers de secours entre lesquels elle se faufilait. Celles de ses pattes postérieures creusaient des ornières dans le revêtement de la chaussée. Sa tête était un bloc cunéiforme gainé de peau. On avait amélioré sa vision nocturne en rivetant des projecteurs derrière chaque œil. Elle cherchait à gauche, à droite, vers le haut, le bas, en humant l'air. Elle repéra une proie et le sourire cruel d'une centaine de dagues d'acier fendit sa face. La selle qu'occupait sa cavalière semblait être une excroissance naturelle entre ses épaules. Des nappes de fils reliaient ses ports crâniens à un joystick. L'ange chasseur à la crinière ébouriffée, une femme dont la peau camouflée reproduisait les motifs vert sur vert de sa monture, poussa le petit levier. Le monstre fit deux pas vers Anansi, qui restait paralysée.

— Des allosaures nains, murmura Miclantecutli, fascinée. Des variantes des créatures du Crétacé inférieur qui chassaient sur le littoral de South Victoria quand l'Australie et l'Antarctique étaient *esposo* et *mujer* au pôle Sud. Ces salopards les ont fait venir par avion de Seattle à VanColumbia et ont payé la Maison des Morts pour qu'elle les leur élève. Ils ont de l'argent et de la classe, pour des gringos. Comprends-tu à présent pourquoi j'ai joué si serré ?

La Cavalière Blanche enfonça un bouton sur son pupitre. Le tectosaure rejeta sa tête en arrière et hurla à la nuit. Ses projecteurs frontaux empalèrent la pluie. Le son caverneux tira Anansi de sa léthargie. Elle se tourna et se mit à courir. L'allosaure s'élança derrière elle, dévorant la distance en enjambées de deux mètres. Sur le toit, deux spectateurs les suivaient du regard. Quand Anansi s'engagea dans l'intersection, son adversaire s'arrêta. Sa monture se cabra et rugit de nouveau. Un second dinosaure sortit d'une ruelle. Un troisième, un quatrième, un cinquième. Toutes les issues étaient condamnées.

— Elle est morte, c'est de la viande froide, murmura Miclantecutli.

Sur un ton que Santiago trouva révoltant.

Anansi se dressait seule sur la chaussée, illuminée par les faisceaux des projecteurs. La Cavalière Blanche qui l'avait prise au piège décrocha une longue lance du côté de sa selle. L'allosaure baissa la tête, se pencha en avant. La femme releva son arme. Sa monture griffa l'asphalte puis chargea la proie qui demeura sur place. Le bruit de la chair qui éclatait et le cri d'agonie furent simultanés. Le fer de la lance atteignit son sternum, s'enfonça de cinquante bons centimètres dans sa poitrine et ressortit dans son dos. La force d'impact emporta Anansi jusqu'au centre de l'intersection avant que la Cavalière Blanche ne lâchât son arme, et sa victime par la même occasion. Anansi referma les doigts sur la hampe trop lisse pour offrir une prise. Elle s'effondra lentement sur le béton humide. La chasseresse fit tourner le tectosaure, qui s'exécuta avec une agilité étonnante sur ses énormes orteils griffus. Lorsqu'elle récupéra sa lance, les mains d'Anansi se détendirent et s'ouvrirent. Les Cavaliers Blancs entourèrent son cadavre.

Incapable de détacher le regard du corps qui gisait au milieu de la rue, Santiago laissa échapper un gémissement étouffé.

Un allosaure redressa la tête et les faisceaux jumelés de ses projecteurs balayèrent la façade du *cuadra*. Miclantecutli tira Santiago sous le couvert des plantes.

— Pas un mot et pas un geste, murmura-t-elle hargneusement. Je ne sais pas par quels moyens ces monstres repèrent leurs cibles, mais nous ne devons pas courir de risques inutiles. Par chance, l'odeur de la marijuana couvre la nôtre.

Elle bascula sur le dos.

— Et nous ne partirons pas d'ici tant que je ne serai pas certaine que c'est sans danger.

Elle pela son gant gauche et glissa l'annulaire dans sa bouche, jusqu'à la première jointure.

— *¡Ay !* Anansi ! fit-elle à mi-voix.

Puis elle sectionna la dernière phalange avec ses dents.

Le cœur de Santiago s'emballa. Miclantecutli gémit sa souffrance et cracha le bout de chair, d'ongle et d'os dans les ténèbres.

— Un point pour vous, mes adversaires.

Pendant quelques secondes, l'unique son fut celui du sang qui gouttait sur l'humus, puis les pouvoirs de régénération surnaturels de Miclantecutli interrompirent l'hémorragie.

Guide spirituel. Maîtresse. Tortionnaire. Muse. Elle avait été pour lui tout cela. Il l'avait laissée devenir tout cela.

Des souvenirs éclair, tels des flash-back dus à des hallucinogènes. Leur rencontre dans la Galerie Derrière les Barbelés, sur Wilshire, un lieu où tout était permis — même ce qu'on n'eût jamais osé réaliser dans le monde des vivants — parce qu'il n'y avait à Nécroville aucune loi qui imposait des limites aux formes d'expression artistique. Santiago Columbar : vingt ans moins trois jours, au milieu de ses idoles et paralysé par la gêne dans sa tenue décontractée composée avec soin. Il avait dans la poche de poitrine de sa veste en peau de tectosaure la disquette qui contenait ses schémas moléculaires et ses modèles prévisionnels des Nouveaux Univers, sa première œuvre originale. Miclantecutli, *virtualista* hors la loi, était assez âgée pour avoir pu lui transmettre la moitié de ses chromosomes. Mais les physmodes lui donnaient suffisamment de jeunesse et d'assurance pour lui permettre de ne porter qu'un fourreau sensoriel couleur chair avec au point stratégique un V d'aluminium riveté. Ils firent connaissance devant une bulle en plastique où une morte éviscérée agonisait dans le lit de ses propres entrailles.

— Des Nouveaux Univers ? répéta-t-elle en faisant courir l'extrémité de ses doigts sur les lanières de cuir lovées autour des poignets de Santiago.

— Des mondes qui ne nous sont pas familiers, expliqua-t-il. Un hallucinogène préparé sur mesure qui agit sur la perception. Il déprogramme les systèmes de reconnaissance de formes du cerveau et ce qui est connu devient méconnaissable. Un arbre peut se changer en fontaine d'hélium liquide, un nuage en dirigeable vivant, un humain en harpe de cristal intelligente.

— C'est Dieu qui t'a envoyé jusqu'à moi, *muchacho*, lui dit-elle en l'éloignant de la foule pour l'isoler dans la fraîcheur des jardins où des sculptures acoustiques leur adressaient des murmures.

Elle lui révéla qu'elle rêvait depuis toujours d'une virtualité qui s'accouplait aux stupéfiants pour engendrer des hybrides à la fois magnifiques et terrifiants : une réalité irréelle alimentée par l'esprit halluciné qui vivait tout cela par l'entremise d'un fourreau sensoriel.

— Une boucle sans fin. Une interaction totale au niveau de l'inconscient. Le summum en matière de voyage dans l'espace intérieur. Une chose qui éclipserait les pornothèques privées et les excursions à Van Goghland, les visites dans le Monde de Bosch et les trips-sous-merde hyperréalistes qu'on appelle l'art virtuel. De la création spontanée. Un safari dans une contrée peuplée de dragons. Une expérience si marquante qu'on ne pourrait se reconnaître ensuite. Une croisière sans retour.

Elle le conduisit à son domicile et ils restèrent debout jusqu'à l'aube. Elle but du whisky et lui de l'eau minérale, et ils s'éblouirent à tour de rôle par leurs révélations. Le lendemain, il quitta la cité universitaire et s'installa chez elle.

Louer des heures d'ordinateur pour modeler les molécules qui permettraient d'effectuer des trips dans la virtualité était coûteux. Afin de financer ses recherches, Miclantecutli se chargea de lancer la production en série des araignées des Nouveaux Univers de Santiago. Honnête dans son art, même s'il l'était moins en d'autres domaines, il insista pour qu'ils testent le prototype. Ils posèrent une araignée sur leur langue puis ils prirent un péditaxi et parcoururent une ville qui subissait des métamorphoses. Ils pénétrèrent dans une dimension sacrée symphonique d'icebergs qui tintaient et d'arbres au néon, de récifs d'hydrocarbures et de raies manta volantes, d'herbivores qui se cabraient à leur approche puis explosaient en fontaines de duvet de chardon et de motifs lumineux qui dansaient à la périphérie de leur champ de vision mais s'enfuyaient sitôt qu'ils tentaient de les fixer. Cette nuit-là, ils firent l'amour dans le lit de glycérine de Miclantecutli : deux extraterrestres de verre fragile qui s'accouplaient dans les bruissements et les murmures de leurs cils cristallins.

On dit que le premier million est toujours le plus difficile à gagner. Devenu célèbre en guère plus d'une semaine, Santiago ne se reposa pas sur ses lauriers. Au cours des douze mois suivants, il mit au point autant de produits qui remportèrent un très vif succès. Il était entre-temps passé sous la coupe de Miclantecutli, corps et âme.

La soirée était assommante. Ils y faisaient acte de présence uniquement parce que leur notoriété l'exigeait. Santiago distribuait gracieusement des timbres d'euphorisant à gratter et à sniffer à tous les individus qui l'abordaient pour lui faire part de leur admiration. Afin qu'ils se mettent à planer et cessent de l'importuner. Il attira Miclantecutli derrière les piles d'enceintes et l'embrassa. Elle le dévisagea, surprise, en sentant sa langue pousser quelque chose entre ses lèvres. Puis l'araignée s'accrocha à son palais et elle connut une fois de plus la chaude liquéfaction familière de l'ego quand les produits chimiques se répandirent dans son cerveau.

— Ici, il y a des dragons, murmura-t-il.

Ils ne réussirent que de justesse à regagner leur demeure. En proie à une vive excitation, ils se dévêtirent en déchirant leurs vêtements d'un prix révoltant réservés aux soirées de Beverly Boulevard. Leurs fourreaux sensoriels les scellèrent l'un à l'autre.

Sur ce toit et sous la pluie qui martelait le dais de chanvre indien, Santiago se remémora cette expérience.

Il était une graine enfouie dans la terre froide. Comprimé par l'humus, maintenu en suspension, en léthargie, son potentiel en stase, aveugle sourd muet privé de sens.

Des mois s'écoulèrent ainsi pendant que le virtualiseur lisait ce que l'araignée projetait dans son cerveau, amplifiait les visions et les lui renvoyait traitées et filtrées. Le passage synesthésique des vers de terre était un frisson sensuel sur sa peau nue. Il ressentait un bien-être printanier alors que des serpentins se lovaient autour de son corps et l'ouvraient à la lumière, la chaleur. La terre ruissela de ses épaules lorsqu'il jaillit du sol ressuscité, renaissant, brillant comme l'Adam de Blake couronné par le soleil.

Un jour de liesse.

Après un long hiver, Santiago Resurrexit s'avança dans la plaine du Jugement. Levée par le printemps, l'armée des justes vint le rejoindre pour marcher avec lui vers Dieu : Marilyn et Jimmy, Buddy et Jimi, John et Wolfgang Amadeus, Wilfred et Janice, Jim et Mama

Cass, Billie et Bird, la compagnie bénie de ceux qui avaient vécu intensément, étaient morts dans la fleur de l'âge et vivraient à jamais.

Le log virtualiseur de Miclantecutli se chargeait de trouver des sources d'inspiration durables ou éphémères pour alimenter ses hallucinations.

En un temps incalculable, leur cohorte traversa l'étendue de terre rouge en direction des monts. Ils virent alors un nuage au-dessus d'eux et, lorsqu'ils gravirent les premières collines et s'en rapprochèrent, ils purent constater que des visages le peuplaient. Plus loin encore, dans des vallées où la clarté du Christ les illuminait, ils surent que leurs doubles habitaient ces nuées. Santiago comprit qu'il s'agissait des vies qu'ils avaient sacrifiées, avec leurs imperfections, leurs échecs, leurs péchés par action et par omission. Il sut que le nom du nuage était Inconnaissance et que, loin devant eux, là où les pentes inférieures de Sion descendaient fusionner avec le cercle de collines, il s'abaissait jusqu'au sol pour dissimuler la nudité de Dieu. Il se fraya un chemin dans la brume saturée de murmures, glacé par l'inadéquation et les compromis, et il émergea dans la lumière originelle qui emporte toute parole, pensée et image. Des tecteurs qui migraient dans ses neurones trouvèrent et déclenchèrent la prédisposition humaine à l'extase religieuse, et la peau sensorielle déversa la surcharge dans ses terminaisons nerveuses.

Le temps est, le temps était, le temps ne sera plus.

Et il s'éveilla dans les hauteurs d'Old Hollywood.

Leur spectacle baptisé *Dangereuses visions* occupa jour et nuit douze virtualiseurs pendant quinze semaines, à la Galerie Derrière les Barbelés. Avec ses droits d'auteur, Santiago fit l'acquisition de la *residencia* de Copananga et déménagea de chez Miclantecutli. Il quitta sa maison de Malibu et l'océan vert et froid qui venait clapoter contre ses pilotis. Leur association était terminée. Il avait vu dans le Nuage de l'Inconnaissance leurs rapports suivre une spirale descendante, plus malsains et incestueux à chaque tour de cette vis sans fin. Il se tourna vers l'extérieur et les hauteurs, vers des amis d'enfance, des connaissances du collège. Il établit avec eux de nouveaux liens fondés sur l'affection mutuelle et non sur le besoin et le désir, l'offre et la demande. Il reprit en main sa destinée.

Miclantecutli mourut trois mois plus tard. D'une overdose, dans la maison près de la mer. Le T17 entrait dans la catégorie des euphorisants de qualité supérieure. Il n'était pas supérieur mais ultime. Le trip dans lequel il vous emportait était si agréable que rien ne pouvait lui être comparé. A leur retour sur terre, les utilisateurs pensaient au reste de leur vie, n'y voyaient que de la peur, de la haine, des cendres, de la merde et des ténèbres, et ils effectuaient un dernier voyage dans un accès de dépression suicidaire.

Santiago apprit le décès de Miclantecutli par son medialog, un programme qui enregistrait dans les journaux télévisés du monde entier tout ce qui avait un quelconque rapport avec lui. Il alla assister à l'éloge funèbre afin de s'assurer que c'était bien cette femme qui se trouvait dans la cuve de Jésus et qu'il serait à l'avenir à l'abri de son amour. Pendant les semaines nécessaires pour décomposer son corps et le reconstituer, ses certitudes vacillèrent. Une nouvelle réaction se produisait dans son alchimie neurologique et instillait en lui un sentiment de culpabilité. Il ne l'avait pas aimée, il en était venu à la redouter, voire à la haïr, mais elle s'était suicidée à cause de lui et il ne pourrait laver ses mains de cette souillure.

La sagesse populaire veut qu'il soit impossible de retrouver un défunt parmi les millions qui grouillent dans les Cités des Morts. S'il existe des règles qui s'appliquent à tous les humains, la richesse accorde des dérogations. Santiago envoya ses espions matériels, légaux, informatifs et virtuels. Ils passèrent au crible les fichiers ; ils s'ouvrirent avec des pots-de-vin un tunnel dans les archives de la Maison des Morts pourtant jalousement protégées ; ils surfèrent dans les répertoires des *corporadas* et des compagnies d'assurance d'*inmortalidad*. Et ils localisèrent Miclantecutli Resurrexit. Ils lui firent alors une offre que nulle fille des rues n'aurait pu refuser : travailler pour l'homme qui l'avait abandonnée dans sa vie précédente. Devenir son intermédiaire pour vendre ses créations dans une Nécroville où les rêves faisaient cruellement défaut.

Si elle accepta, ce fut parce qu'elle conservait d'assez bons souvenirs d'un certain Santiago Columbar.

Les individus possédés par un violent désir d'autodestruction, les téméraires qui avaient le courage de s'aventurer jusqu'au bord de l'abîme pour regarder l'au-delà, le fascinaient.

Ce même été, Peres fit une chute mortelle, l'esprit englué dans le nirvana par un accélérateur neural que Santiago Columbar avait adapté à ses besoins. Le cercle de ses vieux amis se réduisait. L'empreinte de sa personnalité serait toujours trop forte pour ceux qu'il attirait vers lui. Il se retrouvait seul — sa destinée — et s'avançait sur la pente entropique de la désillusion et de la décomposition. Ce fut au cours de cette période qu'il eut ses premiers entretiens avec la nouvelle Miclantecutli. Ce fut à cette époque qu'il découvrit ce qui avait remplacé pour elle la virtualité. Et dès lors il progressa pas à pas vers une frontière qu'il n'avait jamais osé approcher.

Miclantecutli jeta un coup d'œil à son antique Rolex. Elle roula sous le chanvre indien et s'accroupit au bord du toit, tous les muscles bandés comme un chat à l'affût.

— Viens, *corazón*.

— Ils sont partis ?

— Il y a des passants dans les rues.

Elle remonta le palan.

— Après vous, seor. Nous sommes attendus.

Le câble le descendit. Ciel, mur et gouttes de pluie tourbillonnaient autour de lui. L'unique point fixe était le chicot du doigt tronqué de Miclantecutli.

Ils se déplaçaient dans le sillage du carnaval, dissimulés aux Cavaliers Blancs par les chars et les personnages costumés. Elle avait refermé sa main mutilée sur son poignet et le tirait à contre-courant du flot d'orchestres et de danseurs. Le jeune Santiago avait autrefois vu une fresque dans une basilique du *Viejo Méjico*. Des squelettes souriants entraînaient ainsi de grands seigneurs et de gentes dames dans les fugues et les pas d'une Danse macabre.

Le restaurant d'Eddie le Maboul se composait d'une cour délimitée par quatre petites cuisines où étaient préparées autant de spécialités ethniques que des *meseros* en patins à roulettes apportaient aux clients. La pluie martelait la bâche en plastique tendue au-dessus et, malgré les fuites, toutes les tables étaient occupées.

— D'authentiques ripailles itinérantes, expliqua Miclantecutli en attirant l'attention d'un serveur. Quand l'établissement devient trop populaire quelque part, ils accrochent les cuisines en file indienne et les emmènent ailleurs.

Ce fut le propriétaire en personne qui lui servit son margarita.

— Seulement de l'eau pour mon ami.

— Ça se présente comment ? voulut savoir Eddie le Maboul.

Qui était très différent de ce que laissait supposer son nom. Miclantecutli lui montra sa main gauche.

— Qui ?

— Anansi.

— *¡ Ay !* Ces maudits Cavaliers Blancs. J'ai vu bien des choses dans ma chienne de vie, Miclan, mais ces *Norteamericanos*... J'ai entendu parler de leurs montures. Jésus Marie Joseph !

— La moitié du temps qui leur est imparti est écoulée et nous n'avons subi qu'une seule perte. Estimes-tu que je justifie un pari ?

— Cent, comme d'habitude.

Il fit signe à un *mesero* d'apporter de l'eau à Santiago.

— Pas d'appels pour moi ?

— Pas encore.

— Il est tôt.

Le grondement d'un allosaure, aisément reconnaissable sous les crépitements de la pluie, interrompit toutes les conversations. Eddie le Maboul lança un coup d'œil nerveux à Miclantecutli. Santiago remarqua que ses doigts s'étaient crispés sur le rebord de la table.

— Ô homme de peu de foi ! fit-elle avant de siroter une gorgée de son margarita. Je doute qu'ils aillent jusqu'à faire piétiner par un tectosaure d'une demi-tonne la clientèle d'un restaurant, mais il est vrai qu'on ne peut jurer de rien.

Un serveur approchait en louvoyant entre les tables. Il apportait un *teléfono*. Miclantecutli posa l'appareil devant elle et déplia l'écran. L'image était granuleuse d'interférences, le son à peine audible. L'Ange déformée par le grand-angulaire semblait morte et enterrée depuis vingt jours.

Elle avait des difficultés à parler.

— Miclan. Il n'est plus là, Miclan.

— Qu'est-ce qui n'est plus là ?

— Le resto. Tout ce foutu resto ! A l'emplacement du Tacorifico Superica, il n'y a plus qu'un cratère de verre fondu de vingt mètres. Comme si quelqu'un avait microtoqué ce putain d'établissement. Je t'appelle d'une cabine proche de la Porte de Sunset.

— Duarte ?

— Mal en point, Miclan. Très mal en point. Les Cavaliers Blancs... Ils sont tenaces. Ils reviennent constamment à la charge. Ils ont failli nous avoir, derrière Lexington. Duarte a reçu un javelot dans le pied. Deux orteils sont partis avec, quand il l'a retiré. Nous les avons semés dans les terriers qu'on trouve dans le coin. Certains de ces tunnels sont à peine assez larges pour autoriser le passage d'une personne et ces saloperies de tectosaures ne peuvent les emprunter. Il a perdu beaucoup de sang, Miclan.

Ange se tourna brusquement. Ce fut en haute-fidélité que le système audio reproduisit le beuglement.

— T'as entendu ça ? Je ne peux pas poireauter dans le coin. Il va falloir que j'abandonne Duarte.

— Ange, Anansi n'est plus avec nous.

Miclantecutli raconta la poursuite et la curée, sans manifester plus d'émotions que le présentateur d'un journal télévisé.

— Combien de temps s'est écoulé depuis que vous les avez rencontrés sur Lexington ?

— Vingt, vingt-cinq minutes. Ils étaient trois.

— Nous en avons entendu un à cinq rues d'ici, il y a un instant. Comment peuvent-ils se déplacer si vite ?

Les chasseurs de Sunset rugirent de nouveau. Un peu plus fort. Un peu plus près.

— Jésus, je dois laisser Duarte. Et qu'il s'en tire ou pas, priez pour moi.

Elle se tourna pour fuir et recula en titubant à l'intérieur de la *cabina*. L'image trembla. Ange agrippa le cadre de la porte, leva les yeux. Elle hurla en voyant une chose massive indistincte s'abattre sur le toit. L'écran s'assombrit.

La touche bis provoqua un sifflement de blancheur.

— S'ils ont eu Ange, Duarte est mort lui aussi.

Miclantecutli écarta les doigts de sa main gauche sur le plateau de la table de rotin. Le martèlement de la pluie sur la bâche semblait s'être interrompu.

— Asunción ? demanda Santiago.

Il constatait que l'incommensurable arrogance de Miclantecutli avait été ébranlée. Il découvrait une femme hésitante. Effrayée.

— Je vais tenter de le joindre.

Elle composa l'indicatif d'un garage situé au-delà de Western. *Llamado llamado* annonça le petit écran d'intelliplast. *Llamado llamado.*

— Il n'est peut-être pas encore arrivé, dit Miclantecutli.

*Llamado llamado.*

— Tout s'effondre. C'est la première fois que je vis une *noche* pareille.

*Llamado llamado.*

— Vaisseaux des Morts-Libres ; émeutes ; une attaque nanotoc contre le Tacorifico Superica. Le monde est trop violent. Je ne cherche pas la violence mais le changement. Qu'on me rende mes rues et qu'on me laisse chasser sur mes boulevards, c'est tout ce que je souhaite. Ça me suffit.

Le *teléfono* tinta.

— Asunción ?

Pas de réponse.

— Asunción ?

Pas de réponse.

— Asunción ? Réponds, espèce de salopard. Ça va ?

Une image apparut sur l'écran. Peau, yeux et cheveux

clairs. Un Cavalier Blanc. Santiago reconnut le garçon que Miclantecutli avait épargné sur le coup de minuit.

— Bonsoir, seora, dit ce dernier avec un accent angeleño laissant à désirer. J'ai le regret de vous informer que votre ami ne peut pas prendre votre appel pour l'instant, mais si vous souhaitez lui laisser un message, nous ferons en sorte qu'il vous contacte ultérieurement.

Un allosaure hurla. Pas par les canaux audio. Pas à cinq rues de là. Pas à deux rues. Juste à l'extérieur du restaurant.

— Filons ! cria Miclantecutli en repoussant la table et des chaises.

Le *fon* tomba sur le sol. Le Cavalier Blanc sourit.

— Non, fit Santiago. Non. Je ne te suivrai pas, Miclan.

Il défendait la table renversée comme les remparts d'une ville assiégée.

— J'en ai ma claque, Miclan. Ce n'est plus amusant. Ça ne l'a jamais été. C'est un jeu abject et cruel, pénible et fou. Il ne me plaît pas. Je n'en veux pas. Ce n'est pas ce que j'espérais trouver. J'ai eu tort de le croire. Je ramasse mes billes et je rentre à la maison. Continue sans moi ce passe-temps de pervers. Fuis. Cache-toi. Meurs. Pas moi. La partie est terminée.

La clientèle d'Eddie le Maboul s'éloignait d'eux. La pluie avait cessé. L'allosaure hurla.

— Alors, va-t'en, *Santiagito*. Je n'ai jamais été du genre à te retenir contre ta volonté. Tu es libre. Sors par cette porte. Appelle un dukduk. Retourne au Café Terminal et raconte tes exploits à tes amis. Dis-leur tout ce qu'ils ont raté, explique-leur que tu as été un *muchacho* très courageux pour oser partir avec les Chasseurs de la Nuit. L'ennui, c'est que tu n'arriveras pas au bout de la rue et que, si tu restes ici, nos adversaires mettront pied à terre et viendront te saisir pour te traîner à l'extérieur et t'égorger comme une chèvre. Tu es leur gibier au même titre que moi. En enfourchant ma moto, tu as accepté de te plier aux règles de la chasse. Tu voulais la mort ou la gloire, et te voilà servi. Ils ont reniflé ta piste, Santiago. Ils connaissent ton odeur, la carte de ton ADN, la résonance de ton champ biologique, ton signe astrologique et la pointure de tes chaussures. Ils ne s'arrêteront pas avant de t'avoir embroché ou d'avoir vu le soleil poindre à l'horizon. Et si tu veux conserver un espoir d'assister toi aussi au lever du jour, tu dois venir avec moi.

Elle lui tendit une main gantée.

— Il se peut que je mente. Il se peut que je dise la vérité. Me fais-tu confiance ? Pourrais-tu te permettre de ne pas m'accorder ta confiance ?

L'allosaure rugit une troisième fois.

— Espèce de salope, grommela Santiago Columbar en prenant sa main.

Miclantecutli sourit.

Jens Aarp posa son chapeau ruisselant sur la table et vint vers Trinidad pour pratiquer le baisemain comme l'eût fait un vieil hidalgo.

— Alors, seora Malcopuelo, êtes-vous ici pour tenter le tout pour le tout ou, telle notre Rosalba, pour nous prodiguer vos conseils ? Avoir des spectateurs ne m'incommode pas, notez bien... J'ai réalisé certains de mes gains les plus importants sous les regards d'une foule nombreuse. Il est vrai que le désir d'impressionner une belle dame m'incite à me surpasser.

Il se tourna vers les autres pour ajouter :

— Ils viendront nous prendre dans une demi-heure.

Trinidad s'intéressa au nouvel arrivant. Depuis la mise au point des physmodes, nul n'avait plus de tels cheveux, un tel visage, de telles mains. Hormis si c'étaient les éléments d'une façade étudiée avec soin.

Hormis si tout ce qu'avaient dit, fait et pensé ces personnes n'était qu'une façade. Trinidad entendit un cliquetis d'engrenages qui s'imbriquaient et se mettaient en mouvement. Des pièces basculèrent, des néons s'allumèrent, son juke-box mental joua.

— Salamanca, puis-je vous dire deux mots en privé ? demanda-t-elle.

Elle le guida sous une tonnelle isolée, entre des palmiers qui montaient chatouiller la voûte.

— Pourquoi m'avez-vous tu que vous appartenez à un Culte Zoo ?

La pluie crépitait sur le toit.

Même Santiago désapprouvait les Cultes Zoo. C'était tout dire.

Lorsque l'humanité avait compris que le procédé de Tesler pouvait seulement ressusciter les morts et non accorder l'immortalité, des récits avaient proliféré comme les mouches qu'on croyait autrefois spontanément engendrées par la matière en putréfaction. On parlait d'expériences de résurrection d'où avaient résulté des hybrides obscènes mi-biologiques mi-tectroniques, mi-vivants mi-morts ; des blocs de tectoplasme inerte dans lesquels esprit et souvenirs d'un homme étaient emprisonnés. Les morts-vivants, les zombies, avaient effectué leur retour dans la contrée des terreurs populaires, les nouveaux Freddy des cauchemars enfantins et des histoires de fantômes narrées entre amis passant une nuit blanche. Puis on avait commencé à raconter que dans les nécrovilles fétides en expansion du *Viejo Méjico* ces créatures étaient les fruits de l'ancienne chimère de la société des ressuscités, qu'ils bénéficiaient de l'immortalité sans avoir connu le trépas. On disait que, dans les scories de leur être, des tecteurs dysrépliqués assimilaient l'ADN et réduisaient les cellules en matrices moléculaires sans les détruire pour autant.

Vivre à jamais sans devoir changer de corps ou être emporté par la Grande Mort, celle qui ne laissait aucune place à la résurrection. Tels étaient les termes du pari. Il fallait jouer sa vie, la confier à des tecteurs mutants qui attribueraient en fonction de leurs caprices la vie éternelle ou la mort définitive. La roulette aztèque. Curieux et inconscients gagnaient en masse la nécroville de Coyoacán, fascinés par les fables cabalistiques d'immortels dorés qui secouaient l'arbre-monde. Le silence qui tombait ensuite tel un linceul sur ces risque-tout ne faisait que renforcer le mythe. Quel qu'eût été le résultat de leur choix, *suerte* ou *muerte*, on n'entendait plus parler d'eux.

Ils avaient contraint la Tesler-Thanos à réagir. Ces légendes urbaines narrées pour s'effrayer quand on incinérait des Chamallows autour d'un feu de camp et qu'un ami proposait : *On se raconte des histoires de fantômes ?* Celles sur les *mediarmuertos*, les âmes condamnées à des tourments éternels à l'intérieur des colonnades vrillées de la nanotechnologie ? C'est la stricte vérité. Ces photos le prouvent.

Pour le père de Trinidad, les images de ces choses ressemblant à des souches d'arbres hérissées de mains ou à des stars de Hollywood flottant dans des cuves en plastique étaient trop traumatisantes pour une enfant de huit ans. Mais Yolanda, son amie, les avait enregistrées et elles les regardaient en cachette chaque fois que Trinidad allait jouer chez elle.

Nul ne croyait à la version officielle de la Tesler-Thanos qui justifiait son action en affirmant qu'elle voulait préserver son image de marque de certaines associations d'idées préjudiciables. Tous savaient que si cette *corporada* envoyait des Sections d'Assaut et des cargaisons de *mechadors* à Coyoacán, c'était pour s'approprier le secret de l'immortalité sans la mort. Les commandos de la T & T revinrent bredouilles. Les membres des Cultes Zoo avaient entendu les bruits de bottes, étaient entrés dans un placard et avaient refermé la porte derrière eux. A présent, ceux qui le souhaitaient pouvaient les contacter en s'aventurant dans les ténèbres d'un millier de nécrovilles. S'ils étaient moins nombreux qu'à l'époque glorieuse de l'expansion de cette secte au Mexique, il y avait toujours des individus qui préféraient une chance — même mince — de vie éternelle à la perspective de se retrouver dans une cuve de la Maison des Morts. Ils posaient discrètement des questions, participaient à des réunions clandestines. Ils sortaient finalement de l'ombre, plaçaient la mise sur la table, risquaient le tout pour le tout et disparaissaient.

L'affaire de Coyoacán nuisait encore à la réputation de la Tesler-Thanos, qui s'abstenait désormais d'intervenir. Chaque semaine, il y avait plus de morts par overdose que de victimes des Cultes Zoo en toute une année. La *corporada* et ses représentants au sein des Q.G. de la police et des *seguridados* se vantaient de leur sens de la mesure.

— Jésus Marie Joseph, Salamanca ! A quoi jouez-vous ?

— Vous ne comprenez pas, Trinidad...

— Je comprends que personne ne revient. Je comprends que si ce n'est pas la vie, c'est la mort éternelle. Voilà ce que je comprends, mais reprenez-moi si j'ai raté quelque chose. De quoi avez-vous donc tellement peur, pour préférer courir de tels risques ?

— Je ne peux pas vous l'expliquer. Faites-moi confiance, je vous en prie.

Toujours ce mot. *Confiance.*

— Qu'est-ce que vous ne pouvez pas expliquer, *hermano* Salamanca ?

Jens Aarp écarta les feuilles des palmiers. Derrière lui venaient Montserrat Mastriani étreinte par son exosquelette et la fidèle Rosalba qui la suivait comme son ombre.

— C'est très simple, *hermosa* Trinidad. Nous sommes tous maudits. Salamanca a commis le péché médiéval de l'acédie. La monotonie de l'existence le pousse vers la mort mais sa peur de mourir l'attire vers l'espoir de la vie éternelle. La seora Mastriani a péché par orgueil. Je me réfère à son refus de céder à la maladie qui la tue lentement, à sa volonté de tenir les rênes de son destin et de pouvoir dire : *Voilà ce que j'ai choisi.* Mon péché est celui de l'excès propre aux drogués et aux joueurs. Celui que les probabilités ont condamné à gagner ne peut s'empêcher d'augmenter constamment la mise, jusqu'au pari ultime. Le quitte ou double de la vie éternelle ou de la Grande Mort. La *seora Suerte* me favorisera-t-elle ou, en fin de compte, s'avérera-t-elle être une femme infidèle ? Quel joueur digne de ce nom refuserait de relever un pareil défi ?

» Ces explications vous satisfont-elles, seora Trinidad ? Je l'espère, parce que nos guides nous attendent. Ecoutez ! Je crois qu'il a cessé de pleuvoir.

Elle leva les yeux. Elle vit des étoiles entre les feuilles vertes, à travers le dôme pointillé de gouttes, au-delà des nuages qui fuyaient. Salamanca s'esquiva à cet instant.

— Salamanca !

Il hésita, déchiré.

— Salamanca...

La voix de Jens Aarp avait tranché les murmures des clients du café.

Il évoquait un homme pris en sandwich entre le ciel et l'enfer. Là où s'étendait Nécroville. Il leva un doigt.

— Une minute ! cria-t-il aux pèlerins. Je ne serai pas long. J'ai une chose à dire à Trinidad.

» Nous vous avons demandé de nous raconter votre vie en déclarant que nous savions tout sur nos existences respectives. C'est faux. Je ne leur ai pas tout dit. Enfer, j'ai même menti.

Il s'assit au bord d'un grand pot de terre cuite contenant un palmier.

— Je ne suis pas ce que je feins d'être. Je ne suis pas un suppliant, un quémandeur de grâces auprès d'une divinité qui rit de nos espoirs et de nos chagrins, d'une entité que nos angoisses et notre destruction comblent de joie. Je suis le bourreau. Je suis la Justice. Némésis.

Il sortit le tesler qu'il avait brandi face aux *Lobos* et le posa sur le paillis recouvrant le pied de l'arbre. L'arme luisait comme de la peau huilée.

— Ça sonne bien, n'est-ce pas ? Des mots longuement réfléchis et répétés : Némésis. Justice. J'ai tout prévu, calculé et écrit. J'ai pesé mes paroles, étudié tous les gestes importants, alors pourquoi m'est-il si difficile de vous fournir des explications ?

Il jeta un coup d'œil à l'heure, sur son Idcom.

— Je me suis toujours senti responsable de Leon. Responsable ou coupable. J'étais le gardien de mon frère, bien qu'il soit mon aîné de trois ans et qu'il eût dû veiller sur moi. Cependant, notre père m'a confié le fardeau de la responsabilité, et des sentiments de culpabilité qui l'accompagnent. Peu avant de mourir, il m'a demandé de passer le voir et m'a dit que si Leon avait pour lui son physique, son esprit et son charisme, j'avais quant à moi reçu les dons inestimables de l'intelligence, de la détermination et de la sollicitude. C'était par conséquent à moi de prendre soin d'un frère incapable de faire une distinction entre le bien et le mal. Il ajouta qu'il reconnaissait que la vie était une pute borgne, mais qu'il agonisait et pouvait exiger de moi ce qu'il voulait. C'était injuste, certes, mais je devrais malgré tout respecter ses dernières volontés. Puis il a poussé son dernier soupir et le personnel de la Maison des Morts a emporté sa dépouille. Nous avons tenté d'oublier qu'il était dans Nécroville, avec un nouveau corps et une nouvelle vie. Parce que notre père ne savait plus qu'il avait eu deux fils. Nous n'étions pour lui que de vagues souvenirs d'un long rêve dont il s'était éveillé.

Salamanca lorgna sa montre.

— J'avais alors seize ans, Leon dix-neuf. J'étais trop jeune pour avoir conscience que, faute de disposer des moyens d'exercer son autorité, la responsabilité n'est qu'un bouillon de culture pour les tourments. Je ne pouvais pas empêcher Leon de fréquenter des milieux douteux, de commettre une erreur après l'autre, de *joder* des partenaires qui ne lui convenaient pas... Eteindre le soleil n'eût pas été plus difficile. C'est pourquoi j'ai éprouvé un intense soulagement lorsqu'il m'a déclaré qu'il avait trouvé Dieu. Ce n'était pas ce que je lui aurais souhaité — et notre père non plus car il était athée — mais je me disais que sa foi lui éviterait d'être cité dans les journaux à scandale.

— Ucurombé ?

— Non. Un culte encore plus ancien et redoutable. Les Evangélistes.

— Je croyais que le Postulat de Watson et la méthode de Tesler avaient planté les derniers clous dans leurs paumes, fit Trinidad.

L'écran suspendu ondula sous l'effet du vent. Les images des stations orbitales se gauchirent et les firent basculer dans un espace non euclidien.

— Je préfère une tartine de confiture tectronique à la promesse du miel théologique de l'au-delà.

— Leur souche est résistante, dit Salamanca. S'ils estiment que se faire immerger dans une cuve de Jésus est un péché capital, ils considèrent que toutes les fautes sont pardonnées à ceux qui reçoivent la grâce rédemptrice du Seigneur. La libération de la Grande

Mort leur a été refusée, mais ils seront malgré tout emportés aux cieux lors du Jugement dernier. Bien que captifs du monde matériel, les hommes qui sont passés par la Maison des Morts peuvent aspirer à ressembler au Christ au même titre que les autres.

— On m'a dit que si la foi d'Ucurombé a supplanté si facilement le Vieux Catholicisme, c'est à cause de la bulle papale qui assimilait les ressuscités à des robots nanotechniques et promettait à leurs âmes d'aller rôtir en enfer pour expier leur péché d'orgueil. Ça m'a terrifiée, quand j'ai entendu ça pour la première fois.

— Quelques ordres *Viejos Católicos* soutiennent qu'ils peuvent être sauvés. Dont les Evangélistes auxquels s'est joint Leon. Ils l'ont baptisé dans la rivière Los Angeles. Pour le laver de ses péchés, disaient-ils. C'est difficile à croire, avec tous les étrons qui y flottent. Il est devenu un de leurs missionnaires. Il parcourait les ruchers de Nécroville pour distribuer des tracts, retenir les gens par le revers de la veste, chanter au coin des rues, ce genre d'activités. Il a naturellement tenté de me convertir, et je lui ai précisé sans ménagement que je n'étais pas intéressé. Il en a résulté une trêve qui s'est poursuivie jusqu'au jour où il m'a annoncé qu'un de ses *compadres* avait reçu l'Esprit-Saint — comme ils disent — et que ce dernier lui avait déclaré que Leon devait se rendre dans la Cité des Morts où il serait guidé vers son père — notre père — pour le sauver de la damnation en lui apportant l'amour rédempteur du Christ. C'en était trop. J'avais toléré bien des choses que je désapprouvais parce que j'estimais que c'était pour lui bénéfique, mais ceci... C'était de la folie. Du masochisme. De la nécrophilie : déterrer les morts et les *joder*. Notre mort. Mon mort. Mon père, autant que le sien. Je rétorquai que les Assemblées Maranatha de Dieu n'avaient sur lui aucun droit. Nous en parlâmes longuement. Leon s'adressait à moi avec cette voix calme et feutrée, enjôleuse et *raisonnable*, réservée à la conversion des pécheurs... « Voyons, Emilio, je suis certain que tu partages mon point de vue au plus profond de ton être. » Jésus Marie Joseph, c'était à vomir... Et finalement je l'ai mis à la porte. Sacs, livres, clichés et credo, hors de la demeure de notre père.

» Son siège était encore chaud quand j'arrivai à la conclusion que j'étais le seul responsable de notre brouille. Je partis à sa recherche, cela va de soi. Les Assemblées Maranatha de Dieu avaient subi un schisme et s'étaient divisées en deux clans qui s'affrontaient, ce qui est inévitable sitôt qu'un *Evangelista* a un avis différent des autres. De quelque bord qu'ils soient, ils ne savaient pas où était Leon. Tout laissait supposer qu'il avait rejoint un groupe dissident avant même la scission. Je contactai une cinquantaine de sectes chrétiennes. Ces activités commençaient à nuire à mes travaux pour la défense de la planète.

» Il revint à la maison six semaines plus tard. Surgi de nulle part, il vida le contenu du réfrigérateur. Je me sentais trop coupable pour exprimer ma colère, trop soulagé pour lui demander ce qu'il avait fait. Il me l'apprit peu après.

» “Les *Evangelistas* ? Pouah ! Ce sont d'épouvantables raseurs. Ils sont insupportables, avec leurs airs de petits saints. C'est le passé. Je suis entré dans la Tribu appelée Zoo.”

» Il avait trouvé sa vérité, sa vie, sa famille spirituelle, le lieu de repos de son âme. J'ignorais naturellement dans quoi mon frère s'était fourré, mais tout ce qui l'enthousiasmait à ce point suscitait instinctivement ma méfiance. J'engageai une cybernaute afin qu'elle s'informe sur les activités de cette « tribu ». Peu après, elle me fit part de ce qu'elle avait découvert et j'eus une autre dispute avec Leon. Par comparaison, notre accrochage au sujet des Assemblées Maranatha était la flamme d'une bougie à côté du brasier d'un propulseur nucléaire.

— Il s'agit d'un Culte Bouddhiste Réformé, dit Trinidad.

— Vous fréquentez des cercles où ces choses sont connues de tous.

— J'ai eu des amis qui se sont aventurés aux marges de cette secte.

Elle l'avait fait, elle aussi, un court instant. Dans son milieu où rien n'était interdit, elle se devait de tout explorer.

— Ils croient que celui qui a un cœur pur peut recevoir le présent de la vie éternelle qui anime les non-morts. Ils pratiquent le Jodo-Tendaï en psalmodiant des prières et en s'adonnant à la méditation, afin de se détacher des biens matériels et d'obtenir les faveurs de Seu Guacondo.

— Seu Guacondo ; Seu Guantanamo ; Dougou Feray, Seigneur de la Croisée des Chemins ; Yinyip Dédé ; Baron Samedi. Autant de noms que de lieux différents.

Elle lui proposa le baiser brûlant du mescal que contenait sa flasque d'argent. Il refusa.

— Je présume que vous vous êtes battus, commenta-t-elle.

— Il est parti. C'était bien le dernier de mes souhaits. J'avais tenté de le convaincre de rester... Et j'entendais la voix de mon père me rappeler qu'il m'avait confié la garde de mon frère. Je suis retourné voir la cybernaute pour lui demander de le retrouver. Régler ses honoraires m'a pratiquement ruiné, mais elle est revenue trois jours plus tard pour m'annoncer qu'elle avait découvert quelque chose. Quelqu'un. Une certaine Carmina Sung, internée dans la clinique psy de Santa Monica. Je suis allé voir cette femme qui m'a appris que Leon avait établi des contacts avec le *corrillo* de Guacondo et qu'il l'avait emmenée assister avec lui à une cérémonie organisée dans la nécroville de Santa Monica.

» Leon avait toujours aimé impressionner son entourage. C'est sans doute pour cela qu'il est passé le premier. Il a décidé de tenter sa chance entre la *muerte* et la *suerte*. Carmina Sung était présente. *Regarde !* lui a-t-il dit en lui adressant un sourire plein de fierté. *C'est facile comme tout !* Il se tournait vers elle quand le drame s'est produit. Cinq secondes, cela n'a duré que cinq secondes qui ont semblé durer une éternité pour cette femme. *Brûler* est le terme qu'elle a employé. Ce serait, selon elle, ce qui décrit le mieux ce à quoi elle a assisté. Toutes les cellules du corps de Leon se consumaient de l'intérieur. Elles fondaient, se modifiaient, le métamorphosaient en une chose si obscène qu'elle ne pouvait la regarder... tout en sachant que son image resterait à jamais gravée dans son cerveau. Mon frère est mort. Elle s'est enfuie. Les *seguridados* l'ont arrêtée à la porte San Vicente et ont appelé une ambulance. Les psys ont pu reconstituer ses souvenirs en cours de route, mais pas faire taire ses hurlements.

» Cinq années se sont écoulées depuis la Grande Mort de Leon. Je les ai mises à profit pour devenir cet avatar du Châtiment, cet ange vengeur. J'ai eu cinq ans pour apprendre, étudier, m'armer, me tisser une couverture, infiltrer les Cultes Zoo, m'y frayer un chemin, gagner la confiance des proches de Seu Guacondo et arriver jusqu'ici, en ce lieu, en cet instant, afin de le détruire. Voilà la véritable histoire d'Emiliano Salamanca. Sans doute me trouverez-vous trop sentimental, mais je n'ai pas voulu que nous nous séparions ainsi. Je ne peux supporter que vous pensiez du mal de moi. Au moins savez-vous à présent de quoi j'ai peur.

— De Seu Guacondo ?

— Qu'un imprévu m'empêche de l'éliminer.

Il récupéra le tesler qui réagit à son contact, ondula

sous ses caresses. Il le glissa dans l'étui sanglé près de son cœur et lorgna son Idcom.

— Bon sang ! J'espère qu'ils ne partiront pas sans moi.

— Salamanca.

Il s'était levé et avait refermé sa veste, prêt à entrer dans la légende.

— Vous ne pouvez le faire pour Leon.

— Je le sais.

— Ni pour vous.

— Je le sais.

— Vous ne vous débarrasserez jamais du sentiment de culpabilité qui vous ronge.

— Je le sais également.

— Salamanca...

Il était évident qu'il n'avait pas assimilé tous les poncifs s'appliquant aux héros, s'il s'apprêtait à affronter son destin sans seulement lui dire un mot d'adieu.

— Je vous accompagne, décida-t-elle.

## 04 : 00 — Lever du jour
## 2 novembre

Trente-six heures, trente-six minutes.

Au fil des ans le figuier avait envahi la chambre du cinquième étage et tapissé les parois et le plafond d'un épais revêtement de feuilles. Les tiges et les sarments poussaient dru. Le propriétaire y suspendait des lampes à alcool en verre et en fer-blanc qui évoquaient des étoiles tombées dans les branches d'un arbre. Les stores de bambou avaient été remontés afin de laisser une partie de la chaleur de la nuit s'échapper de la pièce. Des racines importunes avaient depuis longtemps coincé la fenêtre en position ouverte. Des paradisiers dont les coloris évoquaient des joyaux s'étaient perchés sur la balustrade du balcon encombré par la végétation. Ils prirent leur essor à l'approche de Camaguey et l'applaudirent en battant des ailes.

— Autrefois, les zoologistes s'imaginaient que ces oiseaux vivaient, s'accouplaient et mouraient sans jamais toucher le sol, dit Nute en les suivant du regard. Les spécimens naturalisés qu'on leur expédiait n'avaient pas de pattes. Ce qu'ils auraient dû comprendre, c'était que les chasseurs de Bornéo qui les capturaient les leur avaient coupées.

Le *cuadra* opposé était une étude géométrique d'escaliers extérieurs et de stores éclairés à contre-jour. Ils voyaient des jeux d'ombres différents dans le cadre de chaque fenêtre. Quelqu'un avait égayé la scène en attachant cinq ballons aux couleurs vives à la rambarde d'une des issues de secours.

Des yeux brillaient et on pouvait entendre des bruissements furtifs dans le dais de feuillage. Le lit et ses occupants potentiels exceptés, il n'y avait dans la pièce que deux verres, un seau à glace et la bouteille qu'il contenait.

Un de ses millésimes préférés.

Ils goûtèrent le vin. Il était excellent. Il sentit ses nerfs se détendre, comme si les mains à la fois douces et énergiques d'un masseur démêlaient leurs nœuds et leurs vrilles.

Il caressait un univers sensuel qui lui rendait ses attouchements. Son corps l'étonnait. Du bout de ses doigts écorchés et sous la clarté des lanternes et des premières lueurs de l'aube, il l'explora.

Les ampoules formaient des protubérances ovoïdes sur ses omoplates, la partie interne de ses coudes, le creux de ses reins et l'intérieur de ses cuisses. Le contact était léger, craintif, mais il n'en fallait pas plus pour faire éclater les pustules et libérer les aiguilles de tectoplastique noir qu'elles renfermaient. Il remarqua des incrustations écailleuses entre ses orteils et ses doigts, et sur ses jointures.

— Au moins est-ce indolore, déclara-t-il.

— Pourquoi ne m'as-tu rien dit ? demanda Nute.

Camaguey percevait la chaleur de son corps contre le sien. Elle se frottait aux piquants de son dos, ce qui envoyait des vagues de plaisir sensuel se briser dans son système limbique. Sous chaque pointe, les terminaisons nerveuses étaient hypersensibles.

— J'avais peur de te l'avouer, répondit-il. Je craignais de t'inspirer de la répulsion, de la haine.

Il alla se placer près de la fenêtre pour regarder la

rue, la ville, le ciel, le halo mourant du signal de l'aube. Des singes à la taille génétiquement réduite qui auraient tenu dans sa paume lançaient des raids dans la jungle de plantes rampantes et grimpantes accrochées à la façade de l'hôtel, afin d'attraper et manger des papillons de nuit. Quelque part dans les hauteurs, dissimulée par le feuillage, l'enseigne au néon répandait une lumière jaunâtre qui gouttait sur sa poitrine et son ventre.

— Ne t'effraient-elles pas, ces manifestations visibles des changements qui se produisent dans mon corps ? Je ne suis même plus un humain.

— Aurais-tu oublié quelle est ma spécialité, homme de chair ? J'exerce mon emprise sur mon apparence.

Il fixa les filaments des cirrus qui traversaient le signal céleste. L'annonce d'une autre journée magnifique dans un ciel qui devint d'un blanc éblouissant. Un instant, il s'imagina que le soleil avait explosé. Un instant, il crut que ses yeux avaient fondu dans leurs orbites. La clarté aveuglante illuminait l'intérieur de sa boîte crânienne. Les singes agrippés au feuillage, les morts restés dans leurs logements ou descendus dans les rues, Camaguey à la fenêtre de cet hôtel... tous furent paralysés par cette lumière. Le monde retint son souffle, exhala lentement. Il recouvra le sens de la vision.

— Le dernier carré de la Terre, dit Nute. Soit les dés ont été favorables aux militaires et ils ont détruit tous les vaisseaux-bang, soit ils n'ont fait que deux et ont perdu la partie. Quel que soit le camp qui a lancé cette attaque, il a utilisé des convertisseurs de masse sans lésiner sur les moyens.

— Est-ce important ?

— Pas du tout.

La luminosité décrut. Les étoiles de l'aube réapparurent entre les voiles célestes. Les oiseaux effrayés par la brusque métamorphose de la nuit en jour regagnèrent leurs perchoirs. Les chaudes ombres de la chambre étaient plus profondes et attirantes. Nute lui fit signe de la rejoindre sur le lit recouvert d'une peau d'hadrosaure aux couleurs du désert et à la douceur sensuelle et soyeuse. © Walt Disney Corporada, murmurait l'angle droit supérieur de ce couvre-lit que pointillaient des feuilles du figuier.

Ils s'agenouillèrent, s'embrassèrent.

Elle l'arrêta.

— Un détail, *mi corazón*. Pour que ça en vaille vraiment la peine, tu dois me dire ce que tu souhaites. N'aie pas peur de me choquer. Tes désirs les plus intimes et secrets ne risquent pas de m'inspirer du mépris. Dis-moi simplement ce que tu veux me faire et ce que tu veux que je te fasse.

Il se confessa à mi-voix, effrayé malgré les affirmations de Nute par les choses inavouables que lui dictait son pénis. Elle fit courir sa langue sur ses lèvres. Il en fit autant lorsqu'elle enfourcha son visage. Elle lécha son gland et il gémit de plaisir et de crainte. Elle tirailla les fines aiguilles noires qui saillaient entre ses cuisses. Il s'effondra sur la dépouille de l'hadrosaure, haletant et moite de sueur, privé du don de la parole. Elle mordilla la pointe de tectoplastique qu'il avait dans sa paume, et il manqua perdre connaissance tant ce qu'il éprouvait était intense. Elle lui ordonna de se placer la tête en bas, membres écartés, contre le mur tapissé de feuilles. Quand elle l'autorisa à redescendre, en proie au délire et ayant l'impression de mesurer douze kilomètres, elle fit le poirier et croisa les jambes autour de son cou. Il la déposa sur le lit, sur le ventre, la souleva et la pénétra. Elle le fit basculer sur la peau veloutée d'un mouvement convulsif et le chevaucha. Il palpa ses seins. Surpris par leur grosseur, leur plénitude, il les pétrit pour faire saillir des tétons aussi fermes et colorés que des framboises sauvages entre ses jointures couvertes d'escarres. Elle saisit sa verge et la comprima, pour l'empêcher d'éjaculer. Puis elle lubrifia son index et son majeur avec sa salive, les glissa dans son anus et les incurva afin de lui indiquer qu'elle ne les retirerait pas. Elle referma ensuite sa main libre sur les doigts écailleux de Camaguey et les dirigea vers son clitoris. A trois, quatre, cinq reprises, elle l'amena au bord de la jouissance avant de l'emporter finalement au-delà, avec elle.

— Il doit s'agir d'une première. Habituellement, c'est la putain qui feint de prendre son pied, dit-elle en revenant de la salle de bains.

— Que veux-tu dire ?

— Une femme qui exerce le plus vieux métier du monde et qui a un siècle d'expérience professionnelle peut se vanter de bien connaître les hommes. Une partie de jambes en l'air digne de ce nom, ce n'est pas de la sueur, des muscles qui saillent, des dos qui s'incurvent et des gémissements du genre : *Oui, oh oui, c'est bon ! Encore, oui, encore !* Ça, c'est du sexe façon Old Hollywood. Du sexe pour grand écran. Non, une bonne baise c'est un rire... Peu importe qu'il soit sonore ou pas, il doit être présent. Ici...

Elle toucha sa poitrine, au-dessus de son cœur.

— Tu n'as pas ri. Tu ne t'es pas laissé aller. Ce n'était pas réel. Tu m'as joué la comédie. Tu ne manques pas de talent, je te l'accorde, mais c'était une imitation. Tu n'as pas oublié un seul instant où tu étais, qui tu étais, ce que tu faisais et avec qui... Et ça a tout fiché par terre, Camaguey. Tu étais mort. De quoi t'es-tu donc souvenu ? Qu'as-tu refusé de me dire ? Qu'est-ce que tu n'as pas osé m'avouer ?

Elle se plaça à quatre pattes au-dessus de lui. Elle l'emprisonna entre ses genoux et ses mains, le dévisagea.

— A quoi as-tu pensé en te disant que je ne pourrais pas l'accepter ? Tu oublies que je peux être n'importe qui, Camaguey. N'importe quoi.

Elle laissa son poids reposer sur ses coudes et referma ses paumes sur ses joues. Seuls quelques centimètres séparaient leurs yeux. Elle fronça les sourcils. Un frisson parcourut ses traits. La peau se fripa puis se moula en un crâne d'acier chromé.

Camaguey hurla. Des doigts osseux d'une longueur inouïe le gardaient captif et l'obligeaient à fixer des globes oculaires privés de paupières.

— C'est ce qui te branche, Camaguey ?

La voix qui sortait d'entre les mâchoires métalliques serrées et souriantes était celle de Nute.

— Le succès que remporte ce modèle t'étonnerait. Il y a un tas de nécrophiles qui n'hésitent pas à payer le prix fort pour assouvir leurs vices. Ça ne te tente pas ? L'article numéro deux de mon catalogue correspond peut-être mieux à tes fantasmes.

La tête d'argent fondit. Devenue liquide, son enveloppe fut portée à ébullition puis se déposa en un voile de chair corrompue. Des lambeaux de viande décomposée. Des lèvres rabougries qui dénudaient des dents verdâtres, des gencives ratatinées. Un nez rongé, une cavité noire béante. Les bras et les jambes n'étaient que des os emmaillotés de peau déchirée et distendue, mais les doigts putréfiés aux ongles crochus éclatés l'immobilisaient et lui imposaient une rigidité cadavérique. Les seins étaient deux poches de parchemin couleur merde. Camaguey étouffait, se débattait pour se soustraire à la prise du cadavre. La pourriture acheva son œuvre et il eut brusquement devant lui le corps et le minois effronté de Marilyn Monroe.

— J'oublie toujours ce qui permet de faire rimer « Finnan haddie » avec « my heart belongs to Daddy », fit-elle en imitant la voix de l'actrice. C'est toutefois sans importance, car ça ne rendrait rien du tout, traduit en angeleño. Dis-moi... Est-ce que c'est ça, la vraie nécrophilie ? Baiser avec une morte morte, ça te fait bander ? Non ? Bon sang, je n'y arriverai jamais.

Elle n'avait pas terminé sa phrase que ses traits s'effaçaient. La bouche dessinée au crayon, le nez et les yeux s'étirèrent et se fondirent en un visage qui n'était pas un visage. Un masque de peau, lisse à l'exception d'un unique orifice central, le surplombait. Les mains qui l'immobilisaient étaient devenues des mitaines de chair sans doigts. Il ferma les paupières. Les frémissements de l'épiderme lui indiquaient qu'une nouvelle métamorphose avait débuté. Ce fut avec crainte qu'il entrouvrit les yeux. Nute avait retrouvé ses propres traits.

Il la repoussa, de toutes ses forces. Pour sa taille, elle était très lourde.

— Va te faire foutre, Nute. Va en enfer.

— Désolée, Camaguey. Je regrette. Je ne voulais pas... Non, c'est faux. C'est ce que je désirais... te choquer, te blesser. Pour que tu me haïsses.

— Pourquoi ?

— Parce que...

Allongée près de lui sur le couvre-lit en peau d'hadrosaure, elle remonta ses genoux au ras de sa poitrine, referma ses bras autour et rentra la tête à la façon d'une tortue craintive.

— J'ai peur de tomber amoureuse de toi, espèce de salopard de chair fraîche.

— *¡ Ay !* Nute !

— *¡ Ay !* Nute.

— Ce serait donc si terrible que ça ?

— Oui, à cause de tout ce que je viens de te révéler sur mon compte. Je suis un monstre. Je fais ces trucs pour de l'argent. Le fric des détraqués sexuels. Et les braves types stupides, vulnérables, rêveurs, honnêtes, terrifiés et blessés dans ton genre méritent de trouver mieux qu'une créature telle que moi.

Sans lui laisser le temps de protester, elle ajouta :

— Sais-tu ce qu'ils veulent le plus souvent ? Je me réfère à mes clients. Ils me montrent la photo d'une personne qu'ils ont aimée et qui est partie pour la Cité des Morts. Ils me demandent de prendre son apparence. Fréquemment, nous n'avons même pas de rapports sexuels. Ils se contentent de parler, ou de s'adonner aux activités qu'ils pratiquaient ensemble — jouer au tennis, lire le journal, se promener, aller au restaurant — lorsqu'ils ne restent pas assis à me contempler.

» Touche ça.

Elle tendit un bras vers lui. Il prit sa main dans la sienne.

— N'est-elle pas chaude ? Ne trouves-tu pas son contact déconcertant ? Des tecteurs hyper-rapides dopent mes couches épithéliales et sous-cutanées. Mon enveloppe charnelle est faite d'un tectoplastique mémoriel qui change instantanément de forme. Comme la carrosserie de ta voiture, il dispose d'une demi-douzaine de programmes de base intégrés. La différence, c'est qu'avec moi on peut faire des promenades plus dépaysantes que dans la bagnole à papa, parce que je peux agencer mes molécules à mon gré. Les techs de la Maison des Morts ont tendu des chapelets de nanocircuits dans mon cortex visuel et auditif, comme s'il s'agissait de guirlandes de lampions. Dis ce que tu veux que je sois, et je le deviendrai.

Elle agrippa sa main.

— Camaguey, je peux être Elena, si c'est ce que tu souhaites. Je t'offrirai la possibilité de lui présenter des excuses, lui déclarer que tu l'aimes toujours ou encore qu'elle est une salope plombée. Peu importe. Révèle-moi ce qui pourra peut-être te libérer.

Il bascula vers elle et déposa un baiser sur son oreille. L'aérogrimpeur d'une chaîne d'information passa en rase-mottes au-dessus des *cuadras*. Quelques feuilles brunes descendirent se poser sur le lit. Camaguey se détourna et fut émerveillé en voyant les surfaces planes et les puits d'ombre se déplacer sur la façade de l'immeuble d'en face sous l'effet du soleil levant. L'armature en pin de leur lit lui retransmit le frisson de la transsubstantiation. Il regarda derrière lui et se vit couché à son côté.

Avec ses yeux et ses doigts, avec ses lèvres et sa langue, il explora son double. Le souffle court, il toucha ses biceps et ses pectoraux développés par la pratique de la nage sous-marine. Il joua avec ses tétons puis caressa les muscles durs et légèrement velus de son ventre, en direction du pubis et de sa verge, de ses bourses. La joue posée sur sa cuisse, il sentait les fibres musculaires se tendre, le sang et la vie battre dans ses artères. Il y avait toutefois des différences. Des infidélités dues aux limitations de Nute. La denture ne correspondait pas, la teinte de la chevelure était instable et son simulacre mesurait vingt bons centimètres de moins que lui. Mais il se retrouvait tel qu'il avait été avant de connaître Elena et d'être contaminé par le Syndrome Humano-Infectieux Tectronique. Il fit glisser sa paume sur la peau non corrompue du haut de ses cuisses, du creux de ses reins, de ses épaules. Elle était agréable au toucher, saine. Pure. Il leva sa main vers sa bouche et suça ses doigts, l'un après l'autre. De bons doigts. Ses doigts d'autrefois. Il caressa sa tête et reconnut ses contours familiers sous les cheveux coupés court, le renflement cervical caractéristique à la base de la boîte crânienne. Il tâta ses traits, regarda dans ses yeux. Nute avait même pensé à reproduire une barbe d'un jour. Il entrouvrit ses lèvres et s'embrassa.

Ses larmes le surprirent. Elles étaient si soudaines

qu'elles s'accompagnaient d'une souffrance physique. Il se détourna de sa bouche, s'attira contre lui. Il avait des difficultés à s'exprimer.

— Je regrette, se dit-il. Je regrette tant. Je ne voulais pas te faire une chose pareille. Te blesser. Te mutiler. T'enlaidir et te rendre malade. Te tuer. Non, je ne le voulais pas. Je regrette. Ô Jésus, je regrette tant ! Pourras-tu me pardonner ? Je t'en conjure, pardonne-moi.

— Je te pardonne, Camaguey.

Les mots claquaient et croassaient dans la gorge de son double. Les cordes vocales de Nute peinaient pour imiter sa voix.

— Je te pardonne tout.

Il ne répondit rien. Quelques minutes s'écoulèrent puis il regagna la fenêtre. Le soleil s'était levé sur les boutiques de l'extrémité est de la rue. Une chaude lumière dorée se déversait dans l'étroit passage. Nute vint le rejoindre et le prit par la taille. A présent qu'ils étaient debout, les différences étaient plus apparentes. Elle ressemblait moins à sa copie conforme qu'à un frère cadet favorisé par les dieux inconstants de la ZUTV.

— Je crois que l'heure est venue, Nute.

— On peut demander à la réception de te retenir une place, fit-elle. As-tu des préférences, pour l'agence ? Il te faudra ton numéro de police d'*inmortalidad*. Je présume qu'un *cerristo* dans ton genre ne sera pas ressuscité comme un *péon*. Attends une seconde.

Bien que ce fût sa voix, le choix des mots, les inflexions sèches et le débit saccadé restaient ceux de Nute. Il la sentit fondre contre lui, frissonner et se reconstituer. Le Camaguey idéal qui — il le savait désormais — n'avait existé que dans son imagination venait de disparaître.

— Jésus Marie Joseph, voilà qui est mieux ! Ces morphings transsexuels... Désolé, mais si le timbre était bon, le dialogue manquait de virilité.

Elle lui tira la langue.

— C'est à moi que tu le dis ? Je trouve que vous faites bien des histoires, tout un cinéma *macho*, pour quinze centimètres de tissus érectiles.

Elle se pencha contre la rambarde du balcon, dos tourné vers la rue, menton levé, cheveux tombants, afin de s'imprégner de soleil. Camaguey se demanda quel tribut prélevaient sur elle ses métamorphoses, surtout à la fin de la nuit, quand ses réserves énergétiques s'étaient amenuisées.

— Vois-tu, Nute, il m'était facile d'avoir des regrets... Mais je n'aurais jamais pu m'accorder l'absolution, sans toi. Il fallait que mon crime devienne visible, audible, tangible pour que je prenne conscience de son importance véritable. C'est pour cette raison que j'avais besoin que tu fasses cela. Et à la fin, mes blocages ont disparu. Sais-tu ce qui s'est passé ? Je me suis regardé, je me suis vu, et j'ai su que je n'avais en fait commis qu'une erreur. Une seule. Je n'avais rien d'autre à me pardonner. Et il n'existe aucun être, vivant ou mort, qui ne se soit pas lourdement trompé au moins une fois au cours de son existence.

— Un jour, John le Salaud a envisagé d'écrire son autobiographie, dit-elle. Il voulait l'intituler *Cent mille erreurs*.

— Et l'erreur est humaine, Nute. Prenons le cas de ton ami, le golfeur universel. Tu as dit toi-même qu'il ne sera jamais parfait, mais il ne s'adressera pas éternellement des reproches parce qu'il a raté un putt. Si mon manque de discernement va me coûter la vie, je ne serai pas le premier à la perdre pour cette raison. En me disant : *Je fais un choix, l'heure est venue*, il se peut que je me fourvoie de nouveau. C'est secondaire.

J'ai le droit de me tromper. J'y suis autorisé. J'en ai la permission.

» J'aimerais mourir en un endroit d'où l'on voit l'océan. Mon récif me manque. Je m'inquiète pour lui. J'imagine des tempêtes, des navires qui sombrent, des hélices de bateau qui l'accrochent au passage et des géologues en combinaison de plongée qui le mutilent à coups de marteau. J'espère que les prophéties de Flor da Luna sont exactes et que la flotte qui attaque la Terre baisera jusqu'au trognon le Conseil de la Côte, la PanEuropa, la Tesler-Thanos, l'Ewart/Oz West et toutes les *corporadas*. Si les Morts-Libres font bien les choses, si le glas de la société des vivants a sonné, je pourrai retourner un jour vers mes coraux. Et Elena sera peut-être là à m'attendre.

Dans les eaux profondes. Des nanofleurs aux tiges démesurées dansaient lentement au rythme des courants, entourées de poissons tropicaux multicolores apprivoisés. Au-dessus dérivait l'ombre d'un plésiosaure qui paressait au soleil, en pleine photosynthèse. La lumière se déversait sur le balcon verdoyant de la salle déserte. Mondanités. Formalités.

— J'ai déjà averti mes assureurs, Nute. La compagnie est la Stella Maris *Inmortalidad*. Il te suffira de la joindre et de lui communiquer mon nom pour qu'elle charge la Maison des Morts de s'occuper du reste.

— Une cigarette ? C'est par tradition le dernier souhait d'un condamné. Bien sûr. Je le ferai.

— Et, Nute...

Elle le regarda par-dessus son épaule, du seuil de la porte.

— Mets-toi quelque chose.

Elle lui adressa un sourire.

— Ne sois pas si prude, *muchacho*. Tu oublies que tu es à Nécroville.

La nuit de la Fête-Dieu de l'an de grâce 1719, le frère Juan de Dios de l'ordre de saint François fonda la mission San Ysidro après avoir assisté à l'apparition de Notre Dame Reine des Anges dans un vallon poussiéreux au pied des futures collines de Santa Monica. Afin de dissiper un éventuel malentendu au sujet de l'emplacement exact de l'édifice, une source d'eau limpide jaillit du sol aride. Juan de Dios y fit trois ablutions — pour le Père, le Fils et le Saint-Esprit — puis il alla avec les autres membres de sa confrérie chercher du bois, de l'argile rouge et de la main-d'œuvre indienne bon marché afin d'ériger en ce lieu une petite salle d'écriture.

Pendant près de cinq siècles les frères de San Ysidro opposèrent une résistance farouche aux agressions du monde extérieur. Cernés par des Temples de Mammon camouflés en haciendas et villas de style géorgien ou imitation Tudor, ces franciscains étaient dérangés dans leurs méditations par les cris et chuchotements des bains de minuit dans les piscines et les claquements et gémissements des soirées sadomasochistes. Puis les morts ressuscitèrent et arrivèrent, maison après maison, jardin après jardin, rue après rue. Ils atteignirent San Ysidro qu'ils envahirent tel du lierre et chassèrent les *cerristos* vers d'autres secteurs. Les religieux, un îlot de croyances anachroniques dans une mer de scepticisme, ne se laissèrent pas emporter par ce raz de marée. Leur foi était assez souple pour s'en accommoder. Leur glas ne sonna que lorsque le Comité d'urbanisme de la ZUTV traça une nouvelle frontière sur la carte et relégua la mission derrière les barbelés, dans le périmètre de la Nécroville Saint-Jean. Les serviteurs de Dieu déménagèrent. Ironie du destin, une Maison des Morts s'installa dans leurs locaux.

— On peut voir l'océan du haut du clocher, dit Nute en allumant un grand cierge et en l'empalant sur une pointe de fer devant la statue de Notre-Dame Reine des Anges.

Des cuves résurrectrices emplissaient la nef allongée et étroite. Y était célébrée une messe de requiem. Les chants grégoriens des machines berçaient les âmes qui attendaient leur renaissance.

— Quand le ciel est dégagé et qu'il n'y a pas de smog, autrement dit dans des conditions d'observation idéales. Fais attention, les marches sont un peu branlantes. Et leur ascension est déconseillée aux gens qui souffrent du vertige.

Les problèmes de Camaguey n'étaient pas de cet ordre et ils gravirent l'escalier. Des ouvertures aux voûtes badigeonnées à la chaux donnaient sur les quatre points cardinaux. Le vent apportait l'odeur des embruns. Un moment, Camaguey crut voir au-delà de la brume de chaleur les brasillements des vagues argentées qui s'échouaient sur un rivage lointain, inaccessible. Des colonnes de fumée s'élevaient de la cité des morts, dans la vallée en contrebas. Elles formaient des alignements en fonction de l'échiquier des rues et des avenues. Les palmiers continueraient de se consumer plusieurs jours, pensa-t-il. Des aérogrimpeurs bourdonnants survolaient en rase-mottes la zone incendiée et leurs pales brassaient l'air en spirales fuligineuses. De la fenêtre est, il vit les trois tours des *arcosantos* de la Tesler-Thanos se dresser hors de la nappe de grisaille. Au sud, il leva les yeux vers les vaisseaux qui s'affrontaient dans l'espace. Il les savait trop éloignés pour être visibles, mais il espérait discerner malgré tout quelques points noirs au-delà du signal céleste qui s'éteignait. Peut-être verrait-il une épave en flammes qui tombait en dessinant dans le ciel le trait de fusain de sa destruction. La radio du dukduk qu'ils avaient pris pour venir avait annoncé en bredouillant que la flotte des Morts-Libres démantelait les usines orbitales et en utilisait les morceaux pour assembler une structure spatiale démesurée.

Il mourrait avant d'avoir reçu des réponses aux nombreuses questions qu'il se posait.

Ils descendirent du clocher et traversèrent la nef obscure pour gagner le jardin de la mission. De jeunes femmes tout de blanc vêtues, les employées de la Maison des Morts, les accueillirent sous les palmiers qui se penchaient vers les tuiles rouges de la chapelle. Elles leur serrèrent la main, conformément aux usages en vigueur dans la société des vivants.

— Seor Quintana.

Le guide de Camaguey était une grande Noire, peu prolixe et souriante ainsi qu'il seyait à tout membre de sa profession.

— Je dois vous informer des changements récents apportés à notre statut. Les Maisons des Morts n'agissent plus en tant qu'intermédiaires entre leurs clients et la Tesler-Thanos. En vertu de quoi nous avons transféré le montant de votre police d'*inmortalidad* sur un compte ouvert à votre nom dans notre établissement. Cette somme, à laquelle s'ajouteront des intérêts, sera mise à votre disposition dès votre résurrection et vous pourrez alors l'utiliser à votre guise.

— Un putain de chambardement ! fit Nute.

— Vous pouvez le dire. Et voici la cuve que nous vous avons réservée, seor Quintana.

Brusquement, les vaisseaux-bang, la bataille spatiale, les mystérieux travaux orbitaux, les Maisons des Morts dissidentes et l'effondrement du système *contratisto* n'étaient plus que des lanternes de papier emportées par un typhon tropical. Broyées, écrasées, renversées, balayées. Leurs petites flammes s'étaient éteintes. La Mort approchait, la Mort était là... C'était le cercueil ouvert d'une cuve de Jésus sous les vieilles poutres du réfectoire de la mission.

— Le faut-il vraiment ?

— Rien ne t'oblige à agir contre ton gré, lui dit Nute avant de se tourner vers la grande Noire. Donnez-moi ça, nous procéderons à notre manière.

La femme hésita mais lui remit la fiole en plastique. Camaguey avait trop longtemps vécu dans l'ombre de Santiago Columbar pour ignorer ce qu'elle contenait.

— Je vous appellerai, ajouta Nute.

Les employées s'inclinèrent et se retirèrent dans leurs cellules.

— J'ai peur, Nute.

Elle s'accroupit sur l'herbe humide de rosée puis s'adossa au tronc oblique d'un palmier. Elle écarta les jambes, tapota le sol.

— Viens ici.

Il s'assit, en tailleur. Elle referma ses cuisses autour de sa taille et l'attira contre elle. Les piquants de ses épaules et de son dos se courbaient, et c'était comme s'il recevait autant de petits baisers sensuels. Elle replia ses bras sur son torse.

— Je resterai avec toi jusqu'à la fin. Je ne t'abandonnerai pas. Et quand la gangue d'argile se rompra et que tu rouvriras les yeux, ce sera mon visage que tu verras.

— Nute.

— Ouais ?

— Je comprends à présent pourquoi tu as fait ça, dans cette chambre d'hôtel. Je parle de tes métamorphoses. Tu ne voulais pas m'inspirer de la haine, m'inciter à voir en toi un monstre, une goule qui assouvit les désirs les plus pervers des hommes. Non, tu souhaitais m'ébranler, me défier d'accepter un concept étranger aux idées préconçues des vivants sur ce que l'amour devrait et pourrait être. Tu t'es révélée à moi telle que tu es, et tu m'as demandé si je me sentais capable de t'aimer. La réponse est oui, Nute.

— Je n'ai pour autant à t'offrir que les ossements de la passion. Tu veux en obtenir la preuve ? Je te la fournirai.

Elle ouvrit la fiole et la secoua pour faire tomber son contenu dans sa paume. Elle présenta devant les yeux de Camaguey une araignée tectopharmaceutique noire comme le péché.

— Voici l'amour. Voici son essence. C'est en fait une question. Les sentiments que vous inspire quelqu'un sont-ils assez puissants pour qu'on puisse le tuer ? L'aime-t-on suffisamment pour pouvoir abréger ses souffrances ?

Elle lui tendait l'arthropode.

— Je ne peux pas, Nute. Je n'en ai pas le courage.

— Je sais. Mais je suis là pour t'aider.

Elle leva la main et caressa son front. Un contact très bref, fugace.

Il inhala à fond, exhala.

— Je ne ressens rien.

— C'est très doux. Cette fille m'a assuré que tu t'endormirais lentement, paisiblement.

Elle se pencha et leurs têtes se touchèrent. Sur le sourcil de Camaguey, l'araignée était un tatouage de caste qui distillait ses poisons subtils dans son cerveau. Il se pelotonna contre elle. Ses piquants déchiraient le collant de dentelle de Nute, traçaient des griffures parallèles sur sa peau. Elle tâta les pustules qui venaient d'apparaître sur sa nuque, le dos de ses mains, le creux de ses clavicules. Les bulles fragiles éclataient pour libérer les épines de tectoplastique qu'elles contenaient.

— Je regrette que mon père ne soit pas là. J'aimerais pouvoir lui dire adieu. Plus tard, peut-être...

— Le revoir ne ferait qu'aviver tes tourments et semer la confusion dans ton esprit.

— Ce que je n'arrive pas à comprendre, c'est pourquoi nous perdons irrémédiablement ceux que nous aimons. Pour quelle raison faut-il tout reprendre à zéro, se bâtir une nouvelle vie, avoir des amours, des familles et des amis différents ? Ceux qui restent en souffrent.

— Songe à ce qu'éprouveraient les défunts s'ils voyaient leurs proches, leurs partenaires, leurs enfants, vieillir et s'affaiblir alors qu'ils demeurent quant à eux inchangés.

— Doux Jésus, ce qu'a fait Adam Tesler est épouvantable.

— Combattre et vaincre la mort justifie de subir quelques pertes.

Camaguey sourit. Il tendit un bras pour caresser la tempe de Nute.

— Tout est si paisible, ici. Ça commence, n'est-ce pas ?

Elle passa ses doigts dans sa chevelure.

— Nute, il y a un dernier service que tu pourrais me rendre. Va au Café Terminal. Ils seront là : Santiago, Toussaint, Yo-Yo et peut-être même Trinidad. Tous mes vieux amis. Nous réunir une fois l'an à l'occasion de la Nuit des Morts est une sorte de tradition. Nous nous retrouvons là-bas au crépuscule et y revenons à l'aube. Va les voir. Informe-les de ce qui m'est arrivé. Je t'en supplie.

— Je le ferai. Naturellement, que je le ferai.

— Merci. Il fait chaud, n'est-ce pas ?

Nute tenait sa main. Le soleil grimpait vers le zénith et projetait ses rayons dans le jardin du cloître. Il y avait des ombres sous les feuilles des palmiers. Tout près, une fontaine — l'eau qui avait indiqué au frère Juan de Dios où Notre-Dame voulait qu'il bâtisse son monastère

— gargouillait langoureusement dans son bassin de pierre moussu. Dans le ciel, des traînées de condensation dessinaient les hexagrammes du Yi-king : des engins spatiaux qui tombaient de leur orbite vers le grand port du désert. Croyant que Camaguey murmurait quelque chose, Nute se pencha vers lui pour mieux entendre. Elle pensa qu'il disait : *La lumière, la lumière, la lumière.* Cependant, cela resterait une simple supposition.

Finalement, la main de Camaguey glissa de la sienne. Elle s'immobilisa sur l'herbe fraîche, les doigts légèrement recourbés au-dessus de la paume.

— Ne. Répète. Jamais. Ça ! Je ne suis pas ta *querida*, espèce de salopard ! hurla Yo-Yo Mok, ex-avocate du cabinet Allison-Ismaïl-Castardi.

Elle balança son poing gauche vers la tête de Iago. Il recula pour esquiver le coup et elle lui bondit à la gorge.

Des loups-garous la saisirent. Leur fourrure hérissée par la pluie avait une odeur de chien mouillé. Leur nudité n'était dissimulée que par un cache-sexe juste assez large pour remplir son office et un badge représentant Madame-la-Lune-avec-un-obus-planté-dans-l'œil-droit... Une image que Yo-Yo était certaine d'avoir déjà vue quelque part sans pouvoir préciser où. Elle avait un nom au bout de la langue, comme lorsque Jorge s'amusait à lui demander quelle star partageait avec Fred MacMurray le haut de l'affiche d'*Assurance sur la mort*.

Le sang s'étalait tel un tablier en expansion autour de l'*asesino* empalé. Les autres membres du commando avaient été eux aussi embrochés et gisaient avec les doigts crispés sur une hampe, la bouche béante de souffrance et de colère. Mais ce n'était pas du cinéma.

— Seora Semalang, si c'est bien votre nom, vous devriez nous suivre.

Iago tendit la main à Martika Semalang/Madrilena Fuentes.

— En tant que votre avocate, je dois vous déconseiller vivement d'accompagner ces gens où que ce soit tant qu'ils ne nous auront pas précisé quelles sont leurs intentions, cria Yo-Yo.

Iago s'accroupit devant elle et releva d'une pichenette ses lunettes de combat. Elle constata que ses faux cils se décollaient.

— Entendu, Yo-Yo. Nous n'irons nulle part.

Une nova d'aube jaune et un pilonnage de sons et de vibrations chassèrent l'air de ses poumons. Les fenêtres format CinémaScope du bureau de Van Ark se désintégrèrent en un essaim de frelons de verre aussi tranchants que des lames de rasoir qui fuyaient un vent surchauffé.

— J'arrive, j'arrive, dit Yo-Yo Mok.

L'aérogrimpeur en feu était l'épicentre d'une zone de destruction bien plus vaste. La façade de la Grande Maison des Morts de Saint-Jean s'était effondrée en un cône d'éboulis de poutrelles d'aluminium tordues et de blocs de béton armé. Des lagons de carburant embrasé sortaient des flancs de l'épave. Les corps calcinés des membres de l'équipage formaient dans la mer ignée des îles noires où se dressait le palmier effeuillé d'un harpon. Voitures, péditaxis et cabines de *fon* publiques brûlaient. Des marchands ambulants roussis et sous le choc se tenaient à bonne distance pour regarder les flammes dévorer leur fonds de commerce. Une colonne de fumée ondoyante sur laquelle un projecteur solitaire envoyait des fragments d'images infernales : un landau qui descendait par bonds le grand escalier d'Odessa.

Des loups-garous se dispersèrent dans la rue afin d'éteindre les feux tout en prélevant des traits dans leurs carquois d'épaule pour recharger leurs armes archaïques. La tenue de camouflage de Iago tentait d'imiter les lignes non géométriques de l'appareil incendié alors qu'il se penchait vers le caniveau en grimaçant.

— Ce n'est qu'une question de minutes pour que ceux de la Tesler-Thanos remarquent qu'ils ont perdu leur détachement d'*asesinos*, dit-il en fouillant dans les papiers gras. Merde, où est passée cette putain de bagnole ? Et sitôt qu'ils le sauront, ils enverront une équipe microtoc qui recevra cette fois pour instructions de ne pas rater sa cible. Ah, te voilà, salope !

Les muscles de son cou se tendirent et firent penser aux câbles porteurs d'un pont suspendu. Des veines saillaient sur son crâne rasé. Millimètre par millimètre, Iago tirait hors de l'asphalte un cône élastique doré tel un Titan qui voulait déraciner un volcan. L'objet sortit finalement du sol et ses molécules déchirées poussèrent un hurlement de mandragore.

— Jésus Marie Joseph ! J'ai bien failli ne pas pouvoir attraper la poignée.

La mare amorphe de fluide ambré acquit comme par magie des formes et de la netteté. Elle devint l'image tridimensionnelle d'un véhicule bas et fuselé. La surface s'étira, se plissa. Le tectoplastique programmé se souvenait de ce qu'il avait été et se reconfigurait.

— Iago, dit le chef de la meute. Ça va ?

— Ouais. Et encore merci, *compadres*.

Il serra la patte du loup-garou. Des griffes se refermèrent avec douceur sur son avant-bras. Solidarité.

— *Muerte y libertad*.

— « Je veux la liberté et je veux la mort », fit l'homme-animal.

Il leva le poing et ses compagnons se dispersèrent dans la nuit illuminée par les flammes. Une impression obsédait Yo-Yo. Un de ces êtres lui avait rappelé quelqu'un. Peut-être Fred MacMurray dans *Assurance sur la mort*.

— Los Lobos de la Luna, fit Iago, le souffle court. On dit que les intérêts politiques sont à l'origine d'associations contre nature. Ce que tu dois comprendre, Yo-Yo, c'est que ceci s'inscrit dans un ensemble bien plus vaste. Les loups, la Maison des Morts, les vaisseaux-bang, la Tesler-Thanos et Van Ark... Tout cela fait partie d'un ballet. Même le rôle que tu joues dans notre petite chorégraphie d'espionnage industriel.

Clink clink clink. Les pièces fourrées dans les poches de sa peau sensorielle tombaient dans la fente et fusionnaient sans laisser de traces comme sous les passes d'un magnétiseur.

— Il n'y a jamais eu de Codex 13, c'est ça ? Si ces salopards peuvent effacer la mémoire de quelqu'un, rien ne les empêche de lui donner un autre contenu. Qu'est-ce qu'un souvenir, sinon un groupe de molécules que les tecteurs ont la capacité d'altérer ? Ce n'est qu'une mise en scène supplémentaire, un jeu, un Maguffin.

Iago sourit et battit lentement des mains. Elle constata que ses ongles vernis brisés ne s'étaient pas encore ressoudés.

— Je savais que je ne m'étais pas trompé sur ta perspicacité, dit-il. Le Codex 13, l'immortalité sans la mort, la destruction puis la reconstitution du passé de la seora Semalang ou Fuentes, cette dernière et même toi, Yo-Yo... Tout s'inscrit dans un plan que la Tesler-Thanos a mis au point pour débusquer et démanteler les services d'espionnage industriel d'une *corporada* concurrente, l'Aristide-Tlaxcalpo. Le but a été atteint. Ce qui veut dire que les *compadres* des tueurs que nous avons laissés là-haut ne vont pas tarder à rappliquer pour nous éliminer.

Le feu avait embrasé la totalité de la Maison des

Morts. Les badauds battirent en retraite. Leurs costumes de carnaval étaient bons pour la poubelle et étrangement inquiétants sous les lueurs de l'incendie.

— Naturellement, rien de tout ceci ne résiste à un examen attentif, continua Iago. Et c'est pour ça que je bous d'impatience de grimper dans cette bagnole...

Un véhicule qui avait terminé sa transmutation alchimique et les attendait en ronronnant, enveloppé de la chaleur du boulevard, dans le caniveau où il avait été sommé de comparaître...

— Et de filer loin d'ici avant qu'ils n'aient compris ce qui s'est produit.

La peau qui capitonnait les sièges paraissait humaine, chaude de vie et tannée.

— Comment as-tu fait ça ? demanda Yo-Yo en se pliant aux volontés de la voiture dont les clignotements insistants lui enjoignaient de boucler sa ceinture. Et où diable as-tu trouvé cet engin ? Je ne te savais pas assez riche pour t'offrir de pareils gadgets.

— Supraconducteurs à température ambiante. La rapidité de duplication et de traitement atteint cinq, voire dix pour cent de la vitesse de la lumière. Une réorganisation moléculaire presque instantanée. Des dizaines d'années d'avance sur les travaux de l'Aristide-Tlaxcalpo et même sur ceux de la Tesler-Thanos.

Iago s'installa dans le fauteuil du conducteur. Un sourire du tectoplastique dénuda le tableau de bord et la colonne de direction s'étira vers lui.

— La Maison des Morts est le plus grand laboratoire de nanoingénierie du monde.

Le véhicule s'écarta sans bruit du trottoir et l'accélération les écrasa dans leurs sièges.

— Et moi, seor Iago ?

C'était la voix de la femme que Yo-Yo connaissait sous le nom de Martika Semalang, assise sur la banquette arrière.

— Si vous dites vrai, la Tesler-Thanos a effacé des souvenirs qu'elle avait implantés dans mon esprit. Ai-je effectivement participé à un tel projet ? Ai-je eu l'intention de trahir mes employeurs ? A quoi puis-je me fier ? Dans quelle mesure ma vie m'appartient-elle ? Suis-je celle que je crois me rappeler ?

La voiture basse et lisse comme une goutte d'huile traversait la foule des spectateurs qui s'éloignaient du brasier.

— La majeure partie de ce que vous a révélé la Lieuse est exact. Nous n'avons modifié que des détails. Vous vous appeliez Madrilena Fuentes et vous travailliez au Centre de recherche et de développement de la Tesler-Thanos sur une nouvelle application nanotechnologique importante dont vous vouliez vendre les secrets à l'Aristide-Tlaxcalpo. Les services de renseignement de la T & T savaient tout de vos communications par Idcom, de vos rencontres discrètes avec Roland Carver, de vos voyages tous frais payés à Nuevo Tenoch... quand vous emportiez un sac à double fond rempli de puces. En revanche, Carver se faisait des illusions sur la nature de ce que vous lui proposiez. La Tesler-Thanos avait enrobé le tout d'un joli papier cadeau, pour qu'il ne puisse s'empêcher de céder à la tentation. Vous avez eu de la chance... Ils se sont contentés de vous défenestrer et d'épicer un peu vos souvenirs pour vous rendre irrésistible aux yeux de l'Aristide-Tlaxcalpo. Vous pourriez être morte, *querida*.

— Je le suis, *querido*.

— Je me référais à la Grande Mort, *querida*.

Si la mémoire était effaçable et enregistrable comme les CD d'Ellis, Yo-Yo se demandait quel était le véritable statut de la personnalité, de l'identité et de l'ego... autant de choses qui reposaient sur les fondations désormais branlantes des connaissances acquises. Pouvait-on croire les informations transmises par les sens, la réalité perçue ? Et en raisonnant en tant qu'avocate, car c'était toujours sa profession et sa vocation en dépit de ses déboires, quel crédit fallait-il accorder aux témoignages, dès l'instant où des tecteurs omniprésents et voraces avaient la possibilité d'altérer les souvenirs de ce qu'on avait vu ?

Dans le bureau de Van Ark, elle s'était retrouvée à l'intérieur de l'esprit de Martika Semalang et était tombée avec elle du balcon du vingt-cinquième étage. Elle avait senti l'air fuir entre ses doigts alors qu'elle cherchait en vain une prise et entendu sa vie s'échapper dans une détonation étouffée d'os et de sang sur les évasements des niveaux inférieurs du bâtiment. Elle n'avait alors rien pu imaginer de plus horrible qu'un meurtre. Elle découvrait à présent que sa cliente avait fait l'objet d'une violation encore plus grave de ses droits. Les agents de la Tesler-Thanos avaient pénétré dans son intimité mentale tels des policiers venus perquisitionner une chambre. Ces gens avaient partagé des caresses et des moments d'amour et d'affection ; ils s'étaient masturbés en assistant à ses rapports sexuels ; ils avaient projeté sa vie comme un film porno et pris des instants magnifiques pour les enlaidir et les rendre haïssables, humiliants, dégradants. Ils avaient transformé son passé en quelque chose de mesquin, malpropre et vénal. Il s'agissait d'un viol que quatre petites lettres ne permettaient pas de définir.

Dollars et marks. Tout se résumait toujours à cela.

— C'est toi qui as tout organisé, pas vrai ? demanda-t-elle à Iago. Tu travaillais pour la Tesler-Thanos. Tu étais derrière cet accord avec l'Aristide-Tlaxcalpo. Tu as fait d'elle un Maguffin. Tu l'as incitée à fuir pour que Carver dresse l'oreille. C'est toi qui lui as envoyé cet avertissement, au Tacorifico Superica. Tu savais que ce resto serait microtoqué.

Joyeux dîneurs grisés de bière et repus de *camarónes*

*españols*, levez les yeux. Eh ! Quel est ce son ? Ne vous semble-t-il pas que les ronronnements de cet aérogrimpeur sont étranges ?

— Ainsi que le cabinet d'avocats. C'est à dessein que les tueurs m'ont ratée et que Trio a été victime du choc en retour. Quant à ces six millions de dollars, on les a mis là pour que je les trouve. Il fallait me convaincre que la Tesler-Thanos voulait atomiser sa star parce qu'elle craignait que ses concurrents ne découvrent un moyen de lui rafraîchir la mémoire. Alors que c'était une mise en scène destinée à faire sortir les espions de leur trou et à les éliminer.

» Il y a longtemps que tu m'as attribué un rôle dans cette comédie, pas vrai ? Tu y as pensé dès que je suis passée te voir pour te parler de mon log, n'est-ce pas ?

— Nous avions besoin d'un avocat pour rendre le tout plus crédible, avoua Iago.

Il extirpa leur véhicule de la cohue des piétons, des péditaxis, des dukduks, des microbus bondés de *carnavalistos* et des chars fleuris pesants. Il traversa les deux voies opposées et disparut à l'intérieur d'une ruelle si étroite que tous les détecteurs anti-collisions s'allumèrent sur le tableau de bord.

— Et c'est toi qui as créé ce putain de *serafino*, s'emporta Yo-Yo. C'est toi qui m'as envoyé la Carmen Miranda. Tu m'as fait perdre l'affaire des Industries Gabonaises. Tu as pris les dispositions nécessaires pour que j'essuie un échec et qu'on m'accuse d'outrages à magistrat.

— Je ne te ferai pas l'affront de le nier.

Ils passaient devant des murs couverts de graffiti indistincts. Les cônes jumeaux des projecteurs empalaient les ténèbres. Si les faisceaux leur révélaient un obstacle, il serait trop tard pour l'esquiver et leur éviter de se volatiliser.

— Je te tuerais, si tu n'étais pas déjà mort. Je prendrais ton meilleur rasoir pour fendre ton prépuce et l'ouvrir comme un poisson qu'on éviscère. Je ferais des entailles de deux centimètres tout autour de ton gland, puis je trancherais tes couilles par le milieu et entortillerais ton scrotum sur ta bitte après t'avoir arraché les testicules pour te les fourrer dans le cul. Ensuite, je te laisserais apprécier la situation pendant neuf ou dix heures avant de t'étriper lentement, à califourchon sur ton sexe mutilé.

— Tu es exactement mon genre de fille, Yo-Yo.

La voiture jaillit de la ruelle et se retrouva sur un boulevard encombré par des manifestants qui brandissaient des pancartes. Ici, tous les palmiers brûlaient.

— C'est drôle... Je ne t'aurais jamais prise pour une nécrophile.

— Iago, pourquoi as-tu éliminé l'équipe d'*asesinos* envoyée par la Tesler-Thanos ?

Elle répondit à sa question de pure rhétorique.

— Parce que tu travailles pour quelqu'un d'autre. Parce que tu es un salopard d'agent double.

Il lui adressa un sourire rayonnant.

— Tu as enfin compris ! J'ai su que tu étais la femme idéale dès que tu m'as dit que tu voulais un log unique en son genre. Et pas une de ces cyberguerrières adolescentes aux cheveux brushés et aux tétons chromés, avec une visière laser et un polissage irréprochable. Oui, je suis un agent double. Oui, je suis un ignoble traître. C'est d'ailleurs pour ça que nous avons la possibilité de nous mettre en lieu sûr avant que la Tesler-Thanos n'arrive à la même conclusion que toi et nous envoie une équipe microtoc en lui donnant cette fois pour instructions de ne pas te rater.

— Si ce n'est pas l'Aristide-Tlaxcalpo, c'est qui ? demanda Yo-Yo. La chèvre ! Fais gaffe à cette foutue bique !

La voiture qui roulait à tombeau ouvert esquiva d'un micron un énorme caprin en papier mâché.

— N'est-ce pas évident ? fit Iago.

Il se concentrait tant sur la conduite que cinq millimètres de langue saillaient entre ses lèvres peintes.

— La Maison des Morts.

— Mais la T & T a tous ses employés dans sa poche. Quand Adam Tesler chie, ils vont lui lécher le cul.

— Plus à présent. Jamais. Pourrait-on imaginer une meilleure cachette pour le noyau dur de l'organisation de Libération des Morts que juste sous le nez de la Tesler-Thanos ?

— Sous ses yeux, le reprit Martika Semalang. Comme la lettre volée.

— La quoi ? demanda Yo-Yo.

— Edgar Allan Poe, fit Iago. Une vieille histoire de privé.

— Je suis une dyslexique de niveau deux, précisa fièrement Yo-Yo. Pas mal... La propre main gauche de la T & T qui conspire contre elle.

— Avec l'aide de nos amis.

— Les Morts-Libres qui vivent dans l'espace ?

— Et mes *compadres, los Lobos de la Luna.* Tu te souviens de ce que j'ai dit au sujet d'un ballet ? Il y a des années, des décennies, que nous le répétons.

Sur un écran de quinze mètres sur trente dressé au sommet de l'El Cordobes, le supermarché pour articles de sport, Scarlett guidait une voiture à cheval d'opérette devant la reconstitution de l'incendie des Studios Universal.

— Apparence et réalité, Yo-Yo. Tout se résume à cela. La Maison des Morts ne se serait pas mouillée dans une foutue carambouille d'espionnage industriel si elle n'avait pas espéré obtenir de quoi coincer la Tesler-Thanos. De quoi mobiliser tous les agents du FBI. Et j'ai la preuve, la victime et...

— L'avocate ? Bordel de merde, Iago ! C'est pour ça que tu m'as mêlée à tes salades. Pas pour ajouter un soupçon de vraisemblance à ton petit numéro. Tu comptes sur moi pour attaquer cette *corporada*. L'ennui, c'est qu'il y a un *problemito,* Iago.

— Tu refuses. Je comprends parfaitement ton peu d'empressement à accepter. Comparées à la T & T, les Industries Gabonaises sont insignifiantes. Cependant, souhaites-tu être poursuivie par des aérogrimpeurs jusqu'à la fin de tes jours ?

— Espèce de salaud.

— La Loi Barantes, intervint Martika Semalang. Comme vous me l'avez dit au Tacorifico Superica, ce qui n'a pas d'existence légale ne peut intenter une action en justice. Aucune de vos preuves ne serait recevable, seor Iago. Mon témoignage non plus. Jésus Marie Joseph ! J'ai été assassinée par la Tesler-Thanos, par les salopards qui ont effacé mes souvenirs pour les remplacer par des mensonges et par le système judiciaire.

— Iago, nul n'a jamais réussi à contourner la Loi Barantes, fit Yo-Yo. On ne peut passer par-dessus, par-dessous ou sur les côtés. La Maison des Morts est toute-puissante et a des ramifications partout, c'est exact. Mais elle n'a pas, elle non plus, un statut reconnu par la loi.

— Il y a un moyen.

Les avertisseurs multiples cornaient constamment. Iago se déporta et accéléra en longeant une file interminable de véhicules à l'arrêt.

— Les preuves présentées par un mort ne sont pas prises en considération. Toutefois, les présomptions qui en découlent peuvent justifier la réouverture d'une enquête. Combien d'affaires de meurtre ont été élucidées grâce au témoignage de la victime ? Par ailleurs, nous ne désirons pas aller devant les tribunaux, Yo-Yo.

Ce que nous voulons, c'est que tu négocies un accord avec ces salopards. Comme deux *madres* Haka de la Ville flottante qui se disputent un seau plein de calmars. Va leur dire que la Maison des Morts exige qu'ils s'engagent par écrit à ne pas toucher à un seul de tes cheveux, des miens et de ceux de ta cliente.

— Tu aurais pu trouver une métaphore plus appropriée, fit Yo-Yo en tapotant son crâne rasé.

Le contact sur le duvet d'un jour était sensuel et agréable. Les premiers miroitements blafards du signal céleste de l'aube éclairaient le zénith.

— Sinon ?

— Sinon, des copies des dossiers que nous avons constitués au sujet de cet incident seront transmises au Bureau des Affaires Corporatistes de VanColumbia... Un organisme qui ne cherche qu'un prétexte pour s'en prendre à la Tesler-Thanos depuis que cette *corporada* s'est assuré un monopole en matière de résurrection. Guerre et espionnage industriels, assassinats, violation des droits des vivants : que leur faudrait-il de plus ? Au sein du Conseil de la Côte, une minorité agissante — avec laquelle la Maison des Morts entretient des contacts aussi discrets que réguliers — tient la Tesler-Thanos pour responsable du soulèvement des Morts-Libres. Si la T & T fait banqueroute, ces politiciens n'en perdront pas le sommeil.

Cinquante kilomètres au-dessus de Nécroville, le signal céleste eut un spasme et s'alluma brusquement. Des rideaux de feu jaune brûlèrent dans un ciel encore sombre. La fin du couvre-feu. Les courants migratoires qui débuteraient sous peu seraient peut-être les derniers.

C'était un pacte faustien que Iago la chargeait de négocier avec la Tesler-Thanos. Le prix du silence de la Maison des Morts — et son indépendance, supposait-elle — serait l'équivalent d'un pieu planté dans le cœur de la Loi Barantes. Une affaire conclue avec des parias, une transaction scellée et respectée, des conditions remplies et exécutées. La reconnaissance de l'existence des intouchables. Ce précédent ferait jurisprudence et son champ d'application serait progressivement élargi jusqu'au jour où une cour virtuelle déciderait que la mort n'était pas la fin et accorderait aux défunts des droits égaux à ceux des vivants.

Le véhicule métamorphe s'arrêta au bord de la route sous le halo ambré d'un grand V barré, l'enseigne au néon d'une Maison des Morts. Les portières s'ouvrirent en se soulevant comme les ailes d'une mouette.

— On ne peut courir le risque que la Tesler-Thanos y jette un coup d'œil.

Iago colla ses paumes sur le pavillon en tectoplastique incurvé. Les tecteurs hyper-rapides se déconfigurèrent et la voiture s'effondra en un monticule amibien d'or fondu que la rue absorba.

Redoutant l'arrivée d'un aérogrimpeur, Yo-Yo scrutait le ciel lorsqu'il s'embrasa. La luminosité aveuglante de midi remplaça les ténèbres qui précèdent l'aube. Les voiles translucides du signal céleste furent balayés du firmament. Les doigts effilés des cirrus projetèrent leurs ombres denses aux arêtes tranchantes sur les collines et les vallées. Des oiseaux s'envolèrent dans un fracas de piaillements et de battements d'ailes. Yo-Yo cria, frappée de cécité.

— C'est la guerre, dit Iago.

Il observait le halo nucléaire mourant, comme s'il s'attendait à y voir les pistes ioniques fumantes des vaisseaux spatiaux abattus.

— Une attaque microtoc massive. Les armées se sont affrontées. Il est trop tard pour envisager une suspension des hostilités.

Il referma ses paumes sur les joues de Yo-Yo. Nul mort ne l'avait encore jamais touchée ainsi.

— Nous devrons aller jusqu'au bout, désormais.

— Je ne peux pas accepter. Qui suis-je ? Une avocate stagiaire à vingt *centavos,* une fille originaire de la Ville flottante qui va d'échec en échec... à tel point qu'elle vient de se faire virer. Et c'est à moi que tu demandes d'intimider la Tesler-Thanos *corporada* ?

— S'apitoyer sur son sort en disant « pauvre de moi » serait donc un poncif de tous les drames judiciaires ?

— Je croyais que c'était une histoire de détectives.

— On a changé de genre.

Dans les drames judiciaires, la belle avocate se laissait finalement convaincre par le malfrat beau parleur de plaider l'affaire indéfendable. Ce qui lui permettait d'avoir un trait de génie, de trouver une astuce légale imparable et de remporter une victoire magistrale. Dans le monde qu'on retrouvait après le générique de fin, les avocates au physique quelconque étaient grillées dans leur fourreau sensoriel par les cybernautes des grandes *corporadas* ou réduites en ions par des bombes à conversion de masse, quand ce n'étaient pas les logs légaux qui se chargeaient de les saucissonner, les bâillonner et les pendre au plafond par le bout des tétons. Qui se serait préoccupé de leur sort ?

La vérité et ses conséquences, Yo-Yo. Ça te donne des démangeaisons, pas vrai ? Juste sous le bouton inférieur de la braguette de tes shorts à la mode ? Voilà qui incite tes ovaires à se dresser fièrement, saluer le drapeau et te crier : *Oui, oui, vas-y, vas-y !* Autrement, à quoi aurait servi de faire frire tes neurones dans des bains d'amphétamines pendant que tu consultais des banques de données à longueur de nuit, bien après que tous les étudiants du campus s'étaient couchés dans leur lit, ou dans un autre ? N'était-ce pas dans l'espoir qu'une chance, une seule chance, d'entraîner l'effondrement d'une *corporada* de la côte Pacifique se présenterait ? Une chance ridicule, certes, mais...

— Les vieux grands-pères chinois ont coutume de dire que « même la plus infime des chances reste une chance », déclara-t-elle à Iago. On peut toujours essayer.

Quand les accélérateurs neuraux qu'elle prenait avant tout procès commençaient à faire effet, ce que Yo-Yo ressentait correspondait à ce qu'elle imaginait être un orgasme digne de ce nom. L'afflux de sang chaud, l'hypersensibilité de l'épiderme, l'impression que le corps se tortillait à l'intérieur de la peau comme des anguilles dans un sac, la sensation de plus en plus vive de se déconnecter du monde matériel au fur et à mesure que les horloges internes et externes se décalaient, la conviction que l'esprit ne resterait pas plus longtemps captif de sa gangue de chair grossière et qu'une chiquenaude mentale suffirait pour l'envoyer occuper un million d'incarnations biologiques et cybernétiques différentes, une démangeaison d'impatience à la fois merveilleuse et angoissante, sans doute proche de ce que les Chrétiens fondamentalistes devaient ressentir en attendant le Jugement dernier.

Yo-Yo était une experte en neurochimie, pas en orgasmes.

Les employées de la Maison des Morts qu'elle croisait dans le couloir semblaient se déplacer au ralenti. Yo-Yo était presque assez rapide pour pouvoir se fondre dans le clignotement stroboscopique de soixante hertz de l'enseigne fluorescente.

La porte du Bureau Secret d'Iago — le lieu où il organisait officieusement ses opérations d'agent double — s'ouvrit dès que ses détecteurs perçurent son aura.

— Bouh ! fit Yo-Yo Mok.

Avant d'avaler un dernier activateur d'acétylcholine.

La pièce était un rucher de terre cuite de cinq mètres

de diamètre au sol ondulé sur son pourtour. Le banc qui longeait la paroi circulaire saillait en trois points équidistants pour se transformer en lits légèrement concaves. Si Yo-Yo siffla malgré elle, ce fut en raison du dôme. Il était entièrement occupé par des statuettes de divinités aztèques secondaires aux bras tendus, aux bouches ocre béantes de souffrance ou de surprise. Elles n'étaient pas plus grandes que sa main et se trouvaient disposées en rangées incurvées, telles les côtes d'un totem. Yo-Yo avait l'impression d'être captive dans un orgue aux tuyaux d'argile. Les drogues qui favorisaient la concentration engendraient de brusques passions. Tout et rien devenait fascinant. Il n'était pas rare de perdre des heures à contempler les lunules d'un seul ongle.

Avec dextérité, Iago extirpa un filament de chacune de ses tempes et les laissa tomber sur le sol qui ondula et goba leurs extrémités. Il resta ainsi, les pieds légèrement écartés, les bras ballants, le front surmonté de deux fines antennes en tectoplastique.

— On peut employer les tecteurs supraconducteurs à chaleur corporelle à des fins plus utiles que la fabrication de voitures liquides.

Il appliqua le bout de son index sur son troisième œil.

— Ils m'ont reconstruit sitôt après m'avoir recruté. N'est-il pas ironique que le système de stockage et de traitement des informations le plus performant soit constitué de deux kilos de matière grise humide posée en équilibre sur une colonne vertébrale ? Nul ordinateur n'est compact à ce point et n'a des composants aussi miniaturisés que les siens. C'est le *nec plus ultra* des nanomachines, avec ses microprocesseurs pas plus gros que des molécules. Le seul problème, c'est qu'il est lent, *querida*, d'une lenteur exaspérante. Parce qu'il doit attendre l'arrivée des signaux chimiques transmis par ses périphériques alors qu'il fonctionne à la vitesse de l'éclair. Mais puisque nos *hermanos* les Morts-Libres ont pu s'adapter à la vie dans le vide, pourquoi les chercheurs de la Maison des Morts ne réussiraient-ils pas à transformer nos cerveaux en ordinateurs portables suprêmes ? Temps de traitement presque instantané, risques de panne nuls, quatre terraoctets de mémoire vive pour les fichiers et les applications. Système intégré à l'utilisateur, compatibilité absolue avec les cinq sens, interface par fourreau qui donne accès à l'ensemble du réseau. *Querida*, j'ai rattrapé et surpassé toutes les unités centrales qu'on trouve en ce bas monde. Nous mettons actuellement au point les tecteurs supraconducteurs de la deuxième génération. Capacités de stockage multipliées par dix. Avec le temps, chacun de nous pourra engranger la quasi-totalité du savoir répertorié et y accéder à son gré. Et en parlant de temps, *mi corazón*, nous avons l'éternité devant nous, nous les humains.

— Mon log légal... commença Yo-Yo.

Ses sens aiguisés avaient souligné certains mots et elle pensa : *« Nous les humains », il a dit cela comme s'il estimait que les vivants sont des êtres incomplets, inachevés, au même titre que l'axolotl dont l'évolution s'est brusquement interrompue avant qu'il ne devienne une salamandre. Pour lui, seuls les morts sont des humains à part entière.* Il collait de nouveau son index sur sa glande pinéale.

— Tout a été conçu, programmé et stocké là-dedans. J'ai failli rire, quand tu m'as demandé si je pouvais recharger le logiciel de l'Escalier du Paradis. Je n'aurais rien pu oublier même si je l'avais souhaité, Yo-Yo. Je suis relié au système satellitaire des Maisons des Morts. Par mon entremise, tu peux accéder au réseau et à tous les services légaux de la Tesler-Thanos. Et j'ai toutes les preuves, jusqu'à la dernière, classées dans ma mémoire.

L'Ange enregistreur.

— Il n'est pas étonnant que tu m'aies toujours battu au volley-ball, dit-elle en se déshabillant.

Rien ne justifiait son habitude de pénétrer dans la virtualité uniquement vêtue de sa seconde peau. C'était inutile, car un fourreau sensoriel était tout aussi efficace sous des vêtements. Par superstition, ou excitation sexuelle. Elle chercha des yeux un crochet où suspendre ses effets. N'en voyant pas, elle les plia avec soin et les posa sur le sol d'argile poussiéreux. Non sans une certaine répugnance. Finalement, elle s'avança entre les bras d'Iago.

Elle hoqueta quand leurs tenues arachnéennes fusionnèrent. Elle était collée à Iago lorsque les interfaces se connectèrent et qu'elle ressentit les chocs synesthésiques familiers de l'autovérification des systèmes. Elle vit les couleurs de la chaleur à l'instant où les extensions optiques se greffèrent au fond de ses rétines. Elle entendit le tintement bleuté des tecteurs qui pinçaient le marteau et l'enclume et percutaient ses tympans. Elle sentit l'odeur en *mi* bémol pentatonique de la libération des molécules dans ses centres olfactifs. Elle reconnut la saveur unique du bébé napalmé en décomposition depuis cinq jours quand les nanosondes testèrent la sensibilité de ses papilles gustatives avec des goûts salé/sucré/aigre/amer. Mais elle découvrait une nouveauté, une étrange nausée qui l'envahissait alors que des cirres du corps d'Iago se glissaient en serpentant au-delà de son oreille interne pour pénétrer ses hémisphères cérébraux. Son arrivée dans la virtualité lui procura un plaisir mêlé de culpabilité et elle se retrouva sur l'escalier de Powell et Pressburger.

En un après-midi et une nuit, elle avait oublié le bonheur qu'apportait la monochromie. Le marbre qu'elle avait sous les pieds était d'une solidité et d'une blancheur rassurantes. Loin en contrebas, des nuages gris perle dérivaient dans un ciel d'une nuance plus soutenue. Sur sa gauche, dix marches plus bas, un Hammourabi noir de jais portait le regard au-delà de l'espace virtuel illimité. A une distance égale vers le haut et sur sa droite, elle voyait Moïse et son buisson ardent. Et Yo-Yo — en ensemble calviniste sobre et élégant, rehaussé d'assez d'argent pour indiquer sa réussite sans que ce fût pour autant de façon ostentatoire — s'accordait un plaisir solitaire en écoutant les vents qui tiraient des harmoniques de l'escalier infini mais n'agitaient pas les clochettes de ses boucles d'oreilles. Un soleil blanc se leva, un atome éblouissant. Qu'elle lui fût transmise par son vieux virtualiseur ou par les neurones reconfigurés du cerveau d'Iago, la simulation était parfaite.

Dès l'instant où on commence à confondre réel et irréel, il convient d'envisager de se reconvertir, lui avait-on appris le premier jour de fac. Il fallait alors renoncer à sa carrière d'avocat, et à la vie.

Elle fit apparaître une fenêtre événementielle. Au-delà tournoyait la galaxie du réseau de la ZUTV, les logs des grandes *corporadas* qui flamboyaient comme des quasars.

— La Tesler-Thanos, dit-elle d'une voix forte et claire.

Des sous-routines invisibles mais diligentes avaient accédé aux codes et aux mots de passe. Une supergéante bleu-blanc solitaire se détacha du reste et se dilata pour emplir tout le cadre. Un éclair. L'étoile avait explosé. Les coupe-circuit de sa tenue intervinrent. Des filtres réduisirent la surcharge sensorielle et la rendirent supportable. *Ce n'est pas une démonstration de virtuosité pyrotechnique qui peut impressionner Yo-Yo Mok.* Elle fit tomber les écrans optiques d'un cillement et vit un samouraï doré haut de vingt mètres et bardé d'une armure se dresser à dix pas d'elle. Alors que les fanions de guerre du guerrier japonais voletaient dans son dos, agités par son vent virtuel personnel, il tira son sabre.

— Je suis le *procurador* Martina Martinez des services légaux de la Tesler-Thanos *corporada*, gronda l'apparition.

Seules les sociétés les plus importantes avaient les moyens d'engager sur des bases permanentes des avocats chargés de personnifier leurs logs.

— Je suis l'*abogado* Yo-Yo Mok du cabinet Allison-Ismaïl-Castardi, déclara-t-elle.

Si le cabinet Allison-Ismaïl-Castardi existait toujours, naturellement. En fixant droit dans les yeux le masque de la chose monstrueuse, elle ajouta :

— Je représente ma cliente, la seora Martika Semalang, anciennement Madrilena Fuentes, ex-employée du Centre de recherche et de développement de la Tesler-Thanos.

Martinez fit reposer son sabre sur une marche et cala ses mains lestées de gantelets aussi gros que des camionnettes sur son pommeau. La pointe de l'arme fissura et fendit le marbre. Le sens du message était sans équivoque. *Nous avons les moyens de te détruire, toi et ton univers privé de pacotille.*

— Etant décédée, Madrilena Fuentes ne peut intenter une action en justice.

— C'est faux ! cria Yo-Yo.

A l'instant où le samouraï géant disparaissait et refermait l'application derrière lui, Iago se chargea d'en ouvrir d'autres. Ses programmes corrupteurs avaient versé quelques pots-de-vin en puisant dans la caisse noire de la Maison des Morts et obtenu des codes d'accès directs.

Au-delà d'une fenêtre circulaire, Yo-Yo vit le samouraï doré surplomber Hoover Boulevard, un pied dans Nécroville et l'autre dans le territoire des vivants, le sabre brandi en position de *men*, le coup de taille horizontal idéal pour une décapitation. Yo-Yo se rappela une vieille affiche de la Deuxième Guerre mondiale où un guerrier identique se dressait au-dessus de Pearl Harbor pendant que les navires des *Estados Unidos* tiraient des bordées inutiles.

Au-delà d'une fenêtre carrée, elle voyait la sphère armillaire des logs légaux de la Tesler-Thanos ; un planétaire de Dyson dont les planètes sombres tournaient lentement.

Au-delà d'une fenêtre voûtée, elle aperçut un bolide rougeoyant d'informations, le dossier Semalang, l'objet de sa tentative de chantage.

Elle saisit cette boule de données et la lança dans le cadre carré. Puis elle se propulsa pour se placer en orbite dans le nuage d'Oort légal, qu'elle traversa. Tout *avocat* valant son pesant de massepain devait pouvoir franchir les barrages dressés par une *recepciónista*. Dans la fenêtre événementielle apparurent des images estompées et distordues : locomotives à vapeur, femmes en pleurs, feux d'artifices figés, barbares aux cheveux blonds et aux muscles saillants. Des requêtes en suspens, des spectres retenus dans les limbes dans l'attente du feu vert des échelons supérieurs. Le logiciel entamait sa descente vers la courbe grise interminable du deuxième niveau.

Le son eût convenu à merveille pour accompagner une scène de fin du monde, le sifflement du couperet d'une guillotine et des coups de cymbale. Quelque chose — non, pas quelque chose mais du *néant*, un plan de ténèbres — avait scindé son univers monochrome. Verticalement. Horizontalement. Des percussions ponctuèrent le pas que le mur d'obscurité fit dans sa direction. Le nuage y pénétra et fut dissous. La noirceur engloutit la moitié de la statue du juge Roy Bean. Sa totalité. Le vide absolu poursuivait sa progression vers elle.

— Iago !

Il fut aussitôt à son côté. Il portait un fuseau noir aux plis en tranchant de lame de rasoir agrémenté d'un galon en velours, avec un boléro blanc et un sombrero suspendu dans son dos. S'il avait eu un chihuahua et une baguette, on aurait pu le prendre pour le chef d'un vieil ensemble de danseurs de cha-cha-cha.

— C'est à vomir, commenta Yo-Yo Mok.

A l'instant où son programme de chantage faisait voler en éclats la deuxième ligne de défenses légales et se glissait vers la troisième entre les spectres et les litiges en suspens.

Iago ne daigna pas relever sa remarque.

— J'ai l'impression de subir les attaques d'un système viral anti-alias très perfectionné, un log conçu pour identifier et chasser des mémoires les intrus qui y pénètrent sous une identité d'emprunt.

Les ténèbres approchaient et le grondement ininterrompu évoquait l'arrivée d'une division blindée. Yo-Yo battit en retraite vers le haut de l'escalier en poussant ses fenêtres événementielles devant elle.

— En clair ?

— Cette saloperie m'expulse hors de mon propre crâne.

Il paraissait terrifié. Iago Diosdado était terrifié.

— Elle me fiche à la porte de mon esprit.

La muraille avançait. Yo-Yo gravissait les marches.

— Yo-Yo, je ne pourrai pas m'en tirer si je n'utilise pas les adresses où tourne actuellement ce programme.

— Cette noirceur, c'est toi ?

— Dans un certain sens. Pour toi, ce ne sont que des octets occupés. Yo-Yo, il n'y aura bientôt plus assez de place pour nous deux.

Elle jeta un coup d'œil à la fenêtre carrée. Le troisième cercle, le quatrième. Les orbites s'ouvraient devant la déposition. Une partie de son contenu avait atteint le noyau et un ordre avait été transmis : *Laissez passer*. Le reste du dossier parviendrait-il au cœur du système avant que l'Escalier du Paradis et tous les logs légaux de Yo-Yo ne se bloquent ?

— Ne peux-tu pas l'arrêter ?

— Si, mais...

— Tu as besoin de la mémoire vive que j'occupe pour créer des anticorps. Jésus Marie Joseph !

La noirceur montait lentement vers elle, inexorablement.

— Iago ! Si tu ne peux rien faire, fiche le camp d'ici. Tu accapares de la place que je pourrais utiliser.

Le sixième cercle, le septième. Derrière elle, les ténèbres consumaient les marches, les statues et les nuages gris.

— Iago, cesse de me repousser comme ça ! cria-t-elle.

Tout en sachant qu'il n'avait pas le choix. Il mourrait s'il la protégeait. Pour survivre, il devait l'abandonner, la livrer nue et impuissante aux éclairs que les cybernautes de la Tesler-Thanos enverraient pour griller ses logs légaux et incinérer son corps.

Le huitième cercle. Le neuvième et dernier. La sphère centrale fut pelée et le soleil explosa dans ses yeux. Le noyau. La proposition de contrat approchait du périhélie, disséquée par des chapelets d'interrogations et de contre-vérifications. Cinquante marches, quarante, trente. La noirceur la rattrapait. Iago perdait du terrain, chassé par des virus qu'attirait la chaleur de son âme.

Lorsqu'elle en prit conscience, ce fut comme si elle voyait une batte de base-ball sortir des ombres d'un samedi soir et fondre vers son visage. Il existait des entités qui pouvaient s'attaquer aux intelligences artificielles. Elle leva deux doigts à sa bouche et siffla.

Cinquante marches plus haut, un saint Benoît en travertin se para de couleurs, de fruits, de rouge à lèvres, de chaussures à talons compensés et d'une robe à en crever de jalousie avant de se détacher de son socle et de s'avancer à sa rencontre.

— Oh, Yo-Yo ! On dirait que tu as des ennuis, ma parole ! Puis-je t'être utile ? minauda le *serafino*.

Le néant était un monolithe noir démesuré qui s'écroulait sur Yo-Yo Mok.

— Arrête ça ! cria-t-elle à la Carmen Miranda. Arrête cette putain de saloperie de bordel !

— Oh, allons, Yo-Yo... Surveille ton langage ! Il ne faut pas dire des gros mots, car ça fait de la peine au Bon Dieu. Je suis bien placée pour le savoir, car je squatte les redondances d'un log de catéchisme des Vieux Catholiques.

Yo-Yo recula de la tour d'obsidienne qui basculait sur elle.

— Mais parce que tu m'inspires une profonde affection, je vais m'occuper de cette p... de s... de b...

Tel un arc-en-ciel aromatisé aux fruits exotiques, le *serafino* se liquéfia et se projeta contre l'obscurité qu'il éclaboussa. Le néant noir ruisselait de raisin, d'orange, de pêche, de citron et de fraise écrasée.

La muraille interrompit sa progression. Pendant une centaine de battements de cœur virtuels, rien n'arriva à ce qui n'était rien. Et pendant cent autres, et cent autres encore. Finalement, les ténèbres reculèrent d'une marche. De deux, d'une troisième. Elles finirent par dévaler l'escalier. Les virus anti-al avaient reniflé les laissées du gibier qu'ils étaient programmés à tuer. En empruntant les circuits de communication de la Maison des Morts, ils pourchasseraient la Carmen Miranda dans les dédales et les labyrinthes des ordinateurs de Nécroville et au-delà d'une frontière qu'il eût été impossible de leur interdire. L'affrontement se poursuivrait dans la galaxie miroitante du réseau de la ZUTV, à travers les serveurs et les moulins à prières des Vieux Catholiques, Bouddhistes Réformés et Ucurombistes, dans les logs multiversitaires des *corporadas* et des organismes administratifs.

— « Et jusqu'autour des flammes de l'enfer ! » cita Yo-Yo Mok.

Dyslexique, elle n'avait pu lire *Moby Dick* mais avait adoré le film et cette phrase était restée gravée dans son esprit. Tels des engins blindés s'affrontant pare-chocs contre pare-chocs sur les autoroutes de l'information, le *serafino* et son adversaire semaient un véritable chaos dans leur sillage. Le montant des dégâts était incalculable. Des fichiers complets seraient effacés. Etouffés par le virus purificateur, des logs et des banques de données deviendraient inutilisables. Des procès en dommages et intérêts portant sur des billions de dollars de la Côte seraient intentés, si Yo-Yo Mok dénonçait les responsables.

*Un atout supplémentaire contre vous, mes ennemis.*

Elle les montra du doigt.

Le soleil de style Louis XIV ceint d'une toison de flammes qui symbolisait le service légal de la Tesler-Thanos entra en expansion et l'engloutit.

Ici, la virtualité était si immaculée qu'elle pensa qu'on aurait pu s'en servir pour se circoncire. Elle avait au-dessus de sa tête les anneaux aux mouvements lents des planisphères et des plans stellaires, autour d'elle les déplacements majestueux des constellations et de leurs cohortes de serviteurs — femmes aux coiffes étoilées, hommes aux faces lunaires, enfants qui avaient la queue d'une comète pour chevelure — ainsi que les Léviathans des quatre vents, éléments et humeurs qui soutenaient le disque central en cuivre patiné, les gravures à l'eau-forte du monde connu et de ses océans qui, à son échelle virtuelle, étaient de petits fossés aux contours soigneusement délimités. Tout cela suivait les révolutions lentes, immuables, calculées avec rigueur, des rouages dans les rouages. La précision et les dimensions de la simulation défiaient l'imagination.

Sois sincère, Yo-Yo. C'est terrifiant.

Elle supposa qu'elle n'était pas la première à fouler le plateau circulaire. Elle n'était plus un simple ajout apporté par le log chargé dans le cerveau d'Iago. Son fourreau sensoriel, sa chair fragile étaient désormais en contact direct avec les ordinateurs de la Tesler-Thanos.

Au milieu du planétaire brûlait une face solaire dorée si brillante qu'elle dut rabattre ses filtres oculaires pour la regarder.

— Le log légal de la Tesler-Thanos a transmis votre proposition à son noyau central, fit la voix du soleil. Vos demandes ont été prises en considération, vos prétendues preuves analysées. Nos calculs prévisionnels démontrent que, si nous refusons un accord amiable, les probabilités pour que la Tesler-Thanos *corporada* cesse d'exister sous sa forme actuelle au cours des cinq années à venir sont de quatre-vingt-trois pour cent. Un pourcentage trop élevé pour être acceptable. En fonction de quoi, nous sommes disposés à vous proposer le compromis suivant.

Une ombre s'abattit vers Yo-Yo et elle ne dut qu'à son instinct de ne pas être débitée en deux morceaux par le sabre. Des gerbes d'étincelles s'envolèrent, l'acier résonna. L'extrémité de la lame s'était plantée dans l'écliptique de cuivre. Le samouraï doré géant tira sur son arme pour la dégager. Il la libéra et porta un coup de taille vers la tête de Yo-Yo, qui plongea au-dessous. Le tranchant entama le planisphère de Mars et les étoiles et les constellations grondèrent tel un gong.

— Vous m'avez menti, espèce de salopard ! cria Yo-Yo à la face solaire.

— J'ai le regret de vous informer que nos suggestions ont été rejetées au niveau hiérarchique le plus élevé, répondit la sphère sur un ton de consternation cybernétique. J'en suis d'autant plus contrarié que cela va à l'encontre du bon sens et des intérêts de la *corporada*.

— *El presidente* refuse tout compromis, intervint le samouraï doré qui venait vers elle à grands pas, accompagné par les crissements de son armure. Nous ne céderons pas au chantage. Pas d'entente. Pas de contrat. On m'a chargé de régler définitivement l'affaire Fuentes/Semalang.

— Ne soyez pas conne, Martinez ! hurla Yo-Yo en commandant l'ouverture d'une nouvelle fenêtre. Il est impossible de vaincre des logs légaux. Quand ça s'ébruitera, vous serez fichue, radiée du barreau. Vous ne pourrez même pas trouver un boulot en tant que pute virtuelle à vingt dollars la passe.

— Si ça s'apprend un jour, rétorqua le géant.

La pointe de son sabre frôla le sternum de Yo-Yo. Un log secret qui pouvait pénétrer les tampons de rétroaction d'un fourreau sensoriel et les utiliser contre son porteur. Ils avaient employé cette technique sur Trio et calciné soixante-treize pour cent de sa peau.

— Arrêtez-la ! cria Yo-Yo au noyau légal moribond.

Le samouraï doré leva son arme à deux mains au-dessus de sa tête. Yo-Yo agrippa la bordure de la fenêtre événementielle. Elle avait l'intention de s'y suspendre pour se projeter vers l'Escalier du Paradis, mais elle s'abstint de passer aux actes.

Car elle venait de voir de l'autre côté une maquette d'aérogrimpeur qui approchait très rapidement en rase-mottes, révélée par les premières lueurs de l'aube. Ce qu'elle apportait était facile à deviner. La mort donnée par un ouragan convertisseur de matière ou un millier d'entailles. La mort, quelle que soit la technique. Si Martinez ne réussissait pas à l'empêcher de nuire, cette équipe microtoc se chargerait de terminer le travail à sa place.

Nul n'avait pu lui expliquer de façon convaincante où partait l'esprit d'un individu qui décédait au cours d'un séjour dans la virtualité.

Il ne lui restait qu'une carte à abattre, en priant pour que ce fût un atout.

— Iago ! Vas-y. Envoie-les. Les *Monopolistas*. Envoie-les.

Elle leva les yeux vers le masque doré.

— Je t'ai baisée, dit-elle à Martinez.

L'extrémité du sabre dessina un arc miroitant dans les airs. Elle fixait toujours son adversaire quand le tranchant descendit en sifflant.

Tel le chat du Cheshire d'un autre vieux film, la grimace cuivrée du samouraï en suspension dans l'espace disparut après le reste, après que ses plans et angles massifs se furent dissous dans les constellations et les divinités tourbillonnantes. Pendant dix battements de cœur, Yo-Yo n'osa pas regarder derrière elle. Courage. Vas-y. Elle se tourna et vit l'aérogrimpeur virer à cent quatre-vingts degrés et une myriade de feux de position s'éloigner.

— Iago !

Perry Mason ne criait jamais, d'accord. Mais Perry Mason pouvait aller se faire voir.

— Arrête tout. Absolument tout !

Le soleil reprit la parole.

— Il appert que des changements importants viennent d'avoir lieu au plus haut niveau de la *corporada*.

Comme s'il annonçait qu'il pleuvait ou qu'il était le livreur de pizza.

— Le président est démis de ses fonctions. Son successeur a invalidé l'ordre de court-circuiter ses services légaux. Toutes les actions intentées contre l'*abogada* Yo-Yo Mok et sa cliente sont par voie de conséquence suspendues. Le *procurador* Martinez ne représente plus les instances supérieures de la Tesler-Thanos. Les systèmes informatiques sont habilités à vous communiquer la proposition qu'ils étaient sur le point de vous faire avant son intervention.

» Si nous acceptons vos conditions, les risques pour que la Tesler-Thanos disparaisse descendent à soixante-treize pour cent, ce qui se situe dans une fourchette raisonnable. Toutefois, les probabilités pour que la Loi Barantes et le *contratismo* restent en vigueur ne sont que de trente et un pour cent. Selon les estimations les plus optimistes, les pourcentages sont respectivement de quatre-vingt-deux et trente-cinq en cas de règlement à l'amiable du conflit nous opposant à votre cliente. Forts de ces conclusions, nous suggérons au conseil d'administration et au nouveau président de céder à vos exigences, sous réserve de l'ajout d'une clause standard de non-divulgation.

— Vous ne demanderez pas à la seora Martika Semalang/Madrilena Fuentes le remboursement des sommes déjà versées. Vous ne commanditerez plus aucune tentative d'assassinat dirigée contre elle, Iago Diosdado ou moi-même. Y compris...

La face ignée du soleil avait ondoyé, un prélude à une déclaration.

— ... toute attaque par des armes cybernétiques ou informatives de quelque nature que ce soit.

— Nous en prendrons l'engagement si vous garantissez la Tesler-Thanos, ses sous-traitants et ses agents contre tout préjudice pouvant résulter de cette affaire.

— Je n'envisageais pas de réclamer des dommages et intérêts. Entendu, je ne dirai à personne qui est responsable de tous ces dégâts. Je ne peux cependant rien promettre en ce qui concerne les lésés qui remonteront par eux-mêmes les traces laissées par le virus et arriveront jusqu'à vous.

— Nous ne vous en demandons pas tant. Nous assumerons les conséquences des actions intentées de façon indépendante par des tiers.

— Est-ce tout ?

— Il n'y a pas d'autres clauses.

— En ce cas, transmettez-moi ce contrat et je le signerai.

— Il a été rédigé. Veuillez l'approuver conformément aux usages.

Yo-Yo tendit sa main gauche et la plongea dans le soleil. Elle ne fut pas brûlée, car le feu de la loi était privé de chaleur. Elle déposa son sceau à l'intérieur du brasier, un lotus blanc dans un triangle noir, ainsi que son matricule d'inscription au barreau. Signé. Scellé. Affaire classée.

— Ce sera tout ? s'enquit le Roi-Soleil.

Elle ne pouvait se décider à lui poser la question : *Mais qu'est-ce qui se passe, bordel ?*

— En fait, dit-elle simplement, j'aimerais ficher le camp d'ici le plus vite possible.

Il était une fois un seigneur qui vivait dans un haut château. Il était tout-puissant. Il n'avait qu'à en donner l'ordre pour que les morts se lèvent et marchent, mais une chose, une seule, échappait à sa volonté... l'amour de son fils unique.

Nuit après nuit, cet homme restait assis dans sa tour et se demandait pourquoi il était désarmé en ce domaine. Il n'était ni cruel ni violent. Il n'avait jamais frappé son enfant ni eu une conduite indigne. Il avait toujours été raisonnable, tolérant, voire affectueux. Il s'était accordé le temps de jouer avec lui, d'écouter ce qu'il avait à lui raconter bien que ce fût généralement sans intérêt. Il l'avait encouragé à approfondir ce qui suscitait son enthousiasme et s'était abstenu de faire le moindre commentaire quand ces activités avaient fini par le lasser. Il avait subi avec une patience exemplaire l'agressivité et les rejets de l'adolescence. Il avait pris soin de ne pas porter de jugements sur les amis et les maîtresses de son fils. Il n'avait pas condamné ses expériences sociales, sexuelles et chimiques. Il avait fait tout ce qu'il était humainement possible de faire pour être aimé, mais il n'avait jamais entendu son enfant lui déclarer qu'il avait pour lui un tant soit peu d'attachement.

Il refusait d'admettre que son échec était dû au fait qu'on ne pouvait provoquer l'amour. Que même entre père et fils de tels sentiments n'étaient pas systématiques, obligatoires. Ces forces d'attraction ne dépendaient pas d'une loi de la physique comme celles s'appliquant aux planètes et aux atomes. Il n'avait pas conscience que sa frustration transparaissait dans tous ses actes de bonté, de compréhension, de confiance et d'affection. Il s'agissait de propositions de troc. Il rédigeait des contrats, des billets à ordre qui ne seraient jamais honorés.

L'homme qui vivait au sommet de la tour noire souffrait d'être rejeté et s'abandonnait au désespoir.

Il avait rencontré celle qui porterait son enfant bien avant de fonder son royaume des morts et de s'ériger des chapelles et des cathédrales sur le tuf de Hoover Boulevard. Grain par grain, molécule par molécule. En bâtissant son empire, il commettait l'erreur répandue de l'ambition, il s'imaginait que la célébrité pouvait remplacer une présence. Il n'apprit l'existence des amants que sa femme recevait dans leur lit conjugal anatomique pendant les longues nuits qu'il consacrait à créer sa Nouvelle Jérusalem de pacotille que le jour où elle vint le voir dans sa salle du trône, au sommet du donjon, pour lui demander de lui accorder le divorce avant qu'elle ne souille son nom en rendant publique une interminable liste d'adultères.

— Et je veux avoir la garde de notre fils, avait-elle ajouté.

Ils s'étaient alors affrontés. Par tribunaux virtuels et médias interposés, dans les cercles de la haute société. Ils s'étaient lancé des accusations, des insinuations, des insultes, des calomnies et des espions. Ils s'étaient battus en extériorisant la haine qu'engendre l'amour flétri par les mensonges. Il avait finalement obtenu gain de cause en apportant des preuves vidéo, holo et audio qu'au cours des trois dernières années sa femme avait régulièrement couché avec leur valet de chambre décédé. C'était un horrible péché, au début de l'ère de la résurrection des morts, et il eût été inconcevable de confier un enfant à une nécrophile.

L'homme qui vivait dans la haute tour venait d'être abandonné et il ne voulait pas revivre cette pénible expérience. Mais plus on veut empêcher une chose de se produire, plus les probabilités pour qu'elle ait lieu sont grandes.

Il était donc inévitable que son fils le quitte pour parcourir le monde. Il ne laissa derrière lui qu'une lettre d'adieu et n'emporta que les vêtements qu'il avait sur lui, ainsi qu'une carte-cash internationale. Il avait un esprit romanesque, certes, mais il n'était pas pour autant privé de sens pratique. Il voyagea et côtoya les pauvres pour bénéficier de leur sagesse. Il espérait trouver parmi eux les valeurs qui lui avaient fait cruellement défaut dans les trois tours. Il vécut au milieu des morts, dans leurs nécrovilles en expansion, afin de découvrir son humanité dans le reflet de leur inhumanité. Il alla à l'autre bout de la planète pour rencontrer des mystiques et se démontrer au sein des communautés spirituelles que l'homme ne se résumait pas au matérialisme moléculaire de la philosophie de son père. Il se leva à l'aube pour rendre hommage aux grands arbres et alla nourrir les poissons sous les innombrables facettes des serres géodésiques de l'Ordre Clos des Biosphéristes. Il se drogua pour connaître la transe extatique des fétichistes d'Ucurombé qui vivaient dans les racines des *arcosantos* croulants de Miami. Il s'entailla les poignets et communia par le sang avec ses frères des grandes plaines. Il nagea avec les hommes-phoques de Milapa en direction du couchant et du lieu où chantent les baleines.

Il erra de par le monde pendant dix ans, et le premier jour de la onzième année il regagna la demeure de son père. Le Maître du haut château avait vieilli et maigri. Il avait près de lui une femme, bien plus jeune que lui. Sa nouvelle épouse avait une expression que le fils ne connaissait que trop. Pas aujourd'hui, ni demain, mais elle finirait par l'abandonner elle aussi.

— Salut, dit le fils. Me voici de retour.

— Promets-moi une chose, dit le père. Jure-moi que tu ne me quitteras plus jamais.

— J'en fais le serment, dit le fils.

Fort de cet engagement, l'homme qui vivait dans la haute tour entreprit d'en faire un roi.

Il ne croyait pas aux honneurs immérités et son fils dut faire son apprentissage dans tous les services qui seraient un jour placés sous son autorité. Il apprenait rapidement, il apprenait infatigablement, il apprenait catholiquement... En bref, il apprenait. Leur séparation l'avait mûri, endurci. Il était vif et avisé. Son père fit rédiger les documents légaux par lesquels il lui léguait la moitié de la *corporada*.

Puis, tôt un matin de septembre, une certaine Jody-Lynn Kapeckni perdit le contrôle de sa voiture sur l'autoroute de Pasadena. Son véhicule percuta la barrière centrale à cent cinquante kilomètres-heure, fit quelques tonneaux sur les voies opposées et explosa sur la bretelle de la sortie n° 12. La sphère de feu engloutit cinq autres automobiles. Douze personnes périrent dans les flammes. Parmi elles se trouvait Quebec Tesler, héritier présomptif et désigné de la Tesler-Thanos S.A., la plus puissante *corporada* de la Terre.

Le prince défunt resta neuf mois dans sa tombe pendant que le monde entier portait son deuil. Puis, le premier jour du dixième mois, il fut ressuscité d'entre les morts par les pouvoirs de son père. Il sortit des eaux stagnantes de la résurrection non pour se diriger vers la lumière dorée qui nimbait les grandes tours de sa première naissance mais vers la bioluminescence falote d'une Maison des Morts, non pour étreindre ses proches mais pour être accueilli par des mortes vêtues de blanc.

— Où est mon empire ? leur demanda-t-il. Où sont mes employés, mes secrétaires, mes amis ? Où est mon père ?

Il apprit alors qu'il avait tout perdu. Le monde aurait dû lui appartenir et il n'était plus rien ni personne. Il avait reçu en héritage la moitié d'un royaume et son univers se limitait désormais à un quartier de taudis insalubres surpeuplés, puants et bruyants. Il avait été le fils d'Adam Tesler et il n'était plus qu'un mort parmi tant d'autres.

La famille qui se chargea de lui faire découvrir les mystères de l'au-delà le mit en garde. Il n'est jamais bon de revoir ceux qu'on a laissés. Sans tenir compte de ces avertissements, il alla au pied du château et ordonna qu'on lui en ouvre les portes. Il était encore dans la galerie marchande du rez-de-chaussée quand les membres des services de sécurité l'interpellèrent.

Ils le conduisirent sous bonne escorte dans la salle du trône où son père, flanqué de son paon à la queue en éventail et de son tectosaure vert et or, lui annonça qu'à son grand regret il avait les mains liées par la Loi Barantes qui promulguait que les morts n'existaient pas.

Même son propre fils ?

Même son propre fils.

Il pouvait lire sur les traits de son interlocuteur que les principes légaux n'étaient pas seuls en cause. Il y voyait les stigmates laissés par la disparition de ses espoirs et de son amour.

— Tu m'avais promis de ne pas me quitter, s'entendit-il reprocher. Tu m'as menti.

— Vous aviez raison, dit le fils lorsqu'il retrouva ses guides et mentors. Je n'aurais pas dû retourner là-bas.

— Tu finiras par oublier, lui répondirent-ils. Ton passé semblera n'avoir été qu'un long rêve dont tu t'éveilleras lentement.

Avec autant d'application que pour se préparer à gouverner son empire, le fils spolié œuvra à la libération des morts. Ce que lui avaient dit ses amis de fraîche date n'était pas exact. Sa vie antérieure s'estompait, mais pas le souvenir des torts qu'il avait subis. Chaque mauvaise action et injustice dont il était témoin dans son nouveau milieu alimentait sa rancœur et, un jour, la colère remplaça son indignation.

Il savait par son père qu'il avait en lui des choses qui formaient une partie intégrante de son être au même titre que sa peau : des codes d'identification inscrits dans son ADN. Il vint nuitamment jusqu'à la tour, porté par des ailes silencieuses. Il se posa sur le balcon du quatre-vingt-dix-neuvième niveau. Les alarmes le reconnurent et l'autorisèrent à entrer. Il traversa des salles obscures et ouvrit des placards. Ils étaient vides, à l'exception de quelques vêtements démodés à la coupe sévère appartenant à son père. Ainsi qu'il s'en était douté, sa belle-mère avait plié bagage. La chair était volage, la chair était faible, la chair était vaine et temporelle. Il s'arrêta sur le seuil de la chambre du Maître du haut château. Il dormait. Le tuer eût été facile. Il eût suffi pour cela de lui tordre le cou. Il referma la porte et repartit, attiré par la lumière et les murmures qui lui parvenaient d'une pièce entrouverte à l'extrémité du vestibule. Dissimulé dans les ombres, il regarda par l'entrebâillement. Une jeune femme assise à même le sol lui tournait le dos et jouait avec un petit garçon de trois ans. Elle se releva et prit le bambin dans ses bras, alla le déposer dans son lit et mit un mobile en mouvement d'une pichenette. L'aîné exilé s'enfuit de la pouponnière, de l'appartement du sommet de la tour, du haut château. Le signal céleste de l'aube acquérait de la luminosité dans le ciel, lorsqu'il entra dans la Maison des Morts la plus proche et signa un document qui lui permettrait de partir le plus loin possible d'Adam Tesler, un contrat de transit qui le conduirait aux confins du système solaire.

— Vous auriez dû le tuer.

Certaines émotions sont trop profondes pour qu'on puisse les extérioriser. Toussaint ne ressentait que de la torpeur, un étrange engourdissement.

— Oui, vous auriez dû l'étrangler pendant son sommeil. Que vous devez donc me haïr !

— Pourquoi dis-tu cela ? voulut savoir Quebec.

— Me feriez-vous ces révélations, autrement ? Mais je ne suis pas responsable de ce qui s'est passé, je n'ai pas demandé à venir au monde... Et surtout pas à être ce que je suis. J'ai fui, moi aussi. Comme vous, je suis parti. J'ai refusé ce que notre père avait à m'offrir. Vous ne devez pas voir en moi un rival.

— Quebec, appela Huen/Texeira.

Quebec leva la main. *Plus tard*.

— Je sais. Si je t'ai recherché, ce n'est pas par esprit de vengeance. Tu ne m'inspires aucune animosité. Nous sommes frères pas seulement dans un sens biologique.

— Vous voulez que je vous conduise jusqu'à lui.

— Le nier serait mentir. J'espérais cependant que l'ennemi de mon ennemi deviendrait mon allié.

— Vingt-sept ans, fit Toussaint. Vingt-sept années dans cet enfer... Le tuer serait un acte de miséricorde. Mettre un terme aux souffrances d'un être malade, rongé par le chagrin.

— Quebec.

Une autre interruption. La main levée, de nouveau.

— Frère, frère, ne te l'ai-je pas dit ? Nous ne sommes pas venus ici pour attenter à ses jours mais pour essayer de lui faire entendre raison. Même si je dois préciser qu'il ne m'inspire aucune compassion. Oui, Texeira ?

— Ça s'agite dans la ruche. Les services légaux de la Tesler-Thanos ont pris pour cible un avocaillon à dix *centavos*. L'affrontement a lieu tant dans la réalité que dans la virtualité. Ça grouille de logs blancs et de logs noirs, là-dedans. Et il y a plus de virus dans le réseau que dans la salle d'attente d'un toubib spécialisé dans les maladies vénériennes.

— Evaluation de la situation ?

— La Maison des Morts soutient cette femme et met à sa disposition des logs très performants. Nos camarades sortent de l'ombre et hissent leurs couleurs. L'ennui, c'est que la Tesler-Thanos a engagé une équipe d'*asesinos* indépendants. Quelle que soit la menace que cette avocate fait planer sur elle, la T & T veut l'éliminer.

Quebec leva les yeux. Il regardait au-delà des écrans du plafond le domaine privé de son père.

— Aube. Périgée. Tout se met en place. Il ne pourrait y avoir un moment plus propice.

— Mon frère a raison, intervint Toussaint. C'est l'instant ou jamais.

Son ADN déverrouilla les doubles portes en bronze

des niveaux résidentiels et ils gravirent les marches incurvées de marbre noir conduisant à la suite d'Adam Tesler.

La clarté jaunâtre du signal céleste traversait la baie vitrée pour se répandre sur le sol de granite persillé de mica, alors qu'ils approchaient de la silhouette assise derrière le bureau d'intellibois. Le paon imbu de lui-même qui lissait ses plumes, le tectosaure serti de gemmes entortillé autour de son perchoir, le filet d'ombres dessiné par les panneaux transparents... Rien n'avait changé depuis qu'il était venu pour la dernière fois dans cette pièce. Il avait l'impression d'avoir remonté le temps. Quebec ressentait-il la même chose ? L'intemporalité du sanctuaire de leur père pouvait-elle effacer les décennies écoulées et les milliards de kilomètres parcourus ? Les fils échouent, s'enfuient et meurent, mais le verre, la pierre et le bois sont éternels.

Adam Tesler se leva avec raideur et s'inclina devant ses visiteurs.

— Bonjour.

Il prit une petite théière en fonte sur un plateau posé sur le bureau. Il y avait cinq tasses. Toussaint constata que des écrans encastrés illuminaient la surface du meuble en forme de fer à cheval. Il y voyait des images inversées de la terre, de la mer, du ciel et du feu.

— Je vous attendais. Du thé ? C'est une boisson à la fois rafraîchissante et stimulante, après une longue nuit d'efforts. Non ? Veuillez m'excuser si je m'en sers une tasse. Cette théière a deux siècles. Japonaise. Coulée à la main dans un moule de sable par un des derniers trésors vivants. L'idée qu'un être humain fasse partie du patrimoine d'une nation au même titre qu'une œuvre d'art ou un monument me ravit.

Toussaint comparait le souvenir qu'il avait conservé de son père à son physique actuel. Il n'avait pas perdu un cheveu ou pris une seule ride. Ni son aspect ni ses manières n'avaient changé.

— Vous êtes donc finalement revenus.

Adam Tesler regarda Shipley.

— Même toi, fidèle Porfirio.

— Il est désormais des nôtres, déclara Quebec.

— Vous ne pourriez comprendre, intervint Shipley.

— Je comprends bien plus de choses que vous ne l'imaginez, rétorqua Adam Tesler.

La tasse de thé à la main, il se dirigea vers la baie qui donnait sur le levant. La clarté matinale descendait vers le pied des tours. Elle était aveuglante, ainsi reflétée par des centaines de fenêtres. Les ombres n'avaient pas encore évacué la ville qui s'étendait en contrebas.

— Nous n'avions pas pensé qu'il y en aurait autant, nous n'avions pas la moindre idée de l'importance du travail qui nous attendait dans la Ceinture d'astéroïdes. Vous avez mérité de remporter la victoire. Vous avez démontré vos aptitudes à survivre dans la plus impitoyable des niches écologiques. Vous êtes la nouvelle humanité que vous déclarez être. N'es-tu pas, après tout, mon héritier légitime ?

Puis Adam Tesler désigna Toussaint en inclinant le rebord de sa tasse de porcelaine dans sa direction.

— T'a-t-il révélé qui il est ?

— Je sais tout, répondit Toussaint.

— J'en doute.

Huen/Texeira avait gagné le côté opposé du bureau et faisait apparaître des images satellitaires granuleuses et surexposées de la guerre qui se déroulait dans l'espace. Les vents solaires agitaient des rubans de revêtements isolants en lambeaux et des câbles, au sein d'une nébuleuse miroitante de larmes d'acier fondu. Des cadavres suivaient des orbites funéraires solitaires. Des sphères environnementales pressurisées évoquant des globes oculaires rongés par une épouvantable maladie étaient réduites en scories par les tecteurs. La longue colonne vertébrale d'un vaisseau-bang se rompit en son centre et les deux moitiés s'éloignèrent l'une de l'autre en roulant sur elles-mêmes.

— La situation est meilleure qu'il ne le semble, commenta Huen/Texeira. Notre tir de barrage a contenu la majeure partie de leur riposte et aucun de nos éléments importants n'a été touché. Destruction à quatre-vingt-six pour cent des leurres, des engins radiocommandés et des têtes nucléaires de la première vague. Le *Susie Q* a été débogué mais l'*Hailé Sélassié* et le *Michael Collins* sont irrécupérables. Quant au *Malcolm X*, il est gravement endommagé et incontrôlable. Les informations que j'obtiens manquent de cohérence. Nos pertes sont peut-être plus lourdes. Le Commandement orbital a confié sa défense aux systèmes automatiques pour couvrir son repli. Le gros de la flotte est à trois cent vingt secondes des lignes adverses. Le *Marcus Garvey* émet... Il est encore là ! *Nous ne prévoyons pas de résistance sérieuse. Les types trois de soutien et les unités moins importantes passent à l'action. Ils débutent leurs manœuvres d'appontage. La flotte s'amarrera au complexe industriel dans quatre mille huit cents secondes.*

— Pourquoi ne faites-vous pas des bonds de joie ? s'enquit Adam Tesler en contemplant l'aube du jour des Morts. Vous remportez une victoire écrasante.

— Et vous, pourquoi ne capitulez-vous pas ? rétorqua Quebec. Reconnaissez notre existence. Sachez perdre avec élégance.

— Me jouerais-tu la scène de Moïse face à Pharaon ? Tu sais pourtant que c'est inutile.

Il se tourna.

— Toussaint...

Il se le rappelait, il n'avait pas oublié le nom que son cadet s'était choisi. Ce qui allait droit au cœur, toujours.

— Ton amie, l'avocate chercheuse d'or de la Ville flottante, s'est avérée bien plus coriace que je ne l'avais supposé. Elle voudrait nous imposer un contrat garantissant la protection de sa cliente, une de mes anciennes employées. Il semble qu'une affaire d'espionnage industriel que je croyais classée a refait surface, sous l'impulsion de la Maison des Morts qui s'est retournée contre moi. Chose inconcevable, mes systèmes experts me conseillent de céder à leurs exigences, de reconnaître les usurpateurs, de laisser partir mon peuple. Je ne le ferai pas. Je combattrai ton amie, Toussaint. Je la vaincrai et l'éliminerai.

La tasse de porcelaine tremblait entre ses doigts.

— Vous n'êtes qu'un imbécile, fit Shipley avec dégoût. Un imbécile égocentrique.

— Non, la reprit Toussaint. Il n'est pas stupide. C'est simplement un homme solitaire et terrifié à la pensée d'être abandonné. Père, si être appelé Dieu peut vous satisfaire, je vous donnerai ce titre. De tous les humains, vous êtes celui qui s'est rapproché le plus des mystères de la vie, de la mort et de la Création. Tel Yahvé, vous avez créé votre peuple élu et lui avez offert une Nouvelle Jérusalem, et vous redoutez à présent qu'il ne se détourne de vous comme l'ont fait Adam et Eve dans le Jardin d'Eden. Faute de pouvoir espérer être aimé, vous faites en sorte qu'il vous adore. Vous êtes un Dieu encore plus jaloux, mais ce n'est pas ce qui vous permettra de garder éternellement vos enfants près de vous.

— Des réponses si bien tournées, si faciles !

La voix de son père était cassante. Toussaint avait vécu pendant vingt et un ans près de cet homme sans assister à la moindre émission d'un photon de colère. Jusqu'à ce jour.

— Je ne t'autorise pas à me disséquer en utilisant une psychologie d'*águila* remaniée pour servir tes desseins. Avant de prendre parti et de devenir mon adversaire ou mon allié, tu dois tout savoir de moi. A tes yeux, je suis l'oppresseur des morts. C'est faux. Le plus ironique, c'est que je suis un fervent partisan de leur liberté. Mais je me réfère à la liberté véritable, celle qui est précieuse. Pas à la liberté bon marché et galvaudée des discours politiques, du nationalisme mesquin ou de l'identité culturelle. Je parle de la liberté individuelle, celle qui a de la valeur parce qu'elle a un prix.

Il se tourna vers la fenêtre, un trou noir foré par l'homme en direction des rayons poussiéreux du soleil.

— Il y a ici ce que je suis fier d'appeler la société la plus libre de l'Histoire. Vingt-deux millions d'individus vivent dans ces trois vallées, et de quelle manière exercent-ils leur indépendance ? Ils dépensent sans compter et font du surf, ils baisent et se bourrent d'euphorisants et de tranquillisants, des drogues qui les déconnectent de la réalité et les envoient se perdre sur les canaux de la virtualité. Ils boivent trop. Ils s'empiffrent et engraissent. Ils conduisent comme des pieds. Ils sont violents avec leurs enfants. Ils se criblent de dettes. Même si je le pouvais, il ne me viendrait pas à l'esprit de les en empêcher car c'est leur choix, leur droit. La plupart d'entre eux ne s'accordent jamais le temps de penser aux libertés dont ils disposent. C'est pour eux un avantage acquis, qu'ils peuvent par conséquent se permettre d'oublier. Ils deviennent des esclaves de la routine, des habitudes, de la sensualité, de la sexualité, du matérialisme et de bien d'autres choses.

» La véritable liberté est terrifiante. Pour l'atteindre, il faut abolir les entraves imposées par le temps, l'espace et la dépendance vis-à-vis des ressources énergétiques. Voilà pourquoi les morts sont les vrais représentants de l'humanité. J'admire les Morts-Libres parce qu'ils utilisent cela pour repousser les frontières spatio-temporelles. Eux seuls vivent comme il sied à des êtres supérieurs. Ils ont chèrement payé ce qu'ils ont obtenu et sont à même de l'apprécier. Alors qu'il serait pratiquement impossible de différencier la plupart des morts restés sur Terre de leurs contreparties de chair fraîche.

— Parce que vous les enchaînez par le système *contratisto*, lança Shipley.

— Parce que je fais de la liberté une chose qu'il faut mériter.

Adam Tesler se tourna vers la morte qui occupait le corps de son *teniente*.

— Ils doivent l'obtenir à la sueur de leur front pour pouvoir dire : *J'en ai payé le prix, elle est pour moi inestimable.* Et s'ils décident ensuite de se bourrer de pilules, de passer l'éternité à regarder des feuilletons à l'eau de rose débiles ou d'aller coloniser Alpha du Centaure, c'est eux que ça concerne. Ils ont obtenu la prérogative de faire ce qui leur plaît. Le *contratismo* est le garant de leurs libertés. La Loi Barantes l'est également, et voilà que la Maison des Morts souhaite troquer tout cela contre une de ces abstractions qu'on appelle des « droits » ! Ces derniers ne sont utiles qu'à ceux qui seraient lésés s'ils les perdaient. Lorsqu'on ne peut mourir, qu'on est capable de vivre dans le vide, qu'on se nourrit de soleil et qu'on a la faculté de changer de forme et de corps à sa guise, quelle protection un « droit » pourrait-il apporter ?

— Dire qu'il est indispensable de séjourner au Purgatoire pour pouvoir pleinement apprécier le Paradis est un argument séduisant mais spécieux, rétorqua Quebec. Que ce soit avec ou sans votre bénédiction, que les morts de la Terre soient ou non prêts à en bénéficier, nous leur offrirons la liberté. Le défi que vous lance la Maison des Morts sur un plan légal n'est qu'une des actions menées dans le cadre d'une stratégie de plus grande envergure. Même les vaisseaux-bang qui investissent actuellement vos usines orbitales ne jouent qu'un rôle secondaire. Ce qui est véritablement important est passé inaperçu. Je me réfère à une deuxième vague d'appareils qui ont suivi la flotte. De vieux photoniques très lents, pour la plupart. Ils apportent des tecteurs, père. Des tecteurs résurrectionnels qui transcrivent l'ADN selon votre procédé, sans toutefois y inclure les codes qui placent les Maisons des Morts, et par voie de conséquence toute la nation des morts, dans une situation de dépendance envers vous, créant des rapports de maître à serviteur, de possédant à possédé, de Dieu à sujet.

— « Tu m'as conquis et vaincu, ô Galiléen ! », cita Adam Tesler. Mes enfants m'ont supplanté. Me voici devenu inutile, dépassé tant sur le plan de la génétique que de l'évolution.

— Venez vers moi, père, lui dit Quebec.

Il lui ouvrait les bras et, bien que l'invitation ne lui fût pas adressée, Toussaint se sentit menacé. Une crispation au niveau de l'aine, de l'estomac. *Il va se produire quelque chose.*

— Je sais qu'il serait vain d'espérer que Satan se repente, mais une reddition honorable est encore possible. Parlez à la flotte. Reconnaissez sa victoire. Rappelez vos avocats.

— Veux-tu détrôner Dieu, envoyé du Démon ?

Adam Tesler fit cinq pas vers Quebec. La lumière emplit la vaste salle. Sur son perchoir, le tectosaure assoupi s'éveilla, fit ciller ses yeux d'ambre liquide et hérissa sa collerette.

— Fils, permets-moi de te lancer un ultime défi.

— Vous ne me laissez aucun choix.

— Tu n'en as jamais eu, fit Adam Tesler en souriant.

Les deux hommes s'étreignirent.

Et il sut. Toussaint sut.

Quebec avait refermé les mains sur la tête de leur

père et plongeait son regard dans le sien. Ses traits se déformèrent, fondirent, coulèrent. Un geyser d'acier en fusion les emporta. Pendant d'interminables secondes, Adam Tesler fut affublé d'un masque mortuaire de métal ruisselant. Puis Quebec recula en titubant jusqu'au bureau d'intellibois, les doigts crispés sur son visage comme s'il venait de recevoir un jet d'acide. Avec des gestes empreints de maladresse, Adam Tesler était tombé. Il se releva et épousseta des grains de poussière imaginaires de sa longue veste élégante.

— Satan n'est après tout qu'un ange, dit-il.

Quebec fixa ses mains tremblantes, son père. Un sourire se dessina sur ses lèvres, s'élargit, se transforma en rire, un hurlement hystérique.

— Quelqu'un voudrait-il avoir l'obligeance de m'expliquer ce qui se passe ? s'enquit Toussaint.

Les traits de Shipley et de Huen/Texeira exprimaient le même souhait.

— Ne voyez-vous pas qu'il est mort ? fit Quebec en riant toujours. Mort mort mort. Mort comme un dodo. Je n'ai pas trouvé son âme. Les ingénieurs de Neruro m'ont adapté afin que je puisse reconfigurer tout protoplasme vivant. Ils n'avaient pas prévu que j'aurais à affronter des tectoplasmes.

Toussaint avait l'impression de devenir fou.

— Comment ? Depuis quand ? Pourquoi ?

— Pourquoi meurt-on ? fit son père.

Et la connaissance apportait des intonations sinistres à sa voix douce.

— Tous meurent, et moi aussi. Il y a quatre ans. Nuance, j'ai décidé d'en finir. Je me savais condamné avant même que tu ne partes pour Lodoga, Xavier. J'ai ordonné à mes médecins d'injecter un peu de dignité et de libre arbitre dans le processus.

— Une tumeur cérébrale, précisa Quebec. J'ai goûté aux traces que le cancer a laissées derrière lui.

— Un assassin plein d'élégance, ajouta Adam Tesler. La plupart des symptômes sont purement psychiques : tendances paranoïaques, irritabilité, obsession pour les détails et les choses sans importance... Dans mon cas, la tenue vestimentaire et le respect de l'étiquette. Jusqu'au tout dernier stade, le malade est présentable. Vous imaginerez sans peine que c'était pour moi capital. La solennité. L'apparence.

— Ô Jésus ! Père... commença Toussaint.

De la bile montait de son estomac et obstruait sa gorge. Son père secoua tristement la tête.

— Tu n'as rien à te reprocher. Je ne voulais pas faire jouer un quelconque sentiment de culpabilité ou de devoir pour t'inciter à rester auprès de moi... Pas quand ton âme volait déjà avec les aigles de Lodoga.

— C'est vite dit.

— Tu ne t'apitoies pas sur le sort de ton frère ou des autres défunts qui nous entourent. Pourquoi le fais-tu dans mon cas ? Je vais répondre à la question que tu te poses.

Il se tourna et désigna de la main la masse monumentale de l'*arcosanto*.

— Si un homme n'a plus voix au chapitre dans sa propre demeure, de quoi est-il encore le maître ? Les méthodes sont simples, seule la discrétion posait problème. Le président de la *corporada* la plus puissante de la Côte — et peut-être de la planète — mort ? Ressuscité ? Un quidam sans existence légale ni statut, sans biens ni autorité ? Je devais dissimuler la vérité même à mes conseillers les plus proches. J'ignore qui vous êtes, vous qui occupez le corps de ce pauvre Porfirio, mais je présume que vous avez accès à tous ses souvenirs et que c'est pour vous une surprise totale. Pendant toutes ces années, il ne s'est douté de rien, n'est-ce pas ?

— Non, croassa Shipley.

— Seuls cinq employés de mon service de recherche

et de développement étaient au courant. Les deux individus qui ont procédé à ma résurrection et ceux qui se sont chargés d'apporter, heu, certaines améliorations au modèle standard.

— Suppression du sceau de la mort dans la paume, dit Huen/Texeira. Renaissance à l'âge exact du trépas. Vieillissement graduel simulé. Vos techs ont fait du beau travail. Il est dommage que vous les ayez si mal récompensés.

Par la Grande Mort : une lame de couteau, une balle, un garrot monomoléculaire ou du poison dans un verre de whisky. Et ensuite la chair ressuscitable qui aurait pu le trahir avait été incinérée, dissoute dans de l'acide ou enterrée profondément en un lieu connu de lui seul. En raison de la froide détermination avec laquelle Adam Tesler les avait commis, ces assassinats furtifs semblaient constituer le plus grand de ses crimes.

— La succession n'était pas assurée, continua-t-il. Tous les codes avaient été enregistrés, les logs de reconnaissance génétique et les autorisations attendaient ton retour, Xavier, Toussaint, quel que soit le nom que tu te donnes. A présent que tu es revenu, mon royaume t'appartient et il est temps de mettre fin à cette mascarade. Dès qu'on aura officiellement annoncé mon décès, j'irai m'installer dans mon appartement luxueux de Nécroville d'où je pourrai porter un intérêt sincère — mais non patronal, cela va de soi — à l'avenir glorieux de cette *corporada*.

— Espèce de faux cul, gronda Toussaint.

Et ses mots devinrent un cri, une accusation :

— Espèce de sale hypocrite !

Il bondit vers son père. Shipley et Huen/Texeira le retinrent.

— Tuez-le ! hurla Toussaint à son frère. Tuez ce salopard !

— Sous-estimer son adversaire est toujours une erreur, père, dit Quebec.

D'une voix posée.

— Je trouve ironique qu'une arme pouvant tuer les morts porte le nom de l'homme qui leur a rendu la vie. Il est exact que je suis mal préparé pour notre confrontation finale. Cependant, que tire un tesler ? Une décharge de tecteurs. Et que suis-je, sinon un être entièrement composé de tecteurs ? Qu'ils s'affrontent, les vôtres contre les miens, et nous verrons si ce sont les techniciens que vous avez assassinés ou les ingénieurs de Neruro qui ont réalisé le meilleur travail.

Quebec le saisit à bras-le-corps et le souleva. Adam Tesler se débattit mais ne put se dégager de sa prise. Seuls quelques centimètres séparaient leurs visages. Le vieil homme luttait comme un démon, tel un de ces morts-vivants redoutables des légendes de l'âge d'or de Hollywood. Quebec ne relâchait pas son étreinte et lentement, molécule après molécule, il entama sa métamorphose. Ses vêtements bouillonnaient et coulaient en gouttes oblongues de plastique fondu. Ses traits s'adoucissaient et ruisselaient comme de la lave. Autour de lui, les tecteurs qui s'échappaient de son être réchauffaient l'atmosphère. Ses doigts dissolvaient la tenue démodée de son père.

— Xavier ! cria Adam Tesler. Toussaint ! Accepte ton héritage, pour l'amour de Dieu. Tout t'appartient, désormais. Conserve-le, pour moi.

Il poussa un hurlement aigu quand les mains brûlèrent sa peau. La poitrine de son fils aîné fusionna avec la sienne et il hurla plus fort encore. Un atome après l'autre, l'enveloppe charnelle de Quebec se liquéfiait. Ses tecteurs se reprogrammaient pour se nourrir de chair synthétique.

— Shipley !

La voix de Quebec était un gargouillis presque incohérent de syllabes. Les mots se désintégraient dans sa gorge avant d'atteindre ses lèvres.

— Emparez-vous de mon frère. Nous ne pouvons courir le risque qu'il refuse de reconnaître la victoire de la flotte. Saisissez-le. Faites-le...

Les sifflements des tecteurs en ébullition couvrirent ses paroles.

Il eût été impossible de se soustraire à la vitesse et à la force de Shipley, même lorsqu'elle occupait la dépouille d'un vieillard. Elle referma ses bras sur Toussaint avec l'aisance et la toute-puissance d'une mère qui serre son bébé contre son sein.

— Désolée, *compañero*, mais vous avez déjà dû entendre ce qu'on raconte sur l'injustice inhérente aux choses de l'amour et de la guerre.

Elle se pencha vers lui en une parodie obscène de baiser. Son visage devint un poing de tectoplasme argenté.

Il se produisit une explosion douce et soudaine. Du liquide bouillant jaillit. Toussaint renifla une puanteur de viande et de graisse grillées. Il sentit les doigts réduire leur pression sur ses tempes. La tête d'extraterrestre que déformait une agonie insoutenable s'écarta de la sienne.

Il y avait un cratère fumant d'os, de muscles, de sang et de pointes de caoutchouc au bas du dos de la veste de Shipley.

Huen/Texeira glissa le tunker dans les replis de sa tenue de soie.

— Salut, Toussaint. Je présume que c'est comme ça que tu souhaites que je t'appelle. Coucou, me revoilà !

Vivante ! Il essuya de son visage une fine pellicule de matières organiques vaporisées.

— Je ne pouvais pas la laisser entrer en toi, mais je regrette un peu d'avoir dû la tuer. Elle avait un bon fond, tu sais ?

— Huen ?

— C'est bien moi.

Toussaint n'avait pas à poser de questions. Son expression hébétée s'en chargeait.

— Texeira m'a chassée de mon esprit et je lui ai rendu la pareille. Je l'ai eu à l'usure. Sitôt après avoir pris conscience que je n'étais plus qu'une simple passagère à l'intérieur de mon corps, j'ai cherché un moyen de ramener mon cul dans l'axe du vent. J'avais accès à tous ses souvenirs et je savais depuis combien de temps il n'avait pas dormi. J'ai attendu qu'il somnole et évacue mes lobes frontaux pour m'y glisser. Je l'ai un peu aidé, note bien. Je l'ai harcelé. Je lui ai cassé les pieds. Je lui ai parlé sans interruption pendant tout le séjour qu'il a effectué dans mon crâne. Je lui récitais des poèmes ; j'improvisais des *haïkus* quand j'arrivais à trouver le bon nombre de syllabes ; je comptais jusqu'à dix mille par deux, trois, quatre ou cinq ; je dressais de longues listes de cadeaux de *navidad* ; je psalmodiais des passages du Coran et des Upanishads... Tout ce qui me permettrait de l'éliminer du circuit. Je l'ai littéralement fait mourir d'ennui. Et juste au moment crucial, *¡ olé !* Cette arme n'est pas très grosse mais elle est sacrément efficace, dis donc !

— Il est parti...

— Oh, non ! Il est toujours là. Je le sens. L'important, c'est que je pense pouvoir l'empêcher de reprendre le dessus. Ces créatures tablent sur l'effet de surprise pour forcer nos défenses et s'installer aux commandes. Cependant, je connais les lieux mieux que lui. Je chercherai plus tard un moyen de l'expulser de façon définitive. Pour l'instant, nous avons un tas de trucs à faire.

Des flammes avaient consumé une extrémité du bureau et se propageaient lentement mais inexorablement. Occupés à s'entre-tuer, le père et le fils aîné disparaissaient derrière un voile indistinct de tecteurs. La moitié des écrans avaient cessé de fonctionner, les autres débitaient des informations incompréhensibles.

— Xavier ! cria une voix.

Il ne put déterminer à qui elle appartenait.

Le Roi est mort, vive le Roi ! Ton peuple t'attend, le monde est à l'écoute. Un marginal amateur de *haïkus*, un *águila* qui aime flâner dans le ciel, un pseudo-philosophe qui vient de s'emparer du sceptre surmonté d'un crâne du Seigneur des Morts. Quel message as-tu à transmettre ?

*Le pouvoir est dans l'ADN.*

Des icônes implosaient sans bruit dans les profondeurs du bureau. *Alerte structurelle : infection tectronique d'origine inconnue aux niveaux exécutifs*, clignotaient en s'emballant une demi-douzaine de moniteurs qui s'adressaient à lui.

— Ici Xavier Tesler. Passez-moi les services légaux.

Il appliqua sa paume sur l'intellibois uni.

*Identification validée*, déclara l'écran. Le symbole d'un planétaire y apparut. Des mondes en rotation imbriqués dans des mondes.

— Savez-vous qui je suis ? demanda Toussaint.

— Vous êtes Xavier Tesler, répondit le log.

— Reconnaissez-vous mon autorité ?

— Certes, des instructions en ce sens sont incluses dans nos programmes.

Il inspira à pleins poumons.

— Par les pouvoirs qui me sont conférés, je vous ordonne de suspendre toutes les actions engagées contre Yo-Yo Mok.

— Annulez-vous les consignes données par votre père ?

— Oui.

Il y eut un silence qui parut durer bien plus longtemps que les quelques secondes réellement écoulées.

— C'est fait, déclara le log. Les opérations tant virtuelles que directes ont été interrompues. Avant que le seor Adam Tesler ne nous impose ses volontés, nous lui avions conseillé d'accepter les propositions de cette avocate. Souhaitez-vous que nous reprenions ces négociations ?

— Allez-y. Et signez.

— C'est fait, répéta le log légal.

Huen l'écarta du bureau une fraction de seconde avant que des gouttes de pierre fondue ne tombent à l'emplacement où il s'était tenu.

Les serviteurs de Seu Guacondo attendaient dans la ruelle. Trois, moulés dans des collants bicolores — jaune à droite et noir à gauche. Leur face était privée de traits, on n'y voyait que de simples courbes de peau ébène. Cependant, quand Trinidad les fixa, ils se tournèrent vers elle et elle put constater que les ovales qu'auraient dû occuper leurs yeux étaient piquetés, comme par de la chair de poule.

Elle remarqua également que les longues balafres parallèles d'une trachéotomie palpitaient à chaque expiration.

Jens Aarp se drapa théâtralement dans son manteau de brousse. Les guides sans visage sortirent des ombres avec une assurance et une agilité surnaturelles. Ils s'éloignèrent, et tous les suivirent.

L'explosion de lumière et le cri de Rosalba furent simultanés. *Que s'est-il passé ? Ils bombardent la ville ! Ô Jésus, ils s'en prennent à des cibles civiles ! C'était une attaque spatiale, c'est certain. S'il y avait eu une déflagration au sol, nous l'aurions su. Vous croyez qu'ils ont eu un vaisseau-bang ? Ça se pourrait, si ce ne sont pas les Morts-Libres qui ont détruit une de nos usines orbitales. Il est impossible de le savoir. J'interroge les banques de données mais les canaux des Idcom sont morts. C'est l'enfer dans tout le réseau de la ZUTV.*

— Mes frères, mes sœurs, dit Jens Aarp d'une voix de velours pleine de séduction. Que nous importe ?

Bien que rien ne pût l'indiquer, Trinidad sut que les serviteurs de Seu Guacondo souriaient.

Tous les palmiers étaient en feu, à l'extrémité ouest de Willoughby. Le vent apportait une musique déchaînée et lointaine. Les murs-écrans de cinéma étaient eux aussi des faces plates et lisses. A l'est, l'horizon s'éclaircissait. Les premiers fils d'or du signal céleste de l'aube brillaient au zénith.

Leurs guides les précédèrent dans un quartier clinquant d'immeubles entassés les uns contre les autres, à l'écart du boulevard. Les drapeaux des *cuadras* peints à la main sur des feuilles de plastique scotchées ensemble pendaient mollement à des fils d'étendage : *¡ Andale ! Los Leons 'a' Judah.* Lions de nom, lions par nature. Certains, mâles et femelles physmodisés, avaient des crinières, des gueules de félin et des yeux d'or liquide.

La basilique de Seu Guacondo était une ancienne église *parada* : l'ultime poussée évangéliste du Catholicisme Orthodoxe s'était manifestée sous forme de messes célébrées dans les galeries marchandes et les gares routières. Ce que les Pères Radicaux et les Théologiens Libérateurs n'avaient pas compris, c'était que la population ne voulait pas d'une religion proche du peuple. Les gens ne désiraient pas rencontrer des prêtres dans les lieux où ils faisaient leurs courses, ils ne voulaient pas les entendre s'adresser à eux en angeleño des *favelas*. Le cœur sacré de l'Eglise était le mystère... Et le mystère s'évaporait sans le faste, les rites, l'élaboration, la pompe, le clinquant, les soutanes brodées de fils d'or et les scènes à la Cecil B. De Mille avec une figuration impressionnante de saints et d'angelots. En vertu de quoi les croyants avaient décoré leurs chapelles-Abribus d'icônes, de statues, de cierges et d'autels pour en faire des minicathédrales Saint-Pierre improvisées. Après la Grande Apostasie, la plupart étaient devenues des lieux de pèlerinage pour les Ucurombistes. Quelques-unes constituaient désormais les stations du Chemin de Croix des Cultes Zoo.

Les fidèles de Seu Guacondo avaient dépassé en éclectisme les constructeurs de *paradas*. Trinidad découvrait un hymne aux emprunts religieux : des saints de plâtre aux joues pâles et des madones d'un bleu marial se frottaient aux dieux solaires aztèques et aux Seigneurs du maïs. Séraphins et chérubins faisaient des loopings avec Quetzalcóatl et les oiseaux-tonnerre ; des Bodhisattvas batifolaient avec des avatars de Vishnu à quatre bras et des Ganeśa miniatures ; des guirlandes délicates de sourates coraniques festonnaient des icônes orthodoxes lumineuses ; masques, fétiches et autres objets rituels des animistes des cinq continents pendus aux poutres cliquetaient sous la brise. Dans un angle, Vladimir Ilitch Lénine et Elvis Aaron Presley inhalaient des bâtonnets d'encens ; des fax de prières chinoises s'entassaient à leurs pieds. Des images holographiques des saints de la foi d'Ucurombé miroitaient dans des niches de boue séchée, et dans une chapelle latérale on pouvait voir sur un vieux téléviseur bidimensionnel des extraits de la Bible couleur chair et cuir rouge de Johannes Ulfa, le Suédois qui avait au début du XXI^e^ siècle assuré la promotion du sadomasochisme en tant que voie d'accès à la spiritualité.

— Y a-t-il des religions qui ne sont pas représentées ici ? murmura Salamanca.

Au centre, sur l'autel où par le passé des prêtres condamnés au célibat célébraient la mort d'un Dieu qui avait préféré brûler plutôt que de se consumer à petit feu, se dressait Seu Guacondo.

C'était un pilier tectonique noir et noueux, un arbre

aux racines tombantes entre lesquelles, comme dans les récits fantastiques d'antan, un homme avait été emprisonné pour avoir offensé les dieux. Des mains d'ébène greffées à des bras tronqués au niveau du coude saillaient de cette masse sombre, les doigts tendus. Au-dessus, une tête était enchâssée dans la matrice. Si un vieux curé de campagne doux et innocent avait été plongé dans un enfer liquide par un Dieu vengeur qui souhaitait donner ainsi un exemple à un apostat, son visage aurait eu la même expression de souffrance, de trahison et de désillusion que celui de Seu Guacondo.

Les traits lustrés par la lueur des cierges, Seu Guacondo pivota sur son autel motorisé pour faire face aux suppliants. Ses lèvres noires se murent. Il parla :

— Hissez le pavillon, moussaillons ! L'ordre nouveau est arrivé ! Il est plein d'à-propos qu'en ce Jour des Morts la Terre agonise en hurlant. Titans et Olympiens se rentrent dans le lard au-dessus de nos têtes et vous venez jouer vos vies, vos espoirs d'immortalité sans la mort, sur un lancer de dés.

» Vous n'êtes ni les premiers ni les derniers à risquer le tout pour le tout, mais sans doute êtes-vous ceux qui ont choisi le moment le plus opportun pour le faire. Quoi qu'il en soit, je vous adresserai le même avertissement qu'à tous ceux qui vous ont précédés et vous succéderont. Avant de prendre ma main dans la vôtre, demandez-vous si le jeu en vaut la chandelle, si le gros lot justifie une mise aussi élevée.

La voix de Seu Guacondo était profonde, belle, riche d'intonations et de cadences de vieil espagnol. Naturellement, pensa Trinidad. Le Dieu de la vie éternelle et de la Grande Mort devait bénéficier des services de types valables pour écrire son boniment.

— Allons, avancez, avancez, ne ratez pas le spectacle ! Vous avez bravé la mort, la destruction, le feu et la guerre pour parvenir jusqu'ici et voilà que vous trouvez que le manège va trop vite, que la grande roue est trop vertigineuse ? Si vous n'avez que cinquante *centavos* à dépenser dans cette foire, n'allez surtout pas les dilapider sur les chevaux de bois ou au jeu de massacre. Utilisez-les à bon escient, avec parcimonie, pour vous offrir une chose dont vous garderez un souvenir impérissable. Avancez, mesdames et messieurs, prenez un billet pour le plus grand voyage de votre vie. A qui le tour ?

A qui le tour de gravir la rampe d'embarquement du *Titanic*, de *Challenger* ou du vol 103 de la Pan Am ? A qui le tour de prendre l'ascenseur pour l'échafaud ? Après toi, Buddy. Près de la fenêtre ou de la rangée centrale, Glenn ? Elle sentit Salamanca bouger et tendit les mains, pour le retenir. *Non, pas encore.* Il pouvait y avoir une multitude d'armes mystérieuses sous les collants noir et or qui moulaient leurs guides.

Seu Guacondo sourit. Et ce fut comme si un haut-fourneau s'ouvrait.

— Vu que quelqu'un doit donner l'exemple, autant que ce soit moi, dit Jens Aarp. L'âge avant la beauté, et tout le reste.

Il monta sur l'estrade. Un homme de grande taille, même s'il devait lever les yeux vers le visage du *mediarmuerte*. Les pans de son manteau voletaient sous la prise d'un vent issu de nulle part.

— Qui êtes-vous, âme qui vient vers moi ? s'enquit Seu Guacondo. Dites-moi quel est votre nom, votre passé et votre plus cher désir.

Dix mille flammes de cierges vacillèrent.

— Je m'appelle Jens Aarp, et je suis un joueur. Me qualifier de plus grand flambeur de ma génération ne serait pas exagéré. Je me suis essayé à tous les jeux d'habileté et de hasard sans jamais subir la moindre perte. Je me présente devant vous parce que ces choses ne me procurent plus d'émotions fortes. Il est temps pour moi de passer à un niveau supérieur, pour que les enjeux soient plus importants. Je devais trouver un pari qui en vaut la chandelle, pour vous citer.

Les guides muets s'inclinèrent l'un vers l'autre. Trinidad imagina une chaude communion télépathique intime, un tête-à-tête au sens littéral du terme.

— Je vous avertis que ce n'est pas une partie de poker, dit Seu Guacondo. Ici, on ne peut pas demander d'autres cartes. Il n'y a qu'une seule donne.

— Vous m'offensez ! lança Jens Aarp en se drapant dans sa dignité. J'ai risqué de véritables fortunes sur un lancer de dés et à pile ou face.

— Reprenez-moi si je me trompe, mais la mise n'était certainement pas aussi importante, fit Seu Guacondo du haut de son estrade éclairée par les cierges. Puis-je vous expliquer les règles en vigueur sans porter atteinte à votre fierté professionnelle ? Il importe que vous compreniez ceci : je suis une créature du chaos. Les forces de la vie et de la mort me traversent de façon imprévisible. Elles se déplacent d'une main à l'autre sans que je le sache. Je ne puis leur imposer mes volontés. S'il faut faire un choix, c'est vous qui décidez. Et vous seul. La *Suerte* ou la *Muerte*.

Un aérogrimpeur passa en rase-mottes au-dessus du toit. Le grondement des moteurs fut assourdissant.

Jens Aarp n'hésita qu'un court instant avant de saisir fermement la main droite de Seu Guacondo. Il fixa dans les yeux l'être qui n'était ni vivant ni mort. Ses pupilles se dilatèrent. Il vit dans les reflets une chose que Trinidad ne put discerner. Puis il se tourna vers ses compagnons, souriant, radieux.

— Regardez ! Regardez ! Voyez comme c'est facile !

Il leva la main qui avait touché Seu Guacondo, Seigneur de la Vie et de la Mort.

Il l'observa de plus près.

Et son sourire se métamorphosa en un rictus d'horreur.

Elle se couvrait de pustules et s'assombrissait. Ses doigts se recroquevillaient en chicots. Sa paume se creusa, bouillonna et se fendit, ouverte par une griffe de tectoplastique noir incurvée qui poussait à l'intérieur.

Jens Aarp utilisa sa main gauche pour tenter d'arracher l'abominable crochet. Autant cracher sur une forêt en feu. En proie à une frénésie transmutatrice, les tecteurs transformèrent son bras droit en pince chitineuse. L'homme libéra un hurlement hideux pendant que les agents nanoscopiques se répandaient dans le reste de son corps. Ses côtes perforèrent ses vêtements et en jaillirent tels des doigts obscènes de corne noire. Ses jambes fondirent en un amas de racines tortueuses et de viande calcinée et remodelée. Sa colonne vertébrale vola en éclats. Des cirres et des antennes duveteuses se déroulaient. Le cri inhumain s'interrompit brusquement quand son visage s'étira en une trompe brillante de nanochair anthracite et que sa trachée fut sectionnée et enchâssée dans une arête osseuse.

La chose qu'était devenu Jens Aarp cliqueta et crépita comme si elle refroidissait en perdant la chaleur de la vie et se figeait dans la mort.

*Je m'interdis de hurler. Je m'interdis de rendre,* décida Trinidad. *Parce que même dans un monde où les stars de Hollywood mortes et enterrées peuvent marcher, où les demeures grandissent et s'étendent, où les voitures changent de forme et les vêtements de texture et de couleurs, je refuse d'admettre qu'il est possible de transmuer les hommes en pierre.*

Serrée contre lui, elle sentit la main de Salamanca se glisser sous le caoutchouc souple de sa veste.

— Non, lui murmura-t-elle. Pas encore.

Seu Guacondo se tourna à gauche, à droite, à gauche,

à droite. Le moteur de son piédestal se chargeait de traduire son irritation par des gémissements.

— Hélas, Jens Aarp ! Combien de fois ai-je été le témoin atterré d'une telle tragédie, mais combien de fois ai-je vu les tecteurs se répandre tel un feu purificateur pour emporter les souillures et les impuretés, donner la vie éternelle ? Le gros lot est remis en jeu, mesdames et messieurs. Les probabilités de gagner sont toujours les mêmes.

» Ce n'est pas parce qu'un joueur a été malchanceux que le suivant le sera lui aussi. Si nous étions sur un hippodrome et non dans une église, qui hésiterait à placer une mise dans une course où seuls deux chevaux seront sur la ligne de départ ? Et les gains sont autrement importants que ceux offerts par la plus généreuse des sociétés de pari mutuel. Qui veut courir sa chance ? Vous peut-être, madame ?

Seu Guacondo s'était immobilisé en face de Montserrat Mastriani et d'une Rosalba visiblement traumatisée par la scène à laquelle elle venait d'assister. Les grondements et les bruits de pompe de l'exosquelette étaient plus bruyants que d'habitude.

— Je sais ce qu'on ressent lorsqu'on est captif de son corps et qu'on dépend d'une assistance extérieure pour satisfaire ses besoins. Le comble de l'ironie, c'est que je ne puis utiliser mon pouvoir sur moi-même. Vous, au moins, vous avez une chance de redevenir comme avant, saine de corps et d'esprit, en bonne santé.

Il tendit les mains vers elles. L'exosquelette bourdonna et fit reculer Montserrat d'un pas, deux, trois, quatre.

— Non, non ! Je n'y tiens pas. Je ne peux pas, balbutia-t-elle. Je croyais que c'était un jeu, un simple jeu... Je me trompais. Tout ceci est trop réel. Irrémédiable. Je n'avais pas pensé au sort réservé aux perdants, je n'avais pas envisagé que ce pourrait être moi. Rosalba !

Elle avait appelé sa petite-fille en proie à la terreur d'une personne âgée qui discerne les traits de la Mort dans les constellations hivernales.

— Je suis ici, *abuela*, près de vous. Tout va bien.

— Qu'est-ce que je fais en ce lieu, Rosalba ? Qu'ai-je espéré y trouver ?

Elles repartirent et le bruit de leurs pas se réverbéra dans les recoins et les renfoncements de l'église. Seu Guacondo baissa la tête. Un de ses guides se matérialisa hors des ombres pour reconduire les deux femmes vers le monde extérieur. Trinidad se sentait terriblement seule.

— Mes frères, dit le *mediarmuerte*. Veuillez emporter cette chose. La vue des morts m'est pénible.

Ses acolytes disparurent dans une nef latérale, sans doute pour aller y prendre des pelles.

— Maintenant, chuchota Trinidad en serrant le bras de Salamanca. *C'est le moment ou jamais*.

— Et ainsi n'y a-t-il plus que deux personnes dans l'assistance, dit Seu Guacondo en pivotant vers eux. Aurez-vous le courage d'affronter vos plus chers désirs et vos plus grandes peurs ? Allez-vous faire demi-tour et disparaître dans la nuit, ou attendre de voir se lever l'aube de la vraie vie ?

Salamanca s'avança vers Seu Guacondo et leva les yeux sur ses traits adamantins.

— Je reste.

— Brave garçon, murmura la créature. Je vois avec plaisir que tous les représentants de cette génération inexpérimentée ne sont pas des pleutres. Qui êtes-vous, d'où venez-vous, quel est votre nom ?

D'un mouvement plein de souplesse, Salamanca dégaina son tesler et le braqua sur la glande pinéale de Seu Guacondo.

— Vous pouvez m'appeler Némésis, espèce de salopard nécrophile verbeux !

— Tiens, tiens ? fit Seu Guacondo en arborant un sourire tors. Je n'aurais pas vanté votre courage si j'avais su qu'il n'était qu'une façade derrière laquelle se dissimulait tant de sottise.

— Je constate que vous êtes décidé à jouer le jeu jusqu'au bout, lança Salamanca. Désolé, mais mes mains sont prises et je ne peux applaudir. Pour Leon.

Il stabilisa son arme et visa. Les diodes d'acquisition d'une cible cillaient tels des yeux dorés : *prêt prêt prêt*. Il pressa la détente.

Le tesler cliqueta.

Salamanca tira encore, et encore. Il vida le chargeur.

Rien ne se passa.

En souriant toujours, Seu Guacondo leva sa main gauche. De l'or scintilla à la base de son majeur, une bague.

— Petite, mais efficace. Son champ est assez vaste pour englober toute cette église et, à en croire ses fabricants, elle neutralise la totalité des armes anti-thanatiques actuellement sur le marché. Je me félicite que le produit soit pour une fois à la hauteur des slogans publicitaires.

Les gardes sans visage se jetèrent sur Trinidad avant qu'elle ne pût réagir. Des mains se refermèrent brutalement sur ses bras et la poussèrent vers l'estrade. Elle cria, jura et chercha sous les combinaisons brillantes des points vulnérables à des coups de pied que son équilibre précaire ne lui permettait pas de décocher. Elle fut hissée devant Seu Guacondo et la chose non morte abjecte la fixa. Des doigts s'incurvèrent en serres pour arracher son âme par ses racines et s'immobilisèrent à seulement cinq centimètres de ses yeux.

— Tous ne bénéficient pas d'une seconde chance, dit la créature à Salamanca. Cependant, Seu Guacondo est d'une magnanimité et d'une générosité rares. Débarrassez-vous de cette arme inutile et approchez. Faites vos jeux.

Salamanca cessa de viser Seu Guacondo pour braquer le tesler sur les individus qui tenaient Trinidad, revint sur sa décision et le dirigea de nouveau sur le monstre. Quelle que fût sa cible, le pistolet refusait de fonctionner.

— Les risques sont toujours de cinquante-cinquante, mais oserez-vous imposer ce choix à votre amie ?

— Quel choix ? demanda Salamanca. Que j'opte pour une main ou pour l'autre, la *Muerte* sera au rendez-vous. C'est votre secret, pas vrai ? Nul n'a jamais choisi la bonne main et nul ne la choisira jamais, car elle n'existe pas. La vie éternelle n'est qu'un leurre.

Seu Guacondo lui fit signe d'approcher.

— Si je ne puis garantir la vie éternelle, je ne puis pas non plus garantir la mort éternelle. N'espérez pas que je ferai des confidences à un individu dans votre genre. Je suis une énigme, la personnification du paradoxe quantique. Comme le chat de Schrödinger, je ne suis ni mort ni vivant. Je reste une inconnue et une incertitude jusqu'au moment où en exerçant son libre arbitre le suppliant provoque l'effondrement des probabilités. En admettant que tous aient pour l'instant choisi la main de la mort, faut-il en conclure que nul n'obtiendra un jour le présent inestimable de la vie éternelle ? Qui oserait l'affirmer ? Certainement pas moi.

— Libérez mon amie, demanda Salamanca.

— Si tel est son souhait, accepta Seu Guacondo.

Sur un signal invisible, les acolytes lâchèrent Trinidad. Salamanca s'avança vers Seu Guacondo.

Il posa le tesler à leurs pieds. Sitôt après, l'arme perdit sa forme et fondit en une masse noire miroitante. Trinidad le vit lever la main droite. Elle laissait ses bras pendre sur ses flancs, lorsqu'elle toucha un objet rangé dans son sac. Une flasque d'argent aux trois quarts pleine de mescal, du Nuestra Dona de los Jaguares titrant 120°.

Les yeux clos, Salamanca allait refermer ses doigts sur ceux de Seu Guacondo.

— Non, Salamanca ! Non !

Il se tourna, vit, et plongea sous la créature pendant la fraction de seconde nécessaire à Trinidad pour déboucher le flacon et projeter son contenu sur l'avatar. La chose beugla. Un garde aveugle bondit. Salamanca lui assena un coup de coude au menton. Trinidad entendit des vertèbres cervicales se briser à l'instant où elle retirait un cierge de son bougeoir et le lançait sur Seu Guacondo. Les mains du monstre se changèrent en fleurs ignées. Il hurla, des cris de souffrance inarticulés et abominables. Il tentait d'étouffer les flammes. Du tectoplastique en fusion gouttait sur le sol, des larmes noires ou dorées.

— Salamanca !

Trinidad désigna les mares embrasées de chair synthétique.

— La bague ! Le neutraliseur !

— Trinidad !

Elle se tourna vers un visage lisse, au centre duquel le tesler perfora un trou de dix centimètres de diamètre. L'acolyte reculait et sursautait à chaque impact des projectiles renfermant les tecteurs qui le réduisaient en une poche de bitume visqueux. Sa substance s'échappait du col, des gants et des chaussons de sa combinaison moulante noir et or qui se recroquevillait.

Le souffle court, Salamanca leva lentement le tesler vers Seu Guacondo qui hurlait toujours, consumé par les flammes.

— Tu es cuit.

Une rafale de décharges brèves et rapides se réverbéra à l'intérieur de l'étrange basilique.

La patte de l'allosaure s'abattit à moins de deux mètres de la tête de Santiago. A travers la grille du conduit d'aération du *metropolitano*, il pouvait voir les incrustations de poussière là où la griffe disparaissait sous la peau vert doré synthétique.

Santiago ne bougea pas. Santiago ne dit mot. Santiago s'abstint même de respirer tant que le monstre ne fut pas reparti et que des tremblements du sol n'eurent pas confirmé qu'il venait de sortir de son champ de vision.

Le Cavalier Blanc avait surplombé le toit en plastique transparent du restaurant d'Eddie le Maboul. Miclantecutli lui avait dit de courir et il avait couru, sans s'arrêter. Il ne s'était permis de regarder derrière lui qu'à une seule occasion, dans une avenue bordée de palmiers en feu, lorsqu'il avait entendu un rugissement si assourdissant et si proche que la chaussée en avait frissonné. Il s'était tourné et la clarté aveuglante des projecteurs jumelés l'avait paralysé. On l'avait saisi et tiré hors de cette transe fatale et il avait franchi un muret de béton puis descendu en rampant et en roulant un conduit souterrain abrupt jusqu'au ruisseau peu profond d'un égout. L'allosaure avait tenté de happer ses talons alors qu'il suivait Miclantecutli vers le haut d'une échelle rouillée et plongeait par une trappe d'entretien trop exiguë pour tout individu moins désespéré que lui. Au-dessus de sa tête, le sol avait vibré sous les pas de la monture du Cavalier Blanc pendant que Miclantecutli le précédait à l'intérieur d'un labyrinthe de boyaux et de tunnels d'inspection vers ce puits de ventilation dans lequel ils s'étaient glissés telles les tranches d'une orange dans sa peau.

Miclantecutli attendit un millier de battements de cœur avant de soulever le panneau et de se hisser dans la rue mouillée. Elle resta accroupie là, contre le ciel qui s'éclaircissait, une main tendue vers le bas pour aider Santiago à la rejoindre.

— Je ne veux pas sortir.

— Aurais-tu l'intention de te terrer dans ce trou comme un rat ?

— Oui. Je suis en sécurité, ici. Je préfère être un rat vivant plutôt qu'un lion mort. Et quand le soleil se lèvera et que les Cavaliers Blancs regagneront leur cercueil, tomberont en poussière ou se transmueront en pierre, le rongeur que je suis rampera hors de son abri et s'éloignera dans ces rues sordides en éprouvant une joie bien plus intense que tu ne pourrais l'imaginer.

Elle se pencha sur la trappe, pour le fixer droit dans les yeux.

— As-tu fait autre chose, Santiago ? Quand es-tu sorti des nids douillets que tu te confectionnais et où tu te dissimulais pour laisser le monde passer au-dessus de ta tête ? Tes drogues, tes univers virtuels, tes soirées là-haut dans les canyons... Qu'était-ce, sinon un moyen de t'isoler et de t'éviter d'éprouver des sentiments, d'avoir des soucis, de risquer d'être blessé ? De vivre tel un être humain ? Même tes amis... Sitôt qu'ils perdaient leur rôle de simples bibelots, dès que leurs joies, leurs peines et leurs aspirations commençaient à contaminer ta chair sanctifiée et qu'il te fallait leur donner quelque chose en échange de ce qu'ils t'apportaient, tu les détruisais. Tu les trouvais trop proches. Trop réels. Je suis morte, Santiago. Je dirai même que je n'ai pas connu une mais mille morts, et je suis bien plus humaine que toi. Parce que ce que je ressens n'est jamais une illusion. La lame du couteau qui tourne dans mes intestins ou qui sectionne lentement ma jugulaire est réelle, la lance qui m'empale et emporte mes poumons hors de ma cage thoracique l'est également. Je connais la réalité. La souffrance véritable. La mort véritable. Des sensations véritables. Des émotions véritables. Ce n'est pas feindre de vivre, c'est exister. Nous sommes dans un monde matériel qui apporte des joies et des blessures. Lui seul peut tuer, Santiago. Il n'y a pas ici une touche *Escape* qui permet de fuir les pseudo-dangers de la virtualité.

» Et c'est ce qui te fait chier dans ton froc, pas vrai ? Quand tu avais un statut de simple spectateur, tu étais encore à ton aise. Mais à présent que tu es sous le feu des projecteurs, tout te dépasse et t'aveugle, et tu te demandes ce que feront les tueurs qui t'attendent là-dehors. Pour la première fois, tu ne contrôles pas la situation. Nos adversaires peuvent faire de toi ce qu'ils veulent, *compadre*. Ce n'est pas toi qui établis les règles, elles te sont imposées.

Miclantecutli leva les yeux. Ils entendaient de nouveau des tectosaures et des voix, une battue.

— Les chiens de Dieu arrivent. Et nous ferons en sorte que tout s'achève dans les rues. Ensemble, Santiago. Nous leur échapperons ou nous mourrons, et ce sera réel. La première chose réelle que tu auras faite dans ta putain de vie en toc.

Elle se pencha dans le puits et le saisit par la chemise.

— Et tu viendras avec moi, Santiago Columbar, si tu ne veux pas que je te tue comme le rat que tu es.

Elle le tira hors du trou et le posa sur le sol, lui démontrant ainsi qu'elle possédait une force peu commune.

La pluie avait cessé de tomber, la rue brillait d'humidité et de graisse. Les détritus du carnaval obstruaient les caniveaux. Sur les écrans muraux, Steve McQueen lançait sa moto pour franchir les barbelés de l'immortalité, Robert Donat et Madeleine Carroll fuyaient menotte dans menotte au milieu des beaux paysages d'Ecosse et James Cagney atteignait le toit du monde, m'man.

Le toit du monde, m'man. Effrayé, oui ; épuisé, oui ; humilié, oui ; condamné, très certainement ; mais en proie à une vive surexcitation simplement parce qu'il était en vie. Santiago se rappela ce qu'il avait ressenti lorsqu'il courait avec Anansi et Miclantecutli sur les terrasses de Nécroville. Au-delà de l'instant présent ; au-delà du point de concentration du rayon laser de tout ce qu'il éprouvait, espérait, était ; au-delà de la bordure tranchante de la réalité, là où plus rien n'existait. En l'absence des icônes ou des touches qui permettaient d'interrompre la partie à sa guise, il comprenait l'extase paradoxale des fuyards qui vivaient au jour le jour sans penser au lendemain, à la frontière de la mort. Le toit du monde, m'man. *¡ Salud !* seor Jimmy sur ton grand écran.

En bas, sur l'avenue, les tramways s'immobilisaient sur leurs rails, les autobus et les bicyclettes se rangeaient sur les côtés de la chaussée, les *contratistos* s'arrêtaient sur les trottoirs pour lever les yeux et s'émerveiller. Les Cavaliers Blancs arrivaient. Les Cavaliers Blancs étaient là : fiers, étrangers, si nobles sur leurs montures. Les Cavaliers Blancs repartaient. Ils n'avaient fait qu'une très brève halte. Leurs proies avaient entre-temps disparu.

Lorsqu'ils atteignirent l'immeuble incendié, le Satori de la chasse avait imprégné Santiago et Miclantecutli. Ils consacrèrent de longues secondes à regarder le bâtiment effondré, les ruines calcinées dans leurs mares de feu, sans comprendre la nature de ce qu'ils avaient sous les yeux.

— On pourrait croire qu'un aérogrimpeur a percuté de plein fouet la Maison des Morts, dit Santiago, impressionné par l'ampleur des dégâts. Et ces corps... Qu'est-ce que c'est ?

— Des harpons, répondit Miclantecutli. Les Loups de la Lune sont passés par là. Ces cadavres ne sont pas tous synthétiques.

Il l'interrogea des yeux et lut dans son expression qu'elle ne lui fournirait pas d'explications. Il se pencha pour soulager un des tueurs de son tesler. Le coup de pied de Miclantecutli envoya la petite arme tournoyer dans les flammes. Il se massa le poignet et le tâta pour s'assurer qu'aucun os n'était brisé. Il avait compris le message. Les règles du jeu ne l'autorisaient pas.

Derrière eux, les chasseurs hurlaient pour effrayer le soleil et le dissuader de se lever.

Bien avant d'avoir rémunéré les modeleurs de chair de la Cité des Morts afin qu'ils les métamorphosent en Nageurs de Milapa, les parents de Santiago l'avaient emmené en vacances dans un Camp de Vies Alternatives, là-haut dans les Rocheuses. Santiago avait huit ans et les joies procurées par les tambours Zenshu, la fabrication des masques, les conseils totémiques, la méditation chrétienne, la mise en terre et la renaissance symboliques lui avaient échappé. Il n'en gardait qu'un souvenir, celui de la nuit qu'il avait passée avec son père, installé sur le seuil du tipi pour observer les étoiles et un gros rat qui s'était assis sur l'herbe devant eux pour se nettoyer consciencieusement la face, avant de repartir posément dans la nuit comme si les humains et toutes leurs œuvres n'existaient pas. En fait, lui avait expliqué son père, tout se résumait à cela.

— Les rats et les hommes vivent dans des univers différents qui se superposent. Dans le nôtre, tout a un nom. Chaque chose a une signification, une utilité. Pour nous, cette tente n'est pas qu'un simple assemblage de peaux d'élan synthétiques, un individu est bien plus qu'une masse qui se déplace en émettant à l'occasion des sons. Le rat considère tout cela sous un autre jour. Il vit dans un milieu où seuls les dangers, la nourriture et la reproduction de l'espèce sont dignes d'intérêt. Un rat se demande si ce qui l'entoure est comestible, *joder*able ou menaçant. Un tipi ne représente rien de particulier pour lui, si ce n'est qu'il peut y trouver des denrées alimentaires ou un péril redoutable. Et ce qui le panique nous paraîtrait ridicule, alors que ce qui nous inquiète dépasserait son entendement. Il n'a pas de nom, il va de-ci, de-là en ne voyant que ce qu'il a besoin de voir, en n'entendant que ce qu'il a besoin d'entendre. Son monde ne ressemble pas au nôtre. Cependant, par instants, en certains lieux, ils se juxtaposent. Ils se touchent, et il se produit un échange d'informations et une communion.

*Echanger des informations et communier avec un rat ?* avait pensé le Santiago Columbar âgé de huit ans.

Monde des rats. Monde des chasseurs. Monde des proies. Monde de la chair fraîche. Monde des morts. Dix millions de mondes différents s'imbriquaient dans cette ville. Ils avaient les dimensions d'un crâne humain et des gouffres d'incommunicabilité les séparaient. Il n'était pas nécessaire d'aller chercher bien loin des univers parallèles. Ils se dissimulaient chez ses voisins, dans son lit, sa voiture, une file d'attente, la femme qui courait à ses côtés avec la grâce inconsciente et la liberté d'un animal.

Fait unique à Nécroville, on ne trouve pas un seul écran de cinéma dans tout Century City. On n'y voit pas les spectres muets des stars que font apparaître partout ailleurs les clignotements de l'obturateur et les cônes de lumière. Century City est l'essence même du lieu incarné. L'agglomération évoquée a toujours été plus proche d'un état d'esprit que d'un site géographique.

C'est la matérialisation d'un endroit qui n'a jamais véritablement existé : Hollywood. Il s'agit de son cadavre paré d'un habit tape-à-l'œil. Son linceul brodé de pierres précieuses. Sa Baby Jane.

Il n'y a là que des choses sans substance, fines comme des plaques de contre-plaqué, des couches de peinture, des pellicules en Celluloïd. C'est une cité entièrement construite avec des bouts de décors de l'âge d'or de Hollywood. On voit ici le caniveau où a pataugé Gene Kelly et les immeubles de la *Rue sans issue*. Ce reflet est celui de la paire de jumelles de James Stewart qui regarde par sa fenêtre sur cour et... Ecoutez, oh, écoutez ! N'entendez-vous pas Sam qui joue derrière les néons du Café américain ? Qui pourrait résister à la tentation de lorgner par le trou de la serrure, dans l'espoir de découvrir si tout cela n'est pas réel ? Mais il n'y a au-delà que des armatures de bois, des dessins à la craie qui matérialisent les emplacements que doivent occuper les preneurs de son, d'autres décors. Des devantures. Des façades. Des faces.

Des souvenirs. Santiago écarta la main de la poignée de la porte de l'hôtel particulier des *Plaisirs de l'enfer* comme si elle était brûlante. Le contact avait été extrêmement bref, mais pendant cet instant il avait été un autre personnage, dans un autre temps : une petite fille en robe jaune dont le ballon s'était pris dans un arbre, alors que des enfants arrivaient en courant sur une pelouse divisée en bandes parallèles par le passage d'une tondeuse. La soudaineté de la transition l'ébranla. Les enfants qui revenaient d'une fête d'anniversaire l'entouraient. Il pleurait. Le ballon grimpait dans le ciel.

Il était en terre consacrée. Ils avaient devant eux Peyton Place, derrière la *cantina* de la planète Tattooine, sur leur droite l'appartement de Blanche Dubois dans le Quartier latin et sur leur gauche les portes de la Cité d'Emeraude. Les spectres de Shirley Temple et de Mickey Rooney rôdaient à la périphérie de son champ de vision et s'esquivaient sitôt qu'il essayait de les discerner plus nettement. Il n'était pas certain de pouvoir retrouver son chemin jusqu'au pays des morts, et encore moins jusqu'à celui des vivants.

— Le Hollywood du Souvenir, dit Miclantecutli. L'idée remonte à la Grèce antique, mais ce sont les Italiens de la Renaissance qui en ont fait un art. Le Théâtre du Souvenir se fonde sur une architecture constituée d'éléments mnémoniques. Prenons une maison dont chaque pièce renferme un objet qui évoque une chose qu'on a besoin de se rappeler : la disposition des lieux, le décor, le mobilier, les statues et les ornements. Je parle pour l'instant au figuré, je ne me réfère pas à une H.L.M. architectonique. Tout cela est choisi et installé en fonction d'associations d'idées. Une aile peut être ton portefeuille d'actions avec une armure de samouraï qui représente ta part des Home Island Munitions ; un soleil d'or rayonnant suspendu au mur qui symbolise tes deux pour cent de la Sudeste Solar ; un ours empaillé avec une orange dans sa patte griffue qui te sert de pense-bête pour te rappeler que tu ne devras plus jamais investir un seul *centavo* dans ce qui se rapporte de près ou de loin aux jus de fruits. La réalité virtuelle d'autrefois. Que sont les icônes de nos logs, sinon des images comparables ? Et quand ce bric-à-brac encombre le Théâtre du Souvenir, son régisseur doit déménager le tout de l'intérieur vers l'extérieur. De vrais immeubles, de vrais entrepôts deviennent alors des centres de stockage des informations. Traverser la piazza del Duomo équivalait à consulter et mettre à jour les fichiers de son domolog. Un art très raffiné et d'une beauté baroque tombé en désuétude depuis l'apparition du micro-ordinateur personnel.

— Tout ceci serait donc une Ville du Souvenir ? s'enquit Santiago.

Les rues conduisaient de cette petite place à des terres plus éloignées. Sur la droite la bourgade américaine de *By the light of the Silvery Moon*, sur la gauche la ville de l'Enfer aux murs peints en rouge où l'étranger sans nom réglait ses comptes.

— Century City est au Théâtre du Souvenir classique ce que ce dernier est aux procédés mnémotechniques conventionnels. Tu l'as touché, senti. C'est quelque chose de vivant, la mémoire collective de notre peuple, notre passé investi et préservé afin que dans un millénaire, cent siècles, un million d'années, quand nous aurons vécu si longtemps que notre esprit ne gardera plus de traces de tout cela, il suffira de faire un pèlerinage en ce lieu pour que les symboles que contiennent ces rues en carton-pâte nous rendent ce que le temps aura effacé.

Santiago posa sa paume droite sur le mur d'argile de la *cantina* extraterrestre. *La perle bleue de notre mère la Terre est suspendue au-dessus de ta tête ; sous tes pieds se déploient les ailes solaires d'un hyperjet orbital qui porte le blason étoilé d'une civilisation disparue.*

— Comment ?

— Un nanoprocesseur est une machine qui enregistre et reproduit des données. Le procédé mis au point par Adam Tesler consiste à lire les messages de nos cellules d'ADN et à les retranscrire dans le tectoplastique au lieu d'une matrice de protéines. Qu'est notre mémoire ? Des conglomérats de produits chimiques rangés dans notre cerveau, des substances qui peuvent être stockées puis traitées. Ce n'est pas à Santiago Columbar que je vais apprendre ce qu'est l'esprit humain.

— Ces décors seraient des ensembles de tecteurs qui conservent nos souvenirs, dit Santiago.

Il calculait la densité des informations contenues

dans un centimètre carré, qu'il multipliait ensuite par la surface des murs, des immeubles, des rues, de l'agglomération.

Il traversa la place et caressa le heurtoir de la Cité d'Emeraude. *Le ciel bleu, la mer verte, un petit bateau et moi ; un œil sur les sphères de cristal des détecteurs de neutrinos qui dansent comme les filets des pêcheurs japonais, sur la rive opposée du Pacifique. Quand la solitude est si magnifique, que la communion avec l'univers quantique est si absolue, l'esprit s'élève vers le Zen.* Puis les piliers des balcons de *French Quarter. Non, Dieu, non, l'obscurité, la lutte pour respirer, le cœur qui cesse de battre, les cellules cérébrales qui s'éteignent l'une après l'autre, la conscience qui s'efface, qui tombe dans les ténèbres, les ténèbres, vers la lumière, la lumière !* Il écarta brusquement sa main.

— C'est trop violent, trop réel pour toi, *muchacho* ? Ce n'est pas le simple coup d'œil lubrique que peut jeter un voyeur sur la vie d'une tierce personne. C'est véritablement son existence. Qu'est-ce qui t'a mordu ?

— Une femme... Elle est morte. J'ai partagé son agonie. J'étais elle. Et cette clarté était tellement intense, Miclan...

— Le trip suprême, Santiago ? Le grand voyage ? Le grand départ. Ce qui est pour toi la mort est pour nous une naissance. Contrairement à ce qui a lieu lorsqu'on vient au monde pour la première fois, nous nous rappelons ce qui s'est passé avant. Nous n'avons pas oublié la lumière, la chaleur, l'acuité de cette expérience, et quand nous sortons de la cuve ou de l'argile, il en subsiste quelque chose. Les vivants ne peuvent comprendre à quel point la mort nous transforme. Extérieurement, nous restons des humains, au tréfonds de notre être nous sommes radicalement différents.

L'agonie de la femme vibrait toujours en Santiago. La peur, la colère, le combat pour se raccrocher à une vie qui s'échappait. Puis la clarté, la sérénité de l'abandon alors que les pensées s'y évaporaient. Et au-delà, des ténèbres plus éblouissantes encore. Le nuage de l'Inconnaissance. La demeure de Yahvé. Le Nirvana. L'atman. Les chemins de l'esprit. Toutes les religions parlaient de cette contrée inaccessible à la conscience, le domaine de l'essence pure, le royaume qu'il avait recherché tout au long de sa vie d'adulte.

Miclantecutli avait raison, il fallait avoir vécu cela pour savoir de quoi il retournait. Mais même ceux qui n'avaient pas connu la mort pouvaient comprendre que cette brève immersion dans la lumière destructrice, cet instant d'existence et d'inexistence, permettait de remonter le temps et plantait ses flèches barbelées dans le cœur. La mort était une drogue qui créait une accoutumance.

Il avait été horrifié lorsqu'ils avaient coincé la Cavalière Blanche contre le grillage et que Miclantecutli l'avait embrassée avant de lui trancher la gorge.

Il voyait dans le ciel qui s'illuminait le pelage tigré indigo d'un nuage. Et, au-delà, les arabesques du signal céleste. Le soleil devait n'être qu'à quelques minutes de l'horizon. Sous les premières lueurs du jour, il découvrait la double nature de ce baiser de Judas.

— Nous aimons ce que nous tuons, et nous tuons ce que nous aimons, dit-il.

Il avait effleuré le mystère.

— Je comprends tout, Miclan.

— Santiago, *muchacho*, murmura Miclantecutli avec autant de sentiment que si elle leur commandait un petit déjeuner. Tu m'en vois ravie, mais aurais-tu oublié qu'il peut se produire des coups de théâtre jusqu'à l'apparition du mot « Fin » ?

Trois Cavaliers Blancs attendaient au milieu de la rue Doris Day : deux hommes, une femme. Leurs allosaures se balançaient d'une patte sur l'autre, impatients. Le signal céleste embrasait le fer de leurs lances, qu'il transmuait en flammes d'or. Le cavalier central leva la pointe de son arme à son front avant de l'incliner vers le sol. L'hommage qu'un guerrier rendait à un adversaire de valeur. Miclantecutli retourna le salut en effectuant un semblant de courbette.

Et Santiago fut frappé de cécité. Une main se referma sur la sienne et l'entraîna. Il trébuchait, privé du sens de la vision. Le ciel brûlait. Brûlait. Il était aveugle. Aveugle. Ses yeux étaient deux larmes jumelles de gelée fondante qui coulaient de ses cavités oculaires calcinées.

— Magne-toi le cul !

La voix de Miclan. Il trouva son intonation rauque étrangement réconfortante.

— Quoi ? Comment ?

Il courait à toutes jambes dans des hauts-fonds d'images indistinctes dues à la persistance rétinienne.

— Il s'est produit une énorme explosion, là-haut dans l'espace. Ces vaisseaux, je ne sais pas. Mais, comme je viens de te le dire, il peut encore se passer bien des choses avant la fin. C'est pourquoi je te conseille de te grouiller... et de prier. Miclantecutli ne laissera pas les Cavaliers Blancs décimer ses chasseurs jusqu'au dernier. Je veux pouvoir garder la tête haute, lors de la fiesta.

Ils arrivaient dans un secteur de décors de western : saloons, écuries, banques, bureau du shérif, bordels. Le Théâtre du Souvenir acquérait de la netteté à chaque pas. Ne m'oublie pas, ô my darling ! Ils contournèrent le General Store et furent dans la Grande Rue de Tombstone, Arizona, en face du portail d'O.K. Corral, dans la posture classique du pistolero.

— Tu comptes t'amuser avec ceux qui nous ont pourchassés ?

— Existe-t-il un meilleur moyen de sceller sa réconciliation avec ses assassins que de s'asseoir à leur table et de les embrasser ? Je trouve par ailleurs leur camouflage très seyant.

La lumière se déversait entre les piliers de bois d'O.K. Corral. Le soleil se levait. Une tranche du disque solaire apparut au-delà des éoliennes dressées sur la crête des collines, aussi fine qu'un cheveu. Des ombres se déplaçaient à contre-jour, silhouettes juchées sur des montures bipèdes monstrueuses et anachroniques. Les Cavaliers Blancs émergeaient de la clarté. Leurs allosaures enjambèrent les clôtures croulantes.

— Il y en a d'autres derrière nous, dit Santiago. Je les sens.

— Moi aussi, *mi corazón*.

De l'extrémité de sa botte, elle traça une ligne imaginaire sur le béton.

— Je ne vais pas me laisser *joder* en leur permettant de m'avoir à l'usure, tel un lapin sur une route. Si je dois crever, je veux que ce soit en regardant mon assassin dans les yeux.

Elle retira sa veste de caoutchouc aux nombreux visages et la jeta sur le sol.

— Affrontez-moi en face, comme il sied à une guerrière ! cria-t-elle. Vous me devez la poursuite la plus intéressante que vous ayez faite depuis des années, et j'ai le droit de mourir autrement qu'un porc qu'on égorge.

Tous les allosaures s'accroupirent. Les Cavaliers Blancs mirent pied à terre en utilisant des marches creusées dans les omoplates de leurs montures. Ils vinrent les encercler, piques et lances levées. Leurs tenues camouflées avaient la nuance brumeuse du lever du soleil.

Un astre dont un tiers dépassait au-dessus des collines environnantes.

Miclantecutli se tourna vers Santiago.

— Le moment venu, je ne pourrai pas le faire à ta place. Offre-toi dignement en pâture aux chiens de guerre, Columbar.

Elle jeta un rapide coup d'œil au soleil.

— Je ne puis comprendre qu'on régisse sa vie en fonction des règles de moralité qui s'appliquent aux épagneuls. Si tu réussis à aller chez Eddie le Maboul, je convaincrai Anansi de t'offrir un verre.

Elle lui présenta une dernière fois sa main gantée. Santiago tendait la sienne lorsqu'il vit la semelle striée d'une botte grimper vers sa poitrine. Elle l'envoya s'étaler dans la Grande Rue de Tombstone, où il eut des haut-le-cœur.

— Désolée, *mi corazón*, mais qui veut la fin veut les moyens, fit Miclantecutli.

Elle partit en courant.

Elle atteignit la porte du bureau du shérif. Santiago la vit tituber. Elle leva ses mains, qui se refermèrent sur le néant. Le pointe rouge soleil/rouge sang d'une lance l'avait transpercée et distendait son maillot. Elle tomba en griffant la hampe avec ses ongles.

— Ô Jésus Jésus Jésus ! murmurait-elle.

— Miclan ! hurla Santiago.

Et, sans réfléchir, sans le vouloir, n'obéissant qu'à son instinct, il fut à son côté et se pencha vers elle.

Quelque chose bougea.

La douleur fut un éclair de surprise et d'extase. Lancé de main de maître, le javelot avait cloué sa paume gauche à une des planches du trottoir : une tige d'acier poli longue d'un mètre qui avait traversé l'éminence séparant l'index du majeur. Il tira, tira, tira sur la barre. Tel un animal pris au piège, il ne songeait plus qu'à se libérer. Les barbelures grattaient son tarse. Du sang, son sang précieux et sacré, colorait le bois patiné par les éléments.

Les Cavaliers Blancs se rapprochaient. La moitié du soleil dépassait de l'horizon.

Des sons inarticulés sortaient de la bouche de Miclantecutli qui était empalée et délirait tant sa souffrance était grande. Une Cavalière Blanche vint se tenir au-dessus d'elle. La dernière fois que Santiago l'avait vue, elle était recroquevillée dans la mare de son sang. Elle s'agenouilla près de Miclantecutli. Les fluides vitaux de sa victime teintèrent en rouge l'extrémité de ses longs cheveux. Les deux femmes s'embrassèrent. Puis la Cavalière Blanche se redressa, prit un épieu effilé et l'enfonça dans la gorge de sa proie.

Elle attendit que Miclantecutli eût cessé de tressauter pour retirer le javelot. Avec un sourire cruel, la chasseresse agita ensuite la pointe de son arme devant les yeux de Santiago. Les larmes vermeilles qui en gouttaient reproduisaient des idéogrammes sur sa poitrine. Il tenta de reculer, mais la tige de métal plantée dans sa main était un pivot inébranlable. Le bout de l'épieu sanglant l'hypnotisait.

— S'il vous plaît, implora-t-il.

Il rendit dans le décor de voliges et de toile de cette reconstitution de Hollywood.

— S'il vous plaît.

Nulle supplique plus convaincante ne lui venait à l'esprit. Les Cavaliers Blancs rirent. La femme traça un trait rouge en travers de son front, un autre vertical qui dessina une croix. Elle descendit le long de son nez, sur ses lèvres, son menton et sa gorge. L'acier s'immobilisa dans le creux de son thorax, au-dessus du sternum. Il sentait les barbillons piquer et déchirer sa peau fragile. Une tache humide et chaude en expansion lui apprit que sa vessie s'était vidée de son contenu. Il avait perdu sa dignité et sa raison, sa voix et son humanité. Il ne lui restait rien, à l'exception d'un impérieux désir de vivre.

— Non ! hurla-t-il.

Il pleurait, mais il n'y accordait pas d'importance. Pas plus qu'au fait qu'il s'était chié dessus à un moment ou un autre.

— Non ! Epargnez-moi, je vous en conjure. Je veux vivre. Je veux vivre ! Je veux vivre !

## Journée du 2 novembre

Il n'y avait plus de honte. Plus de fierté. Plus de gêne. Plus de faux-semblants. Seulement un violent désir de ne pas disparaître.

— Je veux vivre !

Il savait que ces mots n'étaient que des balbutiements de terreur et de souffrance. Il exprimait cela sans aucune retenue. Il venait de trouver ce qu'il avait recherché tout au long de sa vie d'adulte, et il y aurait volontiers renoncé en échange d'un sursis d'une seconde.

— Je veux vivre.

Le temps... C'était un motif tatoué dans la trame de l'espace par la pointe ensanglantée d'un épieu. Le temps de Planck. Et une piqûre d'acier écarlate ponctuait l'écoulement de chaque chronon quantique.

— Je veux vivre.

L'arme s'écarta de sa gorge, comme si elle ne s'en était jamais approchée. Les Cavaliers Blancs se regroupaient en retrait et baissaient leurs lances. Il subissait un siège de silhouettes. Il voyait entre elles la face de son sauveur. Il y avait même un fin cordon de ciel bleu qui séparait la courbe inférieure du soleil et la cime des collines.

La Cavalière Blanche se pencha une fois de plus vers

lui. Elle lui adressait un sourire dont la signification lui échappait. Il n'assimilait que les signaux directement transmis par ses sens. La lumière du jour, la fraîcheur de l'aube, l'odeur de feu de bois, les grondements lointains de la circulation.

La souffrance insoutenable, inimaginable et merveilleuse qui le déchira quand la femme colla un index à ses lèvres et arracha de l'autre main le javelot barbelé planté dans sa paume.

Et la noirceur écarlate magnifique de l'inconscience qui l'engloutit.

Leur bonté l'émut profondément. Ils avaient étanché le sang de la blessure, stérilisé et pansé la plaie, appliqué des timbres adhésifs d'analgésique.

L'étonnante bienveillance des chasseurs qui soignent et guérissent ce qu'ils n'ont pu tuer.

Ils avaient amputé les deux doigts mutilés. Aucune douleur. Rien. S'il n'avait pas perdu ces petits morceaux de son être, il aurait pu croire que tout ce qui s'était passé au cours de cette Nuit des Morts n'avait été qu'un mauvais trip virtuel.

Peut-être était-ce la raison de leur comportement. Il garderait un stigmate qui lui rappellerait que la réalité faisait souffrir. Qu'elle seule pouvait tuer.

Miclantecutli. Anansi. Ange. Asunción. Duarte. Il ne reste que moi pour porter témoignage. Les derniers participants à la migration matinale animaient encore la rue où les Cavaliers Blancs l'avaient abandonné. En titubant, l'esprit embrumé par les drogues qui effaçaient la souffrance, Santiago avançait à contre-courant. Il se dirigeait vers le cœur de ce territoire et non vers ses frontières. Il nageait vers l'amont. Il savait où il était. Il savait où il devait impérativement se rendre avant de pouvoir faire demi-tour et de se laisser emporter par la foule, loin de Nécroville.

Les palmiers qui bordaient le boulevard n'étaient plus que des tiges fumantes étêtées, incurvées et carbonisées telles des allumettes dans un cendrier. Là-haut, sur les toits, les écrans de cinéma se repliaient sur eux-mêmes : des fleurs nocturnes argentées qui refermaient leurs pétales afin de se protéger de la vive clarté du jour. Les corps magnifiques des morts s'installaient à des positions stratégiques sur les balcons et sous les vérandas, pour lézarder au soleil et accumuler par photosynthèse l'énergie dont ils auraient besoin la nuit suivante.

Santiago poursuivait sa progression vers le centre de la Cité des Morts.

Des réjouissances étaient en cours devant le restaurant d'Eddie le Maboul. Les membres d'un *cuadra* jouaient du tambour, dansaient et se passaient des pintes de bière de riz de fabrication maison.

— Que célébrez-vous ? demanda Santiago à une grande Chinoise.

Elle avait un instrument rouge, vert et or suspendu à sa taille.

— Nous avons gagné, nous sommes libres, nous avons gagné ! cria-t-elle.

Des danseurs attifés de lambeaux éclectiques de déguisements divers poussaient des vivats et s'arrosaient avec leurs boissons. L'esprit engourdi par les calmants, Santiago se glissa entre les remorques. Les tables avaient disparu. Sur la chape de béton encore humide, des corps se balançaient au rythme des percussions. Tous les Cavaliers Blancs étaient là. Santiago reconnut la chasseresse qu'il avait vu massacrer, celle qui l'avait épargné après avoir planté son épieu dans la gorge de Miclantecutli. Les deux femmes se souriaient et se tendaient des bouteilles d'alcool qu'Eddie le

Maboul se chargeait de remplir, ainsi que des joints dont elles faisaient profiter leurs amis.

Santiago connaissait ces derniers. Il y avait Duarte et Asunción le *desconfigurado*. Il y avait Ange l'ectomorphe, plus spectrale que jamais sous la clarté du jour. Il y avait Anansi, disciple mystique de la souffrance, étrangement mignonne et vulnérable dans sa tenue de cuir.

Il y avait Miclantecutli.

Elle riait avec son bourreau. Elles se servaient à tour de rôle le tord-boyaux d'Eddie le Maboul. Miclantecutli retira sa veste en caoutchouc aux faces de mauvais génies moulées. Elle était seins nus, sous ce vêtement. Il la vit étreindre l'autre femme, l'embrasser.

Il se rappela Miclantecutli qui gisait sur un trottoir de l'évocation de Tombstone, la gorge béante, une bouillie répugnante de sang, de trachée et de graisse.

Il regarda sa main mutilée, le souvenir de ses doigts, Miclantecutli qui attirait la Cavalière Blanche contre elle avec ravissement. Il se détourna et repartit vers les collines qui s'illuminaient.

Pour un homme parfaitement proportionné, Camaguey était d'une légèreté surprenante. Nute n'eut aucune difficulté à le soulever et à le porter vers la fraîcheur du cloître. Elle lui parlait. Elle plaisantait avec lui. Elle souriait, heureuse. Il était enfin débarrassé de la fragilité et des imperfections de la chair. Sa vraie vie allait commencer. Elle ne pleurait pas un mort, elle se réjouissait d'une naissance.

Les employées de la Maison des Morts souriaient, elles aussi. Elles comprenaient sa joie, alors qu'elles la guidaient vers la salle de la résurrection.

— C'est une très belle journée pour mourir, commenta la grande Noire pendant que ses assistantes déshabillaient le cadavre.

Nute plia ses vêtements et passa sur sa joue les mailles douces et le cuir chaud, pour essayer de retrouver l'odeur de Camaguey.

Elle le prit afin de le déposer dans la cuve de Jésus. Les aiguilles picotaient sa peau. Des excroissances répugnantes, viles. Les tecteurs les dissoudraient. Ils le purifieraient et emporteraient ces abominations, la maladie, toutes ses imperfections. Ils le reconstitueraient tel qu'il pouvait être, tel qu'il devait être. Parfait. Sain. Bien portant. Elle l'embrassa.

Tu tombes amoureuse d'un micheton, Nute ?

Elle tint sa main jusqu'au moment où la descente du couvercle l'obligea à la lâcher.

Les bras qui l'étreignaient étaient puissants, la poitrine large et confortable sous sa tête. Elle se soulevait et s'abaissait lentement, au rythme de la respiration d'Iago dont la peau rasée était lisse et douce comme de la soie, avec seulement un fin duvet sensuel qui titillait ses terminaisons nerveuses. Elle se pelotonna contre son corps chaud et rassurant, colla ses lèvres entrouvertes à son flanc.

Puis elle se souvint où elle était.

Elle prit conscience de ce qu'elle faisait.

Elle remarqua qu'elle était aussi nue que lui et qu'ils étaient allongés sur leurs fourreaux sensoriels dans le nid de terre cuite.

C'était agréable. Tellement agréable, alors que les rangées de dieux aux faces ocre la regardaient et restaient bouche bée en constatant qu'elle avait couché avec un mort.

Pendant que des armées s'affrontaient dans l'espace, que des *corporadas* s'effondraient, que des lois injustes s'effilochaient, que de nouveaux princes accédaient au pouvoir, que les ambassadeurs d'une nation extraterrestre s'apprêtaient à être reçus sur Terre, que les nécrovilles se révoltaient, que les palmiers brûlaient et que le jour des Morts se levait sur les collines d'Old Hollywood.

Yo-Yo bascula sur le flanc.

— Iago, murmura-t-elle au ras de ses pectoraux. Je dois partir.

Elle savait qu'il ne dormait pas, car les morts ne dorment jamais, mais il resta muet. Rêverais-tu tout éveillé de cette vie antérieure qui n'est, dit-on, qu'un songe pour les trépassés ?

Elle lui assena une tape sur le postérieur.

— Cours 2002 : éthique professionnelle. L'avocat doit en toutes circonstances veiller à défendre les intérêts de ses clients et ne pas ménager ses efforts pour atteindre ce but. Rien n'est fini avant la fin.

Elle enfila son collant, ses bottes et sa chemise. Elle inclina sa capuche pour se donner une allure désinvolte. Démêler son fourreau sensoriel de celui d'Iago pouvait attendre. Etrange, cette sensation inconnue de nudité sous ses vêtements. Le contact de l'air. Inconfortable.

Le log standardiste de la Maison des Morts ingéra son matricule d'inscription au barreau et son sceau personnel puis lui demanda de patienter un moment. Tous les appels adressés aux *arcosantos* de la Tesler-Thanos étaient triés sur le volet et soumis à des délais allant jusqu'à vingt minutes en temps réel. Même si l'angle de son chapeau était irréprochable, nul *abogado* de Sunset Boulevard ne pouvait imposer ses volontés à une *corporada*. Pourtant, le prestige devait entrer en ligne de compte car l'appareil sonna presque aussitôt et cracha la copie d'un contrat. Yo-Yo y reconnut le cachet de la Tesler-Thanos et le sien, le lotus dans le triangle, sous une multitude de caractères minuscules. Elle montra le document à Martika Semalang tout en buvant à petites gorgées un *cafe negro* très fort dans un bureau désaffecté. Arrivée des jurés. Tout le monde debout.

— Vous êtes libre.

Elle lorgna le papier et lut les mots. Posée, élégante, instruite. Cours 202 : éthique professionnelle. Un avocat ne doit en aucun cas envier ses clients. Même lorsqu'ils sont plus riches de six millions de la Côte, moins de la menue monnaie.

— On peut compter sur les logs pour respecter la loi à la lettre. Seuls les hommes accordent de l'importance à l'esprit. La Tesler-Thanos s'en tiendra aux clauses de ce contrat.

Iago apparut sur le seuil : le Iago d'antan en espadrilles, short de basketteur trop ample et tee-shirt sans manches. Son double étrange et bariolé de la nuit avait disparu. Il lui lança un ballon de volley-ball presque immatériel, son fourreau sensoriel.

— La nouvelle commence à se répandre, *compañeros*. La Terre subit une invasion. Les Morts-Libres construisent des installations, là-haut. Je ne sais pas quoi. Le réseau local a encore la fièvre due au virus de la T & T qui a pourchassé ma petite Carmencita, mais tout laisse supposer qu'ils démantèlent les usines orbitales abandonnées et les laminent en poutrelles dont ils se servent pour bâtir autre chose. Iago Diosdado va avoir du pain sur la planche.

— Et la Tesler-Thanos ? s'enquit Martika Semalang.

— Elle s'est fait baiser, *mi corazón*. Révolution de palais, relève de la garde. Des têtes ont roulé. Ne me demandez pas des détails, je les ignore. J'ai essayé d'infiltrer leur serveur mais je n'y ai récolté que des communiqués officiels annonçant que les transactions commerciales sont suspendues jusqu'à une allocution d'*el nuevo Presidente*.

— Iago, fit Yo-Yo.

Elle se sentait brusquement très lasse. Elle n'avait pas dormi de la nuit. Elle avait fui, failli mourir une douzaine de fois. Elle avait tenté et réussi le coup d'éclat de sa carrière avant l'heure du petit déjeuner.

— Tout ça, c'est passionnant, mais je voudrais rentrer chez moi. Immédiatement.

La tour de San Miguel s'amenuisait. Son sommet fondait et gouttait comme s'il s'agissait d'un cierge pascal haut d'un kilomètre.

— Il existe certainement une limite, dit Toussaint. Ils ne peuvent tout de même pas détruire la totalité d'un *arcosanto.*

Lui et Huen s'étaient réfugiés à l'intérieur du centre des télécommunications.

— Vraiment ? fit-elle en levant les yeux. Tu oublies ce que leurs petits copains ont fait à la lune.

— Ce sont des humains.

— Plus à présent. Nous n'avons pas affaire à ton père ni à ton frère, s'ils ont jamais vécu dans ces incarnations. Ce sont désormais des conglomérats de culpabilité et de haine, des sentiments dont les tecteurs ont conservé le souvenir pour les reconstituer tels qu'ils étaient autrefois. Ils se sont retrouvés. Ils ont obtenu ce qu'ils voulaient.

Toussaint pouvait suivre sur les écrans du plafond les nouvelles de l'espace. Les habitants du monde observaient les cieux en tendant le doigt et en hoquetant à chaque explosion pyrotechnique orbitale indiquant que la flotte détruisait les dernières défenses automatiques de la Terre. Sur l'hémisphère orienté vers le soleil, les violences de la nuit avaient décliné. Là-bas aussi des gens regardaient, attendaient, reconstruisaient leur environnement et leur vie.

Toussaint laissa le fauteuil anatomique se stabiliser autour de son corps puis brancha l'audiovisualiseur. Le télétexte fournissait des explications aux images transmises par les caméras robotisées qui surveillaient les opérations en cours, mais cela ne dissipait pas la magie du spectacle. Toussaint y assistait en ayant l'impression d'être Dieu. La courbe du terminateur scindait l'étendue bleue moutonnée de nuages du Pacifique. Des essaims de lumière passaient des ténèbres de la nuit à la clarté du jour : des vaisseaux-bang, par douzaines. Il n'aurait jamais cru qu'il en existait tant. Et derrière eux venaient les cargos et les modules de traitement de la deuxième vague, avec leurs voiles qui avaient des centaines de kilomètres d'envergure déployées comme des éventails japonais. Leurs moteurs de manœuvre étaient des diamants blancs limpides sur le velours moucheté de l'océan.

La vue changea. Ils recevaient l'image d'une caméra contrôlée à distance qui surplombait d'une dizaine de kilomètres le propulseur d'un vaisseau-bang. Un assortiment inélégant de sphères, de bômes et de panneaux solaires pendait à bâbord de l'étrave. L'appareil vira vers le soleil et Toussaint y lut Ewart/Western Australia Minerals. Lentement, très lentement, l'engin calqua avec lourdeur sa vitesse sur celle de l'usine orbitale. Un second mastodonte s'inséra dans le champ de prise de vue, poussé par les quintes de toux de ses verniers. L'énorme masse disgracieuse semblait vouloir basculer latéralement.

Le point d'observation se modifia encore. Ils captaient la transmission d'une caméra plus éloignée. Les explications du télétexte étaient superflues. Ce qui était en cours était évident et imposant. Les trente-quatre vaisseaux-bang toujours opérationnels de la flotte des Morts-Libres s'étaient placés en une formation démesurée de cinq kilomètres de côté qui prenait en étau les installations spatiales abandonnées. Les flammes des propulseurs vacillèrent et s'éteignirent. Toussaint et tous les spectateurs du monde retinrent leur souffle.

Les nefs s'épanouirent.

Des spirales de câbles partirent tournoyer dans le vide, pour les relier les unes aux autres. Des charges tectorielles explosèrent en douceur sur la coque des usines et entreprirent de les démanteler. Le noyau de chaque vaisseau s'ouvrit et libéra les arbres qui y avaient été plantés et soignés. Leur ramure miroitait sous la clarté du soleil. Là où il y avait eu une armada s'étendait une cité orbitale.

*Des feuilles d'automne*
*Des forêts toujours vertes*
*Et une mer bleue.*

— Toussaint, c'est le *Marcus Garvey*.

La gousse de contrôle était inoccupée, les amas informatiques en apesanteur non gérés, les postes de combat évacués.

— Qui est mon interlocuteur ? voulut savoir la commandante morte, Marie-Claire.

Des silhouettes à la souplesse inimaginable gravissaient l'extérieur du dôme transparent. Les frondaisons aux arêtes fractales d'un arbre du vide traversèrent l'image, guidées par des *quadros* qui tenaient des filins de halage.

— Je m'appelle Toussaint Xavier Tesler.

Il n'avait pas hésité. Il savait qu'il porterait ce nom jusqu'à la fin de ses jours.

— Je suis le nouveau président de la Tesler-Thanos et je vous demande de me prêter une oreille attentive. Nous ne sommes pas vos adversaires. Je ne suis pas votre ennemi. Si vous me dites en quoi je puis vous aider à mener à bien votre mission, je me ferai une joie de vous rendre ce service.

— Où est Ellen Shipley ? Où est Quebec ?

— L'opération ne s'est pas déroulée exactement comme prévu.

(— C'est un euphémisme, commenta Huen par le circuit interne.)

— Je crains qu'il ne vous soit impossible de communiquer avec eux. Je peux cependant vous affirmer qu'ils ont atteint tous leurs objectifs. Je suis désormais à la tête de la *corporada*.

— Qu'est devenu Adam Tesler ?

— Mon père est décédé.

La stricte vérité.

La morte resta plus longtemps muette que ne le justifiaient les délais de transmission.

— Les travaux auxquels vous assistez ont pour objet de fonder un nouveau Clade, dit-elle lorsqu'elle décida enfin de lui accorder sa confiance. Le Clade en orbite terrestre proche de la Porte des Cieux. Il servira d'ambassade des Morts-Libres et de relais par lequel les défunts de la Terre pourront transiter pour se rendre dans tout le système solaire et l'univers.

Ils ne seraient plus prisonniers d'une gangue de chair, d'un écheveau de produits chimiques, d'une sphère de fer et de silicates. Ils atteindraient le but suprême. La transhumanité. Toussaint se représenta des chapelets de tels êtres, des nations complètes, qui volaient comme des anges, des *águilas*, et s'éloignaient du soleil dont les vents les emportaient vers les étoiles.

— Je vous en prie, croyez-moi, nous voulons vous aider. La Tesler-Thanos n'est plus votre ennemie mais votre alliée.

— Pardonnez ma franchise, seor Tesler. C'est difficile à croire.

— Un gage de bonne volonté devrait vous convaincre de ma sincérité.

— Quel gage ?

Merveilleuse, cette sensation de puissance lorsque toute une *corporada* se plie aux ordres transmis par votre gant manipulateur. Séduisante, l'impression de maîtrise totale des événements quand les méga-giga-beva-terraoctets vous obéissent.

— Liaison avec les médias établie, murmurèrent les voix-esprits dans son bourgeon cochléaire. Vous apparaissez en direct sur toutes les chaînes d'information de la Côte. Leurs contreparties européennes, africaines et asiatiques reçoivent également l'émission.

Simples, les décisions qui peuvent être prises quand c'est indispensable. Que contient un nom ? Tout, semble-t-il.

— La Tesler-Thanos *corporada* reconnaît officiellement l'existence du Clade de la Porte des Cieux et la représentativité de ses ambassadeurs.

L'Apocalypse ayant toujours été plus probable sur la Terre que dans les Cieux, les Lions de Judée étaient sortis regarder l'église de Seu Guacondo s'envoler en fumée.

Ainsi que pourra le confirmer tout iconoclaste digne de ce nom, les lieux de culte sont extrêmement combustibles. C'est logique, avec toutes ces statues en bois et cet encens.

— On aurait dû apporter des Chamallows, commenta Salamanca.

*Débile*, pensa Trinidad. Elle avait fait une découverte pendant qu'ils fuyaient le bâtiment qui s'effondrait. Elle trouvait cet homme antipathique. Il ne lui avait jamais plu. Il lui avait imposé sa présence et décidé de la secourir, l'aider, l'assister. Cet imbécile se permettait de faire sur elle des tas de suppositions qui, si elles étaient alors erronées, étaient encore plus inexactes à présent.

— Regardez ! hurla-t-il, triomphal. Regardez ! N'est-ce pas magnifique ? Que ressentez-vous en voyant ça, Trinidad ?

Je ressens ce que devrait éprouver tout individu sain d'esprit et possédant un tant soit peu de bon sens. Je suis heureuse d'être libre et en vie, mais également atterrée, dégoûtée, choquée, épuisée... Si lasse qu'il me semble avoir fait un très long cauchemar. Par le passé, elle eût fourni une réponse aseptisée du genre : *Je me sens vivre. Je me sais en sécurité auprès de vous*. Autrefois, elle eût tenu de tels propos pour ménager les sentiments de cet homme. Plus de ça, Trinidad.

— Vous tenez vraiment à le savoir ? J'ai envie de dégueuler, Salamanca. J'ai l'impression d'avoir été manipulée, utilisée comme un pion dans le cadre de cet affrontement entre les blancs et les noirs. Et je suis plus que tout écœurée.

C'était un salopard. Ils étaient tous des ordures. Des connards stupides imbus d'eux-mêmes et égoïstes. Mais elle avait été encore plus stupide, imbue d'elle-même et égoïste qu'eux en croyant qu'elle avait besoin de leur présence. Elle allait partir.

— Eh, un moment, Trinidad ! Attendez que l'église ait fini de se consumer et ensuite je vous raccompagnerai.

— Salamanca, dit-elle d'une voix qui retenait l'attention des hommes. Je ne veux pas que vous veniez avec moi. Je peux me passer d'un ange gardien. Je pars seule.

— Les rues...

— Nous venons d'affronter et d'éliminer Seu Guacondo et son Culte Zoo.

Et l'unique espoir de l'humanité de bénéficier un jour de l'immortalité sans la mort. Là, en cet instant, elle éprouvait plus de sympathie pour Seu Guacondo et son enfer d'indétermination quantique que pour Salamanca le Tueur de Géant.

— Ce n'est pas la perspective de traverser la Nécroville qui peut m'épouvanter. Je vous laisse. Je n'ai pas besoin de vous. Pour être sincère, je vous trouve exécrable. Sans seulement m'accorder le temps de réfléchir, je pourrais citer une cinquantaine de façons de passer une nuit plus agréable qu'en votre compagnie. Alors, ne vous imaginez pas que ce que nous avons vécu ensemble a créé des liens entre nous. N'allez pas croire que nous sommes *amigos* pour la vie. Ce n'est pas le cas, et ça ne le sera jamais. Ne me téléphonez pas, ne me rendez pas visite et ne demandez pas de mes nouvelles. Parce que je ne vous répondrai pas, je ne vous recevrai pas et je ne m'intéresserai pas à vous. Et lorsque vous ferez le récit de vos exploits, tâchez de ne pas oublier qui a tenu le rôle du héros au moment crucial. Le dernier imbécile venu est capable de braquer une arme et de presser sa détente.

Les lions qui habitaient dans ce quartier libérèrent le passage pour qu'elle pût s'éloigner de Salamanca et de son pistolet déchargé. L'église de Seu Guacondo s'effondra en un tas de braises rougeoyantes.

Elle atteignait la rue quand le talon branlant céda. Elle tomba et fit une chute brutale. Elle vit Salamanca sourire et, sans le quitter des yeux, elle retira son autre chaussure, la leva et rompit son talon.

Les lions l'ovationnèrent.

Dans la rue étrangement déserte, Iago s'arrêta et se baissa pour extraire sa voiture de l'asphalte.

— Ce n'est pas une obligation, dit-il pendant que les tecteurs se reconfiguraient.

— Oh, je le dois, Iago ! Ma place n'est pas ici. Ton peuple n'est pas le mien.

— Où tu voudras, dit-il en s'installant dans le siège du conducteur.

Le tableau de bord coula vers lui.

Elle était brusquement affamée. Brusquement assoiffée. Brusquement désireuse de retrouver au plus tôt la compagnie des vivants. Comme toujours, après un trip sous accélérateurs neuraux. Elle se rappelait ses vieux amis, le lieu qu'ils regagnaient après leurs aventures de la Nuit des Morts.

— Le Café Terminal.

Elle devait des excuses à Santiago.

— S'il n'a pas été microtoqué.

La voiture dorée s'écarta en silence du trottoir.

— Une chose, Yo-Yo.

— Iago ?

— Me permettras-tu encore de te raser le crâne ?

— Quand tu voudras.

Ils filaient sans encombre le long des boulevards. Au-dessus d'eux, les têtes des palmiers consumés fumaient toujours. Des camionnettes et des mobs électriques louvoyaient au sein de la tristesse postcarnavalesque. Derrière les vitrines des *panaderías*, des restaurants et des bars qui n'avaient pas fermé leurs portes, des clients occupaient les tables et n'avaient d'yeux que pour leurs Idcom.

— Je ne crois pas que la fin du monde est pour aujourd'hui, commenta Iago.

Puis ils le virent. Errant tel Ahasvérus, foulant aux pieds des cartons de boisson vides et des boîtes à sandwich en polystyrène bien que son attention fût rivée sur le trottoir. Leur voiture passait en murmurant quand il redressa la tête vers la lumière qui filtrait entre les arbres fumants.

— Santiago !

Elle dilata le diaphragme de la fenêtre et étira son cou à l'extérieur.

— Iago, arrête-toi !

Il se gara sous un écran géant d'où la clarté de plus en plus vive du soleil effaçait *La loi du Seigneur*. Spectres de Celluloïd. Tout ce qu'ils avaient été. Et était-ce bien Santiago qui s'était perdu et errait dans Nécroville à l'aube du jour des Morts, ou un autre fantôme d'Old Hollywood ?

— N'hésite pas à me le dire, quand tu voudras jouer au volley, lui cria Iago.

Yo-Yo le salua de la main. Elle n'entendit pas le véhicule redémarrer et tourner à l'angle de la rue. Elle se dirigeait vers Santiago en trottinant, en courant avec le fourreau sensoriel calé sous son bras comme un joueur de football américain qui se rue vers les buts adverses.

— Santiago ! Santiago !

Il redressa la tête.

Il s'était attendu à trois ou quatre secondes de silence avant les premières réactions. Le mutisme dû à la surprise en dura dix — une ère géologique à l'échelle nanotemporelle du réseau — puis les logs se manifestèrent en vociférant *qui quoi pourquoi comment quand dites expliquez*. Ses services sollicitaient des instructions, des déclarations de politique générale, des réunions urgentes tant virtuelles que matérielles. Les *corporadas* sœurs passaient de l'hébétude à un jacassement de mémorandums et d'interrogations. Les gouvernements de nations plus ou moins fières exigeaient des clarifications. La faction monothéiste du Conseil de la Côte réclamait des explications. Ses logs légaux l'informaient qu'une douzaine d'actions en justice allaient être intentées pour contester la compétence de la Tesler-Thanos à reconnaître ce qui n'avait selon la loi aucune existence légale. Ses propres sous-directeurs organisaient une cabale afin de le destituer.

Il n'avait rien à ajouter. Il avait tout dit. Le Grand Satan s'était repenti et avait rejoint les cohortes des anges. Là où il était allé, d'autres le suivraient. Les plus courageux et les plus vulnérables pour commencer, ceux qui n'avaient rien à perdre. Mais au fil du temps, le flot grossirait et la poussée deviendrait irrésistible.

Il remonta le capuchon du virtualiseur.

— Connais-tu un mot qui définit la façon dont les circonstances font de nous ce que nous méprisons le plus ? demanda-t-il. Toute ma vie, ou presque, j'ai voulu détruire ces tours, les dissocier molécule par molécule. A présent que je peux en faire ce que je veux, je n'y tiens plus. Ce que je vais dire est peut-être blasphématoire, mais je leur trouve de la beauté. La démesure architecturale des *arcosantos* n'est pas seule en cause. Il y a aussi le noyau industriel sale et inélégant de la *corporada*, son organisation et sa hiérarchie internes, son esprit invisible qui raisonne en termes d'investissements et de profits. Il en résulte une symétrie cristalline à la fois inhumaine et étrangement fascinante. Comme l'image du sablier qu'on voit sur l'abdomen d'une veuve noire.

— Honore ton père en honorant ses créations ? fit Huen. Chasse l'éducation bourgeoise et elle revient au galop. Si tu as envie de dévaster ce lieu en y organisant une orgie, ne t'en prive surtout pas. Tu ne dois rien à Adam Tesler. C'était un être malfaisant. Il était dément et il voulait que le monde entier reflète sa folie.

— Il était malade et triste.

Huen suça sa lèvre inférieure.

— C'est drôle... Je pense savoir qui étaient les bons et les méchants, mais j'ai la vague impression que ce n'est pas aussi simple. Dans ce western, tous les acteurs ont des Stetson gris. Alors, *seor Presidente*, quelle est la suite du programme ?

— Je présume que le moment est venu de faire une allocution.

L'autorité ouvrit les portes verrouillées. Ils se dirigeaient vers les ascenseurs quand il déclara :

— Huen, j'aurai besoin d'une assistante.

Elle le fixa, comme s'il venait de lui suggérer de se livrer à des pratiques réprouvées par la morale.

— La seule chose que tu peux faire pour moi, c'est demander aux Morts-Libres de la Porte des Cieux de récupérer leur agent. Regarde ce ciel. Nous avons des trucs bien plus intéressants à faire, *hermoso*.

Il leva la tête. Il sentait le front d'orage de la nuit exercer une légère pression sur sa colonne vertébrale. Le mauvais temps était parti vers l'est, loin au-dessus du désert, pour y apporter le tonnerre et la pluie. Derrière lui, l'air était calme, très pur. Par une matinée aussi limpide, on pouvait voir jusqu'aux marches de l'espace. Là, aux limites de son champ de vision, il discernait de vagues miroitements... Des yeux adaptés pour regarder le soleil en face ne permettaient-ils pas de voir les treillis délicats et démesurés de la Porte des Cieux ? Non, les paillettes de mica enchâssées dans le bleu céruléen étaient des *águilas* qui utilisaient les courants ascensionnels en formation pour s'élever et s'éloigner de la mégalopole puante, laide, sale, agitée, bruyante. Ce bon vieux ciel où on pouvait voler. Le milieu idéal pour prendre son essor.

Il appela un ascenseur, saisit un code. La cage de verre entama sa descente.

*La cité des morts*
*Et des vivants se reflète,*
*Dans l'œil des aigles.*

Sans talons, Trinidad se promenait dans les avenues de Nécroville. Sans talons ni soucis. Elle n'avait pas de peurs, pas de besoins. Elle ne dépendait de personne. Elle n'éprouvait plus la nécessité de s'entendre confirmer que Trinidad Malcopuelo se portait bien. Mieux que bien. Très bien. Très très bien. Elle n'aurait pu se sentir plus en forme, en fait.

Des tessons de verre jonchaient l'intersection où se dressait le Café Terminal. Il ne s'agissait pas des résidus de la violence mais des vestiges des réjouissances. Il y avait ici des êtres épuisés, aux yeux chassieux, souffrant d'une bonne gueule de bois due à l'alcool ou à des drogues, quand ce n'était pas aux deux. Vidés, comme les bouteilles, les verres et les seringues des adeptes de l'automutilation. Certains survivants étaient toujours déguisés, masqués ou costumés en hybrides improbables suite à une demi-douzaine d'échanges de vêtements dus au hasard des rencontres. Afin d'exprimer le mépris que leur inspiraient ces symboles de la bourgeoisie qu'étaient les sièges, ils s'étaient assis le long des caniveaux et des murs, allongés sous les branches des amandiers poussiéreux, étalés sur l'herbe éparse.

A un moment ou un autre, entre le coucher et le lever du soleil, un salopard avait arraché les racines de sa voiture et la lui avait volée.

Un quantum de mouvement. Quelque chose dans les ombres d'une ruelle où la clarté du jour n'avait pas encore pénétré. Un miroitement, un crissement sur le béton.

Et Trinidad sut que la présence s'était manifestée à dessein.

— Hello ?

Griffures et grattements. Elle vit une silhouette, scindée en deux par les ténèbres et la lumière, bien trop grande, mince et bizarrement articulée pour être humaine. Ses yeux d'or reflétèrent le soleil : un loup-garou, un *Lobo de la Luna* accoudé avec nonchalance au canon d'un lance-harpons démesuré de pêcheur sous-marin. Contrairement à ses congénères qu'elle avait vus de la mezzanine du Café Terminal, celui-ci n'était pas nu. Il portait un cache-sexe d'athlète décoré du symbole de la face lunaire éborgnée par un obus.

Elle sut, en ignorant comment, qu'il s'agissait de la créature qui s'était dressée devant eux dans le labyrinthe proche de la *posada,* de l'être qui les avait laissés passer. Et elle eut de nouveau la certitude qu'ils se connaissaient.

A cause d'un détail vaguement familier dans son regard, son attitude ou la courbe de ses babines.

— Peres ? demanda-t-elle.

Le loup-garou dénuda ses crocs en un sourire. Les ombres s'agitèrent tout autour.

— Peres ! Peres !

Le soleil dépassa les toits et illumina la ruelle déserte. Trinidad s'y aventura, regarda parmi les bouteilles brisées et les cartons. Elle ne trouva aucune trace de l'apparition.

Les verres épargnés par les excès des noctambules s'alignaient derrière le comptoir du Café Terminal, lavés, essuyés, prêts à servir. Le plancher avait été lessivé, les tables épongées, les sièges retournés. Quelques buveurs endurants ou matinaux se désaltéraient dans une forêt de pieds de chaises. Elle humait des odeurs de petit déjeuner : viande de porc, graisse frite, café d'une machine à espresso géante au ventre fumant orné d'une tête de mort chromée ricanante. Elle gravit les marches de la mezzanine.

Ils étaient à leurs places habituelles. Comme s'ils n'avaient pas bougé de la nuit.

— Santiago ?

Sa main. Qu'était-il arrivé à sa main ? Et à lui ?

— Yo-Yo ?

— Trini ? Trini ? Ô Jésus ! Ô Jésus, c'est toi !

Elles s'étreignirent. Vieilles maîtresses, amies, sœurs.

— Toujours en cuir ?

Yo-Yo haussa les épaules, timide.

— Tu sais que je ne peux pas résister à l'attrait des matières sensuelles.

— Trinidad.

La voix de Santiago était un murmure famélique alourdi par les miasmes des drogues.

— Trinidad. Je l'ai fait, Trini. Je suis allé là-bas, et j'en suis revenu.

— Il a perdu la raison, expliqua Yo-Yo. J'ai beau essayer de le ramener sur terre en le bourrant de café, ses propos n'ont ni queue ni tête. Je ne sais ni où il est allé ni ce qu'il a fait, seulement que quelqu'un a amputé deux de ses doigts puis a recousu et désinfecté la plaie, l'a pansée et lui a administré des calmants et des antalgiques.

— Trini, fit Santiago. J'ai été là-bas. Et j'en suis revenu.

— Je sais de quoi il parle, Yo-Yo, dit Trinidad en se versant du café. J'ai fait un saut ici en début de soirée, et il m'a informée de ses projets. Il a effectué un voyage dont bien peu de gens reviennent. Il a participé à une Chasse nocturne.

— Jésus Marie Joseph !

— J'espérais trouver la contrée qui s'étend au-delà, murmura Santiago.

Sa tête bascula en arrière, contre le dossier du siège de fer forgé. Il grimaça de douleur. La caféine commençait à estomper les effets des produits opiacés.

— Tu sais ce que je veux dire, Yo-Yo. Tu l'as toujours su, bien mieux que les autres. Tu sais ce que signifie chercher la clé, l'issue, le passage. J'ai accompagné

Miclantecutli. Elle est la déesse de la Mort. J'ai eu la vérité sous les yeux pendant toutes ces années, et je n'ai pas compris. J'ai décidé de partir avec eux, pour découvrir l'objet de ma quête ou mettre un terme à une vie devenue sans intérêt. Je me fichais que ce soit l'un ou l'autre, Yo-Yo. Mes drogues ne me faisaient plus rien. Je devais atteindre de nouveaux horizons ou mourir parce que je n'avais plus de raisons de vivre. Trini le sait, je le lui ai expliqué. Je te l'ai dit, pas vrai ?

— Santiago, fit doucement Yo-Yo.

Son sourire se changea en rictus de souffrance.

— Ils m'ont privé de mes doigts afin que je retrouve le sens du toucher. C'est chose faite, Trini, Yo-Yo. Je peux toucher et être touché. Regardez.

Il leur montra les moignons.

— La moitié d'une main. Je ne peux plus saisir, serrer, tenir et posséder. Posséder. Le contact est par nécessité léger, il est impossible de garder quoi que ce soit par la force. On vit par la grâce et non par la puissance. Je peux caresser, pas prendre.

— Excusez-moi...

Ils n'avaient pas entendu la femme approcher de la table. Elle était petite, musclée, vêtue d'un collant en dentelle extensible et d'une veste de brocart or et vert magnifique. Elle semblait gênée et s'exprimait avec timidité, bien qu'elle fût de toute évidence à l'aise tant dans son corps qu'en ce monde. Elle avait simplement les façons de quelqu'un qui abordait des inconnus.

— Vous ne me connaissez pas, mais êtes-vous les amis de Camaguey Quintana ?

Tout au long du trajet, le conducteur lui avait imposé ses commentaires sur les événements fascinants qu'ils venaient de vivre.

Il tentait de glisser la petite bulle du dukduk à contre-courant du flot de piétons et de véhicules de transport en commun, lorsqu'il avait tendu le bras pour désigner la foule.

— Pourquoi diable vont-ils encore travailler ? grommela-t-il. Ne savent-ils pas que la Maison des Morts est désormais indépendante, qu'elle n'est plus *contratada* ?

— Pour faire bouillir la marmite, répondit Nute. Bières et carburants continueront de coûter de l'argent, que le système soit ou non *contratisto*.

Ils firent une embardée. Le soleil envahissait les rues. Dans la sphère à passager du dukduk, la température grimpait en suivant une courbe asymptote.

— La moitié des nécrovilles de la planète se sont soulevées, cria le conducteur. Nos dirigeants ne pourront pas en faire abstraction.

— Il y a quarante ans qu'ils font la sourde oreille, *compadre*. Ce ne sont pas quelques *péons* qui brûlent leurs taudis qui les feront changer d'état d'esprit.

— Un nouvel ordre mondial vient d'être instauré, insista l'homme.

Il corna avec fureur un haquet tiré par six chiens et fit virer son engin dans « un raccourci super ».

— Alors, que ferez-vous demain que vous ne faites pas aujourd'hui ?

— Nous coloniserons l'espace, madame. Voilà l'enjeu de tout ceci. L'avenir de l'espèce. Ces Morts-Libres, là-haut... Ils vivent dans le vide. Incroyable, non ? Ils se baladent dans la ceinture d'astéroïdes comme nous le faisons dans notre quartier pour aller à la *panadería*.

— Quand vous fonderez votre société de taxis sur Jupiter, je serai votre première cliente, *mi corazón*. Mais en attendant, et si ça ne vous ennuie pas trop, pourriez-vous me conduire au Café Terminal avant que les amis de mon ami ne décident de changer d'air ?

Le raccourci super était naturellement embouteillé. Le conducteur du dukduk n'hésita pas à dire ce qu'il pensait au livreur de *dulces* qui bloquait la venelle et Nute n'ignorait pas que plus les altercations étaient violentes moins elles permettaient d'obtenir des résultats concrets.

— Et si vous faisiez demi-tour ?

— Ils ont reconnu la flotte !

L'homme prit la radio suspendue au rétroviseur et la colla à son oreille. Il fit signe au *dulcisto* d'approcher, d'écouter et de confirmer ce qu'il avait cru comprendre.

— Doux Jésus ! La Tesler-Thanos a reconnu la flotte ! Ce salopard d'Adam Tesler en personne.

— Donnez-moi ça !

Le *dulcisto* confisqua la radio et repoussa son propriétaire furieux à bout de bras.

— Ils construisent ce qu'ils appellent la Porte des Cieux. Une ambassade, un avant-poste des Morts-Libres dans l'espace immédiat de la Terre. Une cité spatiale de cinq kilomètres de côté, vous pouvez imaginer ça ? Un moment, un moment, ce n'est pas tout. La Tesler-Thanos a un nouveau président. Il est arrivé quelque chose au vieux schnock. Son fils l'a remplacé. Un certain Coussin, d'après ce que j'ai cru entendre. C'est lui qui a reconnu la Porte des Cieux.

— Ecoutez, intervint Nute. Je ne nie pas que nous ne vivions un instant historique, mais vu que ce n'est pas ce qui va me permettre d'atteindre le Café Terminal je vais continuer à pied.

— Eh ! Et ma course ?

Nute adressa au *cochero* le geste le plus vieux et le plus ordurier du monde. Tôt ou tard, une pute finissait par devoir faire le trottoir.

Parce que Camaguey lui avait dit où ils seraient, elle ne prit pas la peine de dévisager les vivants aux expressions moroses qui attendaient dans la rue. L'arôme du café était tentant mais elle savait qu'elle ne les trouverait pas non plus au comptoir. Il avait dit qu'ils étaient toujours sur la mezzanine. A leur vieille table habituelle, devant la fenêtre qui surplombait Terminal Boulevard.

Exactement où tu l'avais annoncé, Camaguey. La *cerrista* noire tirée à quatre épingles est Trinidad. Le gros avec cette étrange aura n'est autre que le célèbre Santiago Columbar. Que diable a-t-il fait de ses doigts ? Cette *China* tout de cuir vêtue doit être Yo-Yo, l'*abogada*. Aucune trace du quatrième, l'*águila* à la peau blanche. Il a dû se passer quelque chose de sérieux et de grave. Mais ce qu'elle est venue leur dire est encore plus sérieux et plus grave, Nute.

— Excusez-moi... Vous ne me connaissez pas, mais êtes-vous les amis de Camaguey Quintana ? Il m'a chargée de vous transmettre un message.

REMERCIEMENTS

J'ai trouvé le germe de ce livre dans un commentaire que Ian Watson a fait en 1989, lors d'une discussion sur les télécommunications futures qui s'était considérablement éloignée du sujet (ce qui est inévitable dans le cadre de telles conversations) pour s'aventurer dans le domaine de la nanotechnologie. Afin de ramener sur terre nos folles spéculations sur les transformations de la matière, il déclara : « Oubliez tout ça, la première chose qu'apportera la nanotechnologie est l'immortalité. » Je me suis permis de planter cette semence dans l'humus d'un « Postulat de Watson » imaginaire. J'espère que ça ne vous ennuie pas, Ian.

Je tiens également à remercier tous ceux qui se sont intéressés à ce monstre sous ses diverses incarnations ; et en particulier, pour leurs encouragements : David Garnett, Faith Brooker, Adrian Beattie, Bess Cotton et, surtout, Trish, ma femme, sans qui rien n'est possible.

# ÉPOUVANTE

Depuis deux siècles, le roman d'épouvante fascine des générations de lecteurs avides et terrifiés. Mary Shelley, Bram Stoker lui ont donné ses lettres de noblesse. Stephen King, Dean Koontz, Joe Lansdale, Brian Stableford et d'autres talentueux inventeurs de cauchemars ont régénéré ses thèmes.

Sous le signe du surréel, le genre est une véritable plongée dans des jardins secrets où fleurit l'horreur.

**BARKER Clive**

Cabale
**3051/4**

*Livres de sang*

**Plus sombres qu'un cauchemar, puisées dans les ténèbres de l'âme, voici les histoires écrites sur le *Livre de Sang*. Celles d'un monde de terreur où les morts se révoltent et se vengent des vivants !**

- Livre de sang
**2452/3**
- Une course d'enfer
**3690/4**
- Confessions d'un linceul
**3745/4**
- Apocalypses
**4008/4**
- Prison de chair
**4065/4**

**BLATTY William P.**

L'exorciste
**630/4**

**CAMPBELL Ramsay**

Spirale de malchance
**3711/8 Inédit**

**CITRO Joseph A.**

L'abomination du lac
**3382/4 Inédit**

**CLEGG Douglas**

La danse du bouc
**3093/6 Inédit**

Gestation
**3333/5 Inédit**

Neverland
**3578/5**

**COLLINS Nancy A.**

La volupté du sang
**3025/4 Inédit**

**Internée dans un asile d'aliénés, Sonia Blue est en réalité un vampire. Lorsqu'elle parvient à s'échapper, c'est pour se venger de ceux qui ont cherché à la détruire.**

Appelle-moi Tempter
**3183/4 Inédit**

**GARTON Ray**

Tapineuses vampires
**3498/3**

**GOWER Daniel**

Le Procédé Orphée
**3851/7**

**HODGE Brian**

La vie des ténèbres
**3437/7 Inédit**

**JAMES Peter**

Possession
**2720/6**

Prophétie
**3815/6 Inédit**

**Trois siècles après la mort de Lord Halkin, son esprit maléfique s'empare d'un jeune garçon pour accomplir son œuvre destructrice.**

**JETER K. W.**

Les âmes dévorées
**2136/4 Inédit**

La source furieuse
**3512/4**

**KAYE Marvin**

Lumière froide
**1964/3**

**KOJA Kathe**

Brèche vers l'enfer
**3549/4**

Décérébré
**3650/4 Inédit**

Corps outragés
**3764/5 Inédit**

**KOONTZ Dean R.**

Spectres
**1963/6 Inédit**

**Quelle force maléfique s'est abattue sur Snowfield ? Dès leur arrivée, Jenny et Lisa ont ressenti une impression étrange. Puis les cadavres s'accumulent... Un itinéraire sanglant dans une atmosphère terrifiante.**

L'antre du tonnerre
**1966/3 Inédit**

Le rideau des ténèbres
**2057/5**

Le visage de la peur
**2166/4 Inédit**

L'heure des chauves-souris
**2263/6**

Feux d'ombre
**2537/7**

Chasse à mort
**2877/6**

Les étrangers
**3005/9**

Les yeux foudroyés
**3072/8**

Le temps paralysé
**3291/6**

Midnight
**3623/8**

**Une série de crimes inexpliqués, dans une ville américaine. L'enquête va révéler qu'un informaticien mégalomane a trouvé le moyen de faire muter la race humaine. Ses victimes deviennent alors des monstres incontrôlables...**

# ÉPOUVANTE

**LANSDALE Joe. R**
Les enfants du rasoir
**3206/4 Inédit**

**LAWS Stephen**
Darkfall
**3735/5 Inédit**

**LEVIN Ira**
Un bébé pour Rosemary
**342/4**

**MATHESON Richard**
La maison des damnés
**612/4**

**McCAMMON Robert R.**
Mary Terreur
**3264/7 Inédit**

**MONTELEONE Thomas**
Fantasma
**2937/4 Inédit**

**QUENOT Katherine E.**
Blanc comme la nuit
**3353/4**
**Peut-on oublier le jour où l'on a retrouvé le corps de sa petite fille décapité et calciné ? Dix-neuf ans plus tard, les cauchemars assaillent sans relâche Harley.**

Rien que des sorcières
**3872/7**

**SAUL John**
Le châtiment des pécheurs
**3951/6 Inédit**

**SELTZER David**
La malédiction
**796/2 Inédit**

**SHELLEY Mary**
Frankenstein
**3567/3**
**Le plus célèbre des romans d'épouvante. Le Dr Frankenstein parvient à animer une créature reconstitué à l'aide de débris humains...**

**SIMMONS Dan**
Le chant de Kali
**2555/4**
**Des cadavres qui ressuscitent, une déesse dévoreuse d'âmes : il est des endroits maléfiques. Calcutta est de ceux-là.**

**SKIPP & SPECTOR**
Décibels
**3927/7 Inédit**

**STABLEFORD Brian**
Les loups-garous de Londres
**3422/7 Inédit**
**Menant une enquête en Egypte sur les phénomènes occultes, un homme et un enfant sont propulsés dans un univers de songes sataniques... les loups-garous se réveillent.**

L'ange de la douleur
**3801/7 Inédit**

**STOKER Bram**
Dracula
**3402/7**

**STRIEBER Whitley**
Wolfen
**1315/4**
Les prédateurs
**1419/4**
Cat Magic
**2341/7**
Animalité
**3587/6**
Feu d'enfer
**4051/6**
**Au cœur de New York, la Babylone des temps modernes, on découvre le corps à demi-brûlé d'une femme dans une église. Le scandale embrase la communauté avec une violence inouïe. A l'image des brasiers que l'assassin, psychopathe ou possédé, continue à allumer, ressuscitant les fantômes de l'Inquisition...**

**WATKINS Graham**
Sacrifices aztèques
**3603/6**

**WHALEN Patrick**
Les cadavres ressuscités
**3476/6**

**X**
*Histoires de sexe et de sang*
- Histoires de sexe et de sang
**3225/4**
- Le choix ultime
**3911/6**

4278

Composition Nord Compo
Achevé d'imprimer en Europe (France)
par Brodard et Taupin à La Flèche (Sarthe)
le 19 août 1996. 6013Q
Dépôt légal août 1996. ISBN 2-290-04278-1
Éditions J'ai lu
84, rue de Grenelle, 75007 Paris
*Diffusion France et étranger : Flammarion*